Leena Lehtolainen

DER WIND ÜBER DEN KLIPPEN
MARIA KALLIOS FÜNFTER FALL

DEUTSCH VON GABRIELE SCHREY-VASARA

ROWOHLT TASCHENBUCH VERLAG

Die Originalausgabe erschien 1998
unter dem Titel «Tuulen puolella»
bei Tammi Publishers, Helsinki.

Einmalige Sonderausgabe Juni 2005
Deutsche Erstausgabe
Veröffentlicht im
Rowohlt Taschenbuch Verlag,
Reinbek bei Hamburg, August 2004
Copyright © 2004 by
Rowohlt Verlag GmbH,
Reinbek bei Hamburg
«Tuulen puolella» Copyright © 1998
by Leena Lehtolainen
Redaktion Stefan Moster
Umschlaggestaltung any.way,
Barbara Hanke/Cathrin Günther
(Foto: Ron Sanford/CORBIS)
Gesamtherstellung Clausen & Bosse, Leck
Printed in Germany
ISBN 3 499 24056 4

Der Wind über den Klippen

Eins

Leuchtend rot ragte die Insel aus dem Meer, als wären ihre Felsen von Blut bedeckt. Zuerst sah ich sie nur schemenhaft, doch allmählich nahm die Felsmasse Gestalt an, ein runder Leuchtturm und Festungsbauten aus der Zeit des Krimkriegs wurden sichtbar. Rödskär war die letzte Insel vor der Grenze des Hoheitsgewässers und der südlichste Zipfel von Espoo. Jahrzehntelang war die Insel militärisches Sperrgebiet gewesen, auch jetzt noch wirkte sie abweisend und unzugänglich.

Es war das letzte Wochenende im August und zugleich das Ende meines Mutterschaftsurlaubs. Am Montag sollte ich, mittlerweile zur Hauptkommissarin und Leiterin des Dezernats für Gewaltdelikte befördert, ins Espooer Polizeipräsidium zurückkehren. Da für das Wochenende schönes Wetter angesagt war, wollten wir auf der «Marjatta», dem Boot meiner Schwiegereltern, von Tapiola nach Inkoo segeln. Wir wollten Iida früh an das Leben auf der Yacht gewöhnen. Mit ihren elf Monaten hielt sie tagsüber noch zweimal ein längeres Schläfchen und fühlte sich auch in ihrem Kindersitz wohl. Im Moment kreischte sie mit den über uns kreisenden Möwen um die Wette, während Antti die Seekarte studierte und ich es genoss, das Ruder zu führen. Obwohl ich aus dem Binnenland stamme, habe ich mich auf dem Meer immer heimisch gefühlt.

«Soweit ich mich erinnere, liegt der Hafen an der Nordostseite. Wir wenden noch einmal und fahren dann die letzte Strecke mit Motor. In Rödskär anzulegen ist nicht ganz einfach», sagte Antti.

«Darf man das überhaupt?»

«Schon seit acht Jahren. Im vorletzten Sommer hat die Merivaara AG die Insel gekauft und das Gästehaus instand gesetzt, weißt du das nicht mehr?»

Ich konnte mich nur vage daran erinnern. Vor zwei Jahren hatte die Armee einige alte Festungsinseln abgestoßen. Für Rödskär hatte man einen Pächter gesucht, der sich verpflichtete, die heruntergekommenen Gebäude zu renovieren. Während die Verhandlungen mit einer Gruppe von Kunsthandwerkern noch liefen, hatte die Firma Merivaara AG, die umweltfreundliche Bootslacke herstellte, statt eines Pachtvertrags ein Kaufangebot vorgelegt, das die Armee mit Freuden angenommen hatte. Der Verkauf hatte vor allem in Seglerkreisen zunächst für Entrüstung gesorgt, bis bekannt wurde, dass die Firma die Insel keineswegs für die Öffentlichkeit sperren wollte, sondern im Gegenteil alle Bootsfahrer willkommen hieß.

Rödskär interessierte mich – nicht nur, weil Antti mir von der Insel vorgeschwärmt und die Lokalzeitung ihre karge Schönheit gepriesen hatte, sondern vor allem, weil auf dieser Insel Harri ums Leben gekommen war.

Mit dem Mann, den ich Vogel-Harri nannte, war ich nur wenige Monate zusammen gewesen, und auch das lag bereits zehn Jahre zurück. Im letzten Oktober, zwei Monate nach Iidas Geburt, war ich in der Zeitung auf seine Todesanzeige gestoßen. Sie enthielt keinerlei Hinweis auf die Todesursache, ihr war nur zu entnehmen, dass Harri auf Rödskär gestorben und in aller Stille beigesetzt worden war.

Die Sache hatte mir keine Ruhe gelassen. War es Selbstmord? Ich hatte Harri seit Jahren nicht mehr gesehen, wir bewegten uns in ganz unterschiedlichen Kreisen und hatten nach unserer durchaus freundschaftlichen Trennung nicht das Bedürfnis gehabt, in Kontakt zu bleiben.

Als begeisterter Ornithologe und Botaniker hatte Harri

mir beigebracht, Vögel und Pflanzen zu erkennen. Insofern hatte ich von unserer Beziehung profitiert. Ansonsten hatten wir nicht zusammengepasst. Harri war zu lieb und nachgiebig gewesen und hatte sich nur wohl gefühlt, wenn er Vögel beobachten konnte. Ich wiederum war damals, im zweiten Jahr meines Jurastudiums, ein richtiges Partygirl und triezte den armen Jungen gnadenlos. Fest vereinbarte Wanderungen ließ ich ausfallen, weil ich verkatert war, oder ich verlor nach einer halben Stunde das Interesse und fuhr per Anhalter in die nächste Kneipe. Als wir schließlich beschlossen, uns zu trennen, waren wir beide erleichtert.

Nachdem ich die Todesanzeige gesehen hatte, kramte ich mein altes Fotoalbum hervor. Tatsächlich fand ich einige Bilder, auf denen der schmächtige Harri auf der Halbinsel Porkkala sein Zelt aufbaute und mit dem Fernglas Eiderenten beobachtete. Es kam mir unwirklich vor, dass ich mit diesem kindlich und fremd wirkenden Mann das Bett geteilt hatte. Warum war er auf einer entlegenen Vogelinsel gestorben? Der Todesanzeige nach hatte er keine Familie gehabt, nicht einmal eine Lebensgefährtin. Ich hätte gern Harris Schwester Sari angerufen, um sie auszufragen, traute mich aber nicht. Sari hatte mich nicht besonders gemocht, wahrscheinlich hatte sie mir verübelt, wie ich mit ihrem Bruder umsprang.

Ungeklärte Todesfälle und Selbstmorde fallen in Espoo in die Zuständigkeit des Dezernats, dessen Leitung ich nach dem Mutterschaftsurlaub übernehmen sollte. Also hatte ich meinen Kollegen Koivu angerufen.

«Harri Immonen? Ja, ich erinnere mich, das war der Ertrunkene. Warte mal, ich ruf den Vorgang auf», sagte Koivu, nachdem er mich über den jüngsten Präsidiumstratsch informiert hatte. «Das war vor drei Wochen, während der Herbststürme. Immonen war auf Rödskär, um den Zug der Kraniche zu beobachten. Er ist offenbar im Morgengrauen ans Westufer gegangen. Die Spuren im Moos deuten darauf hin, dass er ausgerutscht, mit dem Kopf an einen spitzen Stein geschlagen und bewusstlos ins Wasser gefallen ist. Im Blut wurden 0,6 Promille festgestellt, anscheinend hatte er am Abend eine Flasche Rotwein getrunken. Er war allein auf der Insel gewesen und wurde am nächsten Tag nur zufällig gefunden, weil ein Vertreter der Firma, der die Insel gehört, dort anlegte und sich über den Schlafsack und die sonstige Ausrüstung im Gästehaus wunderte.»

«Es war also eindeutig ein Unfall?»

«Ich habe mich selbst dort umgeschaut. Die Westküste ist sehr steil, und du weißt ja, wie glitschig diese Felsen bei Regen werden. Die Techniker meinen, Immonens Spektiv sei ins Rutschen gekommen und beim Versuch, es festzuhalten, sei er abgestürzt. Warum fragst du? Kanntest du ihn?»

«Ja, aber das ist Jahre her.»

Ich hatte damals nicht lange über Harris Tod sinniert, denn in den ersten Monaten nach Iidas Geburt war ich durch den Schlafmangel wie benebelt. Harri verschwand wieder in den Tiefen meiner Erinnerung.

Als wir dann aber auf der Seekarte nach einem geeigneten Ziel für unseren Ausflug suchten, hatte ich Rödskär vorgeschlagen, als müsste ich mit eigenen Augen sehen, wo mein Exfreund gestorben war.

Das Wasser war graugrün wie gegorene Erbsensuppe. Am Vorabend hatten wir fast anderthalb Stunden nach einem Ankerplatz suchen müssen, an dem es keine Blaualgen gab, denn wir wollten schwimmen und hatten außerdem nicht genügend Süßwasser an Bord, um damit zu spülen und Iida zu waschen. Antti hatte wehmütig und wütend zugleich von dem klaren Meerwasser in seiner Jugend erzählt, in dem man sogar Kartoffeln kochen konnte. Bei der ungewöhnlichen Hitze in diesem Sommer war der Algenbrei vom offenen Meer bis in die inneren Schären und schließlich sogar an die Badestrände von Espoo vorgedrungen.

Einen halben Kilometer vor dem Ufer holten wir die Segel ein. Es schien mir fast unmöglich, zwischen der schroffen Felsküste und den aus dem Uferwasser ragenden Steinen einen sicheren Anlegeplatz zu finden, doch Antti behauptete zu wissen, wo der Hafen sei. Das letzte Stück tuckerten wir mit Motorkraft gegen den Südostwind, der uns an die Felsen zu drücken drohte. Antti hielt unbeirrt auf die Ostküste der Insel zu, wo sich tatsächlich hinter einem Felsvorsprung ein kleiner Hafen auftat. Iida knabberte an einem Zwieback, und ich stand bereit, um mit dem Tau auf den Bootssteg zu springen, als vom Ufer her jemand rief:

«Wirf mir die Vorleine rüber!»

Ich schaute auf und sah einen sehnigen Mann mit einer Pfeife im Mundwinkel.

«Bei Südostwind ist es besser, die Vorleine hier und die Achterleine am Steg zu vertäuen, dann liegt man sicherer.»

Ich warf die Trossenrolle, die er mit sorgloser Routine auffing, wobei er Antti Anweisungen zurief. Rauchschwalben strichen über uns hinweg, der Felsen strahlte die gespeicherte Hitze ab.

«Geh du zuerst, Maria, dann reich ich dir Iida an.»

Der Fremde betrachtete mich abschätzend, als überlege er, ob ich den Sprung auf den steilen Felsen aus eigener Kraft schaffte. Offenbar traute er ihn mir zu, denn er ging bereits den Abhang hinauf, bevor ich abgesprungen war. Der Boden war fest und duftete nach Islandflechte. Wir brauchten nicht lange zum Ausladen, da wir noch nicht wussten, ob wir in der Schutzhütte übernachten konnten. Andernfalls würde die Nacht sicher unruhig werden, denn der Hafen lag auf der Westseite und das Boot schlingerte heftig. Neben der «Marjatta» lagen zwei weitere Boote im Hafen: eine protzige Motoryacht, die am Südwestende des Stegs vertäut war, und ein etwa zehn Meter langes Segelboot aus Holz, eine echte Schönheit. Lange konnte ich es jedoch nicht bewundern, weil sich der grüne Tupfen auf dem Felsen, den ich für ein Grasbüschel gehalten hatte, plötzlich bewegte. Er hob sich, und ich sah einen Jungen in grünem Tarnanzug und mit grünen Haaren. Er starrte uns wortlos an, machte kehrt und rannte weg, dass die roten Turnschuhe blitzten.

Antti hatte Iida in die Rückentrage gesetzt. Wir kraxelten den steilen Abhang hinauf. Die Festungsanlagen, die vom Meer aus undurchdringlich ausgesehen hatten, waren massiv gebaut: drei Meter dicke Mauern mit Schießscharten, ein zweistöckiges Gebäude in kantiger U-Form, über dessen mittlerem Teil sich ein massiger runder Leuchtturm erhob. An der Süd- und Westseite des Gebäudes wuchsen kleine Grasnarben und windgekrümmte Wacholderbüsche, an der windgeschützten Nordseite rauschten einige Erlen. Mädesüß blühte noch, während die Früchte der Weidenröschen bereits flaumig aufgesprungen waren.

Als wir das Plateau erreichten, öffnete sich an der Giebelwand der Festung eine Tür, und eine kleine blonde, sonnengebräunte Frau kam heraus.

«Herzlich willkommen auf Rödskär! Bleiben Sie über Nacht?»

Antti bejahte, die Frau gab uns die Hand und stellte sich vor.

«Anne Merivaara. Im Gästehaus ist ein Zimmer frei, wir sind nur zu fünft. Die Sauna wird auch gerade geheizt.»

Ihr ganzes Auftreten ließ erkennen, dass sie auf der Insel Hausrecht besaß. Anne Merivaara war Aktionärin der Merivaara AG, PR-Chefin der Firma und Ehefrau des Geschäftsführers Juha Merivaara. Auch wir stellten uns vor, und als Antti erwähnte, er sei schon einige Male auf Rödskär gewesen, wurde Anne Merivaara noch freundlicher. Wie eine geschulte Fremdenführerin zeigte sie uns das Festungsgebäude. Der Holzfußboden im Gästehaus war neu und blank poliert, und auch die Holzwände waren offenbar erst bei der Renovierung eingezogen worden.

«Hier ist die Wohnküche mit gemeinsamem Gasherd und Kühlschrank. Sie bekommen das Südwestzimmer, gleich hier.»

In dem Zimmer standen zwei schlichte, aber sicher von einem teuren Designer entworfene Etagenbetten, ein blau gebeizter Holztisch, zwei Stühle und eine Seemannskiste. Aus den kleinen Fenstern sah man aufs offene Meer.

Antti hob Iida aus der Trage und ging zurück zum Boot, um unsere Schlafsäcke und Essvorräte zu holen. Die Abendsonne ließ die Felsen rosenrot erglühen, ihre Strahlen tanzten auf dem Meer. Iida zog mich schläfrig an den Haaren. Hoffentlich dachte Antti daran, den Whisky mitzubringen, für so eine Leuchtturminsel war Laphroaig genau das Richtige.

Nach einigen Tagen Bordküche war es ein Luxus, das Abendessen in einer richtigen Küche zuzubereiten. Ich brachte ein regelrechtes Festmahl zustande: Kartoffeln, Hering, Leberpastete, die letzte geräucherte Flunder, Salat, dunkles, süßes Schwarzbrot von den Schären und Ziegenkäse. Iida wollte unbedingt vom Senfhering probieren, verzog zuerst das Gesicht, verlangte dann aber einen zweiten Happen. Nach zwei Kartoffeln, einem Stück Leberpastete und einem Becher Milch nickte sie ein, war aber sofort wieder hellwach, als der grünhaarige Troll hereinplatzte. «Meine Mutter fragt, ob ihr in die Sauna wollt. Riika und Tapsa können solange auf das Baby aufpassen», sagte er mürrisch.

«Danke. Wenn Iida schläft, gehen wir gern», meinte Antti und nickte dem Jungen zu, bei dem es sich offenbar um Merivaara junior handelte. Die Kleider schlotterten an seinem mageren Körper, sein Gesicht war noch kindlich, doch den Stimmbruch hatte er hinter sich. Ich schätzte ihn auf etwa sechzehn. Sich vorzustellen, schien er für überflüssig zu halten. Stattdessen schlurfte er zum Kühlschrank, nahm eine

Flasche heraus, deren Inhalt wie gegorener Kohlsaft aussah, und brummte: «Meine Mutter ist gerade in der Sauna, danach gehen Riikka und Tapsa. Wenn das Baby bis dahin schläft, könnt ihr anschließend gehen, vor Mikke und mir.»

Antti brachte Iida ins Bett, während ich mein Bier austrank und den Tisch abräumte. Die Müllentsorgung war bestens organisiert, es gab fünf verschiedene Abfalleimer: für kompostierbaren Abfall, Brennbares, beschichtete Pappe, Glas und Dosen. Ich musste aufpassen, damit alles im richtigen Eimer landete. Als ich gerade mit dem Spülen fertig war, hörte ich hinter mir eine Frauenstimme:

«Hallo, ich bin Riikka Merivaara. Brauchen Sie einen Babysitter?»

Ich drehte mich um und sah eine große, schlanke junge Frau, die auf die gleiche Weise lächelte wie ihre Mutter. Ihr Gesicht unter dem kurzen dunklen Pagenkopf war auffallend blass. Wir machten uns bekannt. Riikas Händedruck war kühl und kurz.

«Ich gehe jetzt mit Tapsa in die Sauna und sag Bescheid, wenn sie frei ist.»

Interessant, wie sehr sich das Verhalten der beiden Frauen von dem des grünhaarigen Jungen unterschied. War Tapsa der Mann, dem ich die Vorderleine zugeworfen hatte? Da Riika mit ihm in die Sauna ging, musste er ihr Freund sein, aber dafür schien mir der Seebär zu alt. Er mochte etwa in meinem Alter sein.

Antti war noch damit beschäftigt, Iida in den Schlaf zu singen. Ich schenkte mir zwei Fingerbreit Whisky ein und spazierte nach draußen. Der Wind wehte hier nur träge, doch östlich von der Insel schlugen die Wellen noch hoch. Wie von einem Instinkt geleitet, ging ich von der Windseite zu den steilen, während des Krimkrieges von Geschossen angenagten Felswänden am Westufer. Hier irgendwo war Harri abgestürzt.

An diesem warmen, hellem Augustabend war es nicht leicht, sich einen regnerischen Oktobermorgen und einen Trupp Kraniche vorzustellen, der laut trompetend über die Insel hinwegflog. Noch schwerer fiel es mir, zu glauben, dass Harri noch am Morgen Alkohol im Blut gehabt hatte. In unserer gemeinsamen Zeit hatte er kaum getrunken, nie mehr als zwei Glas Rotwein. Nun ja, Menschen ändern sich, zudem konnte auch ein erfahrener Wanderer auf den fast senkrecht abfallenden Felsen straucheln. Einen Sturz aus fünf Meter Höhe überlebte keiner.

Ich setzte mich dicht an die Felskante, schlürfte meinen Whisky und bewunderte den Tanz der Sonnenstrahlen auf dem golden gefärbten Wasser. Ich war so in Gedanken versunken, dass ich zusammenfuhr, als ich plötzlich Schritte hinter mir hörte. Es war der sehnige Mann aus dem Hafen.

«Ich will nicht aufdringlich sein, aber auf diesen Felsen solltest du dich in Acht nehmen», sagte er mit einem Blick auf mein Whiskyglas.

«Das ist mein erster», fauchte ich. Ich hasste es, bevormundet zu werden.

«Trotzdem. Hier bin ich sogar mit klarem Kopf schon gestürzt. Ich habe mich vorhin gar nicht vorgestellt. Mikael Sjöberg.»

«Maria Kallio.»

Sein Händedruck war lang und fest, sein Gesicht wettergegerbt. Die Sonne hatte seine kurzen Haare fast weiß gebleicht, ebenso die Wimpern und Augenbrauen. Zu meiner eigenen Überraschung hielt ich ihm mein Whiskyglas hin. Sjöberg hob die Augenbrauen, zierte sich jedoch nicht, sondern nahm einen ordentlichen Schluck.

«Guter Stoff. Ein Single Malt?»

Ich nickte. Sjöberg setzte sich neben mich auf den Felsen. Wir sagten beide nichts, sondern betrachteten schweigend den Sonnenuntergang und leerten das Whiskyglas. Als nur noch ein kleiner Rest übrig war und wir lange, schmale Schatten auf den Felsen warfen, kam Antti.

«Es hat eine Weile gedauert, Iida wollte in der fremden Umgebung nicht einschlafen. Jetzt können wir bald in die Sauna», sagte er und stellte sich Sjöberg vor. Als er dessen Namen hörte, flog ein Schimmer des Erkennens über sein Gesicht.

«Mikke Sjöberg, der Weltumsegler! Grüß dich! Du kamst mir beim Anlegen schon so bekannt vor. Wir sind einundachtzig zusammen auf der ‹Astrid› von Kotka nach Hanko gesegelt, erinnerst du dich?»

Mikke behauptete, sich zu erinnern. Während die beiden Segelerlebnisse austauschten, betrachtete ich das ruhiger werdende Meer und die vom Dämmerlicht gefärbten Festungsbauten und genoss den Wind auf meinem Gesicht. Nach einer Stunde kam Anne Merivaara und sagte, die Sauna sei jetzt frei. Schon von dem kleinen Schluck Whisky war mir wohlig warm geworden, denn nach den enthaltsamen Monaten der Schwangerschaft vertrug ich nicht mehr so viel. An etwas so Trauriges wie Harris Tod mochte ich jetzt nicht denken. Es war vielleicht der letzte warme Sommerabend, der uns obendrein die seltene Gelegenheit bot, in aller Ruhe gemeinsam in die Sauna zu gehen, während ein freiwilliger Babysitter auf die schlafende Iida aufpasste.

Die Fenster der Sauna gingen nach Westen, wo nur einzelne Klippen zu sehen waren. Die Seeschwalben hielten Flugwettbewerbe ab, die Fische übten Hochsprung. Auf Anttis Haut perlten kleine Tropfen, sie schmeckte nach Wind und Salz, ich konnte die Lippen nicht von ihr lösen … Erst nachdem wir uns geliebt hatten, fiel uns ein, dass nach uns noch jemand in die Sauna wollte. Zum Schluss kühlte ich mich in der geschützten kleinen Bucht ab, wo Seetang mich am Bauch kitzelte. Der Nordostwind hatte das Wasser abgekühlt, es roch bereits ein wenig nach Herbst. Als wir die Sauna verließen, stand der erste Stern am dunkler werdenden Himmel.

Der grünhaarige Junge saß wartend vor der Festung. Als er uns sah, rief er nach Mikke, der vom Ufer heraufkam und im Vorbeigehen zu uns sagte:

«Eine warme Nacht. Die anderen sitzen beim Leuchtturm und grillen. Ihr könnt euch gern anschließen.»

«Ich hol die Whiskyflasche und schau mal nach Iida», meinte Antti, der offenbar nichts dagegen hatte, mitzufeiern. Ich auch nicht. Vor der Einsamkeit, die der Mutterschaftsurlaub mit sich brachte, hatte ich mich schon im Voraus gefürchtet. Wir wohnten zur Miete in einem alten Einfamilienhaus in Henttaa, weit weg von der Bushaltestelle und von allen meinen Freunden. Ohne Telefon und gute Bücher wäre es mir schwer gefallen, den ganzen Tag mit dem Baby allein zu sein. Dennoch hatte ich den Mutterschaftsurlaub voll in Anspruch genommen, denn seit der ersten Klasse der Oberstufe hatte ich nur einmal Sommerurlaub gemacht und sonst, von ein paar Monaten Arbeitslosigkeit abgesehen, fast pausenlos geschuftet. Im letzten Winter hatte ich Zeit gehabt, ausgiebig zu lesen, mit Iida Ausflüge in die Natur zu machen und das Klavierspielen zu lernen. Ab und zu war ich allerdings so ausgehungert nach Begegnungen mit anderen Menschen, dass ich mich sogar über die gelegentlichen – meist dienstlichen – Anrufe meines widerwärtigen Kollegen Pertti Ström freute.

Auf jeden Fall lohnte es sich, mit den Besitzern von Rödskär nähere Bekanntschaft zu schließen. Mikke Sjöberg interessierte mich beinahe zu sehr. Es kam selten vor, dass ich mit einem völlig Fremden einfach so dasitzen und ein Glas Whisky teilen konnte. Ich hatte wohl zu lange zu Hause gehockt, wenn der erste attraktive Mann, der mir über den Weg lief, meine schlummernde Flirtbereitschaft weckte.

Die Merivaara-Frauen saßen am Grill. Obwohl wir erst vor

ein paar Stunden zu Abend gegessen hatten, lief mir beim Anblick der Gemüsespieße das Wasser im Mund zusammen. Ich stillte Iida nur noch morgens, hatte aber durch mein hartes Training einen hohen Kalorienverbrauch. Bereits einige Wochen nach der Entbindung hatte ich mit Joggen und Kraftsport begonnen, um den Schwangerschaftsspeck loszuwerden, und der Sport war mehr als je zuvor zur Droge geworden. Joggen war ein akzeptabler Grund, das Haus zu verlassen und Zeit für mich allein zu haben – wenn ich meinen Dienst wieder antrat, würde ich mir diese Momente nur selten leisten können.

Anne Merivaara rutschte ein Stück zur Seite, sodass ich mich neben sie auf die Bank setzen konnte. Antti kam, die Whiskyflasche schwenkend, aus dem Haus, gefolgt von einem breitschultrigen, einen Kopf kleineren blonden Mann, der auf mich zutrat und mir die Hand gab.

«Tapio Holma, guten Abend. Eure Tochter ist wirklich süß.»

Ich hätte beinahe laut gelacht. Vorhin hatte ich Mikke Sjöberg für zu alt gehalten, um Riikkas Freund zu sein, aber Tapio Holma war noch älter, mindestens vierzig. Bei seinem Anblick dachte ich sofort an dunkelblauen Samt und Spitzenkragen, ohne zu wissen, woher diese Assoziation kam. Erst als Antti mir Whisky eingegossen hatte, fiel es mir ein. Ich hatte Holma vor einigen Jahren bei den Opernfestspielen in Savonlinna als Rodrigo, Marquis de Posa im «Don Carlos» gesehen, wo er trotz des lächerlichen Rüschenkragens einen heldenhaften Eindruck gemacht hatte. Der Mann, der jetzt einen Ring Fleischwurst auf den Grill legte, sah gar nicht wie ein international bekannter Bariton aus. Statt der Stiefel Rodrigos trug er hellgraue Slipper mit Kreppsohlen, in denen jeder Mann unerotisch gewirkt hätte. Ich hatte Antti die Scheidung angedroht, falls er jemals in solchen Tretern ankäme.

«Ich habe an die zehn Jahre in Deutschland gearbeitet. Die dortigen Würste werden ja sehr gelobt, aber ab und zu hat mir die gute finnische Fleischwurst doch gefehlt», sagte Holma. «Diese Vegetarierfamilie hier weiß nicht, was gut ist.»

Riikka verzog das Gesicht, schaffte es aber nicht, missbilligend dreinzublicken, denn im selben Moment setzte Holma sich zu ihr und schlang liebevoll die Arme um sie. Ich merkte, dass Anne Merivaara den Blick abwandte, und fragte sie nach der Geschichte der Insel.

Die Festung Rödskär, erzählte sie, war 1813 errichtet worden, bald nachdem Finnland unter russische Herrschaft gekommen war. Sie hatte sowohl der Küstenwache als auch der Marine als Stützpunkt gedient, und während des Krimkriegs waren auf diesem Nebenschauplatz einzelne Gefechte ausgetragen worden, ebenso später im finnischen Bürgerkrieg. Als die Sowjetunion nach dem Zweiten Weltkrieg das Gebiet um Porkkala pachtete, mussten die finnischen Streitkräfte die Insel verlassen. Angeblich waren Anfang der fünfziger Jahre russische Truppen auf Rödskär stationiert gewesen. Seit der Rückgabe des Gebiets 1956 hatte die Insel im Besitz der finnischen Armee gestanden und war menschenleer gewesen, denn es herrschte striktes Landungsverbot.

«Bewacht wurde die Insel allerdings nicht», warf Antti ein. «Ich habe vor zwölf Jahren mit einem Freund zum ersten Mal hier angelegt. Wir hatten halb damit gerechnet, von einem Kugelhagel empfangen zu werden, aber hier gab es bloß Schwalben, sonst nichts. Rödskär kam mir damals vor wie eine Geisterinsel. Erzählt man sich nicht auch, dass es hier spukt? Irgendein russischer Offizier soll hier umgehen, oder?»

Niemand antwortete, und Anne Merivaara wechselte das Gesprächsthema.

«Die Spieße sind fertig. Wo bleibt denn Jiri? Und was will Mikke essen, hat er was gesagt?»

«Der bekommt Wurst und Kartoffelsalat», lächelte Tapio Holma. «Mögt ihr beiden was davon, oder seid ihr auch Vegetarier?»

Wir erklärten, uns reiche der Whisky, von dem wir auch den anderen anboten. Holma sah Riikka zögernd an, bevor er annahm. Ihre Beziehung begann mich zu interessieren, denn Tapio Holma hätte altersmäßig Riikkas Vater sein können.

«Gibt's was zu spachteln?» Jiris grüner Schopf erinnerte jetzt noch stärker an Gras, da die Haare von der Sauna feucht waren. Mikke Sjöberg folgte ihm mit Flaschen und Gläsern. Die beiden Frauen tranken Wein, die Männer Bier, nur Jiri hielt sich an das grünliche, nach Kohlsaft aussehende Gebräu. Antti unterhielt sich mit Mikke über das Segeln, Riikka erkundigte sich eher aus Höflichkeit als aus echtem Interesse nach Iida. Jiri antwortete einsilbig, wenn man ihn ansprach.

Es war bereits dunkel geworden, die Sterne standen so niedrig, dass es schien, als könne man sie von der Spitze des Leuchtturms aus berühren. Ich hörte zu, wie Tapio Holma Riikka die Sternbilder erklärte, und versuchte mir ihre Namen einzuprägen. Ich fühlte mich wohlig müde und entspannt. Das Festland lag in einer anderen Welt, unser Haus in Henttaa, der Alltag, die Espooer Polizei und mein Dienstantritt am nächsten Montag waren weit weg. Es gab nur das Meer, die Sterne, die schlafende Iida und uns sieben Erwachsene am langsam verglimmenden Feuer. Nur den wärmenden Whisky und einen fernen Vogelschrei, von einer Seeschwalbe oder Möwe, ich wusste es nicht. Als ich fragte, stellte sich heraus, dass Tapio – oder Tapsa, wie er genannt werden wollte – ein begeisterter Ornithologe war, sodass das Gespräch wie von selbst auf die Vogelwelt der Insel kam. Da ich schon beim zweiten Whisky war, platzte ich heraus:

«Letzten Herbst ist hier ein Ornithologe ums Leben gekommen, den ich kannte, ein gewisser Harri Immonen. Weiß einer von euch, wie das passiert ist?»

Eine derart heftige Reaktion hatte ich nicht erwartet. Jiri stand polternd auf und lief zum Hafen hinunter, Anne Merivaaras Weinglas fiel klirrend auf die Steinbank, Tapsa nahm Riikka in den Arm, und Mikkes Hand mit der Pfeife zitterte. Er antwortete jedoch:

«Du hast Harri also gekannt. Ja, das war eine schlimme Geschichte. Juha und Anne haben ihn gefunden. Sie waren zufällig hergekommen und haben sich über die Sachen in der Gästestube gewundert. Es wusste nämlich niemand, dass ich ihn hier abgesetzt hatte.»

«Er lag da drüben auf der Windseite im Wasser», sagte Anne Merivaara leise. «Es ist schon spät, ich gehe schlafen. Gute Nacht.»

Obwohl sie freundlich blieb, hatte ich das Gefühl, ihr die Stimmung verdorben zu haben. Als Anne außer Hörweite war, sagte Mikke entschuldigend:

«Es war ein traumatisches Erlebnis für Anne. Sie hat damals einen Schock erlitten, nur gut, dass Juha bei ihr war.»

«Mutter hatte immer schon eine hysterische Einstellung zum Tod, so oft ich ihr auch erklärt habe, dass der Tod zum Leben dazugehört», erklärte Riikka mit der Selbstgewissheit einer Zwanzigjährigen.

«Dieser Harri war noch so jung», sagte Tapsa behutsam. «Ich selbst bin ihm nie begegnet, denn ich habe Riikka erst in diesem Frühjahr kennen gelernt, aber nach allem, was ich von Anne gehört habe, muss es ein ziemlicher Schlag für sie gewesen sein.»

Mikke berichtete, Harri habe den größten Teil des letzten Sommers auf Rödskär verlebt, um im Auftrag der Merivaara AG den Vogelbestand des Gebietes zu kartieren. Die Firma hatte mit der Insel zugleich ein ausgedehntes Wassergebiet erworben. In dessen nördlichem Teil lag eine Ansammlung von Klippen, auf denen Zugvögel Rast machten. Falls dort genügend seltene Vogelarten beobachtet wurden, wollte Juha Merivaara beantragen, das Areal unter Naturschutz zu stellen.

«Harri war von der Insel begeistert, weil er hier allein sein konnte. Er mochte Vögel lieber als Menschen, denn sie verhalten sich logischer.» Mikke zog an seiner Pfeife, und ich spürte einen Stich bei dem Gedanken, wie mies ich Harri damals behandelt hatte. Vielleicht hatte ich in den letzten Jahren doch etwas dazugelernt, sei es auch nur, dass es auf die Dauer unbefriedigend ist, seine Mitmenschen zu triezen.

«Hast du Harri gut gekannt?», fragte ich Mikke.

«Ich habe ihn ein paar Mal als Gast mitgenommen, nach Gotland und Dagö. Er war allerdings ein miserabler Gast, der alles stehen und liegen ließ, wenn er einen interessanten Vogel entdeckte», lächelte Mikke. Um seine Augen bildete sich ein Kranz von Lachfältchen.

Riikka und Tapsa standen auf, für sie wurde es auch Schlafenszeit. Ich wollte den Sternenhimmel noch länger genießen, außerdem war die Whiskyflasche noch zu zwei Dritteln voll. Ich schenkte Antti und mir nach und sah Mikke fragend an, der meinen Blick erwiderte und mir sein leeres Bierglas hinhielt. Ich goss ihm großzügig ein.

«Und woher habt ihr Harri gekannt?» Mikke nahm einen kräftigen Schluck, er hatte offenbar den gleichen Whiskygeschmack wie ich.

«Ich habe ihn gar nicht gekannt. Maria hatte früher mal eine Art Romanze mit ihm.»

Ich hatte es immer zu schätzen gewusst, dass Antti nicht zur Eifersucht neigte, dass er weder meckerte, wenn ich mit Kollegen ein Bier trank, noch über meine Verflossenen herzog. Jetzt ärgerte es mich – «eine Art Romanze» klang furchtbar banal. Aber warum wünschte ich mir eigentlich, dass Mikke Sjöberg mich für einen Vamp hielt?

Mikke trank noch einen Schluck und sah mir direkt ins Gesicht.

«Ach, *die* Maria bist du … Harri hat ab und zu von dir gesprochen. Dann arbeitest du also bei der Polizei.»

Ich nickte. Auch wenn ich mich für meinen Beruf nicht schämte, vermied ich es im Allgemeinen, ihn zu erwähnen. Viele interessante Kneipenbekanntschaften waren plötzlich wie versteinert, wenn sie hörten, womit ich mein Geld verdiente, einer hatte sogar mal hastig seinen Joint ausgedrückt und offenbar damit gerechnet, ich würde gleich die Handschellen zücken.

«Die Polizei hat Harris Tod untersucht, aber es war nichts faul daran. Ein eindeutiger Unfall», sagte Mikke und hielt mir sein Glas hin. Er schüttete den Laphroaig in sich hinein, als wäre es Bier.

«Auf Harri», sagte ich und hob mein Glas, obwohl mir die Geste selbst albern und sentimental vorkam. Mir saß ein Kloß im Hals, den ich mit einem zweiten Schluck hinunterspülte. «Er ist wohl ungefähr da ausgerutscht, wo wir heute gesessen haben?» Während ich fragte, goss ich Mikke gut einen halben Deziliter nach. Er beugte sich vor, er roch nach Pfeife und Meerwasser.

«Deshalb habe ich dich ja vor dem Felsen gewarnt. Ich trau ihm nicht, er hat etwas Böses an sich.»

Weit im Süden glitten die Lichter eines Frachtschiffs vorbei. Antti stand auf.

«Ich geh mal pinkeln und nach Iida schauen. Lasst mir noch was vom Whisky übrig.»

Außer dem Schein des Leuchtfeuers, der über das Meer strich, durchbrachen nur das verglimmende Grillfeuer und Mikkes Pfeifenglut die Dunkelheit. Hinter uns duckte sich die Festung. Als ich mich umdrehte, erschrak ich fast vor der massigen Silhouette, um die Fledermäuse flatterten. Ich hätte gern alles über den Mann gewusst, der neben mir saß und die Augustnacht mit mir teilte. Antti hatte ihn als Weltumsegler bezeichnet. Wer war er eigentlich, wie alt, was tat er, wenn er nicht segelte? Mit solchen Fragen begann jede Vernehmung: Name, Personalkennziffer, Beruf. Hinter meiner Neugier tauchte aber auch eine Frage an mich selbst auf, die ich geflissentlich überhörte:

Warum in aller Welt interessierte mich dieser Mann so brennend?

Mikke saß schweigend da, und gegen meine Gewohnheit vermied auch ich es, wild drauflos zu quasseln. Als Antti zurückkam, fingen die beiden Männer wieder mit ihren Segelgeschichten an. Obwohl Antti in seiner Jugend fast jeden Sommer auf dem Meer verbracht hatte, war er im Vergleich zu Mikke ein Sonntagssegler. Mikke hatte tatsächlich zweimal die Welt umsegelt, zuerst als Crewmitglied bei einer Regatta, dann aus reiner Abenteuerlust im Alleingang. Im Oktober wollte er wieder in See stechen.

«Du hast wohl keine Familie?» Im Zusammenhang mit seinen Reiseplänen klang meine Frage unverfänglich.

«Wer will schon einen Globetrotter wie mich? Bisher bin ich auch noch keinem Menschen begegnet, mit dem ich es monatelang auf einem Zehnmeterboot aushalten würde.» In seinem Lächeln lag eine gewisse Schärfe, die vermuten ließ, dass sich hinter seiner Antwort viele Geschichten verbargen.

Nach dem vierten Malt Whisky merkte ich, dass ich keinen Tropfen mehr trinken durfte, wenn ich am nächsten Tag nicht seekrank sein wollte. Trotzdem wäre ich gern aufgeblieben, bis die Sterne verloschen und das Leuchtfeuer von der Sonne überstrahlt wurde.

Am nächsten Morgen hatte ich einen schweren Kopf, erst nach der zweiten Tasse Kaffee ging es mir besser. Über das Stillen machte ich mir keine Sorgen: Antti, der Familienmathematiker, hatte nachgewiesen, dass nur eine minimale Alkoholmenge in die Muttermilch gelangte.

«Der Wind hat auf Südost gedreht. Das bedeutet, dass wir kräftigen Rückenwind Richtung Inkoo haben und uns nicht zu beeilen brauchen. Komm, wir steigen auf den Leuchtturm und genießen die Aussicht!»

Iida war nach dem langen Schlaf voller Energie und wollte unbedingt selbst die Stufen hochkrabbeln. Sie hatte mit neun Monaten gelernt, mit Unterstützung zu laufen, und vor einer Woche die ersten freien Schritte gemacht. Der Himmel war klar, der dunkle Streifen im Süden mochte Estland sein. Im Norden kreuzten vereinzelte Segelboote, ein einsamer Prahm nahm Kurs auf Polen. Im Nordosten knatterte ein Motor, ein leichter Buster hielt auf die Insel zu.

«Ich geh schwimmen. Vor der Abfahrt könnten wir noch ein paar Butterbrote essen», schlug Antti vor. Die Fahrt nach Inkoo würde bei diesem Wind einen halben Tag dauern, und es war sinnvoll, die Abfahrtszeit so zu wählen, dass Iida unterwegs ihren Mittagsschlaf hielt.

Der Buster legte an. Ein stämmiger Mann sprang an Land, vermutlich der Geschäftsführer Juha Merivaara, der den Sonntag auf seiner Insel verbringen wollte. Ich packte unsere Sachen ein und war gerade dabei, Butterbrote zu schmieren – mit einer Hand, weil Iida unbedingt auf den Arm wollte –, als Merivaara in die Küche kam.

«Was haben wir denn hier für eine kleine Mutti?», fragte er so süßlich, dass ich mein Gesicht in Iidas Haaren verbergen musste. Kleine Mutti war ja wohl das Letzte!

«Maria Kallio, Hauptkommissarin bei der Espooer Polizei», sagte ich und streckte ihm die Hand hin. «Eine schöne Insel haben Sie hier.»

«Danke. Hauptkommissarin, soso ...» Juha Merivaara sah mich abschätzend an.

Während Mikke Sjöbergs prüfender Blick ein angenehmes Prickeln ausgelöst hatte, irritierte es mich, als Juha Merivaara mich musterte. In meinen Jeans, dem zu weiten roten Baumwollpullover und mit dem windzerzausten Kupferdrahthaar sah ich sicher nicht gerade wie eine Hauptkommissarin aus. Zu meinem Verdruss hielten mich viele sowieso für jünger, als ich war.

Ich starrte zurück. Merivaara war etwa eins achtzig, hielt sich offenbar mit Sport in Form, setzte in der Taillengegend aber trotzdem Fett an. Sandbraunes Haar, Augen in der Farbe des Meers im September, ein strenger Mund mit antrainiertem freundlichem Lächeln. Sein ganzes Wesen signalisierte, dass Juha Merivaara ein echter Mann war, ein ganzer Kerl, ob er nun auf seinem Boot oder im Familienunternehmen das Ruder in der Hand hielt.

«Meine Frau hat mir erzählt, dass dein Mann früher schon auf Rödskär war, trotz der Verbotsschilder der Armee. Das hat er gut gemacht! Inseln wie diese sollten allen zugänglich sein, die es schaffen, hinzusegeln.»

Ich verkniff mir die Frage, warum der Herr Geschäftsführer trotz seiner Bewunderung für Segler selbst mit dem Motorboot unterwegs war. Mit Leuten wie Juha Merivaara mochte ich nicht mehr reden als unbedingt nötig. Antti kam zurück, die beiden Männer wechselten ein paar belanglose Worte, dann gingen wir zum Hafen, um unser Boot zu beladen.

Mit Ausnahme von Jiri waren alle da, um sich zu verabschieden, Riikka und Tapsa eng umschlungen, Anne, die sich für den Besuch bedankte, Mikke, der einsilbig Sachen anreichte und die Taue löste.

«Wegen Harri», sagte Anne plötzlich, als wir bereits im Boot waren. «Ich muss immer daran denken ... Du bist bei der Polizei, habe ich gehört. Sie haben uns damals kaum etwas gesagt. Es war doch nicht etwa ... Selbstmord?»

«Ihr habt keinen Hinweis darauf gefunden, oder? Einen Abschiedsbrief zum Beispiel?»

Anne schüttelte den Kopf. «Aber bei ihm zu Hause vielleicht ...»

«Ich bin ab morgen wieder im Dienst, dann schaue ich nach», beruhigte ich sie. Sie nahm eine Visitenkarte aus der Jackentasche.

«Wenn du so lieb wärst … Ich habe immer noch Albträume.»

Mikke wurde unruhig, denn der Wind drückte die «Marjatta» gegen die Felsen, und es war anstrengend, sie mit der Achterleine flott zu halten. Antti ließ den Motor an. Ich winkte, erleichtert und wehmütig zugleich. Wir nahmen Kurs auf Inkoo und den Alltag. Bei der steifen Brise war Rödskär eine Viertelstunde später nur noch ein Punkt am Horizont.

Zwei

«Sehe ich nach Chefin aus?», fragte ich Antti am Montagmorgen. Ich trug einen Blazer im Safaristil zur passenden Hose und hatte mich, so gut ich konnte, auf Hauptkommissarin getrimmt, mit Pferdeschwanz und möglichst dezentem Make-up.

«Ziemlich sexy für eine Chefin», lachte Antti. «Nun geh schon, ich seh dir doch an, wie sehr du dich auf die Arbeit freust.»

Die Fahrt dauerte nicht lange, zehn Minuten vor Beginn der Dienstzeit war ich am Ziel. Feste Arbeitszeiten würde ich allerdings auch künftig nicht haben, denn Verbrechen geschehen nun einmal zu jeder Tageszeit. Die Reformen, die in den letzten Jahren bei der Espooer Polizei durchgeführt worden waren, wirkten sich auch auf meine Arbeit aus. Der Einsatz von Kontaktbereichsbeamten und die Sympathiewerbung waren von allen Seiten gelobt worden. Unser Dezernat wiederum hatte sich speziell beim Aufbrechen der starren Amtshierarchie hervorgetan, was zur Folge hatte, dass ich trotz meines neuen Ranges auch künftig Tatorte inspizieren und Verdächtige und Zeugen vernehmen würde.

Im Flur unseres Dezernats roch es wie immer nach Staub und abgestandenem Kaffee. Durch die Glastür sah ich Puupponen im Pausenraum.

«Herzlich willkommen, Frau Hauptkommissarin! Womit soll's losgehen?»

«Mit der üblichen Montagsbesprechung um halb zehn», brachte ich gerade noch heraus, bevor Puupponen mich umarmte. Gleich darauf rannte Koivu herbei und drückte mich an sich.

«So, und jetzt bringen wir die Hauptkommissarin in ihr Büro. Hör auf zu zappeln, Maria, lass dich dieses eine Mal auf Händen tragen!»

Die Stille auf dem Flur hatte mich getäuscht: Das ganze Dezernat war in meinem Dienstzimmer versammelt. Auf dem Couchtisch standen Kaffeetassen und Himbeertorte bereit, auf dem Schreibtisch prangte ein Riesenstrauß weißer und dunkelroter Rosen. Mein Vorgänger Taskinen, der inzwischen zum Kripochef aufgestiegen war, stand lächelnd vor den Kollegen.

«Das Präsidium spendiert dir einen neuen Bürostuhl», erklärte er und zeigte auf einen prachtvollen roten Drehsessel. «Der vorige war für mich und Ström bemessen. Man beachte die verstellbare Fußstütze!»

«Ich bin ein Zwerg, ich weiß», lachte ich gerührt. Offenbar freuten sich wirklich alle über meine Rückkehr.

Alle bis auf Ström. Er hatte sich heute früh nicht blicken lassen.

«Ström ist krank. Magenverstimmung», meldete Lähde, Ströms einziger Kumpel im Dezernat.

«Der arme Pertsa hatte immer schon einen empfindlichen Magen», antwortete ich und erntete wieherndes Gelächter. Dann wurde ich lautstark aufgefordert, endlich die Torte anzuschneiden.

«Ström räumt seine Kisten sicher gleich weg, wenn er kommt. Gelüftet haben wir schon», sagte Puupponen entschuldigend. «Pertsa hat hier drinnen trotz Verbot eine nach der anderen geraucht.»

«Die Rosen duften so schön, dass man den Zigarettengeruch kaum noch merkt. Nun esst brav euren Kuchen auf, damit wir an die Arbeit gehen können», sagte ich.

Ströms Abwesenheit überraschte mich nicht, denn wir

hatten uns einen heftigen Kampf um den Posten des Dezernatsleiters geliefert. Ström, der meinte, ich sei nur gewählt worden, weil ich eine Frau war, hatte die Entscheidung erfolglos angefochten. Da die Stelle Mitte Oktober, sieben Wochen nach Iidas Geburt, frei geworden war, hatte man ihm angeboten, mich während des Mutterschaftsurlaubs zu vertreten. Alle hatten damit gerechnet, er würde sich weigern, doch er hatte angenommen. Daher musste ich nun ein Dezernat übernehmen, das er zehn Monate lang geleitet hatte.

Da Koivu, Puuponen und Taskinen mich gelegentlich besucht und die anderen Kollegen sich telefonisch gemeldet hatten, war ich über die Situation im Dezernat auf dem Laufenden geblieben. Ström war kein einfacher Chef gewesen. Am schlimmsten hatte er sich gegenüber Anu Wang, einer gebürtigen Vietnamesin, aufgeführt, die seiner Meinung nach lediglich als Quotenfrau eingestellt worden war. Ihm ging die «schlitzäugige Kuh» gegen den Strich, während die anderen fanden, Anu mache sich ausgezeichnet. Als erste Vertreterin einer ethnischen Minderheit an der Polizeischule war sie daran gewöhnt aufzufallen.

Bei der Morgenbesprechung hätte ich Ström allerdings gern dabeigehabt. Er leitete die Ermittlungen in allen aktuellen Fällen und kannte die Gesamtlage. Ohne ihn konnte ich in meiner ersten Besprechung nur einzelne Punkte aufgreifen und war gezwungen, nach seinen Vorgaben weiterzuarbeiten. Zum Glück handelte es sich bei den Delikten, mit denen sich unser Dezernat zur Zeit beschäftigte, um Routinefälle: eine Schlägerei unter Betrunkenen in Matinkylä und ein Überfall in Tapiola, für den es ein Dutzend Zeugen gab. In der Woche vor meinem Dienstantritt hatte Pertsa die Voruntersuchung im kompliziertesten Fall dieses Sommers abgeschlossen, einer Messerstecherei in der Mittsommernacht am Badestrand von Haukilahti.

In den ersten Tagen tat ich kaum etwas anderes, als mich

durch Berge von Papieren zu wühlen und an diversen Besprechungen teilzunehmen. Wie ich bald feststellte, musste ich in meiner neuen Position unzählige Sitzungen besuchen. Ström erschien am Mittwoch wieder zur Arbeit und richtete sich in seinem alten Büro ein, das er mit Lähde teilte. Bei mir hatte er sich nicht gemeldet, und da die Kartons mit seinen Ordnern um ein Uhr immer noch in meinem Büro herumstanden, marschierte ich zu ihm.

Er wirkte erschöpft: sein normalerweise rötliches, pockennarbiges Gesicht war blass, die schnupftabakbraunen Haare klebten am Kopf. Die Augen verbarg er hinter einer dunklen Pilotenbrille, zwischen den Fingern hing eine glimmende Zigarette.

«Tag, Pertsa, schön, dass du wieder gesund bist. Wir sollten uns mal zusammensetzen, es gibt viel zu besprechen. Was hast du morgen vor?»

«Keine Ahnung. Kommt drauf an, ob heute Nacht jemand umgebracht wird», brummte er, ohne meinen Gruß zu erwidern.

«Wie wäre es morgen Mittag mit einem ausgedehnten Essen, in einem ordentlichen Restaurant statt in der Kantine? Ich lad dich ein», schlug ich vor.

Er schüttelte den Kopf. «Ich hab um zwölf einen Termin beim Staatsanwalt wegen der Messerstecherei. Wenn du eine Besprechung willst, musst du bis Freitagnachmittag warten. Passt es dir um drei?»

Dieser Mistkerl, das tat er mit Absicht! Natürlich wollte er testen, ob ich auch nach der Geburt meines Kindes bereit war, unbegrenzt Überstunden zu machen. Er wusste genau, dass wir mindestens drei Stunden brauchen würden, selbst wenn wir nur die wichtigsten Dinge besprachen.

«Ja, das geht», antwortete ich ruhig. «Du sitzt jetzt mit Pasanen vom Wirtschaftsdezernat an dieser Betrugsgeschichte, nicht wahr?»

«Ja. Verdammt komplizierte Sache. Damit bin ich vorläufig voll ausgelastet. Gott sei Dank brauch ich Puupponen und diese schlitzäugige Göre jetzt nicht mehr zu hüten. Den beiden muss man alles fünfmal verklickern.»

«Hör auf, Anu Schlitzauge zu nennen!», giftete ich. Erst dann ging mir auf, dass Pertsa es darauf angelegt hatte, mich in Rage zu bringen, was ihm schon auf der Polizeischule leicht gefallen war.

Er lächelte höhnisch, drückte die Zigarette aus und steckte gleich die nächste an. «Ist sonst noch was, oder darf ich weiterarbeiten?», fragte er und deutete auf den PC, dessen Monitor inzwischen dunkel geworden war. Ich war fest davon überzeugt, dass er bei meinem Eintritt ein Spiel laufen gehabt hatte.

«Also am Freitag um drei in meinem Büro», sagte ich im Befehlston – ein diskreter Hinweis darauf, dass das Chefbüro jetzt mir gehörte. Ich würde Pertsa nicht erlauben, dort zu rauchen, obwohl ich wusste, dass er mit sinkendem Nikotinpegel immer unausstehlicher wurde.

Bis Freitag war meine elegante Safarihose fleckig geworden, sodass ich meinen alten schwarzen Blazer und Jeans anziehen musste. In der Hosentasche fand ich die Visitenkarte von Anne Merivaara, die ich vor lauter Arbeit ganz vergessen hatte. Dabei hatte ich ihr doch versprochen, mich wegen Harri zu melden!

Nachdem ich die morgendlichen Routineaufgaben erledigt hatte, rief ich am PC die Akte der Voruntersuchung über Harris Tod auf. Der Bericht war kurz und bündig. Wie Koivu mir im Herbst bereits gesagt hatte, war es ein Unfall gewesen. Weder auf der Insel noch in Harris Wohnung hatte man Hinweise auf einen Selbstmord gefunden.

Ich las die Protokolle zweimal durch, und als ich Koivu nach dem Essen im Pausenraum sitzen sah, fragte ich ihn noch einmal nach dem Fall. Er erinnerte sich nicht mehr daran, immerhin lag die Sache bereits zehn Monate zurück. Erst bei dem Namen Rödskär fiel der Groschen.

«Ach richtig, da bin ich ja sogar im Hubschrauber hingeflogen. Eindeutig ein Unfall. Einen Abschiedsbrief haben wir nicht gefunden, auch in seiner Wohnung nicht.»

«Und sein Computer? Habt ihr den untersucht?», fragte ich, denn ich erinnerte mich an den Fall eines kontaktgestörten jungen Mannes, der ausschließlich mit seinem PC kommunizierte. Er hatte auf dem laufenden Gerät einen Abschiedsbrief hinterlassen und sich unmittelbar daneben erhängt, doch sein zuckendes Bein hatte sich im Kabel verfangen und es aus der Steckdose gerissen. Daher war seine Nachricht nicht gefunden worden, erst später hatte sie ein anderer Computerfreak, der das Gerät gekauft hatte, auf der Festplatte entdeckt.

«Er hatte das Ding auf die Insel mitgenommen, ein Olivetti-Laptop. Da war weiter nichts drauf als Vogeltagebücher und meeresbiologischer Kram, aus dem ein normaler Polizist nicht schlau wird. Warum können die Ornithologen eine Sturmmöwe nicht Sturmmöwe nennen, statt mit lateinischen Namen um sich zu werfen?»

«Du hast dir als Kind doch bestimmt auch eine Geheimsprache ausgedacht, weiter ist das nichts. So ähnlich wie die Einsatzcodes, die wir verwenden, obwohl ich so was wie Falke zwo für eine Belagerung albern finde. Vielleicht will man sich damit weismachen, es wäre bloß ein Indianerspiel, bei dem es nicht um Leben oder Tod geht.»

«Wir haben uns nicht alle Dokumente auf dem Laptop angesehen, weil die Sache völlig klar war.» Koivu machte Schultergymnastik und klagte über Muskelkater vom Squash. Ich wählte Anne Merivaaras Nummer.

«Merivaara», antwortete Juha Merivaaras dröhnender Bass.

«Hauptkommissarin Kallio von der Polizei Espoo. Ist die Public-Relations-Direktorin zu sprechen?»

«Sie hat eine Sitzung, soweit ich weiß. Kann ich Ihnen behilflich sein?» Seine Neugier war nicht zu überhören.

«Es geht um eine Privatsache», antwortete ich bestimmt.

«Anne Merivaara ist meine Frau. Waren Sie nicht am vorigen Wochenende auf Rödskär?»

Auf der Insel hatte Merivaara mich einfach geduzt, aber an Land galten offenbar andere Benimmregeln.

«Genau. Würden Sie Ihre Frau bitten, zurückzurufen? Sie erreicht mich über die Zentrale der Espooer Polizei. Sagen Sie ihr bitte, ich hätte die Sache geklärt, nach der sie sich erkundigt hat. Besten Dank, und einen schönen Tag noch», sagte ich zuckersüß.

Erst nachdem ich aufgelegt hatte, wurde mir bewusst, dass Juha Merivaara dabei gewesen war, als Harris Leiche gefunden wurde. Hätte ich von ihm etwas erfahren können? Aber nein, Koivu hatte gründliche Arbeit geleistet, wie immer, also hatte er sicher alles Wesentliche aus dem Geschäftsführer herausgeholt.

Anne Merivaara meldete sich um Viertel nach drei, gerade als Pertsa Ström sich endlich mit Kaffee und zwei Tassen in mein Büro bequemt hatte. Ich versicherte ihr, dass es keine Hinweise auf einen Selbstmord gab, worüber sie so erleichtert war, als habe sie sich ernsthaft Sorgen um Harris seelisches Gleichgewicht gemacht. Das ließ mich stutzig werden, doch da Pertsa mir ungeduldig gegenübersaß, beendete ich das Gespräch. In seiner Anwesenheit über einen Fall zu sprechen, den er als Ermittlungsleiter zu den Akten gelegt hatte, wäre ein schlechter Auftakt für unsere Zusammenarbeit gewesen.

Unsere Sitzung zog sich in die Länge, denn Ström hatte es nicht eilig, nach Hause zu kommen. Er war seit vier Jahren geschieden, seine Kinder Jenna und Jani lebten bei ihrer Mutter und verbrachten nur jedes zweite Wochenende in Pertsas Einzimmerwohnung.

Nach der Besprechung war ich einigermaßen informiert über die aktuellen Fälle und Ströms bisherige Maßnahmen. Am vorigen Abend war es im Zentrum von Espoo zu einem Zusammenstoß zwischen einer finnischen und einer somalischen Gang gekommen. Ich war mir geradezu wichtig vorgekommen, als ich Puupponen und Wang mit den Ermittlungen beauftragte. Es war bereits die dritte Rauferei zwischen den beiden Gruppen, wir mussten versuchen, den Konflikt zu beenden, bevor er eskalierte. Wangs Worten hatte ich entnommen, dass Ström, der sämtliche Einwanderer verabscheute, für die finnische Gang Partei ergriffen hatte.

Trotz seiner vielen Vorurteile war Pertsa allerdings ein ausgesprochen scharfsichtiger Polizist. Auch wenn er bei der Beurteilung von Details mitunter schwer danebenlag, hatte er die Fälle meist im Griff. Nun schien er mir beweisen zu wollen, dass er das Dezernat besser geleitet hatte, als ich es je können würde, denn er erklärte mir jeden seiner Schritte in allen Einzelheiten. Je nach Stimmungslage hätte er es ebenso gut fertig gebracht, wichtige Informationen zurückzuhalten.

«Bist du mit dem Wagen da?», fragte er, als wir nach der dritten Tasse Kaffee und seiner zehnten Zigarettenpause endlich Schluss machten.

Ich nickte.

«Kannst du mich an der Bahnstation absetzen? Ich will noch nach Helsinki.»

«Klar.» Ich betrachtete seine Bitte als eine Art Annäherungsversuch, wie er sie in den überraschendsten Situationen unternahm.

«Was hast du denn in der Stadt vor?», fragte ich, als wir aus der Tiefgarage fuhren.

«Hirvonen wartet im ‹Planet Hollywood› auf mich. Erste Station unserer Sauftour», erklärte er. Hirvonen, sein Zechbruder, arbeitete bei uns im Labor. «Jetzt hab ich ja keine Verantwortung mehr und kann die Wochenenden locker nehmen. Und wie ist es bei euch, kümmert sich dein Alter um euren Balg oder wer?»

«Sie heißt Iida, wie du sehr wohl weißt. Iida Viktoria. Ich hab sie ein Jahr lang gehütet, und jetzt ist Antti an der Reihe.»

«So. Na, dass eine Emanze wie du keinen Jungen zur Welt bringt, hab ich vorher schon gewusst.»

«Schnauze, oder du kannst zu Fuß gehen», sagte ich, ohne wirklich wütend zu sein. Pertsas Frotzelei über meinen Feminismus gab mir das Recht, meinerseits sexistische Kommentare von mir zu geben, zum Beispiel über den Körperbau männlicher Sportler. Dass er sich über Anttis Entschluss, Erziehungsurlaub zu nehmen, lustig machte, überraschte mich nicht, darüber hatten sich auch meine Eltern mokiert. Antti hatte sich vorerst bis Weihnachten beurlauben lassen und war froh, eine Weile aus dem Universitätsbetrieb herauszukommen, der ihn momentan anödete. Unser Familienleben war bestens organisiert, alle Beteiligten waren zufrieden – wieso fühlte ich mich trotzdem unruhig und sehnte mich nach Abenteuern?

Die Menschen, die ich auf Rödskär kennen gelernt hatte, ließen mir auch am Wochenende keine Ruhe. Am Samstag kamen Anttis Eltern, um Iidas ersten Geburtstag mit uns zu feiern. Meine Schwiegermutter hatte eine Illustrierte mitgebracht, die ich selten las.

«Ihr habt doch auf Rödskär den Opernsänger getroffen, diesen Holma. Hier steht was über ihn.»

Der Artikel, den sie mir zeigte, hatte die Überschrift «Wie man mit Lebenskrisen fertig wird». Zu diesem Thema waren drei Menschen interviewt worden: ein Manager mit Bauchspeicheldrüsenkrebs, eine Pastorin, deren einziges Kind tödlich verunglückt war, und Tapio Holma, der Opernsänger, der seine Stimme verloren hatte.

Tapio Holma, 42, gewann vor sechzehn Jahren den Timo-Mustakallio-Gesangswettbewerb. Von deutschen Opernbühnen umworben, hängte er seinen Beruf als Grundschullehrer an den Nagel. In den letzten fünf Jahren hatte Holma ein festes Engagement an der Hamburger Staatsoper, gastierte daneben aber regelmäßig an der Finnischen Nationaloper und beim Opernfestival in Savonlinna. Vor drei Jahren trat er dort als Marquis Posa in Verdis «Don Carlos» auf und gewann auch das finnische Opernpublikum für sich. Wie vor ihm Tom Krause und Jorma Hynninen, schien der Heldenbariton auf dem Weg an die internationale Spitze zu sein. Die Deutsche Oper in Berlin, eines der führenden Opernhäuser der Welt, bot ihm die Rolle des Grafen Almavida in «Figaros Hochzeit» an. Doch dann kam alles anders.

«Schon im letzten Sommer merkte ich, dass meine Stimme schneller als sonst ermüdete und gewissermaßen verschwamm. Als ich im Spätsommer bei den Musikfestspielen in Salzburg den Scarpia in Puccinis «Tosca» sang, wurden mir die letzten Aufführungen zur Qual. Die Stimme spielte nicht mehr mit.»

Holma konsultierte einen Phoniater, der eine Lockerung der Stimmbänder feststellte und ihm als Soforthilfe absolute Schonung empfahl. Der Sänger ließ sich beurlauben. Nach fast einjähriger Pause hat sich noch keine grundlegende Besserung eingestellt. Möglicherweise wird sich Holma einer Operation unterziehen müssen.

«Niemand kann mir garantieren, dass die Operation meine Stimme wiederherstellt», sagt Tapio Holma gefasst. «Deshalb weiß ich noch nicht, ob ich das Risiko eingehen will. Andererseits muss ich mich bald entscheiden, denn in meiner Branche ist man nach zwei Jahren aus dem Rennen. Der Konkurrenzkampf ist hart.»

Mit dem Versagen der Stimme ging ein zweiter Schicksalsschlag einher, den der Sänger heute weitgehend überwunden hat. Er war zehn Jahre mit der deutschen Sopranistin Suzanne Holtzinger verheiratet. Auf der Opernbühne bemüht sich der Bariton meist vergeblich um den Sopran, so auch in der Oper «Tosca», deren Titel-

rolle Suzanne Holtzinger in Salzburg sang. In dieser Oper verlangt der skrupellose Scarpia, Tosca solle sich ihm hingeben, um das Leben ihres Geliebten, des Tenors Cavaradossi, zu retten. Sie willigt scheinbar ein, doch als Scarpia sie umarmen will, erdolcht sie ihn.

Auch im wirklichen Leben verlor der Bariton seinen Sopran an einen Tenor. Holmas Frau verliebte sich in den Darsteller des Cavaradossi.

«In unserer Ehe kriselte es seit langem, insofern kam die Entscheidung meiner Frau nicht aus heiterem Himmel. Dennoch ist es belastend, zwei einschneidende Veränderungen gleichzeitig zu erleben, das lässt sich nicht leugnen.»

Ein Ortswechsel half dem Sänger über die Krise hinweg: Tapio Holma kehrte in seine Heimatstadt Espoo zurück. Die Ornithologie, die ihn bereits als Schüler fasziniert hatte, lässt ihn nun alle Niedergeschlagenheit vergessen.

«Ich selbst kann nicht mehr singen, doch ich genieße den Gesang der Vögel. Vor allem die Frühsommernächte sind in Finnland einzigartig. Die Nachtigallen an der Bucht Otsolahti … Glücklicherweise sind noch nicht alle Bäume dem Straßenbau zum Opfer gefallen.»

Auch eine neue Frau ist in das Leben des Sängers getreten, die zwanzigjährige Studentin Riikka Merivaara. Holma deutet geheimnisvoll an, dass, als er Riikka kennen lernte, er im wahren Leben die Heldenrolle habe übernehmen müssen, Einzelheiten gibt er jedoch nicht preis.

«Der Altersunterschied stört uns nicht, Riikka ist eine sehr reife junge Frau. Ich habe viel von ihr gelernt, unter anderem hat sie mich dazu angeregt, über die Bedeutung einer gesunden Ernährung für das ganzheitliche Wohlbefinden des Menschen nachzudenken. Zur Zeit suchen wir gemeinsam nach alternativen Heilmethoden für meine Stimmbänder. Sollte meine Stimme nicht wiederherzustellen sein, so ist das Leben dennoch lebenswert. Jeden Tag kann man dem Gesang der Vögel lauschen, selbst wenn man einmal nur Möwen oder Krähen hört», *sinniert Tapio Holma.*

Auf dem Foto, das den Artikel begleitete, stand Holma mit einem Fernglas am Meer. Der Anflug eines Lächelns lag auf seinem Gesicht: *Trotz schwerer Schicksalsschläge hat der tapfere Bariton sich seinen Lebensmut bewahrt.*

«Eine unglaubliche Geschichte», sagte ich zu meiner Schwiegermutter, die Iida mit Himbeer-Blaubeer-Püree fütterte. «Daraus könnte man direkt ein Opernlibretto machen.»

Antti lachte respektlos über den Bericht und fragte dann, ob ich seine alten Rödskär-Dias sehen wolle, wenn Iida schlief. Natürlich wollte ich. Als er erwähnte, es seien auch ein paar Dias von seiner Fahrt mit Mikke Sjöberg auf dem Schoner «Astrid» dabei, spürte ich ein seltsames Flattern im Bauch.

Ende August wurde es schon vor zehn Uhr dunkel. Antti baute die Leinwand und den Diaprojektor auf. Dann verschwand er in der Küche.

«Ich hol mir einen Whisky zur Stärkung. Willst du auch einen?»

Seit dem Tod seines Segelfreundes Jukka vor fünf Jahren hatte er die Bilder sicher nicht mehr angeschaut. Wir hatten uns kennen gelernt, als ich nach Jukkas Mörder fahndete. Antti war einer der Verdächtigen gewesen, was mir inzwischen unbegreiflich vorkam.

«Einen kleinen Schluck, bitte.»

Er kam mit der ganzen Flasche an, und bevor ich merkte, was ich tat, hatte ich mir eine reichliche Portion eingeschenkt. Die Dias waren gerade so, wie ich sie mir vorgestellt hatte: Antti, zehn Jahre jünger und mit kurzen Haaren, stand neben dem braun gebrannten, weißblonden Jukka Grimassen schneidend vor einem Schild mit der Aufschrift «Militärisches Sperrgebiet, Zutritt verboten», sie machten vor dem Leuchtturm Faxen und saßen mit einer Flasche billigem Rum auf den Klippen. Die Festungsgebäude sahen baufällig aus, die Insel wirkte schmuddelig.

«Jetzt kommen welche aus dem Sommer danach. O Gott, das ist schon zehn Jahre her!»

Nachdenklich betrachtete ich die fröhlichen Jungen auf den Urlaubsfotos und dachte an Jukka und Harri. Beide waren zu jung gestorben. Was hatte Harri in den vierunddreißig Jahren seines Lebens schon erlebt? Aber wie wollte ich beurteilen, ob sein Leben inhaltsreich gewesen war? Einen Nachtreiher zu beobachten hatte ihm vielleicht ebenso viel Befriedigung gegeben wie anderen Leuten ein Olympiasieg oder sechs Richtige im Lotto.

«Jetzt kommen Aufnahmen von der ‹Astrid›, allerdings nur ein paar, weil ich selbst keinen Fotoapparat dabeihatte. Guck mal, da klettert A. Sarkela auf den Mast.»

Der siebzehnjährige Antti wirkte eifrig und unschuldig. Auf dem nächsten Bild schrubbte er das Deck. Das letzte Foto zeigte die gesamte Crew des Schoners.

«Mikke Sjöberg steht in der letzten Reihe ganz links.»

Mikkes breit grinsendes Gesicht war von Pickeln übersät. Offenbar hatte gerade jemand einen Witz erzählt, denn alle lachten.

«Wenn mir damals jemand gesagt hätte, ich wäre eines Tages mit einer Hauptkommissarin verheiratet, hätte ich ihn ausgelacht. Für Polizisten hatten wir nur Verachtung übrig.»

«Fang bloß nicht wieder damit an», sagte ich und warf ihm ein Kissen an den Kopf. Auf der Rückfahrt von Rödskär hatte er mir mit der Frage zugesetzt, was ich täte, wenn er sich mit Iida zum Beispiel den Hausbesetzern anschließen würde, die gegen den Bau der neuen Schnellstraße protestierten. Würde ich zulassen, dass sie von meinen Kollegen unsanft in einen Einsatzwagen verfrachtet wurden?

«Von mir aus kannst du zehn Häuser besetzen, aber Iida lässt du bei einem Babysitter», hatte ich geantwortet.

«Aber gerade wegen Iida will ich doch ... Wenn alles so weitergeht wie bisher, ist ganz Espoo zubetoniert, bevor sie erwachsen ist. Es hilft überhaupt nichts, bei jeder Wahl für die Straßengegner zu stimmen», seufzte er jetzt.

«Von mir darfst du keine Patentlösung erwarten!» Ich erstickte seinen gesellschaftspolitischen Protest mit einem Kuss, in den sich eine Spur von schlechtem Gewissen mischte. In der letzten Nacht hatte ich von Rödskär geträumt, doch der Mann, den ich im Traum geküsst hatte, war nicht Antti gewesen, auch nicht Harri, sondern ein Seebär mit sonnengebleichten Augenbrauen, dessen Atem nach Pfeifentabak roch.

Am Sonntag machten wir eine Fahrradtour am Meer. Der Blaualgenteppich, der in Matinkylä das Uferwasser bedeckt hatte, war von den Augustwinden aufgelöst worden, sodass Menschen und Hunde das kühle Nass wieder genießen konnten. Auf dem Rückweg erblickte ich vor McDonald's in Niittykumpu zwei Polizeitransporter und eine Menschenansammlung, offenbar Demonstranten. Sofort erwachte mein berufliches Interesse.

«Was ist denn da los? Ich guck mal nach, bleib du hier, damit Iida nicht wach wird.»

Ich ließ Fahrrad und Helm an der benachbarten Esso-Tankstelle. Es schien sich tatsächlich um eine Demonstration zu handeln. Etwa dreißig junge Leute hatten die Autospur des Drive-in besetzt und das Restaurant umstellt. Auf ihren Transparenten stand unter anderem «Wer hier isst, zerstört den Regenwald. RdT – Revolution der Tiere» und «Fleisch essen ist Mord – Revolution der Tiere». Die Demonstranten schwiegen, nur einer schlug eine afrikanische Trommel, deren Töne dumpf durch den Verkehrslärm drangen.

Zwei Doppelstreifen von unserer Dienststelle waren zur Stelle. Die eine verhandelte gerade mit den Demonstranten, daher ging ich zu den beiden anderen Beamten, Akkila und Yliaho.

«Schau an, die Kallio», sagte Yliaho. «Ich hab schon gehört, dass du wieder da bist. Na, als Kommissarin kannst du uns sicher sagen, was wir tun sollen. Die Rabauken haben ihre Demo nicht mal angemeldet.»

Als die RdT-Mitglieder angerückt waren und die Fenster des Restaurants mit ihren Anti-Hamburger-Bannern verhängten, hatte der Schichtleiter von McDonald's die Polizei alarmiert. Sonntags kamen viele Eltern, die keine Lust hatten, stundenlang in der Küche zu stehen oder viel Geld für einen Restaurantbesuch auszugeben, mit ihren Kindern hierher, und um vier Uhr sollte obendrein eine Geburtstagsparty für zwanzig Fünfjährige stattfinden.

«Fällt nicht in mein Ressort», wich ich aus. Laut Gesetz mussten unangemeldete Demonstrationen aufgelöst werden, wenn sie Unbeteiligte störten. Ich wusste nicht recht, wie ich zu der Sache stand. Ab und zu aß ich selbst einen Hamburger, während Antti keine zehn Pferde zu McDonald's gebracht hätten. Ihm schmeckte das Essen nicht, und die Ideologie der Kette fand er widerwärtig.

«Das Personal ist stinksauer», sagte Akkila, der Experte für Kickboxing, der seine Künste gern auch im Dienst einsetzte.

Ein alerter junger Mann im grün gestreiften Hemd der Imbisskette kam aus dem Gebäude. Die Reaktion der Demonstranten war beeindruckend: Keiner sagte ein Wort, doch alle drehten sich gleichzeitig um und starrten den Mann an. Die Trommelschläge wurden lauter. Der McDonald's-Mitarbeiter zögerte mindestens zehn Sekunden, bevor er zu uns kam.

«Schicken Sie diese Idioten endlich weg, die stören unsere Kunden», schnaubte er. Auf seinem Namensschildchen stand «Jimi, Schichtleiter».

«Die Kollegen verhandeln gerade mit ihnen. Wir versuchen, die Sache möglichst zivilisiert zu erledigen», sagte Yliaho beschwichtigend.

«Zivilisiert? Die benehmen sich alles andere als zivilisiert!»

«Ein gewaltsamer Polizeieinsatz liegt sicher nicht im Interesse des Restaurants», meinte Yliaho.

«Aber mit denen kann man nicht vernünftig reden! Ich hab's versucht, aber sie haben mich nur angepöbelt», brauste der Schichtleiter auf.

Die Verhandlungen zwischen der zweiten Streife und den Demonstranten waren offenbar beendet, denn die Beamten kamen zu uns herüber. Ich kannte beide, sie waren schon lange dabei. Die eine, Liisa Rasilainen, war eine der dienstältesten Frauen bei der Espooer Polizei.

«Na?», fragte Yliaho.

Rasilainen schüttelte den Kopf.

«Freiwillig gehen sie nicht, sie brennen geradezu auf einen Polizeieinsatz. Wir müssen wohl ein paar zusätzliche Fahrzeuge anfordern. Und dann gehen wir behutsam vor.»

«Die betteln doch drum, eins in die Fresse zu kriegen!», knurrte Akkila und klopfte erwartungsvoll auf seinen Schlagstock.

Ich ließ den Blick über die Demonstranten schweifen: Junge Leute in Anoraks, Jeans und Batikkleidern, mit knallbunt gefärbten Haaren. Sie sahen kaum anders aus als meine Freunde und ich vor rund siebzehn Jahren auf den Friedensmärschen. Auch wir hatten uns eingebildet, die Welt verändern zu können. Es wäre uns ganz recht gewesen, von den Bullen festgenommen zu werden, denn das hätte uns bewiesen, dass die Machthabenden uns als Bedrohung empfanden.

«Wer trägt die Verantwortung für die Operation?», fragte ich Rasilainen.

«Hauptmeister Hannula. Er ist auf dem Weg hierher.»

Hannula war ein besonnener Mann, vielleicht konnte er verhindern, dass die Situation außer Kontrolle geriet. Am besten fuhr ich weiter. Ich sah mich suchend nach Antti um, konnte ihn aber nicht entdecken. Sicher hatte er gemerkt, dass ich gebraucht wurde, und war mit Iida nach Hause gefahren.

Die ganze Szene kam mir unwirklich vor. Die Demonstranten machten keinen Lärm und bewegten sich kaum. Sie standen schweigend vor den Fenstern des Restaurants und ließen ihre Transparente sprechen, während die Trommel drohend grollte. Die Menschen, die das Restaurant besuchen wollten, waren unsicher. Niemand hinderte sie daran, hineinzugehen, doch die aggressiv aussehende Schar schreckte die meisten ab.

Weitere Polizeifahrzeuge trafen ein, einem davon entstieg Hauptmeister Hannula.

«Personalien aufnehmen, aber keine Festnahme, sofern alles ruhig bleibt», ordnete er an. Dann nahm er ein Megaphon und forderte die Demonstranten auf, sich zu zerstreuen. Ich zog mich erleichtert zurück, der Einsatz schien friedlich zu verlaufen, ich brauchte mich nicht einzumischen. Ich war bereits bei der Tankstelle angekommen, als ich Glas klirren hörte.

Jemand hatte einen Stein ins Restaurantfenster geworfen.

Die meisten Demonstranten hatten folgsam den Rückzug angetreten, aber als Yliaho und Rasilainen nun die Steinwerferin packten, kam Leben in die Schar. Sie brüllten Protestrufe und schlugen mit ihren Schildern nach den Polizisten. Ein Junge mit grünen Haaren versuchte, die Beamten von dem Mädchen wegzureißen, und wurde seinerseits von Akkila angegriffen. Die Polizisten waren hoffnungslos in Unterzahl, ich rannte fluchend zurück. Akkila zerrte den Grünhaarigen brutal zum Kastenwagen, der Junge biss ihn in den Arm, Akkila trat ihm in den Magen. Erst als der Demonstrant zu Boden ging, sah ich, dass es Jiri Merivaara war. Zu meiner Erleichterung rappelte er sich wieder auf. Er wollte sich erneut auf Akkila stürzen, doch der hatte die Handschellen schon parat. Jiri versuchte sie ihm zu entreißen, aber gegen den fünfzehn Zentimeter größeren Kickboxer hatte er keine Chance.

Zwei Kollegen nahmen die Personalien der nicht am Krawall beteiligten Demonstranten auf. Ich holte meinen Polizeiausweis aus der Tasche, steckte ihn an die Jacke und half ihnen, woraufhin sich einer der beiden in das Kampfgetümmel stürzte. Rasilainen und Yliaho hatten die Steinwerferin inzwischen in ein Polizeifahrzeug verfrachtet, in das noch ein paar weitere Demonstranten geschoben wurden. Jiri, der sich heftig wehrte und Akkila als Faschistenschwein beschimpfte, wurde in den nächsten Kastenwagen verladen. Unter dumpfem Getrommel trollten sich die übrigen, nachdem ihre Personalien aufgenommen worden waren. Die Jüngsten waren etwa dreizehn und wirkten neben den stämmigen Polizisten klein und harmlos.

«Diese verdammten Gören», seufzte Hannula beim Einsteigen. «Vier Festnahmen, nur gut, dass sich keiner an den Glasscherben verletzt hat. Fährst du mit?»

«Nein danke, ich bin mit dem Fahrrad.»

Auf halbem Weg holte ich Antti und Iida ein und berichtete, was mich aufgehalten hatte.

«Geknüppelt und getreten, pfui Teufel!» Anttis Sympathien lagen eindeutig bei den Demonstranten.

«Der Steinwurf war aber nun wirklich nicht in Ordnung! Das Glas ist meterweit geflogen, stell dir bloß mal vor, die Scherben hätten ein Kind getroffen!»

«Da hast du Recht, solche Aktionen bringen nichts», gab er zu. Wir malten uns aus, wie die Medien über das Ereignis berichten würden, und tatsächlich brachten am Abend sämtliche Fernsehsender Interviews mit dem Schichtleiter und einem der Demonstranten. Weltbewegendes hatte keiner von beiden zu sagen, ihre Ansichten lagen so weit auseinander, dass jede Verständigung unmöglich war. Das Restaurant forderte natürlich Schadenersatz für die Fensterscheibe und den Verdienstausfall.

Der Vorfall sollte mich länger beschäftigen, als ich gedacht hatte, denn am Montagmorgen fand ich auf meinem Schreibtisch die Mitteilung, Jiri Merivaara habe gegen Polizeimeister Akkila Beschwerde erhoben. Die Voruntersuchung sollte mein Dezernat übernehmen.

Drei

«Vermutlich wird gegen Polizeimeister Akkila keine Anklage erhoben», sagte ich zu Jiri Merivaara, der mit seiner Mutter zur Vernehmung erschienen war. Ich hätte Anne Merivaara fast nicht erkannt, als sie mein Büro betrat. Die zierliche, sonnengebräunte Frau, die ich auf Rödskär kennen gelernt hatte, gab es nicht mehr, nun saß mir eine Geschäftsfrau im strengen grauen Kostüm gegenüber, mit einer teuren, goldgerahmten Brille und kühlem Blick.

«Wieso denn nicht? Der Kerl hat mich grün und blau getreten, hier, guck's dir an!» Jiri hob sein loses schwarzes Hemd. Zwischen den Rippen prangte ein großer Bluterguss.

«Gegen dich liegt eine Anzeige vor wegen tätlichen Widerstands gegen einen Polizeibeamten. Daher wird der Staatsanwalt vermutlich zu der Auffassung kommen, dass du Polizeimeister Akkila provoziert hast», erklärte ich. Ich kannte die Arbeitsweise des zuständigen Staatsanwalts und war mir sicher, dass er Jiris Beschwerde zurückweisen würde. Ob er damit Recht hatte, war eine andere Frage. Meiner Ansicht nach war Akkila unnötig brutal vorgegangen. Wäre er mein Untergebener gewesen, hätte ich ihn für ein paar Tage vom Dienst suspendiert.

«Über die Anklageerhebung entscheidet also nicht die Polizei selbst?», fragte Anne Merivaara.

«Natürlich nicht.»

Es wäre mir lieber gewesen, das Kriminalamt hätte die Voruntersuchung gegen Akkila übernommen, doch Jiris Beschwerde war als so unbedeutend eingestuft worden, dass interne Ermittlungen ausreichten. Anne Merivaara hatte mich am Montag angerufen, als wäre ich ihre persönliche Vertrauenspolizistin. Diese Konstellation gefiel mir nicht. Die Schutzpolizei hatte Jiri im Anschluss an seine Festnahme vernommen und noch am selben Abend auf freien Fuß gesetzt. Sein Vater hatte versucht, ihn von der Beschwerde gegen Akkila abzubringen, er fand, als Sohn eines Unternehmers hätte Jiri wissen müssen, dass es grundsätzlich falsch war, jemanden an der Ausübung seiner Geschäftstätigkeit zu hindern oder Widerstand gegen die Staatsgewalt zu leisten.

«Juha meint, Jiri müsste an einem ganz anderen Ende ansetzen, um die Hamburgerkultur zu verändern. Er sollte bei McDonald's einen Job annehmen und versuchen, in eine führende Position aufzusteigen, um von dort aus auf die Geschäftsstrategie des Unternehmens einzuwirken. Natürlich würde das Jahre dauern, aber nach Juhas Meinung ist die Veränderung der Strukturen von innen heraus der einzige Weg, die Welt zu verbessern. Er selbst hat es genauso gemacht.»

Obwohl ich Besseres zu tun gehabt hätte, als mir die ideologischen Auseinandersetzungen der Familie Merivaara anzuhören, hatte ich mit Anne und Jiri einen Termin für den Dienstagnachmittag vereinbart. Anne machte sich Sorgen um den Ruf der Merivaara AG. Trotz der umweltfreundlichen Bootslacke würde das Unternehmen bei naturliebenden Sonntagsseglern womöglich auf Ablehnung stoßen, wenn bekannt wurde, dass einer der Firmenerben ein angehender Ökoterrorist war.

Ich hatte beschlossen, die Voruntersuchung selbst zu übernehmen. Wang saß als Zeugin mit mir im Vernehmungsraum zwei. «Von meiner Seite aus können wir die Vernehmung beenden», sagte ich, nachdem wir ausgiebig darüber geredet hatten, ob Jiri oder Akkila als Erster zugeschlagen hatte. Die beiden beschuldigten sich gegenseitig, und ich wusste nicht, wem ich glauben sollte. Es war Jiri durchaus zuzutrauen, dass er einen Polizisten attackierte, um vor seinen Freunden als Held dazustehen.

«In ein paar Tagen schicke ich dir das Protokoll der Voruntersuchung, du musst es unterschreiben, und dann geht es an den Staatsanwalt.»

«Willst du mir weismachen, ihr hättet keinen Einfluss darauf, ob dieses brutale Schwein angeklagt wird? Haha! Man weiß doch, wie ihr Bullen zusammenhaltet! Du bist auch nicht besser, du verdammte Leberpastetenfresserin!», zeterte Jiri.

Über das eigenwillige Schimpfwort musste ich unwillkürlich lachen. Da Jiri noch zur Toilette wollte, blieb ich mit Anne Merivaara allein auf dem Korridor.

«Wenn ich nur wüsste, wie der Junge zur Vernunft zu bringen ist. Riika und ich haben es vergeblich versucht. Zu seinem Vater hat er gar keinen Draht mehr, und Tapsa beschimpft er als Opernclown. Mikke ist der Einzige, von dem er sich vielleicht noch etwas sagen ließe, aber der segelt gerade vor Dagö.»

«Ist Mikael Sjöberg mit euch verwandt?»

«Er ist Juhas Halbbruder, trägt aber den Familiennamen seiner Mutter.»

In dem Moment stolzierte Jiri wortlos an uns vorbei. Anne Merivaara verabschiedete sich hastig und lief ihm nach. Ich stellte in aller Eile das Protokoll der Voruntersuchung zusammen und hoffte, von nun an nichts mehr mit der Familie Merivaara zu tun zu haben.

Gegen Akkila wurde keine Anklage erhoben. Jiri Merivaara erhielt eine Geldstrafe von 700 Finnmark wegen tätlichen Widerstands gegen einen Polizeibeamten, das Mädchen, das den Stein geworfen hatte, wurde zu insgesamt 10 000 Finnmark Geldstrafe und Schadenersatz verurteilt, weigerte sich jedoch zu zahlen.

Der Herbst senkte sich über Espoo wie ein muffiger Vorhang. Allmählich fand ich mich wieder in die Alltagsroutine ein und lernte meine neuen Kollegen im Dezernat, Anu Wang und Petri Puustjärvi, kennen. Puustjärvi war aus Kirkkonummi zu uns gestoßen, ein stämmiger, blonder Vierzigjähriger mit den Hobbys Go und Fliegenfischen. Allmählich gewöhnte ich mich auch daran, zu organisieren und Aufgaben zu verteilen. Es gelang mir sogar, die Dauer der Führungsbesprechungen um ein Drittel zu verkürzen, indem ich die anderen Dezernatsleiter bei ihren Jagdgeschichten ungeniert unterbrach und sie bat, zur Sache zu kommen.

Was ich vermisste, war die tägliche Zusammenarbeit mit Taskinen. Wir gewöhnten uns an, montags und freitags gemeinsam zu essen, und schon Ende September kursierten im Präsidium Gerüchte, deren Urheber leicht zu erraten war. Pertti Ström hatte schon seit längerem behauptet, ich hätte über das Bett des ehemaligen Dezernatsleiters Karriere gemacht. Tatsächlich knisterte es zwischen uns, doch es blieb bei harmlosen Gesten, ich zog ihm die Krawatte gerade, er strich mir ein trockenes Blatt aus den Haaren. Schon das wirkte wie ein Energiestoß.

Auch Anttis Tagesablauf hatte sich eingespielt. Iida schlief tagsüber nur noch einmal, dafür aber fast drei Stunden lang, sodass er Zeit hatte, sich in seine Forschungen oder in die Texte seiner Lieblingsdichter zu vertiefen. Wenn Iida wach war, spielte er oft Klavier, und einmal in der Woche ging er mit ihr nach Olari zur Musikgruppe. Er schien mit seinem Leben vollauf zufrieden zu sein:

«Die Kleine macht sich nicht wichtig, wie meine Kollegen an der Uni. Es ist erfrischend, den ganzen Tag mit einem derart offenen Menschen zusammen zu sein.»

Der 4. Oktober war ein Samstag. Am Morgen überlegte

ich, wieso mir das Datum so bekannt vorkam, dann fiel es mir ein: Heute vor einem Jahr war Harri gestorben.

Ich war den ganzen Tag sprungbereit, denn ich hatte Kommissarsdienst für die gesamte Kripo, was bedeutete, dass ich bei Bedarf Haftbefehle bestätigen oder aufs Präsidium fahren musste, um bei dringlichen Fällen die Ermittlungen zu organisieren. Während der Nacht kamen einige Anrufe, es ging aber nur um die üblichen Kneipenschlägereien und Auseinandersetzungen zwischen Betrunkenen. Ich hatte das Handy mitgenommen und schlief im Erdgeschoss, um Antti und Iida nicht zu wecken. Weil ich im Bereitschaftsdienst mitten in der Nacht weggerufen werden konnte, ohne zu wissen, wann ich zurückkam, hatte ich ein paar Wochen zuvor endgültig abgestillt. Es war ein wehmütiges Gefühl gewesen, aber Iida war ja kein Säugling mehr, sie konnte bereits laufen und sprach auch schon einige Worte, die üblichen: Mama und Kacka.

Der Morgen des 5. Oktober war grau und nieselig. Um halb acht wurde ich vom Telefon geweckt. Puustjärvis Stimme verriet, dass er eine durchwachte Nacht hinter sich hatte:

«Auf Rödskär ist eine Leiche gefunden worden.»

Schlief ich noch, träumte ich von Harris Tod vor einem Jahr? Nein, das war kein Traum. Der Schlaf wurde davongeweht wie Blütenstaub von einer Weide.

«Konnte der Tote identifiziert werden?»

«Ja. Ein gewisser Juha Merivaara, geboren 1951, von Beruf Geschäftsführer.»

Ich überlegte eine Sekunde lang.

«Ist schon jemand zum Fundort unterwegs?»

«Ich warte mit Koivu und dem Fotografen auf den Hubschrauberpiloten. Die Technik fährt mit dem Boot hin.»

«Wartet auf mich! Ich komme mit in den Hubschrauber, in einer Viertelstunde bin ich da.»

Ich legte auf, rannte in die Küche und stellte die Kaffeemaschine an. Vierzehneinhalb Minuten später hatte ich es geschafft, mich zu waschen, anzuziehen, zwei Tassen Kaffee hinunterzustürzen und ein Käsebrot zu essen, mit weit überhöhter Geschwindigkeit zum Präsidium zu fahren, den Wagen abzustellen und zum Landeplatz auf dem Dach zu rennen.

Seit den Übungsflügen während der Ausbildung hatte ich nicht mehr in einem Helikopter gesessen. Ich hatte zwar keine Angst vor dem Fliegen, doch im Magen rumorte es, als der Hubschrauber aufstieg und über Mankkaa und Haukilahti nach Südwesten flog. Bei dem Nieselregen hatte man kaum Sicht auf das Meer, die Kopfhörer dämpften den Lärm nicht. Ich atmete ein paar Mal tief durch und fragte Puustjärvi, wie die Meldung aus Rödskär gelautet hatte.

«Der Anrufer hat nicht viel gesagt. Am Ufer läge eine Männerleiche, aber es sähe nicht so aus, als wäre er ertrunken!», brüllte Puustjärvi ins Mikrophon.

«Wer war der Anrufer?»

«Ein gewisser Tapio Holma.»

Tapio Holma, soso. Demnach war vermutlich der ganze Merivaara-Clan auf der Insel, vielleicht auch Mikke Sjöberg. Ich spürte einen unangenehmen Druck im Magen, als der Hubschrauber schlingerte und ein paar Meter absackte.

Durch den Nebel hindurch betrachtete ich die immer spärlicher werdenden Schären und das graublaue, gischtende Meer. Wir überflogen die Inseln Pentala und Stora Herrö, und bald darauf entdeckte ich ein Licht am Horizont. Das Leuchtfeuer von Rödskär durchdrang den Nebel. Erst aus hundert Meter Höhe sah ich, dass dieselben Boote im Hafen lagen wie im August, die luxuriöse Motoryacht und Mikke Sjöbergs Segelboot.

Der Westwind schüttelte die Erlen, die zwanzig Quadratmeter große Rasenfläche reichte nur knapp zum Landen. Der Lärm hatte eine kleine Gruppe an den Fuß des Leuchtturms gelockt: Riikka Merivaara und Tapio Holma. Jiri. Mikke

Sjöberg, der im Luftwirbel der Rotoren versuchte, seine Pfeife anzuzünden. Eine etwa fünfzigjährige rundliche, dunkelhaarige Frau, die ich nicht kannte. Ihre violette Jacke flatterte im Wind wie ein Hexenmantel.

Wir kletterten aus dem Hubschrauber. Mikke empfing uns als Erster, mit gepresster Stimme sagte er:

«Guten Tag. Sie sind schnell gekommen.» Er gab uns nicht die Hand.

«Guten Tag zusammen. Ich bin Kriminalhauptkommissarin Maria Kallio von der Polizei Espoo, meine Begleiter sind die Kriminalmeister Pekka Koivu und Petri Puustjärvi und der Polizeifotograf Erkki Myller.»

Die violett gekleidete Frau trat vor, gab uns die Hand und stellte sich als Seija Saarela vor. Nun begrüßte uns auch Tapio Holma, während Riikka und Jiri, fest in ihre Mäntel gewickelt, uns stumm ansahen.

«Petri, such bitte im Haus einen geeigneten Raum für die vorläufigen Vernehmungen», bat ich Puustjärvi. «Nimm alle Personalien auf. Würde derjenige, der die Leiche gefunden hat, uns bitte hinführen?»

Da Tapio Holma die Polizei alarmiert hatte, nahm ich an, dass er den Toten gefunden hatte, doch Mikke Sjöberg sagte:

«Ich habe Juha gefunden, am Westufer.»

Ich konnte ihn nicht fragen, ob der Tote an derselben Stelle lag wie Harri, denn Mikke stiefelte bereits durch das nasse Gras davon. Ich folgte ihm mit Koivu und dem Fotografen. Die Islandflechte, die in der Trockenheit bei unserem letzten Besuch eng an den Felsen angelegen hatte, wucherte nun üppig. Mikke ging an der Stelle vorbei, wo wir vor ein paar Wochen gemeinsam Laphroaig getrunken hatten. Er zeigte auf das Ufer, an das der Westwind anderthalb Meter hohe Wellen warf.

Juha Merivaara lag bäuchlings auf dem Ufergeröll, knapp außer Reichweite der Wellen. Das Wasser umspülte Füße und

Hände, während Rücken und Oberschenkel dem Wind ausgesetzt waren. Ich trat so nahe an den Rand der Felsen, wie ich es wagen konnte. Ein Sturz aus fünf Meter Höhe, das klang nicht besonders gefährlich, doch wenn man die Felsblöcke sah, die aus dem Meer ragten, wusste man, dass es den Tod bedeutete.

«Warst du da unten?», fragte ich Mikke.

«Ja. Ich bin am Hang ausgerutscht und ins Meer gerollt.»

Er hatte ein Pflaster am linken Handrücken und eine Abschürfung am Kinn.

«Vorsicht!», warnte ich Koivu und Myller und begann mit dem Abstieg. Der Felsen war tatsächlich extrem rutschig, offenbar hatte der Wind die Wellen gestern zwei Meter hoch aufgetürmt, und zusätzlich hatte es geregnet.

Von nahem sah man das Loch in Juha Merivaaras linker Schläfe und die Prellungen an Hinterkopf und Nacken. Koivu sah mich fragend an, sagte aber nichts, da Mikke Sjöberg bei uns war.

«Wann hast du ihn gefunden?»

«Kurz vor sieben. Ich wollte die Vertäung der ‹Leanda›, so heißt mein Boot, überprüfen, weil der Wind in der Nacht gedreht hatte. Dann sah ich, dass im Süden die Wolkendecke aufriss, und dachte mir, ich schaue mir vom Leuchtturm aus den Sonnenaufgang an. Von dort oben habe ich dann eine Gestalt im Ufergewässer gesehen. Mein erster Gedanke war, hier spukt es.» Mikke verzog das Gesicht. Ich konnte sein Gefühl nachvollziehen, ich hatte ja auch sofort an Harri gedacht. «Ich bin zum Felsen gelaufen und habe gesehen, dass nicht Harri im Wasser lag, sondern Juha ...»

Juha Merivaara war voll angekleidet, er trug eine Baumwollhose, eine Öljacke und Segelschuhe. Der Körper sah stark und groß aus, in der Kälte waren die Muskeln fest geblieben.

«Hast du die Leiche berührt?»

«Ja!», brüllte Mikke. «Natürlich hab ich ihn aus dem Wasser gezogen! Ich habe ihm den Puls gefühlt und sogar versucht, ihn zu beatmen, obwohl ich wusste, dass es keinen Sinn mehr hatte. So was tut man eben als Erstes, an polizeiliche Ermittlungen denkt man in dem Moment nicht.»

«Sind noch andere hier gewesen?»

«Tapsa ist mit mir zurückgekommen und hat dann vom Handy die Polizei angerufen. Wir haben nichts mehr angerührt, obwohl ich Juha gern weiter an Land getragen und zugedeckt hätte.»

Mikke schluckte, was er zu verbergen versuchte, indem er an seiner Pfeife zog. Erst jetzt wurde mir bewusst, wie verstört er war.

«Danke für deine Hilfe, du kannst jetzt ins Haus gehen.» Ich hätte ihm gern etwas Freundlicheres gesagt oder ihm wenigstens auf die Schulter geklopft, brachte es aber nicht über mich.

«Runtergefallen ... Sicher abgerutscht», mutmaßte Koivu, als Mikke außer Hörweite war.

«Glitschig ist es hier zwar, aber man sollte meinen, dass Merivaara sich in Acht genommen hätte. Die Kopfwunde kommt mir eigenartig vor. Bei einem Sturz müsste man doch mit dem Hinterkopf aufschlagen, nicht mit der Schläfe. Das Gesicht scheint auch verletzt zu sein.»

Ich streifte Schutzhandschuhe über und hob Juha Merivaaras Kopf vorsichtig an. Das Gesicht war blutig, die Nase gebrochen. Auf dem Stein, auf den Mikke seinen Bruder gelegt hatte, lag Hirnmasse. Konnten solche Verletzungen entstehen, wenn jemand vom Felsen abrutschte? Im Allgemeinen landete man doch auf dem Rücken, wie Harri. Oder waren die Wunden im Gesicht erst entstanden, als die Leiche im Wasser trieb? Aber nach dem Tod trat kein Blut mehr aus. Um im Wasser zu landen, musste Juha aus großer Höhe abgestürzt sein. Zum Glück herrschte Westwind, sonst wäre die Leiche aufs Meer hinausgetrieben.

Dass zwei Männer im Abstand von exakt einem Jahr unter denselben Umständen auf derselben Insel ums Leben kamen, konnte kein Zufall sein.

Ich fühlte mich allmählich klamm, denn obwohl der Regen nicht besonders heftig war, betrug die Luftfeuchtigkeit sicher an die hundert Prozent. Daher schlug ich Koivu vor, ins Haus zu gehen. Der Fotograf blieb zurück und machte seine grausigen Aufnahmen. Puustjärvi hatte die kleine Gesellschaft in die Küche gebeten, die im Licht der Sturmlampen anheimelnd wirkte. Die dunkelhaarige Frau stand am Herd und kochte Tee.

«Mein Beileid», sagte ich in die Runde, erhielt jedoch nur undeutliches Gemurmel zur Antwort.

«Zwei Frauen sind im Schlafzimmer geblieben», berichtete Puustjärvi verlegen.

«Namen?»

«Es ist meine Mutter, und Mikkes Mutter ist bei ihr, um sie zu trösten», fuhr Riikka auf. «Das ist alles zu viel für sie, erst Harri und genau ein Jahr später Vater ... Als wäre diese Insel irgendwie ...»

«Verhext», sagte Seija Saarela und stellte die Teekanne auf den Tisch. «Auf dieser Insel sind negative Energiefelder, die sich schon lange vor dem Krimkrieg in die Felsen eingegraben haben.»

«Seija, hör auf damit», stöhnte Mikke und legte ihr die Hand auf den Arm.

«Ich möchte gern kurz mit jedem von euch sprechen. Riikka, glaubst du, deine Mutter ist ansprechbar?»

«Sieh doch selbst nach!»

Ich ließ die anderen beim Tee zurück und klopfte an die Tür, auf die Riikka gezeigt hatte.

«*Stig in*», sagte eine Frauenstimme, die nicht Anne Merivaara gehörte. Ich betrat ein hübsch eingerichtetes Zimmer, offenbar für den Privatgebrauch der Merivaaras reserviert. Anne Merivaara lag seitlich auf dem ungemachten Doppelbett, neben ihr saß eine etwa sechzigjährige, kleine und sehnige, braun gebrannte Frau, deren dichter Pagenkopf eine in Finnland ungewöhnliche stahlgraue Farbe hatte.

«Guten Tag, ich bin Hauptkommissarin Maria Kallio von der Polizei Espoo», sagte ich und überlegte dabei, ob ich statt Finnisch besser Schwedisch sprechen sollte. Anne Merivaara setzte sich auf und rief:

«Zum Glück bist du es! Jetzt kommt sicher alles in Ordnung.» Sie machte Anstalten, aufzustehen, aber die Stahlgraue fasste sie an der Schulter.

«Anne, nur langsam! Du brauchst nirgendwo hinzugehen.»

Ihr Finnisch hatte einen schwedischen Akzent, der jedoch anders klang als der, den man in Espoo hörte. Sie reichte mir ihre schmale, kräftige Hand:

«Katrina Sjöberg, die Stiefmutter des Verstorbenen.»

Ihr Händedruck war kühl und fest, ähnlich wie der ihres Sohnes Mikke. Auch ihre Augen hatten dieselbe unbestimmte, meerblaue Farbe, die sich je nach der Beleuchtung veränderte.

«Wenn es möglich ist, würde ich gern einige Fragen stellen, zum Beispiel, wann Juha Merivaara zuletzt lebend gesehen wurde.»

«Mir macht es nichts aus», sagte Katrina Sjöberg, «aber ist es wirklich nötig, Anne schon jetzt zu vernehmen? Wir anderen wissen genauso viel wie sie. Anne ist als Erste schlafen gegangen, schon um elf. Sie weiß nicht, ob Juha sich zu Bett gelegt hat, sie wurde erst wach, als Mikke kam und sagte, Juha sei tot.»

Ich wunderte mich, dass Katrina Sjöberg ihre Stiefschwiegertochter so bemutterte, Anne hatte auf mich einen vernünftigen und selbständigen Eindruck gemacht.

«Ich halte schon durch, wenn wir hier reden können. Katrina muss das Zimmer wohl so lange verlassen?»

Ich nickte. Wir wussten noch nicht, ob wir es mit einem Tötungsdelikt oder einem Unfall zu tun hatten.

Von draußen drang das Tuckern eines Motors herein, das Boot der Techniker war eingetroffen. Ich wünschte mir, die Leute von der Spurensicherung würden auf den ersten Blick feststellen, dass Juha Merivaara auf den Felsen gestolpert und abgestürzt war, und alle Anwesenden würden aussagen, er sei stockbetrunken gewesen, was den Unfall erklären würde. Dabei wusste ich, dass die Techniker keinesfalls zu einer derartigen Schnellanalyse fähig waren, sondern dass die Todesursache wochenlang, vielleicht sogar für immer, ungewiss bleiben konnte.

Das Motorengeräusch verstummte, ich sah wieder zu Anne Merivaara hin.

«Warum seid ihr nach Rödskär gekommen? Das Wetter ist ja nicht gerade verlockend.»

Zu meiner Überraschung lächelte sie beinahe.

«Um meinen Geburtstag zu feiern, er war gestern. Deshalb waren Juha und ich auch letztes Jahr hier gewesen, aber da haben wir Harri gefunden. Das war ein schwerer Schock, ich hatte seitdem Angst vor meinem Geburtstag. Juha meinte, es sei das beste Mittel gegen die Furcht, gerade an diesem Tag herzukommen. Und jetzt das ...»

Ihre Stimme war tonlos, mit leerem Blick starrte sie zum Fenster hinaus.

«Was Katrina gesagt hat, stimmt. Ich war müde und beklommen, deshalb bin ich schon um elf schlafen gegangen und habe zwei Schlaftabletten genommen, um die Nacht ohne Alpträume zu überstehen. Als Mikke mich weckte, glaubte ich zuerst, es wäre ein Traum.»

Ihre Stimme brach, und ich hatte nicht das Herz, sie weiter zu bedrängen. «Das reicht fürs Erste. Ruh dich ein wenig aus.

Und falls du Unterstützung brauchst: Ich habe eine Broschüre über verschiedene Krisenhilfen dabei.»

Ich holte das Heftchen aus der Tasche und fragte Anne, ob ich jemanden zu ihr schicken sollte, damit sie nicht ganz allein war. Es würde sicher noch eine Stunde dauern, bevor das Grüppchen die Insel verlassen konnte.

«Vor dem Alleinsein habe ich keine Angst. Ich brauche mich überhaupt nicht mehr zu fürchten, denn schlimmer kann es nicht kommen», murmelte sie tonlos.

«Mein Beileid», sagte ich unbeholfen, schloss leise die Tür und kehrte in die Küche zurück, wo eine apathische Stimmung herrschte. Jiri hatte die Hände um seine Teetasse gelegt, als könnte sie ihm Kraft geben, Mikke stand am Fenster und sah hinaus. Tapio Holma hatte einen Arm schützend um Riikka gelegt.

«Wie ist Vater gestorben?», fragte Riikka. «Warum erzählt uns keiner etwas?»

«Ich habe dir doch erklärt, dass er abgestürzt ist», sagte Tapio leise.

«Abgestürzt! Und warum ist die Polizei hier?»

«Komm du als Erste mit mir, Riikka», sagte ich und hoffte, sie würde als freundliche Geste auffassen, was ich aus purer Berechnung tat. So aufgeregt, wie sie war, bestand die Chance, aus ihr eher etwas herauszuholen als aus den anderen. Natürlich war mir klar, dass alle vor unserer Ankunft Zeit genug gehabt hatten, ihre Aussagen abzusprechen.

Wir gingen in das Zimmer, in dem ich vor sechs Wochen mit Iida und Antti übernachtet hatte. Das Meer, das damals blau in der Sonne glitzerte, war nun grau und aufgewühlt. Die Betten waren ordentlich gemacht, aber in der Ecke standen ein Koffer und ein Rucksack, auf dem Tisch lagen zwei Bücher neben Tiegeln mit Naturkosmetik.

«Nun erzähl mir mal, warum ihr das Wochenende hier verbringen wolltet.»

«Gestern hatte Mutter Geburtstag, und Vater wollte, dass wir ihn hier feiern. Jiri hatte eigentlich keine Lust, aber Vater hat ihn überredet mitzufahren, wahrscheinlich hat er ihn mit der Geldbuße unter Druck gesetzt. Tapsa ist natürlich auch mitgekommen, er gehört ja schon zur Familie. Mikke wollte von hier aus nach Föglö segeln, seine Mutter dort absetzen und dann gleich weiter in den Süden schippern.»

Wo Föglö lag, wusste ich nicht, doch das ließ sich feststellen. Ich erinnerte mich, dass Mikke im August erzählt hatte, er wolle in diesem Winter über Madeira nach Afrika segeln.

«Wer ist Seija Saarela?»

«Mikkes Freundin und eigentlich auch Mutters. Sie ist wohl hauptsächlich mitgefahren, um sich von Mikke zu verabschieden.»

Das klang interessant, aber ich fragte nicht weiter nach, sondern ging zu den Ereignissen des Vortags über. Die Merivaaras und Tapio Holma waren gegen Mittag mit dem Motorboot eingetroffen, die Sjöbergs und Seija Saarela auf der «Leanda» gegen drei Uhr. Nach der Ankunft der Segler hatten sie Tee getrunken und bereits kurz nach fünf mit der Vorbereitung des Abendessens begonnen, während die ersten Inselgäste in die Sauna gingen. Gegen acht hatten sich dann alle zum Festessen in der Küche versammelt.

«Vater hat eine Rede gehalten, obwohl der Fünfundvierzigste ja eigentlich kein runder Geburtstag ist. Wir haben getrunken und gegessen, Mutter, Jiri, Seija und ich wie immer vegetarisch, die anderen gegrillte Maränen. Dann gab es Johannisbrotkuchen mit Tofuschaum. Gegen elf hat Mutter angefangen zu gähnen und ist schlafen gegangen. Um die Zeit hat sich wohl auch Jiri verdrückt. Er war schlecht gelaunt, wie immer bei Familienfesten.»

Ich fragte sie nach der Zimmerverteilung und erfuhr, dass Anne und Juha Merivaara in dem Zimmer geschlafen hatten, in dem ich gerade mit Anne gesprochen hatte. In dem Raum, in dem wir jetzt saßen, waren Seija und Katrina untergebracht gewesen, während Mikke und Jiri sich das Nachbarzimmer geteilt und Tapsa und Riikka im Ostzimmer geschlafen hatten. Mehr Räume gab es auf Rödskär vorläufig nicht, da der nordöstliche Teil der Festung noch nicht renoviert war.

«Mehr weiß ich nicht, denn Tapsa und ich sind als nächste schlafen gegangen, kurz nach Mitternacht.»

«Wie viel hat dein Vater getrunken?»

Riikka überlegte.

«Ein paar Schnäpse, zum Essen Wein und zum Kuchen Whisky, so viel wie immer. Er ist so groß, er kann viel vertragen.» Sie runzelte die Stirn, als sie merkte, dass sie die falsche Zeitform verwendet hatte. Der Tränenstrom, den ich erwartet hatte, blieb jedoch aus.

Zum Schluss fragte ich, ob im Lauf des Abends etwas Besonderes vorgefallen sei. Riikka verneinte und stand auf, sagte dann aber:

«Ab und zu kam es mir so vor, als wäre nicht alles, wie es sein sollte. Sie waren irgendwie angespannt. Vater, Mutter und sogar Mikke, obwohl sie sich Mühe gaben, Feststimmung vorzutäuschen.»

Offenbar war nicht darüber gesprochen worden, dass Harris Tod genau ein Jahr zurücklag. Aber konnte Riikka das Datum wirklich vergessen haben? Es war immerhin am Geburtstag ihrer Mutter passiert.

Als Nächsten bat ich Tapio Holma herein. Er blieb an der Tür stehen, umarmte Riikka und sagte zu ihr:

«Deine Mutter möchte dich sprechen.»

Holma erzählte dasselbe wie Riikka, war allerdings der Meinung, der Abend sei sehr nett verlaufen und alle hätten fröhlich gewirkt.

«Abgesehen von Jiris üblichem Gemecker, die Fische, die es zum Essen gab, wären unsere Brüder. Der Junge versteht es wirklich nicht, das Leben zu genießen.»

Nach ihm war Seija Saarela an der Reihe. Sie sagte, sie sei neunundvierzig, arbeitslose Bauzeichnerin und lebe im Espooer Stadtteil Kivenlahti. Mit ihrem weiten, violetten Batikkleid, den zum Knoten aufgesteckten, an den Schläfen ergrauten Haaren, den großen Ohrringen und den Natursteinringen, die fast jeden Finger schmückten, hätte sie eher auf eine Esoterikmesse gepasst als auf eine Festungsinsel. Nach ihrem Gerede über negative Energien hatte ich sie als überspannte Mystikerin eingestuft, doch sie wirkte vernünftig und in Anbetracht der Umstände recht gefasst.

«Juha war angetrunken, aber das waren wir alle», sagte sie. «Es war mindestens eins, als ich schlafen ging, zur gleichen Zeit wie Katrina. Mikke wollte noch ein Buch von seinem Boot holen. Soweit ich weiß, hatte auch Juha vor, schlafen zu gehen, aber ich habe nicht weiter darauf geachtet, was er tat. Ehrlich gesagt, mochte ich ihn nicht besonders.»

«Warum nicht?»

«Er hatte natürlich auch seine guten Seiten, sein Interesse für das Meer und den Umweltschutz war echt, aber auch dabei dachte er immer an Geld. Verständlich, wenn man bedenkt, dass er von klein auf zum Erben und Direktor der Merivaara AG erzogen wurde. Insofern ist es bewundernswert, dass er die Unternehmensstrategie radikal verändert hat und auf ökologische Produkte umgestiegen ist. Aber im Kern war und blieb er ein reicher Protz.»

Ich nickte, denn ich hatte einen ähnlichen Eindruck gewonnen. Dann fragte ich Seija Saarela nach ihrer Beziehung zu der Familie Merivaara.

«Ich bin nur als Mikkes Begleiterin hier.» Sie errötete leicht. «Ich habe ihn vor einigen Jahren kennen gelernt, das muss einundneunzig gewesen sein, ich war gerade arbeitslos geworden, weil die Baufirma, wo ich angestellt war, Konkurs gemacht hatte. Damals habe ich mir vorgenommen, nicht untätig zu Hause herumzusitzen, sondern etwas Neues zu lernen. Also habe ich an der Volkshochschule einen Küstenschifferlehrgang belegt, obwohl ich bis dahin keinen Schimmer von der Seefahrt hatte. Mikke war unser Lehrer, und irgendwie haben wir uns näher kennen gelernt ...»

«Heißt das, Sie haben ein Verhältnis mit Mikke Sjöberg?»

Sie lachte verlegen.

«Natürlich nicht! Wir wurden gute Freunde, und ab und zu durfte ich an Mikkes Segeltörns teilnehmen. Zuletzt waren wir im August auf Dagö. Ich wollte dieses Wochenende mit Mikke verbringen, weil er den ganzen Winter unterwegs sein wird.»

Ein Instinkt sagte mir, dass Seija Saarela keine Einwände gegen eine engere Beziehung gehabt hätte, doch wenn es um Männer ging, die ich selbst attraktiv fand, hatte mein Instinkt mich schon öfter in die Irre geleitet.

Hakkarainen, einer der Techniker, kam herein und sagte, er müsse mit mir sprechen. Ich entließ Seija Saarela, holte meinen Regenmantel aus dem Hubschrauber und folgte Hakkarainen ans Ufer.

«Wir haben am Felsen nach Spuren eines Sturzes gesucht und sie auch gefunden, aber sie passen nicht recht zu dem Toten.»

«Sie können von Mikke Sjöberg stammen, der die Leiche gefunden hat. Er sagt, er sei gestolpert, als er ans Ufer ging, um nach Merivaara zu sehen. Vielleicht sollte ich ihn fragen, wo genau er abgerutscht ist.»

Hakkarainen zeigte auf den Toten.

«Der Kopf ist stark zerschmettert, und das Wasser hat die Wunde so gründlich ausgespült, dass die Knochensplitter und die Hirnmasse wahrscheinlich zum größten Teil im Meer gelandet sind.» Er drehte sich mit dem Rücken zum Wind und versuchte eine Zigarette anzuzünden, doch das Feuerzeug streikte und er musste eine ganze Weile daran herumfummeln, bevor es endlich aufflammte. Genüsslich inhalierte er ein paar Züge, dann nahm er eine Dose aus der Tasche, in die er die Asche abstreifte. In der Nähe eines Tatorts hinterließ er grundsätzlich keine eigenen Spuren.

«Noch keine Theorie?»

Der Techniker schüttelte den Kopf. Er spekulierte nicht gern, sondern legte seine Fakten erst vor, wenn er sich hundertzehnprozentig sicher war.

«Aber ein Tötungsdelikt ist nicht auszuschließen?»

«Nein. Es gefällt mir nicht, dass keine ordentlichen Sturzspuren zu finden sind. Wir müssen die Obduktion abwarten, aber ich habe den starken Verdacht, dass er erschlagen wurde, und zwar nicht mit einem Stein.»

Puustjärvi kam mit besorgtem Gesicht den Abhang herunter.

«Wir brauchen dich, Maria. Die Sjöbergs wollen abfahren.»

«Was? Die können doch nicht einfach verschwinden.» Ich stieg zur Festung hoch.

Katrina Sjöberg stand mit geballten Fäusten und wütender Miene in der Küche.

«Wenn die Polizei sich bitte beeilen würde, wir müssen los. Ich muss am Donnerstagabend in Föglö sein.»

«Wo liegt das eigentlich?», fragte ich zögernd, denn ich konnte mich nicht erinnern, den Namen je gehört zu haben.

«Im Ostteil der Ålandinseln. Ich wohne dort und habe am Freitag Dienst in der Bibliothek.»

«Es tut mir Leid, aber Sie können noch nicht abfahren. Der Hergang ist so unklar, dass wir alle Anwesenden vernehmen müssen.»

«Wie lange wird das dauern? Zahlt mir die Polizei das Schiffsticket nach Åland?»

Ich wollte gerade antworten, das entscheide der Hauptkommissar, als mir im letzten Moment einfiel, dass das inzwischen mein Posten war.

«Ja, wir übernehmen die Kosten. Vielleicht ist es das Beste, wenn wir nach Espoo fahren und Sie gleich auf dem Präsidium vernehmen.»

Natürlich konnte ich auch die åländische Polizei um Amtshilfe bitten, doch die erste Vernehmung wollte ich selbst führen.

Ich wandte mich an Mikke Sjöberg.

«Und du ... Wie ich höre, willst du das Land für mehrere Monate verlassen. Du wirst deine Reise verschieben müssen.»

«Für wie lange?»

«Das kann ich noch nicht sagen. Im günstigsten Fall nur für ein paar Tage.»

Mikke zuckte unverbindlich mit den Schultern.

«Natürlich. Juha muss ja auch beerdigt werden», sagte er gleichmütig.

Nun musste der Rücktransport der Lebenden organisiert werden. Ich selbst wollte mit Anne Merivaara und Katrina Sjöberg im Polizeihubschrauber zurückfliegen, damit Anne möglichst bald nach Hause kam. Ihre offizielle Vernehmung konnte warten. Auch Jiri, der die ganze Zeit über apathisch in der Küche gesessen und die Hand, die Mikke ihm tröstend auf die Schulter legen wollte, brüsk weggeschoben hatte, würde ich erst später vernehmen. Jiri, Riikka und Tapsa sollten mit Puustjärvi im Motorboot der Merivaaras fahren, während ich Koivu anwies, Seija und Mikke auf der «Leanda» Gesellschaft zu leisten.

«Nehmt den Motor, damit ihr schneller vorankommt», sagte ich zu Mikke, bevor ich in den Hubschrauber kletterte.

«Und wenn ich nicht genug Treibstoff habe?», gab er zurück.

«Das kauf ich dir nicht ab, immerhin wolltest du bis nach Afrika», erwiderte ich. Mikke grinste und stiefelte zum Hafen, ich stieg in den Helikopter und versuchte meine Gedanken zu sammeln. Als sich der Hubschrauber über das Meer hob, drehte ich mich um und schaute auf Rödskär hinunter. Das Letzte, was ich sah, war Juha Merivaaras Leiche, die auf einer Bahre zum Hafen getragen wurde.

Vier

Während des Fluges herrschte Schweigen. Anne Merivaara hielt die Augen geschlossen, auf ihrer Stirn standen Schweißperlen. Katrina Sjöberg starrte unverwandt in den Nebel, in dem nicht einmal die Positionslichter der Boote auszumachen waren.

Ich hatte von der Insel aus im Präsidium angerufen und Puupponen und Wang gebeten, sich bereitzuhalten, damit wir sofort nach der Landung mit den Vernehmungen beginnen konnten. Obwohl der Hubschrauber so heftig schlingerte, dass es mir vorkam, als würde sich mein Gehirn in Haferschleim verwandeln, versuchte ich eine Liste der wichtigsten Fragen aufzustellen. Als wir die Schären vor der Küste überflogen und der Nebel allmählich aufriss, rief Anne plötzlich ins Mikrophon:

«Juha wusste immer, was zu tun ist. Letztes Jahr, als wir Harri gefunden haben, hat er gleich gewusst, wen man anrufen muss und dass man nichts berühren darf. Jetzt ist er nicht mehr ...»

Katrina Sjöberg und ich sahen uns an. Erst jetzt ging mir auf, dass es ein Fehler gewesen war, Anne von ihrer Familie zu trennen. Wir würden lange vor dem Motorboot eintreffen, und Anne konnte auf keinen Fall allein nach Hause fahren. Ich musste einen Begleiter für sie finden.

Von oben sahen Soukka und Kivenlahti wie Spielzeugdörfer aus. Nach einem scharfen Bogen in nordöstlicher Richtung überflogen wir unser Haus in Henttaa. Ich sah die schwer behangenen Vogelbeerbäume auf unserem Hof und dachte daran, dass wir uns für heute vorgenommen hatten, die Beeren zu pflücken und Vogelbeerwein anzusetzen. Allerdings wäre bei dem Regen ohnehin nichts daraus geworden. Antti und Iida waren offenbar trotz des schlechten Wetters unterwegs, denn der Kinderwagen stand nicht auf der Veranda.

Kriminalmeister Anu Wang wartete am Rand der Landefläche. Vermutlich würde sie mit Anne Merivaara besser umgehen können als Lähde oder Puupponen, nicht weil sie eine Frau war, sondern weil sie ein Gespür dafür hatte, wann man schweigen und wann man reden musste, eine Gabe, über die zum Beispiel auch Koivu verfügte. Ich bat Anu also, Anne Merivaara nach Hause zu bringen und dort zu warten, bis Jiri und Riika eintrafen. Dann überlegte ich, wieso ich davon ausging, dass die Kinder sich um ihre Mutter kümmerten und nicht umgekehrt. Vielleicht, weil sie so zerbrechlich wirkte; sie war einige Zentimeter kleiner und mindestens zehn Kilo leichter als ich. Ihre Handgelenke waren zart wie die eines Kindes. Riikka, groß und selbstsicher wie ihr Vater, schien diejenige zu sein, die die Verantwortung übernahm, das war wohl in vielen Familien die Aufgabe der ältesten Tochter.

Nach dem Flug brauchte ich unbedingt Kaffee und belegte Brote. Ich bestellte beides in den Vernehmungsraum zwei, wo Puupponen bereits wartete.

Er schaltete das Aufnahmegerät ein, ich sprach Zeit und Ort sowie die Namen der vernehmenden Beamten aufs Band und bat Katrina Sjöberg, ihre Personalien anzugeben.

«Katrina Wilhelmina Sjöberg, ehemalige Merivaara, geborene Sjöberg. Geboren am 25. Januar 1934 in Föglö auf Åland. Dort lebe ich auch heute. Beruf Kunsthandwerkerin. Ich webe, gestalte Strohblumengestecke und Schmuck. Ab und zu vertrete ich unseren Kantor, und einmal wöchentlich arbeite ich ehrenamtlich in der Kommunalbibliothek.»

Die Anfangsroutine der polizeilichen Vernehmung schien sie zu amüsieren, obwohl der Tod ihres Stiefsohns sie zweifellos erschüttert hatte. Vielleicht lag es daran, dass sie die Situation als unwirklich empfand. Bei einem plötzlichen Todesfall konnte es lange dauern, bis man das Ereignis wirklich begriff, und eine polizeiliche Vernehmung war für die wenigsten alltäglich.

«Ihr habt also Grund zu der Annahme, dass Juha weder einen Unfall noch einen Herzinfarkt erlitten hat?», fragte sie, bevor ich mit der eigentlichen Vernehmung beginnen konnte.

«Wieso einen Infarkt? Hatte er Probleme mit dem Herzen?»

«Im letzten Winter hatte er zwei schwere Anfälle. Vom Stress, wie es hieß, aber die erbliche Veranlagung spielt sicher auch eine Rolle. Die Männer in unserer Familie sind alle herzkrank gewesen.»

Davon hatten Anne und Riikka nichts gesagt. Hatten sie womöglich gewusst, dass es sich nicht um einen Infarkt handelte? Es klopfte, das Kaffeetablett wurde gebracht. Ich griff gierig nach einem Brot mit Ei und Anschovis, während Katrina mit der gleichen Hast ein Räucherfleisch-Sandwich verschlang.

«Zu eurer Familie … du warst also die Cousine deines früheren Mannes?» Ich wagte es, du zu ihr zu sagen, denn auch sie hatte mich geduzt, wie unter Finnlandschweden üblich.

«Zweiten Grades. Unsere Großväter waren Brüder. Die Sjöbergs sind ein altes Seefahrergeschlecht aus Föglö. Unser Urgroßvater war Kapitän, ebenso mein Großvater und mein Onkel.»

«Wann hat die Familie einen finnischen Namen angenommen?»

«Der Vater meines Mannes hat die Tochter eines glühenden Patrioten geheiratet, der darauf bestand, dass der Name vor der Heirat geändert wurde. Was tut man nicht alles, um eine reiche Erbin zu ehelichen.»

Katrina Sjöberg lächelte sarkastisch. Sie berichtete weiter, Juha Merivaaras Mutter sei an Leukämie gestorben, als er acht Jahre alt war. Sie selbst war damals fünfundzwanzig, hatte zwei Jahre zuvor am Wetterhoff-Seminar in Hämeenlinna ihre Ausbildung zur Werkkunstlehrerin abgeschlossen und arbeitete in einem der besten Schneiderateliers von Helsinki, träumte jedoch davon, sich selbständig zu machen.

«Wir Sjöbergs sind immer schon Opportunisten gewesen. Ich habe mich an meinen Vetter Martti angeschlossen, weil er reiche Bekannte hatte und ich hoffte, durch ihn Kunden für mein Atelier zu gewinnen. Martti war nach dem Tod seiner Frau einsam, und mich faszinierte dieser fünfzehn Jahre ältere, selbstbewusste Mann, der Geld für Blumen und Restaurantbesuche ausgeben konnte. Vielleicht hielt ich ihn in meinem dummen kleinen Kopf sogar für eine tragische Gestalt, weil er Witwer war. Dann kam es, wie es kam, die klassische Situation. Wir haben schleunigst geheiratet, im Frühjahr zweiundsechzig. Eine Woche nach der Hochzeit hatte ich eine Fehlgeburt.»

Wieder lächelte sie spöttisch. «Martti hätte mich sicher nicht geheiratet, wenn ich nicht schwanger gewesen wäre, als repräsentative Gattin war ich nämlich nicht zu gebrauchen. Zu viel eigene Ideen, zu viel Ehrgeiz. Ich habe ziemlich erfolglos versucht, Juha die Mutter zu ersetzen. Dass ich wieder schwanger wurde, hat die Trennung verzögert, aber im Herbst vierundsechzig bin ich mit dem einjährigen Mikke ausgezogen. Wir haben weiterhin in Helsinki gewohnt, damit Mikke seinen Vater und seinen Bruder besuchen konnte. Das Verhältnis zwischen Martti und mir war miserabel.»

Katrina trank ein paar Schlucke Kaffee, bevor sie fortfuhr: «Martti ist zweiundachtzig gestorben, im selben Jahr hat

Mikke Abitur gemacht. Der Junge hat die Hälfte vom Eigentum seines Vaters geerbt, also ein Viertel der Merivaara AG. Da fand ich, meine Fürsorgepflicht sei nun beendet, und bin auf meine Heimatinsel zurückgekehrt, nach der ich mich schon lange gesehnt hatte.»

Während sie sprach, hatte ich Namen und Jahreszahlen notiert und eine Art Stammbaum der Familie Sjöberg-Merivaara gezeichnet. Dennoch durchschaute ich die Verwandtschaftsbeziehungen und Besitzverhältnisse nicht ganz. Ich hoffte, aus der Bandaufnahme und Puupponens Notizen schlauer zu werden.

«Kommen wir zum gestrigen Abend. Du warst also aus Föglö angereist, um Annes Geburtstag zu feiern?»

«So nahe stehen wir uns nicht. Ich war hier, um ein paar Freunde und natürlich meinen Sohn zu besuchen. Mikke schlug mir dann vor, gemeinsam nach Åland zu segeln, und Rödskär lag auf dem Weg. Bei Mikkes Segeltörns weiß man nie, was passiert, womöglich ist er diesmal wieder zwei Jahre unterwegs. Deshalb sollte man sich besuchen, solange man es noch kann.»

Ihre Stimme klang traurig, und plötzlich wirkte sie alt und erschöpft.

«Wusstest du, was letztes Jahr an Annes Geburtstag passiert war?»

«Mikke hat es mir erzählt. Ich hatte diesen Harri Immonen ein paar Mal getroffen. Ein netter junger Mann, der nicht viel Worte machte.»

«Wie war die Atmosphäre auf der Geburtstagsfeier?», fragte ich und nahm noch ein Brot.

«Ganz normal. Juha hat Anne halbherzige Komplimente gemacht, Jiri hat gemotzt, Riikka und Tapsa hatten nur Augen füreinander. Wir anderen haben uns bemüht, für Stimmung zu sorgen.»

Mit einigen weiteren Fragen versuchte ich herauszufinden, weshalb Juha Merivaara so viel getrunken hatte, dabei wusste ich noch gar nicht, wie hoch sein Promillewert war. Und wenn bei der Obduktion festgestellt wurde, dass er infolge eines Herzinfarkts vom Felsen gestürzt war, konnte ich den Fall ohnehin zu den Akten legen.

Aber die Prellungen am Kopf waren eigenartig, das hatte auch Koivu gesagt. Wie mochte es ihm übrigens auf dem Segelboot ergehen? Meines Wissens war er eine hundertprozentige Landratte, und wenn Mikke Sjöberg ihm keine Öljacke geliehen hatte, hockte er vermutlich in der Kajüte, wo man leicht seekrank wurde.

«Wann bist du gestern Nacht schlafen gegangen?»

«Um zwölf nach eins. Ich weiß es auf die Minute genau, weil ich noch überlegt habe, wann ich das letzte Mal so lange aufgeblieben bin. Ich führe sonst ein sehr geregeltes Leben, gehe um halb elf schlafen und stehe kurz nach fünf wieder auf.»

Auch Katrina Sjöberg nahm an, dass Juha Merivaara um die gleiche Zeit zu Bett gegangen war wie sie selbst. Sie dachte eine Weile nach, bevor sie hinzufügte:

«Ich habe sehr unruhig geschlafen, erstens, weil ich Alkohol getrunken hatte, und zweitens, weil ich es nicht gewöhnt bin, ein Zimmer mit einer Fremden zu teilen. Gegen drei hat sich im Gebäude etwas gerührt, wahrscheinlich ist jemand zur Toilette gegangen. Und kurz danach habe ich Motorengeräusche gehört.»

«Einen Motor hast du gehört? Meinst du, ein Boot hat auf der Insel angelegt?»

«Ich weiß es nicht. Es ist ja eher unwahrscheinlich, in stockdunkler Nacht und bei dem Regen. Aber das Geräusch schien merkwürdig nah.»

Wenn in der Nacht tatsächlich ein Außenstehender auf Rödskär angelegt hatte, ergab sich eine ganz neue Situation. Ich beschloss jedoch, mich vorläufig auf diejenigen zu konzentrieren, die sich mit Sicherheit auf der Insel aufgehalten hatten. Als Nächstes fragte ich Katrina nach dem Verhältnis zwischen ihrem Stiefsohn und dessen Frau.

«Tja ... Ich weiß nicht, ob ich die Richtige bin, das zu beurteilen. Da die Ehe mehr als zwanzig Jahre gehalten hat, muss sie wohl einigermaßen gut gewesen sein. Allerdings hat sich Anne in den letzten Jahren verändert. Früher war sie meiner Meinung nach eine ganz normale kleine BWL-Studentin, die glücklich war, sich einen reichen Erben geangelt zu haben. Allerdings hat sie nie das Luxusweibchen gespielt, sondern die ganze Zeit in der Firma mitgearbeitet, abgesehen von kurzen Babypausen. Aber in den letzten Jahren ist sie irgendwie härter und tiefgründiger geworden, als sähe sie die Dinge aus einer neuen Perspektive. Die ökologischen Bootslacke waren sicher Annes Idee, und die radikale Einstellung ihrer Kinder zum Umweltschutz hat offenbar auch auf sie abgefärbt. Ich glaube, in weltanschaulichen Fragen gab es Differenzen zwischen den beiden. Natürlich waren die Natur und das Meer auch Juha wichtig, das liegt uns Sjöbergs im Blut, aber wir sind keine Idealisten.»

Sie trank ihre Tasse leer und goss sich aus der Thermoskanne nach.

«Jetzt merke ich, wie müde ich bin», sagte sie, als sie einen Teil des Kaffees auf die Untertasse verschüttete. «Dauert es noch lange?»

Der Ausdruck auf ihrem vom Wetter und von den Jahren gegerbten Gesicht veränderte sich ständig, jetzt wirkte es wieder erschöpft, die Lachfältchen waren zu Altersrunzeln geworden.

«Wo wirst du übernachten?»

«Eine gute Frage. Normalerweise quartiere ich mich immer bei Mikke ein, aber das geht diesmal wahrscheinlich nicht. Wenn er länger unterwegs ist, vermietet er seine Wohnung, und die Mieter sind sicher schon eingezogen. Anne hätte Platz genug, aber zu ihr möchte ich nicht. Sie und die Kinder sollen in Ruhe trauern. Vielleicht ist es das Klügste, auf meinen Sohn zu warten. Wenn wir nirgendwo unterkommen, können wir immer noch auf der ‹Leanda› schlafen. Wann darf ich nach Hause fahren?»

Jetzt hatte sie wieder eine verschmitzte Miene aufgesetzt, ihre Augen strahlten wie die einer Zwanzigjährigen.

«In ein paar Tagen, nehme ich an. Eine Frage noch: Dein Sohn Mikael hat ein Viertel der Merivaara-Aktien geerbt, Juha hielt nach dem Tod seiner Eltern drei Viertel. Ist die Verteilung heute noch die gleiche?»

Katrina Sjöberg schüttelte den Kopf.

«Mikke hat seinen Anteil schon vor Jahren an Juha verkauft. Er hat am Polytechnikum Schiffsbautechnik studiert und auch Examen gemacht, aber eigentlich interessiert er sich nur für das Segeln. Die heutigen Besitzverhältnisse kenne ich nicht so genau. Juha hat immer noch die Aktienmehrheit, aber er ist nicht der einzige Teilhaber. Mikke hat seine Aktien zur Zeit der Hochkonjunktur verkauft, zu einem stolzen Preis. Anfang der neunziger Jahre musste Juha neues Kapital aufnehmen, um die Firma über Wasser zu halten.»

Ich hatte keine weiteren Fragen. Da Katrina Sjöberg ohne Unterkunft war, organisierte ich ihr einen der Ruheräume im Präsidium. Mikke würde erst in einer guten Stunde eintreffen.

Ich ging zurück in unser Dezernat, um mir die Zähne zu putzen und beim Handelsregister per Fax ein Verzeichnis der Eigentümer der Merivaara AG anzufordern. Puupponen schickte ich nach Hause, bei Mikkes Vernehmung konnte mir Koivu assistieren.

Es war mittlerweile drei Uhr, und im Dezernat war es still. Die Krawallbrüder vom gestrigen Abend waren bereits vernommen und auf freien Fuß gesetzt worden, bis auf den schlimmsten Schläger, der das Wochenende in der Arrestzelle verbrachte.

Das Sanitäterboot musste bald im Hafen sein. Wenn sich der Dienst habende Pathologe sofort an die Arbeit machte, würden die ersten Ergebnisse am Abend vorliegen. Die Todeszeit würde er vermutlich nicht wesentlich genauer eingrenzen können, als wir es anhand der Zeugenaussagen bereits getan hatten: zwischen halb zwei und sieben Uhr früh. Die wichtigste Frage war jedoch, wie die Kopfverletzung entstanden war.

Das Telefon klingelte.

«Puustjärvi hier, hallo. Wir sind im Yachthafen in Soukka. Was soll ich jetzt mit den Leuten machen?»

«Lass sie gehen, hatten wir das nicht schon besprochen? Sag ihnen, dass ich sie später zur offiziellen Vernehmung vorlade.»

«Na gut. Ich fühl mich ein bisschen benommen, ich bin nämlich während der Fahrt eingeschlafen, nachdem ich die ganze letzte Nacht Dienst hatte.»

Ich seufzte. Puustjärvi war total erschöpft, klar, aber ich hatte wissen wollen, ob unterwegs irgendwelche wichtigen Bemerkungen gefallen waren.

«Wenn du hier nichts mehr zu tun brauchst, kannst du von mir aus gleich nach Hause fahren.»

«Ich muss nur meinen Wagen holen.»

«Dann schau bei mir rein, ich halte dich nicht lange auf.»

Obwohl kaum vierzig, war Puustjärvi ein Polizist der so genannten guten alten Zeit. In Kirkkonummi hatte er die Dorfganoven – kleine Diebe, Saufbolde und Schwarzbrenner – persönlich gekannt und zu nehmen gewusst. Ich fragte mich, wieso er sich im Zuge der Reorganisation zur Versetzung nach Espoo gemeldet hatte, denn es war mir schon ein paar Mal aufgefallen, dass harte Berufsverbrecher ihn aus dem Konzept brachten. Er war offenbar daran gewöhnt, dass auch die Gauner fair spielten. Eine Frau als Vorgesetzte war ebenfalls eine neue Erfahrung für ihn, er hatte mich eine Woche lang misstrauisch beobachtet, doch seither hatten wir keine Probleme mehr miteinander.

«Na?», fragte ich, als Puustjärvi mir am breiten Schreibtisch meines neuen Dienstzimmers gegenübersaß.

«Was na?», fragte er zurück, und ich war nicht sicher, ob seine Begriffsstutzigkeit von der Müdigkeit herrührte oder ob er tatsächlich nicht wusste, was ich meinte.

«Wie war die Fahrt?»

«Ziemlich still. Der grünhaarige Junge hat mit Kopfhörern in der Vorderkabine gelegen. Das Mädchen hat ab und zu geweint und dann wieder das Boot gesteuert, als hätte sie nie was anderes getan. Meistens war aber Holma am Ruder. Der Altersunterschied zwischen den beiden ist ziemlich groß. Soweit ich es verstanden habe, war der Vater des Mädchens gegen die Verbindung.»

Puustjärvi war auf halbem Weg eingeschlafen und erst in den inneren Schären wieder aufgewacht. Als er zu sich kam, hatte Tapio Holma gerade die schluchzende Riikka geküsst und gesagt, nun könne sie niemand mehr daran hindern, zu ihm zu ziehen.

Daran hätte Juha Merivaara seine volljährige Tochter wohl ohnehin nicht hindern können, aber interessant war die Bemerkung schon. Ich ging zum Faxgerät, wo eine an mich adressierte Sendung lag: die Besitzverhältnisse der Merivaara AG. Juha Merivaara hielt mit zweiundsiebzig Prozent die klare Mehrheit, seine Frau besaß sechzehn Prozent der Aktien, und die restlichen zwölf Prozent gehörten einer Aktiengesellschaft namens Mare Nostrum, über deren Besitzer nichts angegeben war. Also musste ich noch ein Fax losschicken.

Der Regen hatte aufgehört, doch der Himmel war nach wie vor wolkenverhangen. In der vorigen Woche war die Herbst-Tagundnachtgleiche gewesen, die Tage waren mittlerweile so kurz geworden, dass ich zeitweise sogar bereit gewesen wäre, für ein paar Stunden Sonnenschein zu zahlen. Eigentlich mochte ich die dunkle Zeit, bei Kerzenlicht und heißem Tee mit Whisky ließ es sich aushalten. Doch in diesem Herbst hatte ich den Lichtmangel plötzlich als fremd und sogar beängstigend empfunden. In einigen Wochen würde es noch dunkel sein, wenn ich morgens aufstand, in einem Monat würde ich werktags nur durch das schmale Bürofenster einen Streifen Tageslicht zu Gesicht bekommen ...

Ich schüttelte die düsteren Gedanken ab und wollte gerade nachsehen, ob einer der Geburtstagsgäste vorbestraft war, wurde aber durch ein Klopfen unterbrochen. An der Tür stand Koivu, ganz grün im Gesicht.

«Aha, unser Leichtmatrose ist wieder an Land», sagte ich fröhlich.

«Hör bloß auf! Auf so eine Nussschale kriegen mich keine zehn Pferde mehr. Die halbe Zeit hab ich über der Reling gehangen und gekotzt.»

«Nimm nächstes Mal eine Tablette. Wo sind Saarela und Sjöberg?»

Koivu sah mich erschrocken an.

«Sollte ich die Frau nicht nach Hause schicken?»

«Doch, doch.»

«Sjöberg ist unten. Muss ich bei der Vernehmung dabei sein?»

«Ja», sagte ich und stellte zum hundertsten Mal fest, wie gern ich mit Koivu zusammenarbeitete. Wir hatten viele Fälle gemeinsam bearbeitet, zuerst im Dezernat für Gewaltkriminalität der Kripo in Helsinki, dann in meiner Heimatstadt in Nordkarelien, wo ich eine Urlaubsvertretung übernommen hatte. Koivu war wegen einer Frau in diese Gegend gezogen, und als die Romanze zu Ende ging, konnte ich ihn nach Espoo locken. Er war für mich ein Kumpel und eine Art jüngerer Bruder, einer der wenigen Kollegen, denen ich nicht die Hartgesottene vorzuspielen brauchte.

«Mein Magen ist restlos leer. Ob ich wohl was zu essen kriegen kann?»

«Wir bestellen ein paar belegte Brote. Hat Sjöberg gegessen?»

«Er hat auf dem Boot Steaks und Kartoffeln gebraten, während die Saarela am Ruder stand. Rate mal, wie schlecht mir von dem Geruch geworden ist ...»

«Und sonst, haben die beiden irgendwas Interessantes gesagt?»

«Ich hab nicht viel mitgekriegt, mir war so übel», gestand Koivu verlegen. «Die Frau hat gefragt, wie es mit den Ermittlungen weitergeht. Sjöberg war die meiste Zeit still. Bis zur Abfahrt war er sehr nervös, aber als wir auf dem Meer waren, hat er sich beruhigt.»

Mikke Sjöberg wartete auf dem Flur im Untergeschoss, den Kopf an die Wand gelehnt. Als er unsere Schritte hörte, blickte er auf. Er wirkte erschöpft, die Prellung am Kinn leuchtete dunkelrot unter den blonden Bartstoppeln hervor.

«Hallo. Wie ich höre, hat es unterwegs ein bisschen geschaukelt?»

«Na klar, wenn man mit Motorkraft hart am Wind fährt, ist das nicht zu vermeiden. Um eine glatte Fahrt zu haben, hätten wir kreuzen müssen, aber dann wären wir immer noch auf See.»

«Möchtest du Kaffee? Komm mit, wir gehen in die Zwei.»

Mikke nahm Rucksack und Windjacke und folgte uns in den Vernehmungsraum. Er betrachtete stirnrunzelnd das Seestück an der Wand, zog dann den dicken grauen Pullover aus und setzte sich in den Sessel, den ich ihm anbot. Ich mochte den Vernehmungsraum zwei, weil er größer als die anderen und in warmen Farben möbliert war. In das kleine Kabuff mit der Nummer vier führte ich im Allgemeinen nur diejenigen, die ich unter Druck setzen wollte. Dort saßen sich der Befragte und der Vernehmungsleiter an einem schmalen Tisch dicht gegenüber, und die Lampe ließ sich so drehen, dass sie den Befragten blendete. Dagegen vermittelte der Vernehmungsraum zwei mit seinen Sofas und Sesseln die Illusion, man führe ein ungezwungenes Gespräch unter Freunden.

«Hoffentlich ist deine Planung nicht völlig aus den Fugen geraten», sagte ich, nachdem ich die übliche Litanei auf Band gesprochen hatte.

«Als Segler lernt man, flexibel zu sein. Wenn jemand gestorben ist, sind solche Dinge außerdem völlig banal», erwiderte Mikke, als wolle er mich drängen, mit dem überflüssigen Geschwätz aufzuhören und zur Sache zu kommen. Also fragte ich ihn noch einmal, wie er die Leiche gefunden hatte. Er wiederholte die Aussage, die er auf der Insel gemacht hatte.

«Natürlich hatte ich Reisefieber», gestand er. «Wahrscheinlich bin ich deshalb so früh wach geworden. Ich dachte, wenn ich auf den Leuchtturm gehe, störe ich die anderen nicht. Außerdem wollte ich mir den Himmel ansehen, bei Morgenröte zieht nämlich meistens im Lauf des Tages Regen auf.»

«Hast du draußen irgendwas Besonderes bemerkt, ich meine, bevor du die Leiche gesehen hast?»

«Nein.»

Seine Antwort kam ohne Zögern. Ich entnahm einem Briefumschlag einige Polaroidfotos von Juha Merivaaras Leichnam, die mir der Polizeifotograf gegeben hatte, und breitete sie auf dem Tisch aus.

«Du sagst, du hast deinen Bruder aus dem Wasser gezogen. Es wäre wichtig zu wissen, wie er lag, als du ihn gefunden hast. Schau dir die Bilder in aller Ruhe an und sag mir dann, was an seiner Stellung anders ist.»

Es widerstrebte Mikke ganz offensichtlich, die Fotos von seinem toten Bruder zu betrachten. Ich sah, wie der Adamsapfel an seinem mageren Hals auf und ab hüpfte. Es klopfte, Kaffee und belegte Brote wurden gebracht. Koivu machte sich darüber her, als hätte er seit einer Woche nichts gegessen. Mikke schien die Kaffeetasse, die ich ihm hinschob, gar nicht zu bemerken, er sah durch die Bilder hindurch in eine Welt, zu der wir anderen keinen Zutritt hatten.

«Juha schwamm auf dem Bauch zwischen diesem großen Stein und dem Ufer. Die Arme hatte er ausgebreitet, der Kopf war blutig. Ich bin gestürzt und beinahe selbst ins Wasser gefallen. Dann bin ich so weit reingewatet, dass ich ihn an der Hose fassen konnte. Die Steine waren glatt, mir schwappte Wasser in die Stiefel. Ich habe Juha auf das Ufergeröll gezogen, damit er nicht abdriftet, und dann nach dem Puls getastet. Ich war furchtbar aufgeregt und konnte nicht klar denken. Erst als ich Mutter und Tapsa geweckt hatte, fiel mir ein, dass wir die Notrufzentrale alarmieren müssen. Mein eigenes Telefon war auf dem Boot, deshalb sind Tapsa und ich ans Ufer gegangen, um von seinem Handy anzurufen. Wir dachten uns, es wäre besser, Juha in Sichtweite zu haben, falls man uns Fragen stellte.»

Ich nickte und überlegte, warum es so vielen Menschen, besonders Männern, schwer fiel, zuzugeben, dass sie beim Anblick einer Leiche in Panik gerieten, was doch eine ganz natürliche Reaktion war. In unserer Welt wurde der Tod in abgesonderten Gebäuden isoliert, weit weg von den Blicken der Lebenden. Die Leichen, die das Fernsehen jeden Abend zeigte, waren unwirklich, sie rührten einen so wenig wie eine tote Fliege.

«Juhas Kleidung ... Ist es dieselbe, die er gestern Abend anhatte?»

Mikke überlegte eine Weile. «Ich glaube, ja. Die Jacke hatte er zwar nicht an, als wir in der Küche saßen, aber die hat er sich wahrscheinlich übergezogen, als er nach draußen ging.»

Anne Merivaara hatte das Doppelbett gründlich zerwühlt. Wir mussten herausfinden, ob Juha letzte Nacht darin geschlafen hatte. Waren die Laken frisch gewesen, extra für dieses Wochenende mitgenommen? Wo befand sich Juhas Schlafanzug? Die Techniker würden sich die Sachen genau ansehen müssen.

«Deine Mutter und Seija Saarela haben ausgesagt, du hättest noch ein Buch von deinem Boot geholt, als sie schlafen gingen. Hast du gesehen, was Juha getan hat?»

«Er ist auch nach draußen gegangen, in die Büsche wahrscheinlich. Moment mal ... Jetzt erinnere ich mich, er hat die Jacke mitgenommen. Ich habe mir einen Pullover übergezogen, weil der Wind so kalt war.»

«Wie lange warst du auf dem Boot?»

«Nicht lange, vielleicht fünf Minuten. Ich habe das Buch nämlich sofort gefunden. Bei dem vielen Zeug, das man für ein halbes Jahr mitnehmen muss, tut man gut daran, Ordnung zu halten, sonst dreht man unterwegs durch.»

«Ein halbes Jahr soll deine Reise dauern?»

«Ungefähr. Ich habe vor, nach Madeira zu segeln, da war ich noch nie. Im Januar und Februar soll es dort ruhig sein.»

Koivu hatte sämtliche Brote vertilgt und sich am letzten Bissen verschluckt. Ich stand auf und schlug ihm auf den Rücken, bis der würgende Husten verstummte. Danach blieb ich schräg vor dem Fenster stehen, sodass mein Gesicht im Schatten lag, während ich Mikkes Mienenspiel deutlich sehen konnte.

«Hast du in der Nacht irgendetwas Besonderes gehört?»

«Jiri ist irgendwann nach draußen gegangen», sagte Mikke und begriff offenbar erst nachträglich, dass er den Jungen damit belastete. «Nur ganz kurz, ich bin wach geworden, als er aus dem Zimmer ging, und war noch nicht wieder eingeschlafen, als er zurückkam. Er war vielleicht eine Minute draußen.»

Ich dachte an das Motorengeräusch, von dem Katrina Sjöberg gesprochen hatte, wollte Mikke aber nicht direkt danach fragen, um seine Aussage nicht zu beeinflussen.

«Und sonst? Einer der anderen im Haus, Geräusche vom Meer, irgendetwas Ungewöhnliches ...»

«Das Meer ist voller Geräusche. Auf der Fahrroute sind Tag und Nacht Frachtschiffe unterwegs. Ich hab nicht weiter darauf geachtet, ich habe sowieso nur leicht geschlafen, und viel zu wenig.»

Mikke war blass, unter dem Pflaster auf der linken Handfläche sickerte Blut hervor. Wie nah hatten sich die Stiefbrüder gestanden? Altersmäßig waren sie zwölf Jahre auseinander, und sie waren nicht unter einem Dach aufgewachsen, doch das hatte nicht unbedingt etwas zu bedeuten.

«Du hast deinen Anteil an der Merivaara AG vor einigen Jahren an deinen Bruder verkauft. Warum?»

Über sein müdes Gesicht flog ein rasches Lächeln, das ihn völlig veränderte. Mikke hatte zwar nicht die Gesichtszüge seiner Mutter geerbt, doch im Mienenspiel und in ihrem sehnigen Körperbau waren sie sich sehr ähnlich.

«Ich tauge nicht zum Büroschimmel! Als Junge habe ich mir eingebildet, es wäre meine Pflicht, das Familienunternehmen weiterzuführen. Deshalb habe ich Schiffsbautechnik studiert, aber die Theorie interessierte mich nicht. Als ich achtundachtzig Examen gemacht hatte, wusste ich, dass Management nichts für mich ist. Ich habe bei der Marine meine Wehrpflicht abgeleistet, was mir eine Denkpause verschaffte, und danach habe ich Juha meine Aktien verkauft.»

«Du hast dich also nicht zum Verkauf entschlossen, weil du glaubtest, die Zusammenarbeit mit deinem Bruder würde sich problematisch gestalten?»

Hatte ich mir nicht gerade vorgenommen, Suggestivfragen zu vermeiden?

«Nein, ich wollte einfach Geld für eine Weltumseglung. Ich bin ein reicher Müßiggänger, der ohne eigenes Dazutun einen Haufen Geld bekommen hat und den Winter in tropischen Gewässern verbringt, während die Arbeitslosen frierend bei der Armenspeisung Schlange stehen und anständige Menschen im Schneeregen zur Arbeit hetzen.»

In seiner Stimme lag die gleiche Schärfe wie damals, als er gesagt hatte, keine Frau wolle einen Weltenbummler wie ihn.

«Lebst du immer noch von dem Erlös der Aktien?»

«Ich habe das Geld gut angelegt. Ab und zu arbeite ich auch, schreibe Artikel über meine Reisen, gebe Segelkurse und dergleichen. Im Frühsommer habe ich Geld verdient, indem ich reiche Japaner auf Segeltörns von Helsinki nach Tallinn mitgenommen habe. Meine Reisen kosten nicht viel, ich brauche keinen Luxus. Wenigstens fügt meine Lebensweise niemandem Schaden zu.»

Das vielleicht nicht, aber sie macht die Leute neidisch, dachte ich. Wie viele Finnen mochten davon träumen, aus dem Alltag auszusteigen und ohne Zeitdruck und Berufssorgen in warmen Gewässern zu segeln? Allerdings war ein solches Leben sicher einsam – oder hatte Mikke in jedem Hafen eine Braut, wie es sich für einen richtigen Seemann gehört? Danach konnte ich ihn nun wirklich nicht fragen. Stattdessen erkundigte ich mich nach Juhas Herzbeschwerden.

«Die hatte er, stimmt. Den ersten Infarkt bekam er Ende September letzten Jahres, kurz bevor ich zu meiner Winterreise aufgebrochen bin. Damals habe ich überlegt, die Abfahrt zu verschieben, aber er hat sich schnell wieder erholt. Um Neujahr herum hatte er wohl einen zweiten Infarkt, aber danach hat sich das Herz beruhigt. Juha hat angefangen,

Squash zu spielen und sich überwiegend vegetarisch zu ernähren. Aber danach müsst ihr Riikka oder Anne fragen, ich war ja bis Ende Mai unterwegs.»

Das Telefon im Vernehmungsraum klingelte. Als ich abhob, drang die Stimme des Pathologen aus dem Hörer.

«Ich bin gerade dabei, Merivaara aufzuschneiden, man hat mir gesagt, du möchtest so schnell wie möglich die ersten Ergebnisse haben.»

«Stimmt. Warte mal, ich geh an den anderen Apparat.»

Ich erklärte Mikke und Koivu, dass wir die Befragung kurz unterbrechen müssten, und ging in den leeren Vernehmungsraum eins.

«Die Todesursache ist eindeutig: Schädelbruch durch einen Schlag gegen die Schläfe. Der Tod ist vermutlich fünf bis acht Stunden nach seiner letzten Mahlzeit eingetreten.»

Ich rechnete hastig nach: zwischen eins und vier also.

«Blutalkohol eins Komma eins. Andere Rauschmittel sind bisher nicht nachgewiesen.»

«Kannst du mir etwas über die Ursache des Schädelbruchs sagen? Wurde Merivaara erschlagen, oder ist er abgestürzt?», unterbrach ich ihn ungeduldig.

«Die schlimmsten Prellungen befinden sich am Stirnhirn, also am Vorderkopf. Wenn er abgerutscht wäre, hätte er eigentlich auf den Rücken fallen und mit dem Hinterkopf aufschlagen müssen. In der Wunde sind kaum Steinsplitter zu finden, wie sie beim Sturz vom Felsen zu erwarten wären. Das Wasser hat sicher einiges weggespült, aber das reicht als Erklärung nicht aus. Ich würde vermuten, er wurde erschlagen, und zwar nicht mit einem Stein. Womit, kann ich noch nicht sagen. In der Wunde habe ich außerdem ein paar Glassplitter entdeckt, die allerdings von seiner Brille stammen könnten. Hat man sie schon gefunden?»

«Nein. Wir müssen im Meer danach suchen. Kann es sich um einen Herzinfarkt mit anschließendem Sturz gehandelt haben? Merivaara hatte im letzten Winter Herzbeschwerden.»

«Bei den inneren Organen bin ich noch nicht», sagte der Pathologe irritiert. Aus dem Hörer drang ein schrilles Geräusch, bei dem man unwillkürlich an einen Schädelbohrer dachte, aber darum konnte es sich wohl nicht handeln. «Man hat mir gesagt, du möchtest so schnell wie möglich wissen, ob Fremdverschulden auszuschließen ist. Im Moment würde ich sagen, nein. Genaueres folgt morgen, wenn ich alle Organe gesehen und die Wunde in Ruhe analysiert habe. Fotos vom Fundort wären mir übrigens eine große Hilfe.»

Als ich in den Vernehmungsraum zurückkehrte, blickte mir Koivu, der erraten hatte, wer der Anrufer war, neugierig entgegen. Ich zuckte mit den Schultern. Mikke Sjöberg schien in seinem Sessel zu dösen, er hatte den Kopf an die Wand gelehnt und die Augen geschlossen.

«Schluss für heute», sagte ich, doch er reagierte nicht. War er etwa mitten in der Vernehmung eingeschlafen? Nein, er schlug die Augen auf, gähnte und streckte sich wie eine schläfrige Katze.

«War das alles?», fragte er verwundert.

«Auf einiges müssen wir sicher noch einmal zurückkommen, aber für heute ist es genug. Deine Mutter wartet im Ruheraum auf dich.»

Als Mikke den Pullover überzog, merkte ich, dass er sich auffällig langsam bewegte. Brauchte auch er professionelle Hilfe? Manche Kollegen, allen voran natürlich Ström, lachten über meine Angewohnheit, Broschüren von Krisenzentren zu verteilen, aber meiner Erfahrung nach waren Gespräche mit einem Sachverständigen nützlich.

«Mikke, du hast einen Toten gefunden», sagte ich und legte eine Hand auf seinen Arm. «Diese Last solltest du nicht allein mit dir herumtragen. Hol dir Hilfe.»

Die traurigen, graublauen Augen sahen mich lange an.

Dann verzog sich der Mund zu einem Lächeln, das die Augen nicht erreichte.

«Ich bin doch in Mutters Obhut!»

Er drehte sich um und ließ sich von Koivu zum Ruheraum bringen. Ich vergrub mein Gesicht in den Händen und wünschte mir, ich hätte mehr Verstand.

Fünf

In der Lagebesprechung am Montagmorgen gingen wir die Ereignisse des Wochenendes und die sonstigen offenen Fälle durch. Ich hatte bereits eine ganze Weile über den Fall Juha Merivaara gesprochen, als mir auffiel, dass Ström fehlte. Das brachte mich für einen Moment aus dem Konzept.

«Es ist also noch nicht sicher, ob es sich um ein Tötungsdelikt handelt», fasste der alerte, redegewandte Puupponen zusammen, als ich fünfzehn Sekunden lang schwieg.

«Die Technik und das Labor haben für heute Nachmittag weitere Ergebnisse versprochen. Hoffen wir, dass es sich als Unfall entpuppt, wir haben ohnehin genug zu tun», seufzte ich und schlug als nächsten Punkt die Schlägerei vor, die sich am Freitagabend in Mankkaa zugetragen hatte. Tiefe Stille senkte sich über den Raum. Erst jetzt ging mir auf, dass Ström an diesem Fall arbeitete.

«Wo steckt Pertsa? Habt ihr was von ihm gehört?», fragte ich und hoffte, nicht wie eine gestrenge Lehrerin zu klingen, die sich nach einem Schulschwänzer erkundigt. Ich ließ den Blick durch die Runde schweifen, bis ich den verlegen dreinblickenden Lähde entdeckte. «Weißt du, wo Ström ist?»

Lähde zappelte mit den kurzen, dicken Beinen.

«Ich weiß es nicht genau, aber ... Ströms ehemalige Frau hat am Wochenende geheiratet.»

Was hatte die Hochzeit seiner Exfrau mit Ströms Abwesenheit zu tun – hatte sie etwa die gemeinsamen Kinder bei ihm abgeladen, um ungestörte Flitterwochen zu verleben? Bevor ich nachfragen konnte, platzte Puupponen heraus:

«Hat Ström nicht bloß einen empfindlichen Magen, sondern auch ein zartes Herz?»

Er erntete nur gedämpftes Gelächter, denn das ganze Dezernat wusste, dass die vier Jahre zurückliegende Scheidung Ström immer noch schmerzte. Er hatte erst nach langem Sträuben zugestimmt, als seine Frau Marja nach dem Erziehungsurlaub wieder als Laborantin arbeiten wollte. Sechs Monate später hatte sie ihn verlassen, weil sie sich in einen Krankenhaustechniker verliebt hatte. Es war zu einer heftigen Auseinandersetzung um das Sorgerecht gekommen, bei der Pertsa schließlich nachgegeben hatte, weil die unregelmäßigen Arbeitszeiten bei der Kripo es ihm unmöglich machten, seine beiden Kinder allein zu erziehen.

Das Schlimmste für ihn war wohl, dass die Kinder Zutrauen zu ihrem Stiefvater gefasst hatten. Vielleicht fürchtete er, noch mehr aus dem Leben seiner Kinder ausgeschlossen zu werden, wenn ihre Mutter eine neue Familie gründete. Dass er nur Lähde von der Hochzeit seiner Exfrau erzählt hatte, war typisch Ström. Einen Augenblick lang verspürte ich Mitleid mit ihm, das jedoch rasch verflog. Wir waren ohnehin überlastet, er konnte nach seinem freien Wochenende nicht einfach weitersaufen. Zumindest hätte er anrufen und sich meinetwegen mit Halsschmerzen herausreden sollen.

Lange würde ich mir Ausreden und ausgedehnte Sauftouren allerdings nicht gefallen lassen. Ich musste mit Pertsa reden, so unangenehm es mir war.

Gegen Mittag sollte der erste Bericht der Kriminaltechniker eintreffen. Ich schaltete den Computer ein und beantwortete per E-Mail zwei Anfragen der Helsinkier Kripo. Die elektronische Kommunikation sparte zwar Zeit, doch lieber hätte ich mit den Kollegen am Telefon gesprochen. Da ich schon einmal im Netz war, sah ich gleich nach, ob die Merivaara AG eine Homepage hatte.

Ich fand die URL und klickte sie an, wobei ich die langsame Verbindung verfluchte. Ich war von Natur aus ungeduldig und ärgerte mich jedes Mal, wenn irgendeine Maschine, egal ob Bankautomat oder Anrufbeantworter, mich warten ließ.

Auf der Homepage segelten zwei Boote über das sonnenbeschienene Meer, das Menü bot Informationen über die Produkte der Firma, über Seefahrt und Ökologie sowie über die Leuchtturminsel Rödskär. Ich klickte die Ökologiesparte an.

Wer das Wasser liebt, dem muss daran gelegen sein, die schöne, unersetzliche finnische Natur zu schützen. Tausende von Seen und das herrliche Schärengebiet bilden ein Nationaleigentum, dessen Pflege unser aller Pflicht ist.

Deshalb bietet die Merivaara AG Ihnen umweltschonende Produkte: Bootslacke und -grundierungen, WC-Chemikalien und Schmierstoffe. Wir stützen uns dabei sowohl auf die solide Sachkenntnis unserer Forschungs- und Entwicklungsabteilung als auch auf die innige persönliche Beziehung jedes Mitarbeiters zum Wassersport. Segeltörns zur Insel Rödskär, die sich im Besitz unseres Unternehmens befindet, sind fester Bestandteil der Personalschulung.

Die chemische Zusammensetzung der Grundierung Ihres Bootes mag ein kleiner Faktor sein, doch aus winzigen Rinnsalen werden große Flüsse. Wussten Sie übrigens, dass Ihr Boot keine Schutzgrundierung benötigt, wenn Sie überwiegend in Süßwasser fahren? Segelbooten, die speziell auf Binnenseen, etwa auf der Saimaa-Seenplatte, unterwegs sind, gibt der Sweet+Soft-Lack der Merivaara AG ausreichenden Schutz. Auch unsere Grundierungen für Salzwasserbedingungen enthalten kein für die Meeresfauna schädliches Zinn.

Die Homepage wirkte notdürftig zusammengeschustert. Ich surfte weiter und fand Recyclingtipps und Hinweise auf umweltfreundliche Produkte für Wassersportler. Mit dem Etikett «umweltfreundlich» konnte man Umweltbewussten fast alles verkaufen. Kaum jemand machte sich die Mühe, nachzuprüfen, was dahintersteckte. Ich jedenfalls fand mich im Dschungel der Bio-Symbole längst nicht mehr zurecht. Der Homepage zufolge hatte die Merivaara AG für ihre Lacke das EU-Ökosiegel beantragt.

Unter meinem Fenster rauschte der Verkehr, ein Streifenwagen schoss mit heulender Sirene aus der Garage. Hoffentlich nichts für unser Dezernat, dachte ich. Da klingelte das Telefon, der Rechtsmediziner teilte mir mit, dass Juha Merivaara nach dem Lungenbefund bereits tot gewesen war, als er ins Wasser fiel.

«Wurde der Sturz durch einen Herzinfarkt ausgelöst?»

«Diese Möglichkeit kann ich definitiv ausschließen, auch wenn sein Herz tatsächlich nicht gesund war. Wie ich gestern schon sagte, handelt es sich um einen Schädelbruch. Der Mann wurde mit einem unregelmäßig geformten Gegenstand erschlagen. An der Schläfe haben wir Rost gefunden, in der Wunde Glassplitter. Durch den Schlag wurde die Schädeldecke zertrümmert, die sonstigen äußeren Verletzungen sind Folgen des Sturzes. Der Mann ist aus rund fünf Meter Höhe ins Meer gestürzt, nicht wahr?»

Ich holte tief Luft, brachte aber kein Wort heraus. Obwohl ich auf das, was der Pathologe mir gerade gesagt hatte, bereits gefasst gewesen war, verließ mich auf einmal der Mut. Zum ersten Mal trug ich als Dezernatsleiterin die Verantwortung für die Ermittlungen in einem rätselhaften Kapitalverbrechen und musste obendrein Harris Fall neu aufrollen. Warum wurde ich immer wieder von meiner Vergangenheit eingeholt? Harri erinnerte mich daran, wie gedankenlos, unverantwortlich und egoistisch ich früher gewesen war. Die Person, die ich damals war, mochte ich nicht besonders.

«Bist du noch dran?», fragte der Pathologe gereizt. «Die

Leichenflecken deuten darauf hin, dass das Opfer einige Stunden nach dem Tod bewegt wurde.»

«Der Mann, der den Toten gefunden hat, hat ihn an Land gezogen. Kann man anhand der Flecken feststellen, in welcher Stellung er im Wasser lag?»

«Wahrscheinlich ist er seitlich aufgekommen, mit schiefem Nacken. Wenn du vorbeikommst, kann ich es dir besser erklären.»

«Sobald ich die Zeit finde», seufzte ich und fragte, ob er irgendeine Vorstellung von Größe und Kraft des Täters habe. Der Pathologe weigerte sich, zu spekulieren. Der Schlag sei nicht übermäßig kraftvoll gewesen, aber er könne nicht beurteilen, ob Juha Merivaara zum Zeitpunkt der Attacke aufrecht gestanden oder sich womöglich vorgebeugt hatte. Nach der Wunde zu schließen, sei die Tatwaffe schwer und stumpf, aber kantig.

Die Techniker hatten Rödskär bis zum Einbruch der Dunkelheit durchkämmt, ohne etwas zu finden, das als Mordwaffe infrage kam. Den ersten Untersuchungen zufolge befanden sich an Juha Merivaaras Kleidung fremde Fasern, und an dem metallenen Kragenspiegel der Jacke hatte man einen Fingerabdruck gefunden, der nicht vom Opfer stammte. Er konnte zwar schon vor längerer Zeit auf die Jacke geraten sein, doch war das immerhin ein Anfang. Ich bat Koivu in mein Büro.

«Ihr nehmt Fingerabdrücke von allen, die in der Mordnacht auf der Insel waren. Außerdem muss die Kleidung, die sie anhatten, nach Tikkurila ins Labor. Nimm Puustjärvi mit, vielleicht erinnert er sich, was die Leute anhatten», sagte ich und fluchte innerlich, denn wir waren vierundzwanzig Stunden zu spät dran. Ich hätte die Sachen der Verdächtigen sofort beschlagnahmen müssen.

Ich warf einen Blick auf meinen Terminkalender. Bei der wöchentlichen Besprechung der Dezernatsleiter um eins durfte ich nicht fehlen, also würden Koivu und Wang die Familie Merivaara ohne mich vernehmen müssen.

«Als Erstes nehmen wir uns die sieben Leute vor, die auf der Insel waren. Einer von ihnen muss der Täter sein, und ich glaube nicht, dass er uns lange hinters Licht führen kann.»

«Dieser Holma kam mir gleich bekannt vor», meinte Koivu stirnrunzelnd.

«Er ist ein mäßig berühmter Opernsänger», antwortete ich überrascht, denn Koivu war kein Opernfan, er bevorzugte Bon Jovi und Eppu Normaali.

«Das meine ich nicht. Ich hab nur gerade meine Akten durchgesehen, weil ich mich dunkel erinnerte, dass er in einen Fall verwickelt war, den ich im April bearbeitet habe.»

Holmas Strafregister hatte ich noch nicht überprüft, weil ich annahm, dass ich dort allenfalls Geldbußen wegen Geschwindigkeitsübertretung finden würde.

«Tapio Holma hat in Kivenlahti ein Mädchen vor einer Vergewaltigung gerettet.»

Da erinnerte ich mich an das Interview mit der geheimnisvollen Bemerkung, er habe auch im wirklichen Leben schon die Heldenrolle gespielt.

«Und das Mädchen hieß Riikka Merivaara?»

Koivu nickte und erklärte mir, in welchem Index ich die Protokolle der Voruntersuchungen fand. Er hatte sich intensiv mit der Sache beschäftigt, weil einer der Vergewaltiger ein paar Wochen zuvor an einem Fall von schwerer Körperverletzung beteiligt gewesen war, den Koivu untersuchte.

Wenn ich mir ein Brötchen holte, statt in der Kantine zu essen, würde ich es vor der Wochenbesprechung noch schaffen, mir die Protokolle anzusehen. Mit Käsebrötchen, Kaffee und Joghurt zog ich mich in mein Büro zurück.

Im Lauf der Jahre hatte ich gelernt, aus den unzusammenhängenden, oft widersprüchlichen Aussagen der Vernehmungsprotokolle eine zusammenhängende Geschichte zu konstruieren. Was ich diesmal zu lesen bekam, hätte aus einer Seifenoper stammen können.

Am letzten Samstag im April war Riikka Merivaara im Zentrum von Helsinki auf die Piste gegangen. Das letzte Lokal machte um halb vier dicht, und ein ehemaliger Klassenkamerad, den sie zufällig getroffen hatte, bot ihr an, sie nach Hause zu fahren.

Riikka zögerte nicht lange. Die Nachtbusse klapperten halb Espoo ab, die Fahrt hätte mindestens eine Stunde gedauert. Für ein Taxi hätte sie weit über hundert Finnmark bezahlen müssen. Ihr Schulfreund Mikko schwor, der Fahrer, der ebenfalls dieselbe Schule besucht hatte, sei nüchtern.

Der dritte Mann, Tuomo Haaranen, gefiel Riikka nicht. Er war groß, stark behaart und tätowiert. Seine Augen verrieten, dass er nicht nur vom Alkohol berauscht war. Aber Riikka hatte fünf Zitronengrappa getrunken und war wahnsinnig müde. Auf dem nachts wie ausgestorbenen Westring dauerte die Fahrt nur zwanzig Minuten. Sie nahm das Angebot an.

Tuomo Haaranen setzte sich neben sie auf die Rückbank des Mitsubishi. Sie ärgerte sich, weil er im Auto rauchte, und bat ihn, die Zigarette aus dem Fenster zu werfen. Er lachte überheblich und erklärte, hier diktiere er die Regeln. Da bekam sie es mit der Angst zu tun.

An der Abfahrt Matinkylä beschwerte sich Tuomo, er hätte seinen Samstagsfick noch nicht gehabt. Er fragte Riikka, ob sie Lust hätte, und fing an, ihre Brüste zu betatschen. Sie versuchte ihn wegzustoßen, doch er ließ sich nicht beirren, und die beiden Männer auf dem Vordersitz griffen nicht ein. Als sie auf die Kivenlahdentie abbogen, bat Riikka den Fahrer anzuhalten, doch Tuomo rief, es ginge weiter zum Hafen. Er fand Riikkas Widerstand erregend.

Sie wunderte sich, dass Mikko und der Fahrer ihn gewähren ließen. Wie sie später erfuhr, war er Ecstasy-Dealer, und die beiden anderen schuldeten ihm 2000 Finnmark. Tuomo war für seine rabiaten Methoden berüchtigt. Erst vor einigen Wochen hatte er einem zahlungsunfähigen Abnehmer eine brennende Zigarette ins Auge gedrückt.

Als der Fahrer an der nächsten Kreuzung das Tempo drosselte, sprang Riikka aus dem Wagen, lief jedoch in ihrer Angst in die falsche Richtung. Im April war die Gegend um vier Uhr nachts dunkel und verlassen. Es nieselte leicht, nur vereinzelte Vögel sangen.

Tapio Holma war auf dem Weg zur Halbinsel Porkkala, wo er bei Sonnenaufgang Zugvögel beobachten wollte. Nachdem er bei Sammalvuori beinahe einen Hasen überrollt hätte, fuhr er nun besonders vorsichtig. Als seine Scheinwerfer die junge Frau erfassten, die auf der Querstraße vor einem großen Kerl davonrannte, war ihm sofort klar, dass etwas nicht stimmte. Er bog ab und fuhr der Frau entgegen. Tuomo hatte Riikka beinahe eingeholt, als sie im Licht der Scheinwerfer beide stehen blieben.

«Was ist los?», rief Holma und stieg aus.

«Bloß ein kleiner Streit mit meiner Freundin», antwortete Tuomo gelassen.

«Ich hab den Kerl noch nie gesehen! Der will mich vergewaltigen!», kreischte Riikka und warf sich Tapio Holma buchstäblich in die Arme.

Holma betrachtete den zwanzig Jahre jüngeren und fünfzehn Zentimeter größeren Mann und forderte ihn auf zu verschwinden.

«Verpiss dich lieber selbst, du Gartenzwerg!», brüllte Tuomo.

Da nahm Holma das Stativ seines Fernrohrs aus dem Wagen. Er hatte in den Metropolen der Welt gelernt, blitzschnell abzuschätzen, ob es sinnvoll war, sich zu verteidigen, oder ob man besser daran tat, einem messerschwingenden Junkie widerstandslos die Geldbörse auszuhändigen. In der Dunkelheit konnte Tuomo nicht erkennen, was der andere in der

Hand hielt, aber er war Realist. Seinen Samstagsfick musste er in den Wind schreiben, also war es das Vernünftigste zu verschwinden. Fluchend trollte er sich zu seinen Kumpel. Holma beruhigte die schluchzende Riikka, brachte sie nach Hause und ermahnte sie, Anzeige zu erstatten.

Am nächsten Tag rief er an und fragte, wie es ihr gehe. Schließlich meldeten sie sich gemeinsam bei der Polizei und wurden beide vernommen, Riikka als Klägerin und Holma als Zeuge. Tuomo Haaranen wurde der versuchten Vergewaltigung angeklagt.

Ich rief die Prozessdaten auf: Der Fall war im Juni zur Verhandlung gekommen. Weder Riikka noch Tapio Holma hatte vor Gericht aussagen müssen. Haaranen hatte nur eine lächerliche Geldbuße erhalten, saß aber zur Zeit eine sechsmonatige Haftstrafe wegen Drogenhandel und einem früheren tätlichen Angriff ab.

So war Tapio Holma also Riikkas Held geworden. Schade, dass die Vernehmungsprotokolle nichts über die weitere Entwicklung der Beziehung aussagten. Allmählich verstand ich, wieso sich Riikka in Tapio verliebt hatte. Im Alltag war er ein ganz gewöhnlicher, recht kleiner, breitschultriger Mann, aber auf der Bühne verwandelte er sich. Als Posa hatte er auch mich beeindruckt, sowohl mit dem tragischen Pathos des fanatischen Helden als auch mit seinem glanzvollen Äußeren, das nicht einmal der alberne Spitzenkragen beeinträchtigen konnte. Vielleicht hatte auch Riikka ihn bei den Opernfestspielen in Savonlinna gesehen.

Es war kurz vor eins. Ich legte Puder auf und ging zur Sitzung der Dezernatsleiter, in dem unangenehmen Bewusstsein, dass unsere Abteilung ein schweres Kapitalverbrechen aufzuklären hatte.

Die Arbeitsteilung im Präsidium war in den letzten Jahren immer wieder verändert worden. Seit Anfang des Jahres war uns der Notdienst für den westlichen Teil der Provinz Uusimaa übertragen worden, was zusätzliche Arbeit brachte und eine Reorganisation erforderte. Während unser Dezernat früher auch für die Berufs- und Gewohnheitskriminalität, kurz Begeka, zuständig gewesen war, gab es dafür seit Anfang des Jahres ein eigenes Dezernat. An der Besprechung nahmen außer mir die Leiter der Dezernate Gewalt zwei, Begeka, Wirtschaftskriminalität, Drogen, Raub und Verkehr teil. Den Vorsitz führte unser ehemaliger Dezernatsleiter Jyrki Taskinen, der vor einem Jahr zum Kripochef befördert worden war. Wie so oft war ich die einzige Frau in der Runde. Zum Glück gab es im Präsidium mittlerweile noch eine zweite Frau in höherer Position, eine Pressesprecherin im Kommissarsrang.

Die Vertreter der einzelnen Dezernate konnten sich zwar jeden Morgen beim Kaffee im Obergeschoss treffen, doch ich hatte selten Zeit dazu. Die wöchentlichen Besprechungen waren notwendig, denn Drogenmissbrauch, Raub, Gewalt und Gewohnheitskriminalität hingen oft eng miteinander zusammen.

Im Sommer hatte sich der Chef der staatlichen Sicherheitspolizei besorgt über die Zunahme rassistisch motivierter Konflikte und über den Aufschwung radikaler Bewegungen geäußert. Diese Themen waren auch in unseren Sitzungen immer wieder zur Sprache gekommen. Daher überraschte es mich nicht, als der diensteifrige Kommissar Laine, der von der Sicherheitspolizei als Chef des Begeka-Dezernats zu uns gewechselt hatte, meinen Bericht über den Fall Juha Merivaara kommentierte:

«Habt ihr Merivaaras Sohn unter die Lupe genommen? Die radikalen Umweltschützer werden immer gewalttätiger. Vielleicht hat der Junior seinen Vater aus dem Verkehr gezogen?»

«Völlig unlogisch», wandte ich ein. «Ich habe mir gerade die Homepage der Merivaara AG angesehen, umweltbewusster geht's nicht mehr!»

«Diese Nachwuchsanarchisten handeln eben nicht logisch. Die Typen von der Revolution der Tiere betrachten gerade die liberalen Umweltschützer, etwa unseren grünen Umweltminister, als ihre schlimmsten Feinde, weil sie ihrer Meinung nach durch ihre Kompromisslösungen die Umweltbewegung verwässern», dozierte der Begeka-Kommissar.

«Ein siebzehnjähriger Junge tötet seinen Vater wegen ideologischer Differenzen? Schwer zu glauben», hielt ich dagegen, erinnerte mich jedoch im selben Moment an die Vermutung des Pathologen, Juha Merivaara sei durch einen Schlag auf den Kopf ums Leben gekommen. Gut möglich, dass Jiri sich mit seinem Vater geprügelt hatte. Aber warum mitten in der Nacht, warum auf den Felsen?

Ich blieb mit meinen Gedanken bei den Merivaaras, während es bei der Besprechung längst um andere Themen ging. Das Rauschgiftdezernat war völlig überlastet, denn vor einigen Wochen war ein marokkanischer Drogenring, der sich in Kirkkonummi eingenistet hatte, aufgeflogen, und durch die Vernehmungen war man mehreren Unterorganisationen in verschiedenen Teilen der Hauptstadtregion auf die Spur gekommen. Die Boulevardzeitungen hatten große Schlagzeilen über die ausländischen Drogenhändler gebracht, was den Espooer Skinheads einen hübschen Vorwand lieferte, einen jungen Iraner zusammenzuschlagen. Auch einer von Ströms Fällen, dachte ich verärgert.

«Hast du morgen Zeit für unser Mittagessen?», fragte Taskinen, als die Sitzung endlich zu Ende ging.

«Ich weiß noch nicht. Hoffentlich. Ich ruf dich morgen Vormittag an.»

Ich stand gerade vor der Tür zu meinem Büro, als das Handy klingelte.

«Wir sind hier bei den Merivaaras, Puustjärvi hat eben mit den Technikern die Kleider geholt. Das hat ziemlichen Ärger gegeben», sprudelte Koivu aufgeregt hervor.

Jiri, der heute nicht zur Schule gegangen war, hatte sich geweigert, der Polizei seine einzigen anständigen Kleidungsstücke, einen grünen Parka vom Flohmarkt, Chinos und Tennisschuhe, auszuhändigen. Riikka und Tapsa hatten minutenlang auf ihn eingeredet, bis er schließlich nachgab. Anne Merivaara war überraschenderweise nicht im Haus, sondern in der Firma, aber Riikka hatte den Technikern die Sachen mitgegeben, die ihre Mutter auf Rödskär getragen hatte.

«Soll Frau Merivaara heute noch vernommen werden?», wollte Koivu wissen.

«Morgen reicht auch, dann kann ich dabei sein.»

«Holma und die Tochter hätten jetzt Zeit, sollen wir sie gleich mitbringen?»

«Macht das», sagte ich. Eigentlich war ich neugierig darauf, wie sich die Romanze zwischen Tapio Holma und Riikka Merivaara entwickelt hatte. Ich reservierte einen Vernehmungsraum, zog mir am Automaten eine Cola light und tippte Pertti Ströms Privatnummer ein.

Ich war sicher, er würde sich nicht melden, doch nach dem fünften Klingeln wurde abgehoben.

«Ström.»

«Maria hier, grüß dich. Bist du krank?»

Ein Stöhnen kam aus dem Hörer. Ich sah Ström geradezu vor mir: das pockennarbige Gesicht, das vor Wut rot anlief, die Flügel der zweimal gebrochenen Nase, die sich blähten, den flackernden Blick der hellbraunen Augen.

«Scheiße, ich hab mir gestern den Rücken verrenkt, als ich den Luftdruck in den Reifen gecheckt hab.»

«Ein Hexenschuss? Warst du beim Arzt?»

«Natürlich nicht, ich komm ja kaum aus dem Bett, Mensch!»

«Dann muss der Arzt eben einen Hausbesuch machen.»

«Mach nicht so ein Theater, Kallio. Ein paar Tage Bettruhe, dann ist alles wieder in Ordnung. Du rufst doch bestimmt nicht an, um dich nach meinem Befinden zu erkundigen. Also, was gibt's?»

Ich bemühte mich, möglichst ruhig über die offenen Fälle zu sprechen und gleichzeitig herauszufinden, ob Pertsas Heiserkeit auf einen Kater hindeutete.

«Auf diese Scheißaraber kannst du die Wang ansetzen», sagte Pertsa, als wir zu der Schlägerei zwischen Iranern und Skinheads kamen. «Für die Kanakenfälle ist die Tussi schließlich eingestellt worden.»

«Wang hat so viel Ähnlichkeit mit einem Iraner wie du mit einem Somalen.»

«Warum hat man sie nicht ins Rauschgiftdezernat gesteckt? Auf dem Gebiet haben sich ihre Landsleute doch hervorgetan», fuhr Ström fort. Er spielte auf einen von drei Vietnamesen organisierten Drogenring an, der im letzten Frühjahr aufgeflogen war. Siebzig Prozent der Mitglieder waren allerdings Finnen, doch in den Schlagzeilen war immer von der «Vietnamesenbande» die Rede. Das verkaufte sich nun mal besser als ein Bericht über Amphetamindealer aus Espoo.

Ich wies Ström an, den Arzt zu holen, falls sich seine Rückenschmerzen am nächsten Tag nicht besserten. Drohungen verkniff ich mir, denn ein Machtkampf mit Ström war das Letzte, was ich wollte. Vielleicht hoffte er, ich würde zickig werden, damit er sich versetzen lassen und behaupten konnte, ich hätte ihn aus dem Dezernat hinausgeekelt.

In dem Moment meldete Wang, Tapio Holma warte im Erdgeschoss auf seine Vernehmung. Riikka Merivaara habe sich noch zu schwach gefühlt, um mitzukommen.

«Koivu hat daraufhin beschlossen, das arme Mädchen in Ruhe zu lassen», sagte Wang ironisch. Koivu war ein ausgezeichneter Polizist und fiel durchaus nicht auf jeden koketten Augenaufschlag herein, aber bei schutzbedürftig wirkenden jungen Frauen wurde er weich wie Wachs.

Wieder puderte ich mir die Nase. Einige Sommersprossen waren noch zu sehen, aber die Sonnenbräune war verschwunden. Bald würden mir der Winter und die langen Arbeitstage eine blasse Haut und dunklere Haare bescheren. Ich musste die Haare unbedingt rot nachfärben, denn am Scheitel zeigten sich ein paar neue graue Haare. Offenbar stand mir dasselbe Schicksal bevor wie meinem Vater, der mit vierzig ergraut war. Aber vielleicht sah ich mit grauen Haaren endlich respektgebietend aus.

Bei unseren bisherigen Begegnungen hatte ich Tapio Holma in Baumwollhose, Pullover und Windjacke erlebt. Mit dem anthrazitfarbenen, gut geschnittenen Anzug, den er heute trug, und der schwarzen Krawatte hätte er ohne weiteres bei einem Konzert auftreten können.

«Guten Tag, Kommissar Kallio.» Er gab mir die Hand. «Sie ... du leitest also die Ermittlungen über Juhas Tod.»

«Ja.» Ich bat ihn in den Vernehmungsraum zwei, wo Getränke bereitstanden, und nahm mir einen Kaffee, obwohl mein Magen, der während des Mutterschaftsurlaubs nur morgens Koffein zu verkraften gehabt hatte, gegen die fünfte Tasse des Tages protestierte. Bald würde sich mein Organismus wieder an den Polizeialltag gewöhnen: zu viel Kaffee, zu wenig Schlaf, unregelmäßige, hastig heruntergeschlungene Mahlzeiten, Fitnesstraining in den verrücktesten Tages- oder Nachtstunden. Ich sprach die Routineangaben aufs Band, doch bevor ich mit der Vernehmung beginnen konnte, fragte Holma zwischen zwei Schlucken Tee:

«Was ist eigentlich los? Die Polizei hat uns bisher nicht einmal die Todesursache mitgeteilt, uns dafür aber Fingerabdrücke abgenommen und die Kleider vom Leib gerissen. Geht man so mit trauernden Familienmitgliedern um?»

«Soweit ich weiß, gehörst du noch gar nicht zur Familie Merivaara. Oder lebst du schon mit Riikka zusammen?»

«Offiziell noch nicht, obwohl Riikka oft bei mir ist.»

«Was hat Juha von eurer Beziehung gehalten?»

«Müssen wir darüber sprechen?» Holma lockerte die Krawatte.

«Ja. Väter sind mitunter eifersüchtig auf die Freunde ihrer Töchter, vor allem, wenn sie zwanzig Jahre älter sind.»

Den Unterlagen entnahm ich, dass Tapio Holma 1955 geboren war – nur vier Jahre nach Riikkas Vater.

«Kommen wir zur Sache.» Er fuhr sich durch die glatt gekämmten Haare, worauf sie sofort wuschlig hochstanden. «Ich habe Juhas Leiche gesehen. Er ist ganz offensichtlich vom Felsen gestürzt. Warum all diese Vernehmungen und Fragen?»

«Warst du den Merivaaras als Schwiegersohn in spe willkommen? Eure Beziehung hat ja ziemlich dramatisch angefangen, du hast Riikka vor einer Vergewaltigung gerettet. Wie ging es weiter?»

«Ich verstehe zwar nicht, was das mit Juhas Unfall zu tun hat, aber meinetwegen. Ein Teil der Geschichte steht ja ohnedies in den Polizeiakten.» Er setzte sich gerade hin und erzählte von seinem Auftritt als Held.

Mitte April hatte er erfahren, dass seine Stimme ohne Operation wahrscheinlich nicht zu retten war. Er hatte versucht, die Leere in seinem Leben durch ornithologische Beobachtungen zu füllen, und besonders gespannt auf das Eintreffen der Zugvögel gewartet. Deshalb war er am letzten Samstag im April in aller Herrgottsfrühe nach Porkkala gefahren.

Die Begegnung mit Riikka warf seine Pläne durcheinander. Er hielt es für seine Pflicht, sie sicher nach Hause zu bringen. Riikka erkannte ihn sofort, das schmeichelte ihm. Ohne Zögern stieg sie in sein Auto ein, weigerte sich jedoch, die Polizei anzurufen, obwohl Holma ihr sein Handy anbot.

Während der Fahrt gewann Riikka ihre Fassung wieder, und vor ihrem Elternhaus hatte sie es keineswegs eilig, auszusteigen. Holma gab ihr seine Visitenkarte und ermahnte sie noch einmal, Anzeige zu erstatten. Sie fürchtete jedoch, die Polizei und ihr Vater würden ihr Vorwürfe machen, weil sie zu den Männern ins Auto gestiegen war und sich damit regelrecht angeboten hätte.

Holma fuhr auf die Halbinsel Porkkala, doch während er Zugvögel beobachtete, musste er immer wieder an das Mädchen denken. Es war, als hätte das Schicksal ihn zu ihrem Retter gemacht. Gegen Mittag kam er nach Hause, schlief ein und wurde um drei Uhr von einem Boten geweckt, der zwölf weiße Rosen mit einem Dankesbrief von Riikka brachte.

Holma rief Riikka an, um sich für die Blumen zu bedanken. Dabei fragte er auch, ob sie sich mit der Polizei in Verbindung gesetzt hatte. Sie hatte es nicht getan, also bot er ihr an, sich darum zu kümmern. Durch einen Anruf in unserem Dezernat erfuhr er, dass gegen Tuomo Haaranen bereits in einigen anderen Fällen ermittelt wurde. Dann meldete er sich erneut bei Riikka und sagte, er werde sie aufs Präsidium begleiten.

Riikka zögerte nur einen Moment. Seit dem Aufwachen hatte sie CDs von Holma gehört. Die Anzeige war ein guter Vorwand, ihn wieder zu sehen. Zuerst wollte sie jedoch mit ihm sprechen, deshalb verabredeten sie sich für den folgenden Nachmittag im Café des Kulturzentrums in Tapiola.

Holma war überrascht, wie nervös ihn die Verabredung machte. Er brauchte eine halbe Stunde, um ein Hemd auszuwählen, und bemühte sich verzweifelt, die Haare ordentlich zu kämmen. Riikka kam zehn Minuten zu spät, und er dachte bereits, sie würde die Verabredung platzen lassen. Als sie endlich kam, wusste er nicht, wie er sie begrüßen sollte. Er entschied sich für einen Wangenkuss nach mitteleuropäischer Art, der Riikka verwirrte.

«Es war ein vorsichtiges Herantasten. Ich war unsicher, habe versucht, mich zur Vernunft zu rufen: Sie war zu jung, um sich in sie verlieben zu dürfen. Immerhin hätte Riikka meine Tochter sein können. Aber sie war so bezaubernd und wirkte so reif.»

Auch an diesem Nachmittag waren sie nicht aufs Präsidium gefahren. Erst am nächsten Morgen hatte Holma Riikka überreden können.

Anschließend hatte er sie zum Kaffee eingeladen. Sie sprachen lange über seine Stimmprobleme und über ihren Traum, Gesang zu studieren. Tapio hatte das Gefühl, Riikka nicht gehen lassen zu können, sie festhalten zu müssen, so aussichtslos der Versuch auch erschien. Schließlich lud er sie zu einem Opernabend ein. Ihre unübersehbare Freude ließ ihn hoffen, dass das Interesse nicht so einseitig war, wie er gefürchtet hatte. Beim Abschied wagte er es, sie wieder auf die Wange zu küssen, und diesmal erwiderte Riikka die Geste.

«Zuerst war es schwierig, da sie ja noch bei ihren Eltern lebte. Allerdings waren Anne und Juha anfangs sehr freundlich, sie glaubten vielleicht, mir Dank schuldig zu sein.»

«Aber später hatte Juha Merivaara Einwände gegen eure Beziehung?»

Tapio Holma runzelte die Stirn und fuhr sich wieder durch die Haare. Es war eine jungenhafte Geste, der das Selbstbewusstsein eines Marquis de Posa völlig fehlte. Oder spielte Holma nur den Vierzigjährigen, der nervös wie ein Teenager zum ersten Rendezvous erscheint?

«Na ja ... Juha hielt den Altersunterschied für zu groß, da hat er keinen Hehl daraus gemacht. Er war auch dagegen, dass Riikka zu mir zog. Ich wollte kein Drama, mein Leben war in letzter Zeit dramatisch genug. Riikka wohnt aber praktisch bei mir.»

Sein Handy unterbrach ihn. Beinahe hätte ich laut aufgelacht, denn das Telefon piepste die Arie des Toreadors aus «Carmen», was völlig wahnwitzig klang. Zählte auch der Toreador Escamillo, ein Bariton, zu Holmas Lieblingsrollen?

Da Holma das Handy abschaltete, ohne das Gespräch anzunehmen, fragte ich ihn nach der Nacht, in der Juha Merivaara gestorben war.

«Darüber haben wir ja schon einmal gesprochen. Mir ist an dem Abend nichts Besonderes aufgefallen. Juha hat eine sehr nette Rede auf Anne gehalten, und wir haben auf ihren Geburtstag angestoßen. Jiri motzte zwar, aber das war nichts Neues. Er hätte lieber in Turku gegen eine Pelzmodenschau demonstriert, statt auf Rödskär zu prassen.»

Auch in der Nacht hatte Holma nichts gehört, allerdings schlief er meist tief und fest. Mikkes Klopfen hatte ihn um Viertel nach sieben geweckt.

«Was hat er gesagt?», fragte ich neugierig.

«Mikke? Er war weiß bis in die Lippen und stammelte, Juha wäre vom Felsen abgestürzt, und er bräuchte mein Handy, um Hilfe zu holen.»

«Hilfe? Bist du sicher, dass er von Hilfe gesprochen hat?»

«Wieso? Nein, ganz sicher bin ich mir nicht. Frühmorgens bin ich nicht in Höchstform, außerdem waren Riikka und ich natürlich schockiert.»

Hätte Mikke die Polizei alarmieren wollen, wäre das ein Hinweis darauf gewesen, dass er nicht an einen Unfalltod glaubte. War er aber selbst der Täter, musste er natürlich den Eindruck erwecken, Juha sei verunglückt. Wie hatte er eigentlich reagiert, als seine Kleidung abgeholt wurde? Ich musste unbedingt Puustjärvis Bericht lesen, bevor ich nach Hause fuhr.

«Warum bist du mit Sjöberg zu der Leiche gegangen, statt ihm einfach das Handy mitzugeben?»

«Er wollte nicht alleine hin. Er war ganz durcheinander, wie wir alle. Nur Katrina Sjöberg hatte sich unter Kontrolle, sie ließ Seija Tee kochen und beruhigte die Merivaaras. Anne wollte sofort zu Juha rennen, wir konnten sie nur mit Mühe davon überzeugen, dass nichts mehr zu machen war.»

Nachdem Holma gegangen war, rief ich die Vorstrafenregister auf. Mit Ausnahme von Jiri waren alle Beteiligten unbescholten. Als Letztes holte ich mir Juha Merivaaras Daten auf den Bildschirm. Er hatte eine lange Latte von Geldbußen wegen Geschwindigkeitsübertretung, doch mich interessierte nur eine Eintragung: Im Dezember 1991 war seine Segelyacht mit einem Außenborder kollidiert, dessen Fahrer bei dem Unfall ums Leben gekommen war. Juha Merivaara hatte eins Komma zwei Promille gehabt.

Sechs

Am Dienstagmorgen erklärte Antti, er wolle am Nachmittag mit Iida «in die Stadt». Darunter versteht man in Espoo das Zentrum der Nachbarstadt Helsinki.

«Zur Fahrraddemo», sagte er. «Am ersten Dienstag des Monats blockieren unmotorisierte Fahrzeuge und Fußgänger die Mannerheimintie.»

Ich hatte von dieser allmonatlichen Veranstaltung gehört, die von der Helsinkier Bereitschaftspolizei streng kontrolliert wurde. Bisher hatte es keine ernsthaften Konflikte gegeben, aber einige Autofahrer waren mittlerweile sehr aufgebracht. Sie warfen die Demonstranten mit aggressiven Umweltaktivisten in einen Topf und hielten sich für berechtigt, sie zu bespucken und mit Steinen zu bewerfen.

«Immer lächeln, vergiss das nicht, und sieh zu, dass Iida hübsch gekämmt ist. Die Sicherheitspolizei macht garantiert Fotos», sagte ich und küsste meine Familie zum Abschied. Einstein schlüpfte mit mir nach draußen. Er war die ganze Nacht unruhig gewesen, weil er das Rascheln der Mäuse gehört hatte, die unter den Fußböden Schutz vor der Herbstkälte suchten. Nun wollte er wohl versuchen, von außen an die Beute heranzukommen.

Es regnete nicht, also fuhr ich mit dem Rad zur Arbeit. Antti hatte vorgeschlagen, unseren klapprigen Fiat zu verkaufen, denn in meiner neuen Position hatte ich Anspruch auf einen Dienstwagen, einen fast neuen Saab, mit dem ich auf dem Nachhauseweg guten Gewissens auch zum Einkaufen fahren konnte. Ich wäre im Mutterschaftsurlaub nicht ohne Auto ausgekommen, oder Antti nahm den Bus oder das Fahrrad, um die Einkäufe zu erledigen oder Iida zum Musikkreis zu bringen. Für ihn ging es ums Prinzip.

Auf dem Flur unseres Dezernats sah ich als Erstes den steif dahinschleichenden Ström. Als er meine Schritte hörte, drehte er sich langsam um, trotzdem schwappte Kaffee aus der Tasse in seiner Hand.

«Wieder einsatzfähig?», fragte ich vorsichtig.

«Nee, aber ich muss ja wieder ran, bleibt sowieso schon zu viel liegen. Wie sieht's mit dem offenen Hauptmeisterposten aus, tut sich da was?»

«Keine Chance, das kann noch Monate dauern. Als Nächstes wird das Dezernat für Wirtschaftskriminalität aufgestockt.»

Aus finanziellen Gründen wurden viele Stellen nicht besetzt. Unserem Dezernat fehlte schon seit drei Jahren ein Hauptmeister, obwohl Taskinen und Pertsa alle Hebel in Bewegung gesetzt hatten. Auch der neue Etat sah keine zusätzlichen Mittel für die Polizei vor, sodass die Stelle noch lange vakant bleiben würde. Der einzige Vorteil des Personalmangels bestand darin, dass auch ich als Dezernatsleiterin Vernehmungen führen musste, statt nur am Schreibtisch zu sitzen.

«Die verfluchten Witzbolde, die das Budget aufstellen, sollten mal einen Tag lang bei uns arbeiten, damit sie sehen, wie es hier zugeht! Warum redet in der Öffentlichkeit keiner über die Geldknappheit der Polizei? Aber wehe, wenn ein Polizist einen um sich ballernden Bekloppten erschießen muss, dann gibt's Theater!»

Ström war mal wieder bei seinem Lieblingsthema. Seit ein entflohener Häftling vor anderthalb Jahren unseren Kollegen Palo entführt und in einem abgelegenen Sommerhaus als Geisel gehalten hatte, wurden wir immer wieder mit der Frage konfrontiert, wann die Polizei das Recht habe, von der

Schusswaffe Gebrauch zu machen. Unser Kollege und sein Entführer waren beim Rettungseinsatz ums Leben gekommen. Die Leiter der Operation und die Männer des Einsatzkommandos, die den Täter erschossen hatten, waren unter Anklage gestellt worden, der Prozess gegen sie lief noch. Auch ich hatte mitten im Mutterschaftsurlaub zur Vernehmung antreten müssen. Pertsa hielt das Verfahren für ungerecht, seiner Meinung nach trug der Entführer ganz allein die Schuld.

«Gib auf deinen Rücken acht, damit es nicht schlimmer wird. Geh zum Arzt!», riet ich ihm.

«Was wissen die Ärzte schon, die drücken dir Pillen in die Hand und schicken dich wieder an die Arbeit. Letztes Mal haben sie mir Litalgin verschrieben, das hat meine Alte früher immer gegen Menstruationsbeschwerden genommen», knurrte Pertsa und verschwand in seinem Büro.

Ich rief die Kollegen, mit denen ich die Mitarbeiter der Merivaara AG vernehmen wollte, im Besprechungsraum zusammen. Neben Koivu, Puustjärvi und Wang, die von Anfang an mit dem Fall zu tun gehabt hatten, sollte Puupponen mitkommen, dazu noch Kantelinen vom Dezernat für Wirtschaftskriminalität, der sich um die finanzielle Lage der Firma kümmern würde.

«Es sieht doch ganz danach aus, dass einer der Geburtstagsgäste der Täter ist», meinte Puustjärvi skeptisch. «Warum ermitteln wir dann in der Firma?»

«Ich will wissen, was dieser Juha Merivaara für ein Mensch war, das kann nützlich sein. Außerdem wurde bei einer der ersten Vernehmungen behauptet, in der Nacht habe ein Boot auf der Insel angelegt. Hat die Küstenwache dazu neue Informationen geliefert?», fragte ich Puupponen.

Er schüttelte den Kopf. Da Rödskär nicht unmittelbar an der Grenze des Hoheitsgewässers lag, patrouillierte die Küstenwache dort nicht regelmäßig. Es war durchaus möglich, dass ein fremdes Boot unbemerkt auf der Insel angelegt hatte. Dennoch nahm ich Katrina Sjöbergs Aussage nicht für bare Münze; es konnte sich auch um ein Täuschungsmanöver handeln.

Wir fuhren durch das Zentrum von Espoo und bogen auf die schmale, gewundene Finnoontie ab. Man mochte kaum glauben, dass die Felder rechts und links der Straße nur zwei Kilometer vom so genannten Zentrum der zweitgrößten Stadt des Landes entfernt waren, und tatsächlich wurden sie bald von Baustellen abgelöst. Demnächst würden auf jedem Acker gleichförmige Reihenhäuser stehen, bewohnt von Menschen, die sich der Illusion hingaben, mitten in der Natur zu leben. Seit wir in Henttaa wohnten, vermehrten sich dort die Häuser wie Frösche in einer Regennacht, und manchmal fragte ich mich, woher eigentlich all die Menschen für diese Häuser herkamen.

Das schachtelförmigen Geschäftsgebäude der Merivaara AG war ein Musterbeispiel für die Industriearchitektur der späten sechziger Jahre. Man hatte nachträglich versucht, es zu verschönern, indem man die Fassade in drei verschiedenen Blautönen angestrichen hatte, aber das Ergebnis fiel eher bizarr als stilvoll aus.

Anne Merivaara war offenbar über die Ankunft des Streifenwagens unterrichtet worden, denn sie erwartete uns in der Eingangshalle. Es wunderte mich, dass sie schon wieder arbeitete, nachdem sie am Sonntag noch völlig gebrochen gewesen war. Im schwarzen Hosenanzug wirkte sie zerbrechlich, doch ihre Stimme war kühl und klar.

«Guten Tag, Hauptkommissarin Kallio. Herzlich willkommen bei der Merivaara AG», sagte sie in einem Ton, als handle es sich um eine harmlose Besichtigungstour. «Gehen wir ins Konferenzzimmer im Obergeschoss, dann könnt ihr mir erklären, was ihr hier wollt.»

Ihre Bewegungen wirkten kontrolliert, doch mit der linken, zur Faust geballten Hand schien sie etwas zu umklammern. Wir folgten ihr in den Aufzug. In der obersten Etage des dreistöckigen Gebäudes befand sich ein großzügiger offener Raum. Von den Eckfenstern ging der Blick über braun gesprenkelte Felder.

«Selbstverständlich könnt ihr mit allen Angestellten sprechen, wenn ihr wollt. Juhas Sekretärin Paula Saarnio wird euch gern behilflich sein.» Anne stellte uns eine große dunkelhaarige, effizient wirkende Frau vor.

«Gut. Hauptmeister Kantelinen würde sich gern den letzten Quartalsbericht und die Bücher ansehen.»

«Ich habe nichts dagegen, aber warum?» Jetzt klang ihre Stimme verwundert.

«Es tut mir Leid, aber dein Mann ist aller Wahrscheinlichkeit nach einem Verbrechen zum Opfer gefallen.»

Um den heißen Brei herumzureden, hatte ich nie gelernt, aber diesmal hätte ich es wenigstens versuchen sollen, denn Anne Merivaara sank sofort auf den nächsten Stuhl. Sie öffnete die linke Hand, in der ein tiefblauer Stein lag, etwa fünf Zentimeter im Durchmesser. Dann presste sie die Hand wieder um den Stein, als könne er ihr Kraft geben.

«Einem Verbrechen? Du meinst, Juha ist umgebracht worden. Aber auf Rödskär waren doch nur ... Wer von uns hätte Juha umbringen wollen?»

«Vielleicht können wir darüber gemeinsam nachdenken», schlug ich vor und teilte meine Leute ein. Während Kantelinen sich mit der finanziellen Seite vertraut machte, sollten Wang und Koivu sowie Puupponen und Puustjärvi jeweils paarweise mit den Mitarbeitern sprechen. Die Merivaara AG war kein großes Unternehmen. In der Produktion arbeiteten zwanzig Angestellte, in der Forschungs- und Entwicklungsabteilung fünf. Dazu kamen sieben Bürokräfte.

Während ich die Einsatzbefehle erteilte, saß Anne Merivaara wie benommen auf ihrem Stuhl und fingerte an dem blauen Stein herum. Als sich die Tür hinter meinen Kollegen und der Sekretärin schloss, blickte sie auf und hielt mir den Stein hin.

«Ein Azurit. Ein Geschenk von Seija. Er soll mir Entschlusskraft geben.»

«Fällt es dir denn schwer, Entscheidungen zu treffen?» Ich setzte mich zu ihr an den Tisch.

«Manchmal. Mein Sternzeichen ist Waage. Ich wäge die Dinge von allen Seiten ab und komme zu keinem Ergebnis.»

«Glaubst du daran? An Horoskope und Steine?»

«Ja. Wie ich auch daran glaube, dass Juha in anderer Gestalt weiterlebt», sagte Anne ernsthaft. Zum Glück war Puupponen nicht dabei, er hätte sicher gesagt, jaja, als Radieschen.

«Das tröstet mich ein wenig. Vielleicht wird Juha als einer der Seevögel wieder geboren, die ihm immer wichtig waren. Bei Harri bin ich mir ganz sicher, dass er ein Seeadler geworden ist.»

Ein Seeadler. Das hätte ihm gefallen. Ich erinnerte mich, wie er an einem Vormittag glühend vor Begeisterung bei mir aufgetaucht war. Er hatte gerade erfahren, dass man auf einer bewaldeten Insel südwestlich von Hanko ein Seeadlernest mit zwei Jungen entdeckt hatte. Harri war über die Bedrohung der Seeadler durch Umweltgifte und Abholzung entsetzt gewesen und hatte darüber einen für seine Verhältnisse ungewöhnlich bissigen Artikel in der Zeitschrift des finnischen Naturschutzbundes veröffentlicht.

«Und in was für einen Vogel hat sich Juha verwandelt?», fragte ich, obwohl mir das Gespräch absurd vorkam. Ich wollte ihr helfen, sich zu beruhigen, denn ich hatte ihr einige unangenehme Fragen zu stellen.

Anne betrachtete den Azurit und schüttelte den Kopf. Darüber habe sie noch nicht nachgedacht. Irgendein großer, lauter Vogel, der kleinere Artgenossen von seiner Klippe vertreibt. Das sagte sie in neutralem Ton, sie wusste, dass man im Geschäftsleben die Ellbogen einsetzen musste.

Trotz der Halbliterportion, die ich am Morgen getrunken hatte, meldete ich schon wieder der Kaffeedurst. Ob ich wohl um eine Tasse bitten durfte? Oder gab es hier aus ideologischen Gründen nur Kräutertee?

Bevor ich etwas sagen konnte, kam Paula Saarnio mit einem Tablett herein. Während sie mir Kaffee und Anne Tee einschenkte, nahm ich mir vor, ihre Vernehmung später selbst zu übernehmen. Sekretärinnen wissen Dinge über ihren Chef, die der Ehefrau verborgen bleiben. Sie erklärte, bei dem Gebäck handle es sich um Karottenkekse, dann ließ sie uns wieder allein.

Der Kaffee gab mir neue Energie. Ich trank meine Tasse leer und warf einen Blick auf Anne, die lustlos an einem Karottenkeks knabberte.

«Wie war die Stimmung auf der Geburtstagsfeier?»

Sie schluckte das Keksstück herunter, bevor sie antwortete:

«Ganz entspannt. Juha hat sein Bestes getan, damit sich alle wohl fühlten und ich nicht an Harri dachte. Aber so einfach war das nicht. Anfangs habe ich nicht einmal gewagt, Mikke anzusehen, weil ich wusste, dass auch er an das Vorjahr zurückdenkt. Der Wein hat die Stimmung natürlich gelockert.»

«Juha hatte ziemlich viel Alkohol im Blut. Trank er oft so reichlich?»

Sie fand, Juha habe regelmäßig mehr getrunken, als ihm gut tat. Betrunken sei er selten gewesen, aber er habe Drei-Gänge-Menüs geliebt, zu denen seiner Meinung nach die entsprechenden Getränke gehörten: Aperitif, Wein und Cognac. Gegen den Durst nach Feierabend und auf See habe er grundsätzlich Bier getrunken.

«Er hatte aber kein Problem mit dem Alkohol», wiegelte

Anne ab. «Er hat am Samstag nicht wesentlich mehr getrunken als sonst, obwohl ihn natürlich auch die Erinnerung an Harris Tod bedrückte.»

«Was hielt er von Riikkas Verhältnis mit Tapio Holma?»

«Tapsa ist ein netter Mensch und ein hervorragender Künstler.» Anne biss ein Stück Keks ab und spülte es mit ihrem nach Minze riechenden Tee herunter.

«Na gut, aber ist er auch als Schwiegersohn akzeptabel?»

«Die Verliebtheit wird nicht lange vorhalten. Wenn Tapsa wieder singen kann und Riikka ihre Heldenverehrung überwindet, ist die Geschichte vorbei.»

Hatte sie ihren Mann mit denselben Worten beruhigt? Sie räumte ein, es sei Juha nicht recht gewesen, dass seine Tochter einen Freund hatte, der kaum jünger war als ihr Vater. Streit habe es deshalb jedoch nicht gegeben. Riikka sei volljährig und dürfe sich ihre Freunde selbst aussuchen. Allerdings sei Juha dagegen gewesen, dass die beiden sich eine gemeinsame Wohnung nahmen, weil sie sich erst seit einem halben Jahr kannten und weil Riikka noch nie allein gelebt hatte.

«Juha meinte, sie sollte erst selbständig werden, statt sich direkt aus dem Schoß der Familie in die Obhut eines Mannes zu begeben.»

Das klang ganz vernünftig. Als Nächstes fragte ich nach Jiri. Anne hatte ja bereits angedeutet, dass Juha das Engagement seines Sohnes für die radikale Tierschutzbewegung nicht gebilligt hatte.

Sie schwieg eine Weile. Dann fragte sie:

«Du hast von einem Kapitalverbrechen gesprochen, während Mikke gesagt hat, Juha sei vom Felsen gestürzt. Was ist denn nun wirklich passiert? Wie wurde Juha ... getötet?»

«Einzelheiten können wir leider nicht preisgeben.»

«Weil auch ich und die Kinder unter Verdacht stehen, nicht wahr?»

«Genau.»

Anne stand auf und ging ans Fenster, steckte den Stein in die Hosentasche und verschränkte die Arme vor der Brust. Der Wind beutelte die Weidenbüsche am Feldrand, ein paar Krähen jagten einander. Das Espenlaub war bereits gelbrot, der übrige Wald noch grün, aber der nächste Nachtfrost würde die Birken gelb und die Weiden rot färben. Danach würden die Herbststürme kommen und die Bäume nackt und schmutzig braun hinterlassen.

«Juhas Tod ist schon schrecklich genug. Aber dass einer von uns ihn umgebracht haben soll ... So etwas gibt es doch nicht!» Anne drehte sich wieder zu mir um. Heute trug sie keine Brille. Um die Augen war die Haut noch heller als an Stirn und Wangen, offenbar die Spuren einer Sonnenbrille. Die schmalen Lippen waren farblos und von kleinen Fältchen umgeben. Dank ihrer hohen Backenknochen und der schmalen, schön geformten Nase hätte sie mit leichtem Make-up als Fotomodell für Naturkosmetik posieren können.

«Wie kannst du nur glauben, Jiri hätte seinen Vater ermordet! Er ist ja nicht einmal bereit, eine Mücke zu erschlagen, lieber lässt er sich stechen!»

Ich gab keine Antwort. Nachdem ich Jiris Schlägerei mit Akkila gesehen hatte, konnte mich dieses Argument nicht überzeugen. Das musste auch Anne wissen.

«Vergessen wir Jiri vorläufig. Wie war eure Ehe? Wart ihr glücklich?»

Anne setzte sich wieder an den Tisch und schenkte sich Tee nach.

«Was verstehst du unter Glück?»

Natürlich hatte ich darauf keine Antwort parat, also trank ich schweigend meinen Kaffee.

«Ich habe oft darüber nachgedacht, warum die Menschen immerzu dem Glück nachjagen. Um Ausgeglichenheit habe ich mich bemüht, das ja, aber Glück ... Als ich jünger war, dachte ich, Glück wäre dasselbe wie Verliebtheit. Obwohl ich überall Beweise für das Gegenteil sah, habe ich mir eingebildet, es gäbe eine Liebe, die alles erträgt und das ganze Leben lang Bestand hat. Wie im Märchen: Sie lebten glücklich und zufrieden bis ans Ende ihrer Tage. Dabei ist es wohl eher so, dass andere Menschen einen zwar unglücklich machen können, dass man sein Glück aber nur in sich selbst findet.»

Sie nahm einen Schluck Tee und fuhr fort:

«Für Juha bedeutete Glück anfangs, eine hübsche junge Frau und ein florierendes Unternehmen zu haben. Glück war das neue Haus am Meer oder ein größeres Boot. Juhas Glück hatte mit Besitz und Leistung zu tun, zum Beispiel wenn er in fünfzig Stunden, ohne zu schlafen, nach Föglö segelte. Glück, das war für ihn nicht das Lächeln seiner Kinder oder meine Liebe ...»

In ihren Augen schimmerten Tränen, eine lief langsam über die linke Wange.

«Das ist ja nichts Verwerfliches. Mein Glück bestand darin, dass Juha und die Kinder glücklich waren. Ich habe mich wohl nach etwas anderem gesehnt als nach immer neuen Errungenschaften. Als wir gemeinsam auf die Idee kamen, Ökofarben herzustellen, da war ich wirklich glücklich.»

Sie wischte sich über die Augen und versuchte zu lächeln.

«Eigentlich hat uns Riikka den Anstoß dazu gegeben. Sie war von klein auf verrückt nach Tieren, aber als sie zehn war, stellte sich heraus, dass sie eine Tierhaarallergie hat. Es war eine ziemliche Tragödie, Katzen, Hunde, Pferde, Hamster, alles war tabu für sie. Ich habe damals nachgeforscht, woher diese Allergien kommen, habe mich mit Umweltgiften und dergleichen vertraut gemacht. Um die gleiche Zeit kam Juha auf den Gedanken, die Merivaara AG müsse sich deutlicher auf einem bestimmten Sektor profilieren, um gegen die Konkurrenz bestehen zu können.»

Anne hob die Teetasse und trank sie leer. Ihr Handgelenk sah fast zu zart aus, um die Tasse halten zu können. Wie hätte sie mit diesen Händen jemanden erschlagen können?

«In den letzten Jahren haben wir uns erneut auseinander gelebt. Juha hatte kein Verständnis für geistige Werte, ihm fehlte die Fähigkeit, innezuhalten und nachzudenken. Er musste unaufhörlich voranpreschen. Die Natur war für ihn kein Wert an sich, wenn er sie schützte, dann nur, damit sie den Menschen angenehme Lebensbedingungen bot. Darüber haben er und Jiri dauernd gestritten, denn Jiri meint, jede Mücke ist so wertvoll wie er selbst.»

Das Telefon klingelte. Anne bat um Entschuldigung und nahm ab. Offenbar erkundigte sich die Sekretärin nach einem Geschäftstermin, denn Anne sagte, die Verhandlung müsse auf die nächste Woche verschoben werden. Ihre Stimme klang nun fast herrisch, ihr Gesicht wirkte strenger. Es wunderte mich, dass sie so kurz nach dem Tod ihres Mannes imstande war, die Geschäfte weiterzuführen. Vielleicht hielt sie das für die beste Art, sein Vermächtnis zu ehren.

«Ihr habt euch auseinander gelebt, sagst du. Wie machte sich das im Alltag bemerkbar?», hakte ich nach, als sie den Hörer aufgelegt hatte.

«Wir haben nichts mehr gemeinsam unternommen. Meine Meditationswochenenden und Fastenkurse interessierten Juha nicht, und ich hatte keine Lust, ihn auf Tennisreisen nach Portugal zu begleiten. Das machte aber nichts, denn wir waren seit unserer Heirat praktisch immer vierundzwanzig Stunden am Tag zusammen gewesen, in der Firma und zu Hause. Es war gut, dass unsere Beziehung sich lockerte.»

«Betraf das auch euer sexuelles Verhältnis?»

Anne antwortete nicht, ich merkte, dass sie wieder mit dem Azurit spielte.

«Hattet ihr andere Partner?»

«Ich nicht», sagte sie langsam. «Von Juha weiß ich es nicht. Auf seinen Reisen oder wenn er Geschäftspartner ausführte waren wohl Frauen dabei, aber ich glaube nicht, dass er eine Freundin hatte.»

Konnte Annes gleichgültige Unwissenheit echt sein? Sie sah mir offenbar an, wie skeptisch ich war, denn sie fügte hinzu:

«Ich habe Juha geliebt, das will ich klarstellen. Wir hatten einfach unterschiedliche Bedürfnisse. In den ersten zehn Jahren unserer Ehe hätte mich der bloße Gedanke, Juha könnte mit anderen Frauen zusammen sein, tief verletzt. Aber allmählich hat sich meine Einstellung geändert. Man kann einen anderen Menschen nicht besitzen, weder seelisch noch körperlich. Jede Bindung muss freiwillig sein, in jeder Hinsicht.»

Mit professionellem Zynismus dachte ich, dass ihr natürlich daran gelegen sein musste, die Polizei glauben zu lassen, die Seitensprünge ihres Mannes hätten ihr nichts ausgemacht. Zumindest schaltete sie damit ein eventuelles Mordmotiv aus.

Ich stand auf und trat nun meinerseits ans Fenster. Wenn ich von meinem Büro nur auch so eine Aussicht über die Felder gehabt hätte statt auf die Autobahn! Und zu Hause blickten die Merivaaras aufs Meer. Koivu hatte mir von dem Panoramafenster im Wohnzimmer erzählt, das er mit Verbitterung zur Kenntnis genommen hatte. Er selbst sah von seiner Wohnung aus nämlich nur die Nachbarhäuser und eine einzige Kiefer, die man beim Bau des Wohnblocks stehen gelassen hatte. Meist zog er die Jalousien den ganzen Tag nicht hoch.

«Anne, bei einem Kapitalverbrechen ist es eine Riesendummheit, Informationen zurückzuhalten. Schlimmstenfalls führt das sogar zu einer Anklage wegen Beihilfe», sagte ich ruhig, dann wechselte ich das Thema. «Ich möchte möglichst bald mit Jiri reden. Ist er heute nach der Schule zu Hause?»

«Jiri weiß nichts!» Zum ersten Mal geriet ihre Stimme ins Schwanken. «Außerdem will er gleich nach dem Unterricht zu irgendeiner Demonstration.»

Sicher zur gleichen wie Antti und Iida, dachte ich belustigt. «Wie kommt Jiri in der Schule zurecht?»

«An sich gut, nur streitet er sich immer mit den Lehrern, denen es nicht gefällt, dass er ihren Unterricht kritisiert. Aber er muss schon bis zum Abitur durchhalten, er will nämlich unbedingt studieren. Er hat vor, wissenschaftlich nachzuweisen, dass die moderne Konsumgesellschaft unhaltbar ist.»

«Aha.» Vielleicht hatte sich Jiri die Lehren seines Vaters über den richtigen Weg, die Entwicklung zu beeinflussen, doch zu Herzen genommen. Plötzlich ging mir auf, dass ich das Gespräch mit Anne Merivaara abbrechen musste, wenn ich noch mit Paula Saarnio, ihrer Sekretärin, reden wollte, bevor ich wegen einer sinnlosen Besprechung über die Organisationsentwicklung ins Präsidium zurückmusste. Aus Anne hatte ich eigentlich nichts herausbekommen, schien mir. Ich nahm noch einen Keks, denn zum Mittagessen würde mir keine Zeit bleiben, obwohl ich Hunger hatte. Am Abend würde ich unbedingt joggen müssen, damit mir nicht der Kopf platzte.

«Dein Mann war vor sechs Jahren in einen Bootsunfall mit tödlichem Ausgang verwickelt», sagte ich und stand auf. «Hat ihm das zu schaffen gemacht?»

Als ich von dem Unfall erfuhr, war ich ganz aufgeregt gewesen, doch bei genauer Durchsicht der Vernehmungsprotokolle hatte ich gesehen, dass gegen Juha Merivaara keine Anklage erhoben worden war. 1991 lag die Grenze für Trunkenheit auf See bei eins Komma fünf Promille, zudem hätte der Motorbootfahrer, ein gewisser Aaro Koponen, dem Segelboot laut Seefahrtsordnung ausweichen müssen. Am Unfallort hatte dichter Nebel geherrscht, und Koponen hatte mehr als zwei Promille Alkohol im Blut gehabt. Aufgrund der Aussage von Juha Merivaara war man zu dem Schluss gekommen, dass der betrunkene Koponen das Segelboot, auf dem Juha mit Geschäftsfreunden unterwegs war, nicht gesehen hatte.

Anne sah mich an, als wüsste sie nicht, wovon ich sprach.

«Ach, das», sagte sie schließlich. «Ich hatte die ganze Sache schon vergessen. Juha konnte nichts dafür, der Mann ist aus dem Nebel frontal auf ihn zugerast. Juha ist ja noch ins Meer gesprungen und hat versucht, ihn zu retten. Beinahe wäre er selbst ertrunken.»

Trotz allem nahm ich mir vor, Aaro Koponens Umkreis unter die Lupe zu nehmen. Ein Racheakt war nicht mit Sicherheit auszuschließen.

Paula Saarnios Büro lag zwischen Juha Merivaaras Chefzimmer und dem Vestibül. Als ich an die Glastür klopfte, sah ich, dass sie am Handy sprach und gleichzeitig etwas in den Computer tippte. Trotzdem schaffte sie es, mich hereinzuwinken. Ich betrat das Büro und ging gleich weiter in das Chefzimmer, wo Kollege Kantelinen damit beschäftigt war, Dateien von der Festplatte auf Disketten zu kopieren. Mehr als die Finanzen des Unternehmens interessierte mich allerdings Juhas persönlicher Besitz.

Als Erstes öffnete ich den Kleiderschrank neben der Tür. Auf einem Bügel hing eine dunkelbraune Anzugjacke aus Wollstoff, daneben, sorgfältig über einen Hosenbügel gelegt, die dazugehörige Hose. Auf zwei weiteren Bügeln hingen Oberhemden, ein weißes und ein hellgelbes, beide ordentlich gebügelt. Drei Krawatten, eine braun gemusterte, eine blaugelb geblümte und eine weißblaue mit Ankern, waren über den Krawattenhalter gehängt. Außerdem enthielt der Schrank dunkelbraune Schuhe mit Broquemuster und einen Tennisschläger. Im Regalfach lagen zwei Boxershorts aus dunkelblauer Seide, ein weißes Tennishemd, zwei Paar dunkelbraune Strümpfe und ein Paar Tennissocken, außerdem ein Stützverband, wie man ihn verwendet, wenn man an einem Tennisarm leidet. Auf dem untersten Brett standen Tennisschuhe, das neueste Modell von Adidas.

Ich fasste in die Anzugtaschen. In der linken Seitentasche fand ich eine Zehnpennimünze. Die Brusttasche war leer, auch in den Hosentaschen und den Tennisshorts fand ich nichts.

Im nächsten Schrank standen ausschließlich Aktenordner. Der Beschriftung nach enthielten sie die Korrespondenz sowie Aufzeichnungen über die Produktentwicklung.

«Die geh ich gleich durch», sagte Kantelinen.

«Hast du schon was gefunden?»

Er schüttelte den Kopf. «Ich verschaffe mir nur einen Überblick, auf dem Präsidium sehe ich mir die Unterlagen dann genauer an. Was suchst du eigentlich?»

«Ein Motiv», seufzte ich. Von Juha Merivaaras Schreibtisch lächelte mir seine Familie entgegen. Das Bild war an Deck eines Segelboots aufgenommen worden, offenbar vor einigen Jahren, denn sowohl Riikka wie Jiri trugen die Haare lang, und Jiri wirkte noch kindlich. Ich zog die oberste Schublade auf. Die Stifte konnten darin liegen bleiben, doch den prallen Time Manager nahm ich heraus, er sollte mit aufs Präsidium.

In den nächsten Schubladen lagen nur Papiere, PR-Material der Firma, Jahresberichte und dergleichen. In der untersten Schublade fand ich Broschüren des Vereins Tapiola-Tennis, eines neuen Sportzentrums und einer Bootsausstellung. Unter dem Schreibtisch standen zwei Papierkörbe, der eine für Recyclingpapier, der andere für sonstige Abfälle. Der eine war leer, im anderen lag ein zerbrochener Plastikkamm.

An der Wand hingen zwei gerahmte Schwarzweißfotos. Der Herr auf dem einen Bild trug einen buschigen Schnurrbart und eine Brille, auf dem Rahmen stand «Mikael Merivaara, 1874–1947». Das schmale Gesicht und der vorstehende Adamsapfel des anderen Mannes kamen mir bekannt vor. Das Namensschild auf dem Rahmen bestätigte mir, dass es sich um Mikkes und Juhas Vater handelte: «Martti Merivaara, 1919–1982».

Ich erinnerte mich an Katrina Sjöbergs ausführlichen Bericht über die Familiengeschichte. Der Vater und die Brüder von Mikael Merivaara waren als Kapitäne zur See gefahren, er selbst war von den Ålandinseln nach Helsinki gegangen, um Ingenieur zu werden. Dort verliebte er sich in die Tochter eines glühenden Nationalisten, nahm einen finnischen Namen an und gründete mit dem Erbe seines Schwiegervaters die Merivaara AG, die Reedereibedarf produzierte. Martti Merivaara war Mikaels einziger Nachkomme. Er erbte das Unternehmen, war jedoch kein guter Geschäftsmann. Bereits zwei Jahre nach dem Tod seines Vaters hatte er die Hälfte der Aktien verkaufen müssen.

Der Käufer war ein gewisser Gustav Enckell, dessen Tochter Fredrika etwa zehn Jahre jünger war als Martti. Als Enckell kurz nach der Transaktion starb, kam Martti auf den Gedanken, die Erbin zur Frau zu nehmen, um die Firma wieder unter seine Kontrolle zu bringen. Martti und Fredrika heirateten 1950, ein Jahr später wurde Juha geboren. Er blieb das einzige Kind, denn bald nach seiner Geburt erkrankte Fredrika an Leukämie.

Sie starb 1959, und der achtjährige Juha erbte von seiner Mutter die Hälfte der Firmenaktien. Martti verwaltete Juhas Eigentum, musste jedoch auf Verlangen der Nachlassverwalter sorgfältiger wirtschaften als bisher. So blühte das Unternehmen in den sechziger Jahren, als der allgemeine Lebensstandard stieg, fast zwangsläufig auf.

Sowohl Mikael als auch Martti Merivaara wirkten auf den Bildern steif und halsstarrig, wie Männer, die keinen Widerspruch duldeten. Ob demnächst auch Juhas Porträt mit den entsprechenden Jahreszahlen hier hängen würde?

Im Bücherregal standen weitere Ordner, Modelle von Segelschiffen und einige Pokale. Ich nahm einen davon in die Hand. Erster Preis in der Sechserklasse bei der Hanko-Regatta 1978. Juha Merivaara hatte also an Segelregatten teilgenommen, im Gegensatz zu Mikke, der sich nichts aus Wettkämpfen machte, sondern zum Spaß segelte.

Zwischen den Ordnern standen Vogelbücher, englischsprachige Werke über die Seefahrt und Herman Melvilles «Moby Dick». Die Frau, die aus dem dekorativen Bilderrahmen im Regal lächelte, kannte ich nicht, doch aus der Frisur und dem Kragen im Stil der frühen fünfziger Jahre schloss ich, dass es sich um Fredrika Merivaara handelte. Sie hatte eine gewisse Ähnlichkeit mit Riikka: ein energisches Kinn, einen langen Hals und dichte Augenbrauen. Juha hatte weder seinem Vater noch seiner Mutter besonders ähnlich gesehen.

«Ist auf dem PC irgendwas Persönliches?», fragte ich Kantelinen.

«Nein, aber ich habe mir die Disketten noch nicht genau angesehen. Was suchst du denn, Briefe an eine Geliebte?»

«Zum Beispiel. Persönliche Aufzeichnungen, ich will wissen, was für ein Mensch Juha Merivaara war.»

Ich erinnerte mich an unsere kurze Begegnung auf Rödskär, an die Abneigung, die sein Ausdruck «kleine Mutti» bei mir ausgelöst hatte. Die rücksichtslose Kraft und Maskulinität, die er ausgestrahlt hatte, schien nicht recht zu seinem Engagement für den Naturschutz zu passen. Aber vielleicht hatte er die Natur als eine Art schwaches weibliches Wesen betrachtet, dessen Jungfräulichkeit es zu verteidigen galt, damit Menschen, die sich ihr in lauterer Absicht näherten, ihre Reize genießen konnten.

Es klopfte, und Paula Saarnio trat ein. Sie war tatsächlich

groß für eine Frau, mindestens eins achtzig, und ging zudem auf sieben Zentimeter hohen Absätzen. Das kurze schwarze Haar hatte sie zu einer runden Helmfrisur geföhnt, das streng geschnittene Nadelstreifenkostüm betonte ihre breiten Schultern und die schmalen Hüften. Sie mochte Anfang dreißig sein. An der linken Hand trug sie zwei schmale Diamantringe, an den Ohren kleine Diamantstecker. Die Lippen hatte sie tiefbraun nachgezogen, das übrige Make-up war dezenter.

«Jetzt hätte ich Zeit, Ihre Fragen zu beantworten», sagte sie mit tiefer, melodiöser Stimme, die am Telefon sicher angenehm klang.

Ich folgte ihr in ihr Büro, setzte mich und nahm den Notizblock aus der Tasche.

«Wie lange arbeiten Sie schon für die Merivaara AG?»

«Etwa fünf Jahre, seit meine Vorgängerin, die schon unter Juhas Vater im Haus war, pensioniert wurde.»

«Fühlen Sie sich wohl hier?»

«Sehr.» Paula Saarnio setzte sich auf ihren Bürostuhl, schlug die Beine übereinander und verschränkte die Hände über den Knien. Ihr Nagellack hatte die gleiche Farbe wie der Lippenstift.

«Wie war Juha Merivaara als Vorgesetzter?»

«Anspruchsvoll, aber sehr rational und konsequent. Er hat immer klipp und klar gesagt, was er wollte.»

«Sie sind also gut miteinander ausgekommen? In welchem Verhältnis standen Sie zu ihm?»

«Verhältnis?» Ein Lächeln zuckte um ihre Mundwinkel, die schokoladenbraunen Augen sahen mich offen an. «Sie meinen sicher, ob es noch ein anderes Verhältnis gab als das berufliche. Die Antwort ist Nein. Gewiss, Juha hat es versucht, er war einer der Männer, die es geradezu für ihre Pflicht halten, bei jeder Frau ihre Anziehungskraft zu testen. Er hat mein Nein aber sofort respektiert.»

Ich nickte und fragte, ob Juha Merivaara andere Affären gehabt hatte.

«Dass er eine feste Geliebte hatte, glaube ich nicht. Dagegen hat er offenbar einigen Geschäftspartnern Hostessen spendiert. Ab und zu musste ich in einschlägigen Lokalen einen Tisch reservieren.» Abschätzig verzog sie den Mund.

«Wusste Frau Merivaara davon?»

Ihre Miene verfinsterte sich.

«Ich finde es unsolidarisch, über die Privatangelegenheiten meiner Chefs zu tratschen», wies sie mich kühl zurecht.

«Das verstehe ich, aber wir untersuchen den Mord an Ihrem Arbeitgeber. Sie wollen doch sicher, dass der Täter zur Verantwortung gezogen wird.»

Sie überlegte eine Weile und sagte dann, sie glaube, Anna habe von Juhas gelegentlichen Eskapaden gewusst. In den letzten Jahren schienen die beiden in getrennten Welten gelebt zu haben. Die Zusammenarbeit im Betrieb hatte zwar funktioniert, aber die Freizeit und den Urlaub hatten sie weitgehend separat verbracht. Anne hatte ursprünglich großes Interesse für Rödskär gehabt, doch seit Harris Tod war ihre Liebe zu der Insel abgekühlt.

«Anne betont gern die ethischen und ideellen Aspekte der Unternehmenstätigkeit, während für Juha letzten Endes alles Business war. Und so soll es ja auch sein, mit Idealen allein macht man keinen Profit», sagte Paula Saarnio. «Juhas Tod kommt zweifellos im ungünstigsten Moment. Der Export nach Deutschland und Dänemark läuft gut, und der einheimische Markt hat sich auch endlich von der Rezession erholt. Aber ohne starke Unternehmensleitung geht es nicht, und Anne hat nicht das Zeug dazu. Wahrscheinlich muss die Firma verkauft werden, was nicht schwierig sein dürfte. Zwei große Farbfabriken und eine schwedische Bootsfirma haben schon vor längerer Zeit Kaufangebote vorgelegt.»

Ich musste Kantelinen fragen, was für ein Verkaufserlös zu

erwarten war. Auf jeden Fall würden Riikka und Jiri reich werden. Ob Jiri das geerbte Geld der «Revolution der Tiere» spenden würde?

Am Nachmittag quälte ich mich durch die Besprechung über die Organisationsentwicklung. Zum Glück saß Taskinen neben mir und langweilte sich nicht weniger als ich. Ich steckte ihm alberne Briefchen zu, die er zu meiner Überraschung im selben Stil beantwortete. Die Besprechung war völlig sinnlos, da das Geld nicht einmal reichte, um alle bisherigen Stellen zu besetzen.

Auf dem Weg in mein Büro klopfte ich bei Ström an. Sein unverständliches Brummen interpretierte ich als «Herein». Er wühlte gerade in einer Schreibtischschublade.

«Wie kommst du mit dem Raubüberfall in Mankkaa voran? Brauchst du Puupponen dafür?»

Ström richtete sich langsam auf, er schien nicht gleich zu begreifen, wovon ich sprach.

«Ich hab den Zeugen noch nicht erreicht. Vielleicht sollte ich ihn früh um sechs von einer Streife abholen lassen, der geht nämlich nie ans Telefon.»

«Was macht dein Rücken?» Ich trat näher, Ström wandte das Gesicht ab und steckte sich eine Zigarette an.

«Tut immer noch weh. Vor allem im Sitzen.»

Er machte den ersten Zug und stieß den Rauch aus. Der Qualm stieg mir in die Nase, aber da war noch etwas:

Sein Atem roch nach Schnaps.

Sieben

Kurz nach fünf kam ich nach Hause, aß eine Banane und zog die Joggingsachen an. Antti und Iida waren noch nicht da, aber Einstein, unser Kater, strich mir liebebedürftig um die Beine. Ich machte ein paar Dehnungsübungen, um die verspannten Schultermuskeln zu lockern. Dann lief ich los. Nach einigen hundert Metern bewegten sich meine Beine wie von selbst, in der feuchten Herbstluft atmete es sich leicht. Ich versuchte, nicht an die Arbeit zu denken, doch zwei Dinge gingen mir nicht aus dem Kopf.

Der Besuch bei der Merivaara AG war fruchtlos gewesen.

Pertsa trank im Dienst.

Ich hatte es ihm auf den Kopf zugesagt, doch er hatte es abgestritten. Daraufhin hatte ich ihn gebeten, die unterste Schreibtischschublade aufzuziehen. Er hatte gekontert, deren Inhalt gehe mich nichts an. Da ich es eilig hatte, zur nächsten Besprechung zu kommen, hatte ich die Sache zunächst auf sich beruhen lassen.

Doch ich würde bald darauf zurückkommen müssen. Als Dezernatsleiterin durfte ich mich nicht vor der Verantwortung drücken, die dieser Posten mit sich brachte.

Einerseits war ich mir sicher, dass Ström auch deshalb im Dienst trank, weil er testen wollte, ob ich den Mumm hatte einzuschreiten. Andererseits glaubte ich, dass er echte Probleme hatte, mit dem Alkohol wie mit dem Leben. Er mochte sich einreden, alles wäre in Ordnung, wenn nicht ich, sondern er zum Dezernatsleiter gewählt worden wäre, doch das stimmte einfach nicht. Was ihm in den letzten Jahren alles zugesetzt hatte, wusste ich nicht. Überhaupt gab er mir Rätsel auf. Mit seiner offenen Feindseligkeit konnte ich umgehen, aber seine gelegentlichen Anfälle von Freundlichkeit brachten mich aus dem Konzept.

Ich schlug den Trimmpfad nach Olari ein. Nach dem Regen waren die Senken schlammig, meine Schuhe wurden nass, und der linke scheuerte an der Ferse. Der Schmerz war fast ein Genuss, denn er lenkte mich von den Dienstangelegenheiten ab. Nach einer Weile musste ich trotzdem stehen bleiben, um den Strumpf hochzuziehen und ein Papiertaschentuch über die schmerzende Stelle zu legen.

Als ich Feierabend gemacht hatte, war Kantelinen noch damit beschäftigt gewesen, die Computerdateien der Merivaara AG zu untersuchen. Die Mitarbeiter hatten einhellig beteuert, Juha Merivaara sei ein strenger, aber beliebter Chef gewesen, das Betriebsklima sei gut und die gesamte Belegschaft stehe hinter der Firmenideologie. Der Finanzchef hatte Puupponen erzählt, er habe einige Male an den Geschäftsessen teilgenommen, für die Juha Merivaara junge, hübsche Hostessen engagierte. Dergleichen sei im Geschäftsleben üblich. Puupponen, Stammkunde einer Erotikbar, hatte verständnisvoll genickt.

Es kam mir seltsam vor, dass eine Firma, die besonderes Gewicht auf Umweltschutz und nachhaltige Entwicklung legte, bei Geschäftsverhandlungen Prostituierte einsetzte. Noch merkwürdiger fand ich, dass Anne Merivaara solche Praktiken tolerierte.

Umwillkürlich fragte ich mich, ob es hinter der Fassade der Merivaara AG noch mehr gab, das dem öffentlichen Image zuwiderlief.

Das Joggen war entspannend, half mir aber diesmal nicht, die Gedanken von der Arbeit zu lösen. Als ich schweißüberströmt nach Hause kam, waren Antti und Iida immer noch nicht da. Ich schaltete den Fernseher ein, um mir beim

Bauchmuskeltraining und den Dehnungsübungen die Nachrichten anzusehen. Jelzin war nach Bosnien gereist, ein Wirbelsturm näherte sich der Küste von Florida. In London hatte es wieder eine Demonstration gegen die Schlachtviehtransporte in der EU gegeben. Vor gut einem Jahr hatte mich die Berichterstattung über dieses Thema in Rage gebracht. Der Nachrichtensprecher hatte noch ernster dreingeblickt als bei den Berichten aus Bosnien oder Ruanda und warnend gesagt, das folgende Bildmaterial sei für Kinder und Zartbesaitete nicht zu empfehlen. Dann hatte man verkrüppelte Schweine gesehen, dicht neben- und übereinander in einen Lkw-Anhänger gepfercht, blutend und in ihren Exkrementen watend. Es war tatsächlich ein entsetzlicher Anblick gewesen, der sicher viele veranlasst hatte, künftig auf Schweinefleisch zu verzichten.

Was mich jedoch mehr als alles andere in Wut versetzt hatte, war die Tatsache, dass am Tag zuvor in den Nachrichten ein übervolles Flüchtlingsschiff gezeigt wurde, das von Albanien nach Italien unterwegs war und von dem scharenweise Menschen ins Meer stürzten. Vor diesem Anblick waren die Zuschauer nicht gewarnt worden.

«Auch in Finnland wurde heute demonstriert», fuhr der Nachrichtensprecher nun mit ruhiger Stimme fort. «In Helsinki musste die Polizei eine Demonstration von Fußgängern und Radfahrern auflösen, die die Mannerheimintie blockierten, um gegen den zunehmenden Autoverkehr im Zentrum zu protestieren. Die einmal monatlich zur Hauptverkehrszeit stattfindende Demonstration verärgerte die Autofahrer, die lange Wartezeiten in Kauf nehmen mussten. Es kam zu einem Handgemenge zwischen Autofahrern und Demonstranten, beide Seiten warfen Steine. Zwei Demonstranten wurden leicht verletzt, fünf wurden in Gewahrsam genommen.»

Iida, dachte ich entsetzt. Wie konnte Antti ein einjähriges Kind zu einer Demonstration mitnehmen, bei der es Steine hagelte! Bei einem Kameraschwenk über die Polizeikette blitzte am seitlichen Bildrand ein bekannter grüner Schopf auf. Der Tod seines Vaters hatte Jiri Merivaara nicht davon abgehalten, sich ins Getümmel zu stürzen. Die Kamera zoomte auf die blutende Wange einer jungen Frau mit Nasenring und schwarzen Haaren und auf ein blutjunges Mädchen in langem Rock und Poncho, das von einem Stein im Rücken getroffen worden war.

«Die Gesellschaft treibt uns Autofahrer in die Enge», sagte ein sympathisch aussehender Mann in meinem Alter. «Ständig werden wir zur Kasse gebeten. Wir zahlen unverschämt hohe Benzinpreise, im Zentrum gibt es kaum Parkplätze, und die Parkgebühren sind der reine Wucher. Und die Polizei sieht tatenlos zu, wenn anständige Bürger daran gehindert werden, von der Arbeit nach Hause zu fahren.»

Als ich gerade den rechten Knöchel gepackt hatte, um den Oberschenkelmuskel zu dehnen, leitete der Nachrichtensprecher zu den Rallye-Ergebnissen über. Ich schaltete den Fernseher aus. Im selben Moment ging die Tür, Einstein sprang vom Sofa und lief in den Flur, vermutlich in der Hoffnung, Antti hätte ihm einen Leckerbissen mitgebracht. Aus dem Flur schallte Iidas Geplapper. Ich lief zu ihr und hob sie auf die Arme. «Ma-ma», sagte sie immer wieder. Iida hatte meine Stupsnase und meine krausen Haare geerbt, die dunklen Augen und die Form der Augenbrauen stammten von Antti. Sie roch nach Banane, ich drückte sie an mich, schnupperte an ihr und küsste sie. Antti kam dazu, und Iida lachte glucksend, als sie von beiden Seiten umarmt wurde.

«Es hat Krawall gegeben, hieß es in den Nachrichten.»

«Irgendein Idiot hat Steine geworfen! Dabei sind wir ganz friedlich auf der Straße gegangen, anfangs gab es gar keine Probleme.»

«Vielleicht solltest du Iida nächstes Mal lieber zu Hause lassen. Hast du Jiri Merivaara gesehen?»

Antti nickte und sagte, er habe Jiri zum Tod seines Vaters kondoliert. Jiri hatte sich wortlos abgewandt und war auf die andere Seite des Demonstrationszuges gegangen, wohin er ihm mit dem Kind nicht folgen wollte. Antti fand es befremdlich, dass kein einziger Autofahrer verhaftet worden war, obwohl von beiden Seiten Steine geworfen wurden.

Ich duschte rasch und kochte das Abendessen, Spinatpasta mit Avocado-Cashew-Sauce, ein Gericht, das auch Iida mochte. Für sie brauchten wir zur Zeit zwei Löffel: mit dem einen wurde sie gefüttert, mit dem anderen fuchtelte sie selbst herum. Das Ergebnis waren Saucenklekse rund um den Kinderstuhl und ein voll geschmiertes, aber überaus stolzes Kind. Einstein saß erwartungsvoll neben Iidas Stühlchen, verzog sich aber empört, als er merkte, dass statt Fleisch- oder Fischbrocken nur Gemüse herunterfiel.

Ich ging fast gleichzeitig mit Iida schlafen, um halb zehn, und träumte nicht von der Arbeit, sondern vom glimmernden, spiegelglatten Meer, über das unser Segelboot glitt, schneller als jede Motoryacht. Am nächsten Morgen hatte ich ein merkwürdiges Gefühl. Ich vermied es, mich daran zu erinnern, mit wem ich gesegelt war, wer mich im Traum zum Lachen gebracht hatte.

Ich zog meinen elegantesten Hosenanzug an, steckte die Haare im Nacken hoch und wählte modische Pumps mit hohen Absätzen, ein Spontankauf. Besonders bequem lief es sich nicht darin, aber die zusätzlichen Zentimeter waren mir willkommen. Bei der Morgenbesprechung platzte ich geradezu vor Energie. Ström saß mit Sonnenbrille am Tisch und kaute auf einem Nikotingummi. Ich verkniff es mir, zu ihm zu treten und seinen Atem zu schnüffeln. Stattdessen konzentrierte ich mich auf die Aufgabenverteilung.

«Eine misshandelte Ehefrau in der Alakartanontie. Der Mann ist offenbar vorbestraft. Sirpa und Ari Väätäinen. Wer übernimmt die Vernehmung?»

«Hat der Kerl seine Alte schon wieder vertrimmt?», stöhnte Ström. «Den kriegen sie ums Verplatzen nicht hinter Gitter! Ich übernehm das, Puupponen kann mir assistieren.»

«Ruf gleich den Staatsanwalt an, er soll dich zu Sirpa Väätäinens Vernehmung ins Krankenhaus begleiten.» Ich hatte die Akte kurz überflogen, sie erzählte eine trostlose Geschichte. Ari Väätäinen hatte seine Frau bereits dreimal krankenhausreif geschlagen, doch jedes Mal hatte das Klinikpersonal Anzeige erstattet, nicht sie. In der letzten Nacht hatte Väätäinen seiner Frau zwei Rippen und das Kinn gebrochen. Das Ehepaar hatte drei Kinder unter zehn Jahren, die jetzt in einem Fürsorgeheim in Lippajärvi untergebracht waren.

«Pertsa, sprich bitte mit dem Staatsanwalt. Diesmal müsste es für einen Haftbefehl reichen. Koivu, du kommst mit mir, wir werden Jiri Merivaara und Mikke Sjöberg vernehmen.»

Bei den Merivaaras ging niemand ans Telefon. Jiri besuchte das Gymnasium in Espoonlahti, wir würden ihn dort abholen müssen. In Mikke Sjöbergs Wohnung in Kaitaa meldete sich seine Mutter.

«Mikke ist im Hafen von Suomenoja, auf seinem Boot. Ich habe schon auf deinen Anruf gewartet, weil ich gern heute Abend nach Åland zurückfahren würde. Geht das in Ordnung?»

«Hast du deiner Aussage vom Sonntag noch etwas hinzuzufügen?»

«Nein. Außerdem komme ich ja zu Juhas Beerdigung wieder her.»

«Wann erwartest du Mikke?»

«Wahrscheinlich kommt er gegen eins zum Mittagessen.»

Ich gab ihr meine Handynummer. Dann fuhren wir zur Schule von Espoonlahti, einem riesigen, ziegelroten Bau.

«Uff», sagte Koivu, als wir parkten. «Ich krieg Zustände, wenn ich eine Schule betreten muss. Wenn ich an meiner alten Schule in Kajaani vorbeifahre, wird mir jedes Mal schlecht. Müssen wir mit dem Rektor sprechen?»

Ich lachte. Wo sich Jiris Klasse befand, wusste die Schulsekretärin sicher besser als der Rektor. In den hallenden Fluren roch es nach Hühnerfrikassee. Ich fragte einen Jungen mit Strickmütze und überweiten Hosen nach dem Weg. Er brummte nur und fuchtelte mit den Armen, doch nach einigem Hin und Her fanden wir schließlich das Sekretariat, wo eine mollige, dem Rentenalter nahe Sekretärin uns verwundert ansah. Ihr Gesichtsausdruck änderte sich rasch, als sie hörte, dass wir Jiri Merivaara suchten.

«Jiri … Einen Augenblick. Ich bin nicht sicher, ob er in der Schule ist, sein Vater ist nämlich am Wochenende gestorben.» Sie schwieg einen Moment, und man sah förmlich, wie ihr ein Licht aufging. «Sind Sie deshalb hier? Befasst sich die Polizei mit Juha Merivaaras Tod?»

Bisher war es uns gelungen, den Medien weiszumachen, es habe sich um einen Unfall gehandelt, obwohl unsere Pressereferentin Mühe gehabt hatte, die Misstrauischen unter den Journalisten zu überzeugen. Eine der beiden Boulevardzeitungen hatte auch bei mir nachgebohrt. Dem zuständigen Reporter, der sich an Harris Tod erinnerte, war die Übereinstimmung der Daten aufgefallen. Ich hatte stur darauf beharrt, die einzige Verbindung zwischen den beiden Fällen seien die vom Herbstregen rutschigen Felsen.

«Wir überprüfen lediglich ein paar Einzelheiten. Wo finden wir Jiri denn, falls er zur Schule gekommen ist?»

«Einen Augenblick … Jiri ist in der 11 B. Seine Klasse hat gerade Sport. Sehen wir mal in der Turnhalle nach, ich bringe Sie hin.»

Die Turnhalle war leer. Der Schweißgeruch, der sich in die Wände gefressen hatte, wirkte geradezu einladend, am liebsten hätte ich mich vor der Arbeit gedrückt und eine Runde Volleyball gespielt.

«Vielleicht sind sie draußen, oder ... Schauen wir erst mal in der Bücherei nach.»

Wir folgten ihr durch die Flure. Hinter einer Tür hörte man Halbwüchsige lärmen, die Sekretärin schüttelte den Kopf:

«Hartikainen hat seine Schüler nicht im Griff. Hier!»

Sie öffnete die Tür zur Bücherei. Drinnen war es fast dunkel, ein Mädchen im langen Rock und mit Kopftuch saß lesend in dem schmalen Lichtstreifen, der durchs Fenster fiel.

«Hallo, Fatima. Wir suchen Jiri. Ist eure Klasse im Schwimmbad?»

Fatima nickte, ihr Gesicht war dunkel und zierlich.

«Ist Jiri heute in der Schule?»

«Ja. Ich weiß aber nicht, ob er mit zum Schwimmen gegangen ist. Er mag Hallenbäder nicht, wegen der Energieverschwendung», sagte Fatima in leicht gebrochenem Finnisch, wobei sie es vermied, Koivu anzusehen. Wie kam sie zurecht, wenn ihre Klasse bei einem Mann Unterricht hatte?

Die Sekretärin schloss die Tür und erklärte:

«Fatima darf aus religiösen Gründen nicht am Schwimmunterricht teilnehmen. Die anderen sind in der Schwimmhalle gleich nebenan.»

Wir ließen den Wagen vor der Schule stehen und gingen durch die Sportanlage zum Schwimmbad. Die Weiden waren in den kalten Nächten bunt geworden, sie leuchteten in der fast winterlich dünnen Sonne, die noch so viel Wärme spendete, dass ich mein Halstuch lockern musste, denn das Staksen in den neuen Schuhen war anstrengend.

«Fatima darf nicht schwimmen», sagte Koivu nachdenklich. «Als ob es so schlimm wäre, einen Badeanzug zu tragen. Es muss hart sein, wenn man nicht dasselbe tun darf wie die Klassenkameraden.»

Ich nickte nur. Ich hätte lieber über Jiri Merivaara und seinen Vater nachgedacht als über die Probleme ethnischer Minderheiten, aber Koivu redete weiter.

«Man braucht ja nur an Anu zu denken, ich meine an Wang. Ihre Eltern waren gar nicht begeistert, als sie zur Polizeischule ging. In den Augen der vietnamesischen Chinesen ist Polizistin kein akzeptabler Beruf für eine Frau. Dass sie einen finnischen Vornamen angenommen hat, war ihnen auch nicht recht. Ursprünglich hieß sie Din oder Dan oder so ähnlich, und der Name wurde umgekehrt gesprochen, Wang Din.»

Ich warf ihm einen neugierigen Blick zu. Mir hatte Anu Wang kaum etwas von sich erzählt, aber die beiden arbeiteten ja bereits seit einem Jahr zusammen.

Wir zeigten dem Pförtner unsere Ausweise und wurden eingelassen. In der Halle war es feuchtwarm. So gern ich schwamm, in Hallenbädern hatte ich mich nie wohl gefühlt. Das lag wohl am Chlorgeruch und am Lärm. Auch jetzt durchbohrte mir das Kreischen die Ohren, obwohl nur einige Rentner und etwa zwanzig Jugendliche anwesend waren. Einige Schüler schwammen auf der Fünfzigmeterbahn, auf der anderen Seite des Beckens spielte eine Gruppe von Jungen Wasserball. Jiris grüner Schopf leuchtete vom Rand des Kinderbeckens. Koivu starrte einem besonders wohlproportionierten Mädchen nach, das in einem knappen, goldfarbenen Bikini aus der Umkleidekabine kam. Ich wiederum kam zu dem Schluss, dass der etwa vierzigjährige Athlet mit der behaarten Brust, der mit den Wasserballern herumtollte, der Sportlehrer sein musste. Ohne mich um die Matschspuren zu kümmern, die meine Schuhe am Beckenrand hinterließen, ging ich zu den Spielern.

«Guten Tag, ich bin Hauptkommissarin Maria Kallio von der Polizei Espoo. Wir würden gern mit Ihrem Schüler Jiri Merivaara sprechen.»

«Schon wieder? Warum immer in der Sportstunde?», fragte der Lehrer verärgert. «Das heißt, eigentlich ist es ja egal, er sitzt sowieso nur rum. Er weigert sich, im Hallenbad zu schwimmen, aber ins Meer kann ich ihn im Oktober auch nicht mehr lassen.»

Der am Beckenrand hockende Jiri wirkte kindlich, vor allem neben seinen Mitschülerinnen, die wie erwachsene Frauen aussahen. Unter seiner Haut stachen das Rückgrat und die Rippen hervor. Er war blass, obwohl der letzte Sommer der heißeste und sonnigste des Jahrhunderts gewesen war.

«Hallo, Jiri, jetzt darfst du hier raus», sagte ich gewollt locker, doch ich hatte nicht den richtigen Ton getroffen. Sein Gesicht war verschlossen und alles andere als kindlich.

«Wieso?», fragte er.

«Wir müssen auch mit dir über die Nacht sprechen, in der dein Vater gestorben ist. Zieh dich an, wir fahren aufs Präsidium. Anschließend bringen wir dich zurück zur Schule.»

Jiris Klassenkameraden sahen ihm mit unverhohlener Neugier nach, als er sich mit Koivu in den Umkleideraum trollte.

«Wird Jiri verhaftet?», fragte ein an Nabel, Zunge und Unterlippe gepierctes Mädchen mit dickem weißem Lidstrich und metallblau lackierten Nägeln.

«Nein. Wir wollen nur mit ihm reden.»

«Wegen seinem Vater? Ist der umgebracht worden?»

Ich schüttelte den Kopf und ging zum Ausgang, ohne mich um die Frotzeleien zu kümmern, die mir nachflogen. Fünf Minuten später kam Jiri aus dem Umkleideraum; mit hochgerecktem Kinn marschierte er neben dem eins neunzig großen, breitschultrigen Koivu her und bemühte sich, gleichgültig zu wirken. Mit ihm ins Gespräch zu kommen war so mühsam, dass ich es vorzog, schweigend zum Auto zu gehen. Auf dem Präsidium würde ich wieder einmal die gleichen Fragen durchkauen: Wie hatte sich Juha Merivaara auf Rödskär verhalten? Hatte Jiri während der Nacht ungewöhnliche Geräusche gehört? Bei der Vernehmung von Verdächtigen und Zeugen ging es in erster Linie darum, immer wieder nachzufragen, Brüche und Inkonsequenzen in lückenlos aufgebauten Lügengeschichten zu finden. Aber wäre Jiri wirklich imstande, seine Tat zu verheimlichen, wenn er den eigenen Vater getötet hätte?

Koivu drehte am Radio herum, auf der Suche nach erträglicher Musik wechselte er von einem Sender zum anderen. Auf dem Klassikkanal ertönte eine Baritonstimme, die durchaus Tapio Holma gehören konnte. Koivu drehte rasch zum nächsten Sender weiter. «Ein kugelsicheres Herz hat noch keiner erfunden», sang Kalle Ahola von den Don Huonot, und ich summte mit. Aus den demonstrativen Seufzern von der Rückbank schloss ich, dass Jiri die Band nicht besonders mochte.

Als wir am Firmengebäude der Merivaara AG vorbeifuhren, machte er plötzlich den Mund auf.

«Gestern auf der Demo hab ich deinen Mann gesehen. Wieso lässt du ihn da mitmachen, obwohl du bei der Polizei bist?»

«Warum sollte ich einen erwachsenen Menschen daran hindern? Vielleicht wäre ich sogar selbst mitgegangen, aber ich musste arbeiten. Unter anderem wegen des Mordes an deinem Vater.»

Obwohl Jiri hinter mir saß, hörte ich, wie er nach Luft schnappte. Hatte Anne Merivaara ihren Kindern verschwiegen, dass die Polizei von Fremdverschulden ausging?

«Meinst du wirklich, jemand hat ihn umgebracht? Es ist … es ist doch keiner verhaftet worden?»

Ich drehte mich zu ihm um. Das Grün seiner feuchten Haare schien auf sein Gesicht abzufärben.

«Wen hätten wir denn verhaften sollen?»

Jiri antwortete nicht, wandte den Blick ab und sprach kein Wort mehr. Als ich ihn auf dem Gang zum Vernehmungsraum fragte, ob er etwas essen oder trinken wolle, schüttelte er den Kopf. Koivu holte Kaffee für uns beide. Das Gebräu war lauwarm und schmeckte noch bitterer als sonst, ich leerte die Tasse in einem Zug und hoffte, dass es wenigstens Koffein enthielt. Zum Glück fand ich in der Tasche noch ein Xylitolkaugummi gegen den üblen Geschmack.

Aus dem Vernehmungsraum vier hörte man Gebrüll. Die Worte konnte ich nicht verstehen, doch die Stimme gehörte eindeutig Ström. Offenbar nahm er gerade Ari Väätäinen in die Mangel, den Mann, der seine Frau misshandelt hatte. Jiri blickte mit hochgezogenen Augenbrauen auf die Tür.

«Dritter Grad, wie?», sagte er und versuchte den Hartgesottenen zu spielen.

«Bei dem Kerl, der da drinnen sitzt, zieht nichts anderes», erwiderte ich kühl und hielt ihm die Tür zum Vernehmungsraum zwei auf. «Aber bei dir fangen wir mit dem ersten Grad an.»

Jiri ließ sich auf das Sofa fallen, ohne die Jacke auszuziehen, seine Lockerheit wirkte aufgesetzt. Koivu war noch mit seinem Kaffee beschäftigt, als ich begann, Jiri nach den Ereignissen des Wochenendes zu fragen.

«Ich wollte nach Turku zu 'ner Demo gegen ein neues Pelzgeschäft, alle anderen sind hin. Vater war froh, dass ich nach Rödskär musste. Er hat gesagt, er zahlt keine Geldbußen mehr.»

Aus Jiris Bericht gewann ich den Eindruck, dass er hauptsächlich seiner Mutter zuliebe an dem Ausflug auf die Insel teilgenommen hatte. Zwar wollte er leben, wie es ihm passte, doch die Gefühle seiner Mutter schienen ihm sehr wichtig zu sein.

«Mutti hatte schreckliche Angst davor, genau ein Jahr nach Harris Tod nach Rödskär zu fahren. Sie hat versucht, es vor mir und Riikka zu verbergen, als ob wir noch kleine Kinder wären. Und dann hat diese verdammte Seija auch noch mit ihren Geistern angefangen!»

Nach Jiris Aussage glaubte Seija, dass ein Mensch, der unter unglücklichen Umständen zu Tode gekommen war, keine Ruhe fand, sondern dass sein Geist am Unglücksort umging. Besonders stark sei seine Anwesenheit am Jahrestag des Todes.

«Mutti glaubt an Seijas Steine, aber die Geistergeschichte ging zu weit. Mikke hat Seija ins Gebet genommen, danach hat sie damit aufgehört.»

Jiri hatte die Schlemmerei widerlich gefunden und nur auf eine Gelegenheit gewartet, sich zu verziehen. Als Anne sich gegen elf Uhr zurückgezogen hatte, meinte Jiri, seine gesellschaftlichen Pflichten erfüllt zu haben, und war nach draußen gegangen. Es war eine mondlose Nacht gewesen, mit bewölktem Himmel. Jiri war eine Weile auf den Felsen herumspaziert und hatte sich kurz vor Mitternacht schlafen gelegt.

«Ich hab die ganze Nacht fest geschlafen und nichts mitgekriegt, bis Riikka am nächsten Morgen angerannt kam und schrie, Vater wäre tot.»

Mikke hatte bei seiner Vernehmung ausgesagt, Jiri sei in der Nacht einmal draußen gewesen. Ich hakte nach, allerdings ohne Mikke zu erwähnen.

«Vielleicht war ich wirklich mal pinkeln. Ich hab so tief geschlafen, kann schon sein, dass ich im Halbschlaf nach draußen gelatscht bin. Aber ihr braucht mich gar nicht zu fragen, ob ich was gehört hab. Wenn ich erst mal schlafe, bringen mich nicht mal drei Wecker hoch. Mutti muss mir immer Wasser ins Gesicht spritzen, damit ich morgens aufwache, fragt sie selbst! Was soll das überhaupt? Vater ist doch vom Felsen abgerutscht, wie Harri. Übrigens kein Wunder nach der Sauferei!»

Jiris Magen knurrte vernehmlich, sicher wurde in der Schule um diese Zeit gegessen. Was bekamen Veganer eigentlich? Ein vielseitiges Angebot konnte die Stadt sich vermutlich nicht leisten. Oder brachte Jiri seinen eigenen Proviant mit, um sicher zu sein, dass die Möhren aus ökologischem Anbau stammten und die Tomaten nicht aus Spanien eingeflogen worden waren?

«Der Tod deines Vaters war kein Unfall. Es handelt sich um ein Verbrechen. Du willst doch sicher auch, dass der Täter zur Verantwortung gezogen wird?»

«'ne Medaille würd ich ihm verleihen!», fuhr Jiri auf und schob die Hände weit in die Ärmel seines grünen Anoraks. «Mein Vater war ein Stück Scheiße. Seine Naturschutzgeschichten waren nichts als Theater, der verdammte Heuchler hat immer nur ans Geld gedacht. Ich weiß nicht, wer ihn umgebracht hat und warum, aber wenn ihr es rausfindet, sagt mir Bescheid, damit ich ihm gratulieren kann.»

Er sah mich unverwandt an, als wolle er die Wirkung seiner wüsten Tirade testen. Ich starrte zurück. Wenn er unbedingt den harten Mann spielen wollte, würde ich ihn entsprechend anfassen.

«Warum hast du deinen Vater gehasst? Hat er dir oder deiner Mutter etwas angetan?»

Jiri warf mir einen bösen Blick zu und verkroch sich in seiner Jacke, als ob er fröre, dabei war das Zimmer gut geheizt.

«Wie war das Verhältnis zwischen deinen Eltern? Haben sie sich oft gestritten?»

«Was geht dich das an, verdammt!» Er trat gegen den Tisch. «Mutti ist keine Mörderin, und wenn ihr euch auf den Kopf stellt! Sie würde keinem ein Härchen krümmen, nicht mal so einem Kotzbrocken wie meinem Vater! Frag doch Tapsa, worüber er an Muttis Geburtstag mit Vater gestritten hat, in der Sauna. Frag ihn, wer zuerst zugeschlagen hat!»

Er verstummte plötzlich, als wäre ihm bewusst geworden, dass er sich verplappert hatte.

«In der Sauna? Wann war das? In der Nacht?»

Ich musste meine Frage dreimal wiederholen, bevor Jiri

widerstrebend sagte, die Auseinandersetzung habe am Nachmittag stattgefunden. Um Zeit zu sparen, waren zuerst die Frauen gemeinsam in die Sauna gegangen und hatten anschließend das Essen vorbereitet, während die Männer schwitzten. Jiri und Mikke hatten die Sauna als Erste verlassen, und als Juha und Tapsa nicht zum Essen erschienen, hatte Katrina Jiri geschickt, um sie zur Eile anzutreiben. Bei seinem Eintreffen war es in der Sauna hoch hergegangen.

«Vater hat Tapsa angebrüllt, er sollte Riikka in Ruhe lassen. Tapsa hat ganz cool geantwortet, Riikka sei erwachsen und könne tun, was sie will. Ich bin nicht sicher, was er danach noch gesagt hat, aber dann klang es, als würden Holzscheite durch die Gegend fliegen. Mir ist nichts Besseres eingefallen, als reinzugehen und zu rufen, das Essen sei fertig. Gut, dass ich das getan hab, denn Tapsa hatte Vater eine reingehauen, dass er aus der Nase blutete. Sie haben dann aufgehört, aber vielleicht haben sie in der Nacht weitergemacht, wer weiß. Im Suff hat Vater gern Streit gesucht.»

Tapio Holma mussten wir uns noch einmal vorknöpfen, aber vorher wollte ich mit Mikke sprechen. Vielleicht hatte er den Gegenstand, mit dem Juha Merivaara erschlagen worden war, gesehen oder gar beiseite geschoben, ohne zu ahnen, dass es sich um die Tatwaffe handelte.

«Kann ich jetzt gehen? Wir haben um Viertel nach eine Englischarbeit. Ich hab keinen Bock, die nachzuschreiben.»

«Eins noch, Jiri. Was hältst du davon, wenn man Pelztiere aus ihren Käfigen befreit und sie dann in der freien Natur umkommen?»

Jiri sah mich verwundert an, antwortete dann jedoch in scharfem Ton.

«Wenn der Tod von ein paar Tieren Hunderte rettet, weil die Züchter Pleite machen und aufhören, Tiere zu schlachten, dann ist das okay. Wieso? Ich war doch am Wochenende gar nicht in Turku, und ich weiß auch nicht, wer bei den Anschlägen auf die Pelztierfarmen mitgemacht hat. Aber selbst wenn ich es wüsste, würde ich es dir nicht sagen. Scheiße, die Pelzfarmer haben gedroht, die Aktivisten umzulegen! Was sagt die Polizei denn dazu?»

«Morddrohungen nehmen wir immer ernst», sagte ich und musste beinahe lächeln, so ernsthaft und überzeugend war Jiris Aufbegehren. Er lehnte es kategorisch ab, sich von uns zur Schule zurückbringen zu lassen: Seinetwegen solle kein Auto die Luft verpesten. Von Kilo kam man auch mit dem Bus nach Espoonlahti, man musste allerdings dreimal umsteigen.

Ich verzichtete auf eine Grundsatzdebatte, zumal mir der Magen knurrte. Sobald Jiri gegangen war, erklärte ich Koivu, dass ich noch einmal nach Rödskär wollte. Da es um sechs Uhr bereits dunkel wurde, mussten wir möglichst bald los. Koivu, zwei Kriminaltechniker und Mikke Sjöberg sollten mitfahren.

«Wir versuchen ein Boot zu bekommen. Zieh nicht so ein Gesicht, nimm lieber gleich eine Tablette gegen Seekrankheit, damit die Wirkung rechtzeitig einsetzt. Aber zuallererst wird gegessen, komm, wir gehen in die Kantine.»

Wir betraten den Flur, mein Magen knurrte schon fast so laut wie vorhin Jiris. Da stoppte uns plötzlicher Lärm im Vernehmungsraum vier. Gebrüll, Gepolter, Schläge.

«Nein, Ström, nicht!» Puupponens Stimme klang verzweifelt. Wir sahen uns an und stürzten zur Tür. Koivu riss sie auf und stieß einen Fluch aus.

Ström donnerte Ari Väätäinen die Faust ins Gesicht, während Puupponen vergeblich versuchte, ihn zurückzuhalten. Väätäinen hielt die Hand schützend vor die Nase, aus der schon das Blut schoss. Ström packte ihn an der rechten Schulter und stieß ihn gegen den Tisch. Gerade als er wieder zuschlagen wollte, eilten wir Puupponen zu Hilfe. Die beiden Männer fassten Ström an den Armen, ich packte ihn an der Taille.

«Pertsa, Schluss jetzt!»

Er wandte mir sein wutverzerrtes Gesicht zu. Auf der großporigen Haut stand Schweiß, sein Atem roch nach Alkohol.

«Was zum Teufel ist in dich gefahren?»

Es fehlte nicht viel, und ich hätte ihm meinerseits eine gescheuert. Jeder Polizeibeamte wusste, welche Folgen es hatte, wenn man einen Verhafteten bei der Vernehmung schlug. Ari Väätäinens Gesicht war eine formlose rote Masse. Die Nase war offenbar gebrochen, Blut tropfte auf die alten Vernehmungsprotokolle.

«Koivu, bring den Mann zum Arzt», ordnete ich an und reichte Väätäinen einige Papiertücher aus der bereitliegenden Schachtel. Vor Schmerz aufheulend, wischte er sich das Gesicht ab und sank in sich zusammen, als Koivu ihn an der Schulter fasste und hinausführte. «Die Fahrt nach Rödskär verschieben wir auf morgen!», rief ich Koivu nach. Mit diesem Zwischenfall würden wir nämlich nicht so rasch fertig werden.

«Unterbrechung der Einvernahme um zwölf Uhr vier», sprach Puupponen gemessen aufs Band und schaltete das Gerät ab. Pertsa keuchte immer noch schwer, sein Brustkorb und der in den letzten Monaten dicker gewordene Bauch hoben und senkten sich im Rhythmus seiner Atemzüge.

«Was hat sich hier abgespielt?», fragte ich Puupponen. Er sah Ström zögernd an, was mich überraschte, denn im Dezernat war er es, der Ström am glühendsten hasste und normalerweise keine Gelegenheit ausließ, dessen Fehler publik zu machen.

Es war Ström selbst, der mir antwortete. «Mir ist der Kragen geplatzt, als dieser verdammte Scheißkerl sich groß aufspielen wollte. Hör dir das Band an, ich hab keine Lust, dir alles zu erklären. Ich geh solange eine qualmen.»

«Komm anschließend hierher zurück», sagte ich, in der Hoffnung auf die beruhigende Wirkung des Nikotins.

Auf meinen Wink spulte Puupponen das Band zurück. Bald darauf hallte Ari Väätäinens hasserfüllte Stimme durch den Raum.

«Die verfickte Hure hat behauptet, sie wäre bloß einkaufen gegangen. Schön, sie hatte zwei Liter Milch in der Tasche, aber zum Milchholen braucht man keine Stunde. Sie wollte mir weismachen, sie hätte mit einer Nachbarin gequasselt, aber ich weiß, dass sie lügt, verdammt nochmal! Die hat sich's von einem Kerl besorgen lassen.»

«Deshalb hast du deine Frau verprügelt? Weil sie zu lange einkaufen war?» In Pertsas Stimme lag eine bedrohliche Wut, die selbst vom Band noch Angst einflößte.

«Sei bloß still, Ström, ich weiß genau Bescheid über deine Alte. Sie hat dich vor ein paar Jahren wegen einem anderen sitzen lassen, stimmt's? Die Weiber sind Nutten, eine wie die andere, meine Alte lässt sich im Einkaufszentrum bum…»

An dieser Stelle brach seine Tirade ab, vom Band hörte man Gepolter, Schläge, Schmerzensschreie und Puupponens erschrockene Rufe. «Du Schwein, ich bring dich um!», waren Ströms letzte Worte, bevor wir in den Vernehmungsraum gestürmt waren.

Puupponen erzählte, die Vernehmung sei sehr anstrengend gewesen. Nach Väätäinens Logik war er vollauf berechtigt, seine Frau zu schlagen, da sie sonst für jeden Mann, der ihr begegnete, den Rock heben würde. Er hatte sogar unumwunden gesagt, sie würde es nie wagen, sich von ihm scheiden zu lassen, weil er dann sie und die Kinder umbringen würde. Schon aufgrund dieser Aussagen musste es dem Staatsanwalt eigentlich gelingen, Väätäinen für einige Monate hinter Gitter zu bringen, zumal er oft genug rückfällig geworden war.

Doch so widerwärtig Väätäinen auch war, Ström hätte auf keinen Fall handgreiflich werden dürfen.

«Wir wissen ja alle, dass Ström nicht zum ersten Mal die

Beherrschung verloren hat», sagte Puupponen. Als seine Scheidung lief, war Ström zwei Wochen vom Dienst suspendiert worden, weil er bei einer Festnahme den Verhafteten mit den Handschellen an der Augenbraue verletzt hatte. Über geringfügigere Gewalttätigkeiten im Dienst war die ganze Zeit gemunkelt worden, doch sie hatten keine Konsequenzen gehabt. Diesmal würde es anders sein.

«Das können wir nicht unter den Teppich kehren», sagte ich eher zu mir selbst als zu Puupponen. «Bist du bereit, bei der internen Ermittlung auszusagen?»

«Werden wir Ström endlich los?», fragte er, doch in seiner Stimme lag keine Spur von Triumph.

«Darüber habe zum Glück nicht ich zu entscheiden, auch nicht über eine Suspendierung. Das ist Sache des Polizeichefs. Ich spreche zuerst mit Taskinen.»

Pertsa kam zurück, blieb aber an der Tür stehen und sah uns nicht an. Der süßliche Geruch war stärker geworden, entsetzt stellte ich fest, dass er die Gelegenheit genutzt hatte, noch mehr zu trinken.

«Na, sind die Bosse noch nicht angetanzt?», fragte er großspurig, doch in seinen Augen lag Furcht.

«Noch nicht, aber dir ist doch klar, dass die Sache nicht unter uns bleiben kann.»

«Na sicher. Die kleine Dezernatsleiterin trippelt zu Taskinen und weint sich über ihre schrecklichen Untergebenen aus.»

«Du wirst mit mir trippeln und Puupponen ebenfalls.»

Ich tippte Taskinens Nummer ein, zum Glück war er im Haus. Es bereitete mir keineswegs Genugtuung, Ströms Tat aufzudecken. Für den Rest des Tages nahmen mich Besprechungen mit Taskinen und dem Polizeichef in Anspruch. Väätäinen, der außer der gebrochenen Nase noch einen Rippenbruch davongetragen hatte, hatte sich von Koivu nicht daran hindern lassen, bei einer Boulevardzeitung und der schleimigsten aller Regenbogenillustrierten anzurufen. Die Reporter waren sofort auf die Story angesprungen, und damit blieb dem Polizeichef keine Wahl: Er musste Ström vom Dienst suspendieren.

«In unserem Dezernat ist schon jetzt eine Stelle unbesetzt, wenn Ström ausfällt, kommen wir noch langsamer voran!», brüllte ich. «Ich will einen Vertreter für Ström, und zwar morgen. Ich weiß, dass so schnell kein Kommissar aufzutreiben ist, aber mir genügt auch ein Kriminalmeister. Wir haben ein Kapitalverbrechen auf dem Tisch, womöglich einen Doppelmord.»

Erst als mir die Worte entschlüpft waren, merkte ich, was mein Unterbewusstsein mir da eingegeben hatte.

Wahrscheinlich hatte ich nie ganz geglaubt, dass Harri verunglückt war. Ein erfahrener Ornithologe, der es gewohnt war, bei Wind und Wetter draußen zu sein, stürzte nicht einfach ab. Offenbar vermutete ich das Motiv für den Mord an Juha Merivaara doch nicht in Familienkonflikten. Er war von der Person ermordet worden, die auch Harri umgebracht hatte.

Acht

Am nächsten Morgen wurden Koivu und ich in der Kajüte eines großen Polizeiboots durchgeschaukelt. Der Südostwind ließ das Boot unangenehm rollen, wir hatten die Tabletten gegen Seekrankheit nicht umsonst geschluckt.

Der Polizeichef hatte beschlossen, Ström vorläufig vom Dienst zu suspendieren. Das Kriminalamt würde die Voruntersuchung durchführen und Koivu, Puupponen und mich als Zeugen vernehmen. Am Abend hatten wir das zum Anlass genommen, etwas trinken zu gehen. Dazu hatte Koivu auch Anu Wang eingeladen. Ich hatte Antti vorher gesagt, ich würde nur zwei oder drei Bier trinken, weil aber ein paar Anisschnäpse hinzugekommen waren, hatte ich unruhig geschlafen und geträumt, wie Ström mit Harris Fernglas auf Juha Merivaara einschlug. Nun dröhnte mir der Kopf, zum Glück hatte mir die Bootsfahrt einen Vorwand geliefert, etwas gegen die Übelkeit zu nehmen.

Koivus Kopf sackte an meine Schulter, offenbar schlief er. Ich hatte das «Pickwick» in Tapiola schon kurz nach zehn verlassen, um den letzten Bus noch zu erwischen, während die anderen bis Mitternacht geblieben waren. Wang, die nur wenig getrunken hatte, wirkte am Morgen frisch und energisch wie immer, aber Koivu und Puupponen sahen mitgenommen aus. Es kam mir heuchlerisch vor, Ström zu verurteilen, weil er im Dienst trank, wo wir nach dem gestrigen Besäufnis selbst nicht in bester Verfassung waren.

Hakkarainen von der Technik, der mit uns in der Kajüte saß, warf einen belustigten Blick auf den dösenden Koivu.

Der Taucher und der zweite Kriminaltechniker spielten in der Achterkajüte mit Tapio Holma Karten. Mikke Sjöberg saß an Deck und leistete dem Bootsführer Gesellschaft.

Ich hatte außer Mikke auch Tapio Holma gebeten, uns zu begleiten, da er Juhas Leiche ebenfalls vor dem Eintreffen der Polizei gesehen hatte. Es war durchaus möglich, dass die beiden Männer gemeinsam die Tatwaffe versteckt oder ins Meer geworfen hatten, falls sie zum Beispiel den Verdacht auf eins der Kinder lenkte. Ich hoffte, außerhalb des Vernehmungsraums mehr aus Holma herauszubekommen.

Am Morgen hatte ich es so eilig gehabt, dass ich Iida nur ganz kurz gesehen hatte. Daraufhin hatte sich das schlechte Gewissen gemeldet: Natürlich hätte ich den Abend zu Hause bei meinem Kind verbringen sollen, statt mit den Kollegen zu trinken, aber ich hatte ihre Gesellschaft nötig gehabt. Schließlich durfte ich nicht erwarten, dass Antti nachvollziehen konnte, was Pertsas Wutausbruch und seine Suspendierung bei mir auslöste. Bei meinen Kollegen war das etwas anderes. Deshalb hatten wir uns aneinander geklammert, und trotz aller Versuche, über andere Dinge zu reden – über die beginnende Eishockeysaison oder über Fernsehsendungen, die keiner von uns gesehen hatte –, war das Gespräch zwangsläufig auf Ström gekommen. Wang und Puupponen hofften, Pertsa würde versetzt. Anus Verbitterung war verständlich, denn zu ihr war Ström noch widerwärtiger gewesen als zu den anderen. Puupponen hatte gesagt, in gewisser Weise könne er Ström verstehen. Auch er hatte Ari Väätäinen bereits mehrmals vernommen und verabscheute dessen Einstellung gegenüber Frau und Kindern.

Dennoch hatte ein Polizist kein Recht zuzuschlagen.

Pertsa hatte versucht, den Staatsanwalt zu der Vernehmung hinzuzuziehen, doch es hatte Terminschwierigkeiten gegeben. Die Voruntersuchung musste trotzdem sofort eingeleitet werden, denn vorläufige Festnahmen waren auf achtundvierzig Stunden begrenzt, und für einen Haftbefehl mussten ausreichende Gründe vorgelegt werden. Solche Gesetze schützten die Täter effektiver als die Opfer, hatte Puupponen geklagt und dabei fast wie Pertsa geklungen. Doch Pertsa hatte nicht aus Frust über die Vorschriften zugeschlagen, sondern weil Väätäinens Worte seinen sorgfältig aufgebauten Schutzwall eingerissen hatten.

Der Benzingestank in der Kajüte war Ekel erregend. Meine Haare rochen nach Rauch, obwohl Puupponen als Einziger geraucht hatte. Ich beschloss, an Deck zu gehen, und schob Koivu vorsichtig zur Seite. Er stöhnte im Schlaf und sackte auf die Bank. Seine Haltung erinnerte mich an Iida, wenn sie im Kindersitz im Auto schlief.

In der Nacht war es unter null Grad gewesen, das Meer strahlte Kälte ab. Es hatte die durchscheinende, dunkelblaue Färbung zurückgewonnen, die ihm die grünen Algen im Sommer geraubt hatten. Die Sonne stieg zielbewusst in den Zenit, ich wandte ihr das Gesicht zu, als gäbe ihr Licht mir Kraft. Wir passierten die Insel Stora Herrö, und die Luft war so klar, dass man im Süden flimmernd die Silhouette von Tallinn erkennen konnte.

Mikke Sjöberg hatte gegen halb zwei angerufen, als die Besprechung mit Taskinen und dem Polizeichef gerade begonnen hatte. Er hatte sich widerspruchslos bereit erklärt, uns nach Rödskär zu begleiten. Katrina Sjöberg war am Abend nach Åland abgefahren. Ich hatte keinen Grund gesehen, ihre Abreise zu verzögern. Bei Harris Tod war sie weit weg gewesen, und für den Mord an ihrem Stiefsohn war sie auch nicht meine Hauptverdächtige.

«Ein schöner Tag», sagte ich halb zu Mikke, halb zum Kapitän. Obwohl die Windstärke nicht mehr als drei Meter pro Sekunde betrug, drang die Brise durch Lederjacke und Pullover und ließ mich bedauern, dass ich nicht so schlau gewesen war, eine Mütze aufzusetzen wie Mikke. Der Nachtfrost hatte die kleinen Espen auf den Schären im Nordwesten leuchtend rot gefärbt, ihr Spiegelbild zerlief in den Heckwellen unseres Bootes, und sekundenlang sah es aus, als wären Blutstropfen auf der Wasseroberfläche.

Ich setzte mich neben Mikke auf die Sitzkiste. Als wir uns am Morgen im Yachthafen von Suomenoja getroffen hatten, hatte er gesagt, inzwischen habe er sowohl von Jiri als auch von Anne erfahren, dass wir ein Kapitalverbrechen vermuteten. Sein Gesicht war müde und verkniffen. Ihm war deutlich anzusehen, dass er etwas verschwieg. Ich war mir sicher, er wusste, womit Juha erschlagen worden war, denn als ich ihm den Taucher vorgestellt hatte, war er sichtlich nervös geworden. Erst auf dem offenen Meer hatte er sich beruhigt. Tapio Holma dagegen verhielt sich, als wäre er auf einer Vergnügungsfahrt.

Allmählich zeichnete sich Rödskär am Horizont ab. Die flimmernde Luft trennte die Felsen und Gebäude vom Meer, es war, als schwebte ein Märchenschloss mit Türmen und Mauern über dem Wasser.

«Bei diesem Wind ist es kein Problem, an der Ostseite anzulegen!», rief Mikke dem Kapitän zu. Er musste brüllen, um das Motorengeräusch zu übertönen. Mit der «Marjatta» waren wir im Sommer friedlich und leise zur Insel gesegelt, doch jetzt überlagerte das Stampfen des Bootsmotors alle anderen Geräusche, und der Benzingeruch erstickte den bittersalzigen Duft des herbstlichen Meeres. Ich verstand, warum Mikke nicht gern mit Motorkraft fuhr. Durch den Motor war kaum mehr das Schaukeln der Wellen wahrzunehmen. Jedes Gespür für das Meer ging verloren.

«Bei dieser Windstille könnten wir an der Westseite vorbeifahren, um den Unglücksfelsen vom Meer aus zu sehen», sagte ich zum Kapitän. Ich hatte auf der Seekarte nachgesehen und wusste, dass es die Klippen erlaubten, wenn man Distanz zum Ufer hielt.

Von Westen gesehen machte Rödskär einen abweisenden Eindruck. Die hohen Felsen wirkten von hier aus uneinnehmbar. Als Seefestung war die Insel ideal. Als wir von Süden her in den Hafen einfuhren, hörte ich, wie Hakkarainen Koivu weckte. Mikke sprang als Erster auf die Felsen, ich folgte ihm, um die Achterleine zu vertäuen. Vernünftigerweise hatte ich statt der neuen Pumps meine alten Turnschuhe angezogen.

Koivu stolperte mit zusammengekniffenen Augen aus der Kajüte und holte hastig die Sonnenbrille hervor. Er sprang unbeholfen an Land, erst danach kam der Taucher auf die Idee, die Leiter auszulegen, über die der Ausstieg ein Klacks war.

«Koivu, bringst du bitte Holma und Sjöberg ins Haus, ich komme gleich nach», sagte ich und gab ihm den Schlüssel zum Gästehaus, den wir am Sonntag mitgenommen hatten. Ich blieb mit den Technikern und dem Taucher zurück.

«Wir suchen eine Hiebwaffe. Dem Pathologen zufolge ist sie regelmäßig geformt und hat wahrscheinlich Glasbestandteile, denn an Merivaaras Kopf wurden Glassplitter gefunden.»

«Hat er eine Brille getragen?», fragte Hakkarainen.

«Ja, aber sie ist verschwunden. Du suchst im Wasser», sagte ich zum Taucher. «Ich nehme inzwischen Sjöberg wegen der Tatwaffe in die Zange.»

Koivu hatte Mikke und Sjöberg in die Küche gebracht. Da die Fenster nach Norden gingen, fiel kein Sonnenlicht herein, der Raum lag im Halbdunkel. Mikke zündete eine Sturmlampe an, während Koivu einen halben Liter Cola in sich hineinschüttete. Ich ärgerte mich, dass kein dritter Beamter frei gewesen war, der bei dem einen Mann bleiben konnte, während Koivu und ich den anderen vernahmen. Ich musste also allein zurechtkommen, nur besaßen solche inoffiziellen Aussagen leider keine Beweiskraft.

«Komm mal mit in die Sauna», sagte ich zu Tapio Holma, der mich überrascht ansah, dann aber folgsam aufstand. Auch Mikke erhob sich, doch ich winkte ab. «Du nicht.»

«Wie geht es Riikka?», fragte ich, als wir aus dem Haus traten. Tapio schüttelte den Kopf.

«Nicht besonders. Sie fühlt sich schuldig, weil sie sich in den letzten Tagen vor seinem Tod mit ihrem Vater gestritten hat.»

Die Sauna war nicht abgeschlossen. Drinnen roch es nach Rauch und getrockneten Birkenblättern. Mir wurde warm bei der Erinnerung an den Abend, als Antti und ich uns auf der mittleren Pritsche geliebt hatten. Er schien in weiter Ferne zu liegen, obwohl erst anderthalb Monate vergangen waren.

«Ging es bei dem Streit zwischen Riikka und ihrem Vater um dich?» Ich setzte mich auf die Bank im Umkleideraum, auf der ein zerknülltes Leinenhandtuch lag. Als ich es aufhob, entdeckte ich darauf braune Flecken, wahrscheinlich getrocknetes Blut. Tapio Holma warf einen Blick auf das Handtuch und wandte hastig das Gesicht ab. Ich äußerte mich nicht zu den Flecken, sondern faltete das Handtuch ordentlich zusammen, sodass die schön gestickten Initialen J. M. zuoberst lagen. Seltsam, dass es nicht schon am Sonntag mitgenommen worden war – hatten die Techniker die Sauna gar nicht durchsucht? Ich wiederholte meine Frage und sah Holma auffordernd an.

«Natürlich ging es um mich. Juha hat kein Geheimnis daraus gemacht, dass er unsere Beziehung missbilligte. Er hat mich gefragt, ob ich ehrenwerte Absichten hätte.»

«Und, hast du?»

«Wenn du meinst, ob ich sie heiraten will, ist die Antwort ja.» Wieder fuhr er sich durch die dichten Haare, ich fragte mich, ob er das auch beim Singen tat. «Ich weiß, dass Riikka noch sehr jung ist, aber ich möchte mein Leben mit ihr teilen und eine Familie gründen. Suzanne, meine Exfrau, und ich hatten uns darauf geeinigt, keine Kinder zu bekommen. Darunter hätte vor allem Suzannes Karriere gelitten, aber meine auch, und die Karriere war uns damals wichtiger als Kinder. Heute denke ich anders darüber.»

Er sah zum Fenster hinaus. «Da oben unter der Dachrinne haben im letzten Sommer Schwalben genistet, wir waren gerade in der Woche hier, als die Jungen flügge wurden. Sie haben einen ganz schönen Lärm gemacht. Seit sie in den Süden gezogen sind, ist es sehr still hier.»

Ich ging nicht auf den Themenwechsel ein.

«Kommen wir noch einmal auf den Sonntagmorgen zurück, an dem Juhas Leiche gefunden wurde. Wies irgendetwas darauf hin, dass sein Tod möglicherweise kein Unfall war?»

Er schüttelte den Kopf.

«Es ist mir unbegreiflich, dass Juha tatsächlich ermordet worden sein soll. So etwas passiert doch nur auf der Opernbühne», versuchte er zu spaßen, doch ich erwiderte sein Lächeln nicht. «Ich habe Mikke sofort angesehen, dass etwas Schlimmes passiert ist, aber er sprach auch nur von einem Unfall.»

Ich breitete das Handtuch aus, er vermied es hinzuschauen.

«Weißt du, woher dieses Blut stammt?»

Holma gab keine Antwort, er schaute aus dem Fenster und fuhr sich wieder durch die Haare.

«Du hast dich am Samstagabend hier in der Sauna mit Juha geprügelt.»

«Wer behauptet das?» Seine Stimme zitterte.

«Das tut nichts zur Sache. Nun sag schon, was los war.»

Tapio Holma schwieg eine ganze Weile. Ich blickte mich um, suchte nach Spuren eines Kampfes, immerhin hatte Jiri von herumfliegenden Holzscheiten gesprochen. Mit einem Holzscheit konnte man aber niemandem den Schädel einschlagen, mit der Wasserkelle auch nicht. Auf der untersten Pritsche entdeckte ich einen dunklen Fleck, der ebenfalls wie Blut aussah.

«Es war einfach idiotisch», stieß Tapio schließlich hervor. «Zwei erwachsene Männer prügeln sich wie Rotznasen.»

«Wer hat angefangen?»

«Ich», gab er verlegen zu. «Das heißt, ich habe als Erster zugeschlagen, aber Juha hatte mich provoziert.»

Was Juha gesagt hatte, wollte er mir nicht verraten, das sei zu persönlich. Natürlich war es um Riikka gegangen. Holma hatte mit der Faust ausgeholt, woraufhin Juha ein Holzscheit gepackt hatte. Holmas zweiter Fausthieb hatte Juhas Nase getroffen. Als Jiri die Männer zum Essen rief, wischte sich Juha gerade mit dem Handtuch das Blut aus dem Gesicht.

«Warum hast du uns das nicht gleich erzählt?»

Seine Erklärung klang nicht gerade glaubwürdig. Er behauptete, der Zwischenfall sei ihm unbedeutend erschienen und er habe Juhas Andenken nicht in den Schmutz ziehen wollen.

«Jiri wird es natürlich Riikka und Anne erzählen», seufzte Holma, als wir von der Sauna zum Festungsgebäude zurückgingen. «Wie geht es übrigens deiner süßen kleinen Tochter? Wer versorgt sie, während du arbeitest? Sie ist doch noch zu klein für die Kindertagesstätte.»

«Ihr Vater hat Erziehungsurlaub genommen», sagte ich rasch und machte mich auf eine verwunderte Bemerkung gefasst, doch Holma meinte:

«Das könnte ich auch machen, vor allem, wenn meine Stimme nicht mehr in Ordnung kommt. Ich würde zu Hause bleiben und das Baby versorgen, sodass Riikka studieren kann. Ein Kind müsste nicht ihr ganzes Leben auf den Kopf stellen.»

Koivu und Mikke saßen immer noch in der Küche, der eine trank Cola, der andere studierte eine Seekarte.

«Gehen wir auf den Leuchtturm», schlug ich Mikke vor, der zum Glück nicht nach dem Grund fragte, sondern mir folgte. Wir stiegen die Wendeltreppe zur Plattform hinauf. Der Wind hatte sich fast ganz gelegt, nur flache, behäbige Wellen rollten vom offenen Meer auf die Insel zu. Kein Schiff war am Horizont zu sehen.

«Es wird nicht mehr viele Tage wie diesen geben. Bald kommen die Herbststürme», seufzte Mikke wehmütig.

«Du würdest am liebsten noch heute in See stechen, stimmt's?»

«Genau.» Er blickte starr aufs Meer. Seine Augenbrauen leuchteten fast weiß, unter den hervorstehenden Backenknochen zeichneten sich dunkle Schatten ab. «Aber ich muss Juhas Beerdigung abwarten. Er war immerhin mein einziger Bruder.»

«Der Leichnam wird heute freigegeben. Allerdings ist die Beerdigung nicht das einzige Hindernis für deine Abfahrt. Die Techniker untersuchen gerade die Stelle, wo du Juhas Leiche gefunden hast. Von hier aus sieht man sie übrigens nicht.»

Ich zeigte auf das Westufer der Insel. Wir betrachteten die roten, mit Moos und Flechte besprenkelten Granitfelsen, die das Steilufer vor unseren Blicken verbargen.

«Du warst auf dem Leuchtturm, um den Sonnenaufgang zu bewundern, und hast dabei Juhas Leiche entdeckt. Das war deine Aussage. Offenbar hast du gelogen.»

Ich zuckte zusammen, als er sich abrupt zu mir umdrehte. Er machte den Mund auf, brachte aber kein Wort heraus. Ich fixierte ihn so herausfordernd, wie ich es vermochte, als könnte ich mit meinem Blick durch seine Augen in seinen Kopf vordringen und erkennen, was er verheimlichte. Es wirkte: Mikke wandte das Gesicht ab, und auf seinen Wangen breitete sich Röte aus.

«Ich wollte nicht lügen. Es war mir nur so peinlich ...» Er

lehnte einen Ellbogen an die Wand, drehte das Gesicht in den Schatten. «Ich hatte unruhig geschlafen, wie immer, wenn ich Wein und Bier durcheinander trinke. Der Wind hatte gedreht, deshalb bin ich zur ‹Leanda› gegangen, um die Vertäuung zu überprüfen. Irgendwie kam mir Seijas Gerede von den Geistern in den Sinn. Ich glaube zwar nicht an Gespenster, aber ...» Er hob den Kopf und versuchte mir in die Augen zu schauen, brachte es jedoch nicht fertig. «Ich habe Harri letztes Jahr hier auf der Insel abgesetzt und bin dann gleich zu meiner Winterreise aufgebrochen. Unterwegs habe ich zwar kurz auf Föglö Station gemacht, um meine Mutter zu besuchen, aber niemand war auf die Idee gekommen, sie über Harris Tod zu informieren. Ich habe erst im Januar davon erfahren, als ich wochenlang mit Kielschaden in Portugal festlag. Dort hat mich ein Brief von Seija erreicht, in dem sie mir von dem Unfall berichtete. Ich weiß nicht, ob ich beigedreht hätte und zur Beerdigung gefahren wäre, wenn ich davon gewusst hätte. Wahrscheinlich ja, Harri war einer meiner besten Freunde. Eigentlich ist es meine Schuld, dass er überhaupt auf Rödskär war, ich hatte ihn nämlich vorgeschlagen, als Leute gesucht wurden, um die hiesigen Seevögel zu registrieren.»

Ich hörte mir Mikkes Monolog an, ohne ihn zu unterbrechen. Ich konnte nichts daran ändern, dass ich mich in seiner Nähe wohl fühlte, obwohl das perfide Schicksal einen Mord zwischen uns gestellt hatte. Zugleich fürchtete ich, man könnte mir meine Gefühle ansehen, und bemühte mich deshalb verzweifelt, Mikke zu behandeln wie jeden anderen, den ich zu vernehmen hatte.

«Eigentlich hatte ich am Samstag vorgehabt, mir die Stelle anzusehen, an der Harri abgestürzt war, aber ich wollte Anne nicht an das Unglück erinnern. Am Sonntagmorgen schien die Gelegenheit dann günstig. Ich war allein. Ich bin ans Ufer gegangen und ... Zuerst dachte ich, ich hätte Halluzinationen. Als ich dann begriffen habe, dass da tatsächlich ein Wesen aus Fleisch und Blut liegt, bin ich vor lauter Entsetzen selbst ausgerutscht. Ich konnte nichts mehr für Juha tun. Und dann musste ich auch noch der Familie sagen, dass ich ... dass ich Juhas Leiche gefunden hatte. O Gott, es war furchtbar!»

Mikke lehnte sich an die Glaskuppel, die das Leuchtfeuer abschirmte, und wischte sich über die Stirn. Ich hätte etwas ganz anderes sagen wollen, fuhr aber mit der Vernehmung fort:

«Was hast du am Ufer sonst noch gefunden?»

«Was meinst du?»

«Die Wunde an der Schläfe deines Bruders ist nicht von selbst dahin gekommen. Wir suchen eine Hiebwaffe. Hast du sie gesehen?»

«Am Ufer war nichts.»

Mikkes Stimme klang tonlos, ich war ganz sicher, dass er log. Es gab mir auch zu denken, dass gerade er Harri damals nach Rödskär gebracht hatte. War es denkbar, dass er ihn vom Felsen gestoßen hatte? Warum hätte er das tun sollen? Warum hätte irgendwer Harri umbringen sollen?

«Mochtest du deinen Bruder?»

«Er war schon in Ordnung, wenn man ihn nur ab und zu im Sommer sah.» Er kramte die Pfeife aus der Tasche und begann sie zu reinigen. «Juha hielt nicht viel von meiner Lebensweise. Er sagte, er könne ja verstehen, dass man als junger Mann die Welt umrunden will, aber mit vierunddreißig müsse man allmählich sesshaft werden und eine Familie gründen. Der Herzinfarkt im letzten Winter muss ihm einen Schreck eingejagt haben, denn er wollte mich partout überreden, wieder Aktionär der Merivaara AG und eine Art stellvertretender Geschäftsführer zu werden.»

«Aber du hast abgelehnt?»

Am Horizont war ein Frachtschiff aufgetaucht, ich schirmte die Augen mit der Hand ab, um es besser zu sehen, konnte jedoch keine Einzelheiten erkennen. Als ich die Augen schloss, schickte die Sonne helle Flecken durch die Lider. Wahrscheinlich fragte Koivu sich schon, was wir so lange auf dem Leuchtturm trieben, doch ich mochte noch nicht hinuntergehen.

«Wenn es Herbst wird, brenne ich darauf, dem finnischen Winter zu entkommen. Seija nennt mich deshalb Zugvogel», lachte Mikke. «Im Sommer sind die Schären allerdings der schönste Ort auf der Welt, obwohl die Blaualgenbänke in diesem Jahr ein abscheulicher Anblick waren. Ich bin regelrecht wütend geworden.»

Er hatte seine Pfeife mittlerweile gesäubert und begann sie zu stopfen. Da klingelte mein Handy: Der Taucher hatte im Meer eine Brille gefunden.

«Ich komm hin und seh sie mir an.»

Ich bat Mikke, mit mir auf dem gleichen Weg zum Fundort zu gehen wie am Sonntagmorgen. Auf seinen langen, dürren Beinen stakste er durch das schwarz gefrorene Gras, so schnell, dass mir keine Zeit blieb, Koivu Bescheid zu sagen.

«Von wo aus hast du die Leiche gesehen?», fragte ich, als wir uns der Felskante näherten.

«Das muss irgendwo hier gewesen sein, wo das Ufer sichtbar wird … Ich weiß es nicht mehr genau, ich war fürchterlich erschrocken.»

Die Techniker kämmten immer noch das Ufer ab, obwohl Hakkarainen beteuert hatte, man habe bereits am Sonntag alles gefunden, was überhaupt zu finden sei. Der Taucher machte Pause, im Trockenanzug und mit seinem Sauerstoffgerät sah er aus wie ein Monster aus einer fremden Welt.

«Du hast gesagt, du bist gestolpert und fast auf die Leiche deines Bruders gefallen. Wir wollen mal rekonstruieren, wie Juha lag, als du ihn gefunden hast. Turunen!», rief ich dem Taucher zu. «Würdest du bitte die Leiche spielen? Hakkarainen, mach Fotos!»

Während Turunen schwerfällig ins Wasser watete, rutschte ich vorsichtig den Felsen hinunter. Mikkes Gesicht war weiß wie die vom Meer angeschwemmten Muscheln.

«Na los, gib ihm Anweisungen», sagte ich zu Mikke. Er biss die Zähne zusammen, dass sich die Backenmuskeln spannten wie bei einem Trompeter, und folgte mir.

«Etwas nach links. Die Arme ausbreiten, den linken Arm zwischen die beiden Steine. Die Beine waren anders, weiter gespreizt ...»

Obwohl ich mir vorkam wie eine Sadistin, bat ich Mikke, uns noch zu zeigen, wie er den Felsen hinuntergerutscht war und die Leiche seines Bruders aus dem Wasser gezogen hatte. Er glitt in einem halsbrecherischen Manöver den Abhang hinab, watete so weit ins Meer, dass ihm das Wasser fast in die Stiefel lief, und brachte Turunen mühelos in halbsitzende Position wie eine Puppe.

«Ich kann ihn nicht rausziehen wie Juha», rief er. «Er tut sich weh!»

«Das genügt schon!», erwiderte ich. Mikke ließ Turunens Knöchel los und hielt sich sekundenlang die Hände vors Gesicht. Ich bat den Taucher aufzustehen und drehte mich zu Hakkarainen um. Er betrachtete die elegante blau gerahmte Brille, die in einem Plastikbeutel steckte, eindeutig eine Männerbrille. Vergeblich versuchte ich mich zu erinnern, was für ein Modell Juha Merivaara getragen hatte. Mikke musste das Fundstück identifizieren.

«Ja, das ist Juhas Brille», sagte er nach einem kurzen Blick und ging davon. Mein Handy klingelte wieder, Koivu erkundigte sich, wie es weiterginge.

«Haben wir was zu essen mit? Ich hab einen fürchterlichen Hunger», jammerte er.

«Wir haben Brote dabei, aber komm erst mal hierher, ich möchte ein bisschen theoretisieren. Der Taucher ist noch lange nicht fertig.»

Ich lief Mikke nach und sagte, er könne jetzt zu Tapio ins Gästehaus gehen. Da er nicht reagierte, kommandierte ich ihn geradezu ins Haus. Wie mochten Mikke und Tapio zueinander stehen? Ich konnte mir von keinem der beiden vorstellen, dass er die Lebensweise anderer Menschen so rigoros kritisierte wie Juha Merivaara. Dass sie ohne Zeugen beieinander saßen, spielte keine Rolle mehr. Wenn sie unter einer Decke steckten, hatten sie sich längst absprechen können.

«Ich hab entsetzlichen Hunger», jammerte Koivu, als er am Ufer auftauchte. «Typisches Katersymptom. Ein großes Steak oder eine Salamipizza, das wäre jetzt das Richtige.»

«Absolut, aber heute gibt's nur Käsebrote. Komm, wir sehen uns noch einmal an, wo Merivaara abgestürzt ist. Offenbar hat er hier einen Schlag über den Kopf bekommen, ist gefallen und den Felsen hinuntergerutscht. Die ideale Stelle für einen Mord. Ohne den Westwind wäre die Leiche womöglich aufs offene Meer hinausgetrieben und nie gefunden worden.»

«Kann man daraus schließen, dass der Täter sich mit den Windverhältnissen nicht besonders gut auskannte und deshalb glaubte, die Strömung würde den Toten auf jeden Fall mitreißen?»

«Vielleicht.» Allerdings war von den Inselbesuchern höchstens Tapio Holma unerfahren genug für eine solche Fehleinschätzung. Oder handelte es sich doch um einen Fremden, der auf die Insel gekommen war? Aber wer und warum?

«Ziemlich beeindruckend, die Kanonenlöcher», meinte Koivu und zeigte auf die Felswand. «Aus welchem Krieg mögen die stammen, aus dem Zweiten Weltkrieg vielleicht?»

«Ich glaube, die sind älter. Du erinnerst dich sicher an das Lied vom Åland-Krieg? Damals wurde auch hier gekämpft, an der Südküste sind noch mehr Einschüsse. Die glorreiche englische Marine nahm die Festung im Sommer achtzehnhundertfünfundfünfzig unter Beschuss, aber die Truppen verteidigten sich mannhaft, und die Engländer mussten unverrichteter Dinge abziehen», wiederholte ich, was ich von Anne Merivaara gehört hatte.

Für einen Moment vergaß ich alles andere und malte mir aus, wie es vor hundertvierzig Jahren auf Rödskär ausgesehen hatte. Ich sah ein von Süden heranziehendes Kriegsschiff vor mir, einen Dreimaster, ein Marineoffizier im Dreispitz stand an Deck und rief: «Feuer!» Bei dem Gedanken schauderte es mich. Was hatte Seija Saarela von Geistern und negativen Energien gesagt ...

Natürlich glaubte ich nicht an so etwas, sondern an rationale Schlussfolgerungen, wissenschaftliche Untersuchungen und Menschenkenntnis. Damit wurden Verbrechen aufgeklärt. Die Wahrheit lag nicht irgendwo in diesen Klippen, und sie würde sich mir auch nicht als magische Vision offenbaren. Es galt, in harter Arbeit viele Mosaiksteinchen auszugraben, damit wir jemanden den Mord an Juha Merivaara nachweisen konnten.

«Wie war das mit den Butterbroten?», unterbrach Koivu meine Überlegungen.

«Auf dem Boot ist eine Provianttasche, die kannst du holen. Wenn wir Glück haben, finden wir im Gästehaus Kaffee. Kräutertee gibt es auf jeden Fall. Bring auch den Wasserkanister mit, hier gibt es ja keinen Brunnen.»

Tapio Holma lag auf der Küchenbank und hörte über Kopfhörer Radio, während Mikke sich wieder über die Seekarte gebeugt hatte. Ich sah in den Küchenschränken nach, wo ich Pulverkaffee aus dem Dritte-Welt-Laden und drei Sorten Kräutertee entdeckte. Ich fragte die beiden Männer, ob sie etwas trinken wollten.

«Pfefferminztee wäre nicht schlecht», sagte Holma erfreut. «Irgendwo müsste auch noch Roggenzwieback sein. Wird es noch lange dauern?»

«Ich weiß es nicht.» Das Warten ging auch mir auf die Nerven, denn im Präsidium waren eine Million Dinge zu erledigen. Koivu kam schwer beladen und schnaufend herein, ich machte Anstalten, den Gasherd anzuzünden.

«Ich kann den Küchendienst übernehmen», bot Mikke an, «das braucht eine Hauptkommissarin nicht zu tun.»

Ich hörte die Frotzelei in seiner Stimme und musste lächeln. Er lächelte zurück und fragte, ob ich Kaffee oder Tee wolle. «Annes ideologisch unanfechtbarer Kaffee schmeckt sehr gut.»

«Den hab ich früher in der Mensa literweise getrunken», antwortete ich und ging hinaus, um mich mit den Technikern zu beraten, bevor die Frau in mir wieder einmal die Oberhand über die Polizistin gewann. Der Taucher klagte über das trübe Wasser und den schlammigen Boden. Ohne zusätzliche Taucher und schweres Gerät lohne es sich nicht, ein größeres Gebiet abzusuchen. Das wiederum war zu teuer – wir wussten ja nicht einmal, wonach wir suchten.

«Eine Taschenlampe wäre die logische Waffe», sinnierte Turunen. «Sie hat die richtige Form, und es ist Glas daran, das bei einem Schlag zersplittern kann. Und da die Tat im Dunkeln geschehen ist …»

Der Gedanke war mir auch schon gekommen. Eine Taschenlampe war zudem so klein und alltäglich, dass jeder unserer Verdächtigen sie von der Insel mitgenommen haben konnte. Also war unsere Suche womöglich ganz zwecklos.

Wir beschlossen, nach dem Imbiss abzufahren. Ich spazierte an die Südspitze der Insel, bewunderte eine Weile den Leuchtturm, der granitrot vor dem tiefblauen Himmel aufragte, betrachtete das Flimmern des Lichts auf dem sanft gekräuselten Wasser. Die nächste Nacht würde windstill und entsetzlich kalt werden. Ich presste die Handfläche auf den Fels, den die Sonne nicht mehr zu wärmen vermochte. Die Kälte kroch mir den Arm hinauf. Bevor ich zum Kaffee ging, steckte ich ein von weißem Quarz durchzogenes Granitstück in die Tasche.

Turunen und der Taucher unterhielten sich über das bevorstehende Formel-1-Rennen, die anderen aßen schweigend. Ich merkte, dass ich viel zu oft zu Mikke hinschaute, und trat mir in Gedanken gegen das Schienbein. Auf der Rückfahrt wurde wieder ein Kartenspiel ausgetragen, an dem auch Koivu, gestärkt durch eine weitere Tablette, teilnahm. Ich lieh mir seinen Schal, band ihn um die Ohren und ging an Deck, um dem Kapitän und Mikke Gesellschaft zu leisten. Rödskär war nur noch ein flacher Streifen am Horizont, wir näherten uns bereits den Schären vor Espoo. Ich setzte mich zu Mikke, denn bei dem Motorenlärm trug die Stimme nicht weit.

«Seija Saarela erreiche ich wohl am besten zu Hause?»

«Sie hat keinen festen Job. Wollt ihr sie als Nächste in die Mangel nehmen?»

Ich gab keine Antwort. Stumm hielt ich das Gesicht in die Sonne, die nun schon so niedrig stand, dass sie eine goldene Bahn über das Wasser zog. Über uns kreischte ein Möwenpärchen, mich fror an der Nase.

«Du hast gesagt, Juhas Leiche würde freigegeben.»

Ich nickte und zog die Jacke fester um mich. Es wäre das Vernünftigste gewesen, in die Kajüte zu gehen und mich aufzuwärmen, aber Einsichtigkeit war noch nie eine meiner hervorstechendsten Eigenschaften gewesen.

«Juha wird wahrscheinlich eingeäschert. Er hätte sich bestimmt gewünscht, dass wir seine Asche ins Meer streuen, das ist doch heutzutage erlaubt, oder?»

«Ja.»

«Auf See möchte ich auch eines Tages sterben, aber nicht so unvorbereitet wie Harri und Jukka, sondern in einem Sturm, im Kampf gegen das Meer. Wenn ich allerdings das schwache Herz der männlichen Linie unserer Familie geerbt habe, rafft mich garantiert ein Infarkt dahin.» Mikke grinste schief und legte den Arm über die Rücklehne der Sitzkiste, sodass er beinahe meine Schultern streifte.

«Bist du auf deinen Fahrten jemals in Lebensgefahr geraten?»

«Ein paar Mal. Am schlimmsten war es 1990 im Indischen Ozean, bei meiner ersten Weltumseglung im Alleingang. Östlich der Chagosinseln erwischte mich eine höllische Magenkrankheit, ich hatte tagelang Fieber und konnte nichts bei mir behalten. Am vierten Tag kam im Südwesten ein kleiner Wirbelsturm auf. Ich war so geschwächt, dass ich es einfach nicht geschafft habe, das Boot unter Kontrolle zu halten, es machte in einem fort Wasser. Irgendetwas hat mich daran gehindert, einfach aufzugeben. Ich konnte den Treibanker fieren, das hat mich gerettet. Und einmal hatte ich vor der nordspanischen Küste Ruderschaden, die ‹Leanda› war nicht mehr manövrierfähig. Zum Glück kam mir der Küstenschutz zu Hilfe, bevor ich auf den Atlantik abgetrieben wurde.» Mikke schwieg sekundenlang, dann sah er mir gerade in die Augen.

«Und du? Bist du bei deiner Arbeit je in Lebensgefahr geraten?»

Das Klingeln des Handys ersparte mir die Antwort. Puupponen rief aus dem Präsidium an und fragte nach Instruktionen in einem der Fälle, an denen Ström gearbeitet hatte, weil er Ström zu Hause nicht erreichen konnte. Ich ging aufs Vorderdeck, um ungestört reden zu können, und als die Sache geklärt war, hatten wir den Hafen fast erreicht. Bevor wir anlegten, rief ich rasch noch Seija Saarela an, die sagte, sie sei den ganzen Nachmittag zu Hause. Ich hatte Antti versprochen, zeitig nach Hause zu kommen, denn er wollte sich im Filmarchiv einen französischen Film aus den vierziger Jahren ansehen, der nur einmal gezeigt wurde. Da Koivu meckerte, er würde bei der Vernehmung keine einzige Zeile mitschreiben, wenn er nicht vorher etwas zu essen bekäme, versprach ich ihm vor dem Besuch bei Frau Saarela ein Mittagessen im «Chico's».

Dass ich Mikke Sjöberg, der zu Tapio Holma ins Auto stieg, nachstarrte, merkte ich erst, als Koivu mir auf den Rücken klopfte.

«Maria», sagte er warnend. «Du bist verheiratet, vergiss das nicht, und der Kerl da ist einer unserer Verdächtigen. Du hast selbst gesagt, dass er etwas verheimlicht.»

«Hast du Wang gestern bis nach Hause begleitet oder nur bis zur Bushaltestelle?», gab ich zurück und stapfte zu unserem Wagen. Der verflixte Koivu kannte mich allmählich zu gut.

Neun

«Ich mochte Juha Merivaara nicht besonders», sagte Seija Saarela und legte einen violettbunten Amethyst von der Größe einer Babyfaust aus der Hand. Wir hatten sie in ihrer kleinen Wohnung in Soukka angetroffen. Das größere der beiden Zimmer war voller Steine und Schleifgeräte. Sie räumte weiße Quarzbrocken von einem Sessel und holte zwei Küchenstühle dazu, für die kaum noch Platz war. Durch die Tür zum Schlafzimmer sah man das Bett, auf dem eine dunkelviolette Tagesdecke lag.

«Sie finden es also nicht überraschend, dass ihn jemand erschlagen hat?»

«Überraschend? Nein. Eher erschütternd und beängstigend.» Seija Saarela hatte eine tiefe, klingende Stimme, eher Tenor als Alt. Ob sie neben dem Steineschleifen auch Gesang als Hobby betrieb?

Sie hatte uns erzählt, dass sie das Schleifen und die Schmuckherstellung nur als Zeitvertreib betrachtete. Sie war ausgebildete Bauzeichnerin, aber seit sechs Jahren arbeitslos, abgesehen von zwei kurzzeitigen ABM-Jobs. Die Steine wiederum brachten nicht genug ein, um davon leben zu können, und zum Arbeitslosengeld durfte man kaum etwas hinzuverdienen. Als Unbeteiligter musste man den Eindruck gewinnen, dass sie in der Klemme saß. Eine fünfzigjährige Bauzeichnerin konnte kaum mehr mit einer Anstellung rechnen. Doch Seija Saarela ließ sich offenbar nicht so leicht aus der Bahn werfen. Die Energie, die sie und ihre Steine ausstrahlten, war eindeutig positiv.

Auf die Frage nach ihren Personalien hatte sie angegeben, sie sei seit acht Jahren geschieden. Ihr erwachsener Sohn lebe mit seiner Freundin in Turku, und sie könne tun und lassen, was sie wolle.

«Meiner Meinung nach war Juha ein Heuchler. Ein guter Geschäftsmann, zugegeben, und ausgesprochen überzeugend, wenn er über Naturschutz sprach, aber er wäre ebenso überzeugend für den schweren Lkw-Verkehr oder die Pelztierzucht eingetreten, wenn er dort seine Lebensaufgabe gefunden hätte. Leute wie mich verachtete er.»

Sie strich sich eine graue Locke aus dem Gesicht. Unter der weiten, fast bis zu den Knien reichenden, violett-grün gemusterten Tunika trug sie dunkelgrüne, schwarz gemusterte Leggings. Um ihre schokoladenbraunen Augen lagen Lachfältchen.

«Arbeitslose gehörten für Juha zur untersten Kaste, und ich fettes altes Weib bin nicht einmal als Frau etwas wert.» Selbst bei diesen harten Worten schwang Belustigung mit.

«Alt? Er war doch nur drei Jahre jünger als Sie.»

«Juha legte bei Frauen andere Maßstäbe an. Sich selbst hielt er für einen Mann im besten Alter, während er Anne, obwohl sie ein Jahr jünger ist, schon fast als Greisin betrachtete. ‹Du solltest Milch trinken, damit du keine Osteoporose kriegst wie die anderen Weiber in deinem Alter› und so weiter. Frauen über vierzig bezeichnete er durch die Bank als Weiber, Alte oder Matronen, während Männer ihr Leben lang ‹Jungs› blieben. Seiner Ansicht nach war es geradezu ein Verbrechen, dass ich das Leben genieße, obwohl ich weder einen Job noch einen Mann habe.»

Sie warf einen Blick auf Koivu, der unser Gespräch leicht verlegen verfolgte. «Wenn mir zwei männliche Beamte gegenübersäßen, würde ich Juha wahrscheinlich nicht so beschreiben. Ich würde sicher erzählen, wie er seine Maskulinität herauszukehren versuchte, indem er Jiri immer wieder zum körperlichen Wettkampf herausforderte: im Schwimmen, Tennis, Steineschleudern. Zum Glück hat Jiri gelernt, sich zu wehren. Juha hätte ihn nicht mehr lange unter Kontrolle halten können, weder kräftemäßig noch finanziell.»

Sie merkte offenbar, was sie gerade angedeutet hatte, denn sie stand hastig auf und fragte, ob sie uns eine Tasse Tee anbieten dürfe. Wir nickten beide, denn die Fajitas im «Chico's» waren scharf gewürzt gewesen.

«Pfefferminz oder Hagebutten?»

«Pfefferminz bitte», antwortete ich, da Koivu sich nicht rührte. Es war nicht das erste Mal, dass er das Reden mir überließ.

«Sie haben uns erzählt, dass Sie die Merivaaras durch Mikael Sjöberg kennen gelernt haben. Und nun sind Sie also eine Freundin der Familie?», fragte ich Seija, die sich in der Kochnische zu schaffen machte.

«Befreundet bin ich nur mit Mikke und Anne. Juha unterhielt keine freundschaftlichen Beziehungen zu Frauen. Er hat mich unmissverständlich auf meinen Platz gewiesen, indem er mir eine Stelle in seiner Firma anbot – als Putzfrau. Ich habe nichts gegen Putzen, das ist eine respektable und wichtige Arbeit, aber Juhas Büro hätte ich um keinen Preis gewienert! Als ich ihm sagte, ich wäre für einen ganz anderen Beruf ausgebildet, meinte er nur, alle Frauen könnten von Natur aus putzen.»

Ich schnaubte. Über das Gerede vom angeborenen Ordnungssinn der Frauen hatte ich mich immer gewundert. Ich besaß diese Gabe jedenfalls nicht. Wenn ich neuerdings öfter sauber machte, dann nur deshalb, weil Iida sonst den Staub vom Fußboden in den Mund gesteckt und herumliegende Bücher zerrissen hätte.

«Als Freundin von Anne Merivaara können Sie uns sicher etwas über ihre Ehe erzählen. War sie intakt?»

Seija Saarela nahm eine Kiste mit Steinen vom Tisch und

stellte drei dunkelgrüne Steingutbecher sowie ein Glas Honig und eine Schachtel urgesund aussehender Kekse hin, bei deren Anblick Koivu das Gesicht verzog.

«Die Beziehung war ganz gut. Sie hatten sich damit abgefunden, dass sie unterschiedliche Wertvorstellungen hatten, und wollten trotzdem zusammenbleiben. Anne missbilligte die Art, wie Juha seinen Sohn behandelte, aber sonst stritten sie sich wohl kaum. Allerdings haben Anne und ich nicht oft über dieses Thema gesprochen.»

Ich verzichtete auf die Frage, worüber die beiden Frauen sich sonst unterhalten hatten, da ich fürchtete, mir einen Vortrag über Geister anhören zu müssen. Stattdessen fragte ich nach Juhas Verhältnis zu seinem Stiefbruder.

«Ich glaube, Juha hat Mikke zugleich verachtet und beneidet. Verachtet hat er ihn, weil Mikke sich vor der Pflicht drückte, das Familienunternehmen weiterzuführen, andererseits beneidete er ihn um seine Freiheit und sein Renommee als Segler. In Seglerkreisen ist Mikke ein Star, oder er wäre es vielmehr, wenn er nur wollte.»

Die plötzliche Wärme in ihrer Stimme war nicht zu überhören.

«Wann darf Mikke in See stechen?», fragte sie. «Er will sicher vor den Herbststürmen aufbrechen. Sie können ihn doch nicht verdächtigen, er hat schließlich keinen Grund ...»

«Wie stand Sjöberg zu seinem Bruder?», unterbrach ich sie. Seija holte die Teekanne aus der Kochnische und goss ein, bevor sie antwortete:

«Mitunter amüsierte er sich geradezu über Juha, manchmal regte er sich über ihn auf. Mikke meint, bisweilen habe Juha eine erschreckende Ähnlichkeit mit seinem Vater. Besonders nah schienen sie sich nicht zu stehen, deshalb überrascht es mich, wie tief Mikke jetzt trauert. Bitte, greifen Sie zu.»

Koivu trank gierig von seinem Tee und verbrannte sich den

Mund, während ich nach den Ereignissen in Juhas letzter Nacht fragte. Seija Saarela sagte, sie habe unruhig geschlafen und gehört, dass auch Katrina Sjöberg, mit der sie das Zimmer teilte, sich schlaflos in ihrem Bett wälzte.

«Ich spüre es, wenn es in meiner Umgebung starke Energiefelder gibt. Und die gab es in dieser Nacht.»

«Von wem oder was gingen diese Energien aus?» Ich beschloss, Seija Saarelas Terminologie zu verwenden, denn letztlich ging es uns beiden um dieselbe Frage: Wer war so wütend auf Juha Merivaara gewesen, dass er ihn tötete?

«Von Juha selbst», antwortete sie, war jedoch nicht bereit, mehr dazu zu sagen. Sie erzählte, sie habe in der Nacht Leute in der Festung umhergehen hören. Als ich schließlich fragte, ob Fremde auf die Insel gekommen seien, zögerte sie:

«Ich bin nicht ganz sicher ... Ich bin immer wieder kurz eingeschlafen. Beschwören würde ich es auf keinen Fall, aber mir war, als hätte ich ein Boot gehört. Dass mitten in der Nacht jemand auf der Insel anlegt, kommt gelegentlich vor, allerdings war es diesmal stockdunkel. Weder Mond noch Sterne.»

Als ich fragte, wer ihrer Meinung nach als Täter infrage käme, gab sie barsch zurück, derartige Ratespiele überlasse sie der Polizei. Ihr Telefon klingelte, den Gesprächsfetzen entnahm ich, dass der Anrufer ihr Sohn war.

«Ich habe gerade Besuch, das heißt, eigentlich ist es kein Besuch, sondern die Polizei ... Nein, bei mir ist alles in Ordnung, ein Bekannter ist verunglückt. Kann ich dich später anrufen?» Sie legte auf und sagte, sie habe in knapp einer Stunde eine Verabredung in Tapiola. Davon hatte sie bisher nichts erwähnt, aber ich fand ohnehin, dass wir sie zur Genüge ausgefragt hatten. Also gingen wir.

Als ich nach Hause kam, war ich entsetzlich müde. Einstein schlüpfte an mir vorbei ins Freie, als wolle er dem Lärm entfliehen, denn Antti spielte Klavier, und Iida schlug zur Begleitung Topfdeckel gegeneinander. Den Topfschrank auszuräumen war eine ihrer Lieblingsbeschäftigungen. Ich hatte nicht die Kraft, das Geschepper zu ertragen, und wäre am liebsten in die obere Etage geflohen, aber da ließ Iida, entzückt über meinen Anblick, die Topfdeckel fallen, stand auf und tapste auf mich zu.

«Ma-mi!», gluckste sie und strahlte über das ganze Gesicht. Sie trug die Speisekarte auf dem Hemdchen, anscheinend hatte es Gulasch und zum Nachtisch Grießbrei gegeben. Ich hob sie hoch und hielt sie mit dem Rücken zu mir.

«Antti, die Kleine ist furchtbar dreckig», kreischte ich über Bachs Musik hinweg.

«Na und? Sieht doch keiner. Ich hatte keine Lust, sie umzuziehen, sie isst ja sowieso bald wieder.» Ungerührt spielte er weiter.

«Aber ...», fing ich an und verstummte. Aber was? Welche Urmutter wollte mir einflüstern, ein Kind müsse immer saubere, frisch gebügelte Sachen anhaben? Dabei konnte ich mich einfach nicht dazu aufraffen zu bügeln, weder jetzt noch im Mutterschaftsurlaub. Antti übrigens auch nicht. Trotzdem schleppte ich mich nach oben und zog Iida ein frisches Hemdchen an, damit sie nicht alles schmutzig machte. Ich selbst zog mir einen Jogginganzug über, bevor wir uns aufs Bett fallen ließen, um zu schmusen und herumzualbern.

«Babytier», sagte ich und kitzelte Iida im Nacken. Sie kicherte. Es hatte einige Monate gedauert, bevor wir gegenseitig unsere Sprache lernten, in den ersten Monaten war ich praktisch hilflos gewesen, wenn das Baby schrie. Ich hatte es an die Brust gelegt und ihm die Windeln gewechselt, doch das Kind, das wir bis zur Geburt Schnüppchen genannt hatten, wollte keine Ruhe geben. Ich hatte es herumgetragen und ihm etwas vorgesungen, mit verspannten Schultern und benommen von den durchwachten Nächten, und mich betrogen gefühlt, wenn der Winzling sich auf Anttis Arm sofort beruhigte. Es war, als hätte ich einen Webfehler, meine mütterliche Zärtlichkeit wirkte einfach nicht. Nachdem ich wieder in den Beruf zurückgekehrt war, hatte sich die Situation umgedreht: Nun war Antti derjenige, gegen den Iida launisch war, während sie bei mir besonders niedlich war.

Im Mutterschaftsurlaub hatte ich sie beim Joggen im Kinderwagen vor mir hergeschoben, zur Rückbildungsgymnastik mitgenommen, wo ich einige neue Übungen gelernt hatte. Bankdrücken mit einem zehn Kilo schweren Kind als Gewicht war überraschend effektiv. Iida gluckste vergnügt.

«Übrigens, heute im Supermarkt hab ich Ström gesehen», sagte Antti, der nach oben gekommen war und uns zuschaute.

«Ach. Und?», ächzte ich, während ich mit Iidas Unterstützung die Beinmuskeln trainierte.

«Er hat getan, als ob wir uns nicht kennen, und ist mit einem Kasten Bier und vier Stangen Marlboro zur Kasse marschiert.»

«Interessante Diät», sagte ich scheinbar leichthin, doch ich machte mir Sorgen. Auch beim anschließenden Jogging dachte ich abwechselnd über Pertsa und über den Mord an Juha Merivaara nach. Erst als mir ein besonders gut gebauter Jogger entgegenkam, vergaß ich endlich den Beruf und fing an, den herbstlichen Wald zu genießen. Der Nachtfrost hatte mit feinem Pinsel jeden Grashalm und jedes Blatt einzeln gefärbt, für jedes eigene Farbtöne und Kombinationen gefunden. Ein Ahorn glühte blutrot, der nächste leuchtete sonnengelb, der Beifuß war wie aus Schokolade gegossen. Die Farben durchströmten mich, füllten meine Adern mit einer Energie, die mir Flügel an die Füße zu zaubern schien. Ich musste einfach glücklich sein, die Farben ließen nichts anderes zu.

Antti ging ins Kino, anschließend wollte er mit Freunden noch ein Bier trinken. Nachdem Iida eingeschlafen war, versuchte ich Ström anzurufen, doch er meldete sich nicht. Ich war besorgt, aber auch erleichtert, denn Pertsa hätte mich wahrscheinlich angeschnauzt, ich solle mich mit meinem fürsorglichen Getue zum Teufel scheren.

Bei der Einsatzbesprechung am nächsten Morgen war unser Dezernat merklich zusammengeschmolzen, denn außer Ström fehlten auch Wang und Puustjärvi, die an einer Gerichtsverhandlung teilnahmen. Kurz vor Abschluss der Besprechung kam der Diensthabende atemlos angelaufen.
 «Ein Anruf von der Feuerwehr. Der Schlachthof Malinen im Industriegebiet Kauklahti steht in Flammen, sie brauchen Leute vom Gewaltdezernat.»
 «Nächste Woche gibt's Räucherschinken im Angebot», witzelte Puupponen. Ich brachte ihn zum Schweigen, indem ich fragte, warum der Brand dem Gewaltdezernat gemeldet wurde.
 «Es sind Leute drin, und es sieht nach Brandstiftung aus.»
 Ich sah mich um. Außer Puupponen und mir waren alle für den ganzen Vormittag verplant. Ich hatte eigentlich vorgehabt, Riikka Merivaara anzurufen und mir das Haus der Familie anzusehen, aber das würde warten müssen, ebenso die bereits zweimal verschobene Verabredung zum Mittagessen mit Taskinen.
 Obwohl es keine Rolle spielte, wie schnell wir am Brandort eintrafen, waren Puupponen und ich schon ein paar Minuten später auf dem Weg nach Kauklahti. Die Einsatzzentrale meldete, neben den Feuerwehren von Espoo und Kirkkonummi seien bereits Beamte der Schutzpolizei und des Dezernats für Wirtschaftskriminalität eingetroffen. Auch die Versicherungsgesellschaft hatte ihren hauseigenen Detektiv entsandt. Wie viele Menschen sich in dem brennenden Gebäude aufhielten, wusste man noch nicht. Der Arbeitstag der rund zwanzig Mitarbeiter hatte wie immer um sieben

Uhr begonnen, das Feuer, das im Umkleideraum des Personals seinen Anfang genommen hatte, war kurz nach halb neun entdeckt worden.

«Moment mal ... Wenn ich mich richtig erinnere, war doch im Frühjahr schon mal was mit der Schlächterei Malinen. Aufgeschlitzte Reifen an den Lkws, Feuer in einem Müllcontainer? Waren am Tatort nicht die Buchstaben RdT aufgesprüht worden? Revolution der Tiere?», fragte ich Puupponen, während wir mit Blaulicht und überhöhter Geschwindigkeit über die Espoontie rasten.

«Stimmt. Wir hatten mit dem Fall nichts zu tun, weil es nur um Sachbeschädigung ging. Aber Brandstiftung ist natürlich was anderes.» Puupponen schüttelte den Kopf. Dieses eine Mal hatte er keinen Witz parat.

Der eigentliche Schlachthof befand sich nicht in Kauklahti, hier wurde das Fleisch lediglich weiterverarbeitet. Geschlachtet wurde im Hauptbetrieb in Kirkkonummi. Leberwurst, Knackwurst und Räucherbraten von Malinen waren Delikatessen und um einiges teurer als die üblichen Massenprodukte. Im Vorjahr war das Unternehmen von der Espooer Handelskammer ausgezeichnet worden. Daran erinnerte ich mich, weil in diesem Jahr die Merivaara AG den gleichen Preis erhalten hatte und in dem Zusammenhang auch die früheren Preisträger erwähnt worden waren.

Der Westwind hatte den rotbraunen Rauch weit über die Felder rund um Kauklahti getrieben, der Geruch von verbranntem Fleisch drang durch die Wagenfenster. Die Schlächterei lag in dem Industriegelände, das südlich des Bahnhofs entstanden war. Ich zog rücksichtslos an den Autos vorbei, die sich in Höhe des Bahnhofs stauten. Wir waren mit meinem Dienstwagen unterwegs, einem dunkelblauen Saab, der nicht als Polizeifahrzeug gekennzeichnet war, doch das Blaulicht auf dem Dach veranlasste die anderen Fahrer, uns gehorsam Platz zu machen.

Das Erste, was ich durch den Rauch sah, waren unzählige Feuerwehrautos. Offenbar hatte man aus Helsinki und Vantaa Hilfe angefordert. Die Fleischfabrik stand in hellen Flammen, und auch die Nachbargebäude waren gefährdet. Oben kreisten zwei Hubschrauber des Rettungsdienstes.

«Wenn es nicht unbedingt sein muss, lassen wir uns lieber nicht einräuchern. Wir informieren uns erst mal per Telefon», schlug ich vor. Im selben Moment fuhr ein Krankenwagen, der bisher im Hintergrund gewartet hatte, auf das brennende Gebäude zu. Ich sah durch den Rauch hindurch, wie die Tragen bereitgestellt wurden. Zwei Feuerwehrmänner mit Atemschutz führten eine graue menschliche Gestalt beim Hintereingang hinaus. Während Puupponen am Funkgerät die Frequenz suchte, schaute ich mich um und erblickte hinter der Absperrung auf dem Acker südlich der Fabrik eine Gruppe von Menschen, bei denen es sich nicht um die üblichen Schaulustigen zu handeln schien. Sie hielten Schilder in den Händen, deren Aufschrift ich nicht entziffern konnte. Also kramte ich im Handschuhfach nach dem Fernglas.

Was ich zu lesen bekam, überraschte mich nicht sonderlich. «Fleischverzehr ist Mord – Revolution der Tiere», «Schlachtet die Schlächter» und so weiter. Es waren etwa zwanzig Leute, unter denen ich ein paar Mädchen erkannte, die an der Demonstration gegen McDonald's teilgenommen hatten. Auch den vertrauten grünen Haarschopf glaubte ich zu sehen. Die radikalen Tierschützer standen reglos da, sie schienen geradezu auf ihre Verhaftung zu warten. Ich sah, dass einer von ihnen eine afrikanische Trommel schlug, doch der Lärm der Hubschrauber übertönte alles.

Mit heulenden Sirenen fuhr der Krankenwagen davon, und im selben Moment erwachte das Funkgerät zum Leben: Die Brandursache stand noch nicht fest. Allem Anschein nach war jedoch rund um das Gebäude Benzin ausgegossen worden, denn das Feuer hatte sich rasend schnell ausgebreitet.

Zwei Mitarbeiter waren immer noch in der Kühlkammer eingeschlossen, wo die Rinder- und Schweinehälften vom Schlachthof Kirkkonummi gelagert wurden. Hinter den dicken Stahlwänden waren sie zwar vorläufig vor den Flammen geschützt, doch da man die Klimaanlage nicht abschalten konnte, drohte ihnen eine Rauchvergiftung. Der Lagerarbeiter, der gerade abtransportiert worden war, hatte Brandwunden zweiten Grades erlitten und Rauch eingeatmet, schwebte jedoch nicht in Lebensgefahr.

«Ich habe damals überlegt, zur Feuerwehr zu gehen statt auf die Polizeischule», sagte Puupponen plötzlich, «aber irgendwer hat behauptet, Feuerwehrleute würden den ganzen Tag nur Karten spielen und auf den nächsten Einsatz warten. Das war nicht das Richtige für mich. Wäre es auch jetzt nicht, mir wird nämlich schlecht von dem Gestank.»

Puupponen war blasser als sonst, was sein karottenrotes Haar noch greller wirken ließ.

«Wir haben keine Gasmasken im Wagen, aber ich hol uns welche von den Schupos. Warte hier auf mich.»

Als ich ausstieg, überfiel mich der beißende Geruch wie ein Bremsenschwarm. Ich holte tief Luft und ging auf eine Gruppe von Leuten zu, unter denen ich den Chef des Espooer Rettungsdienstes und einen Kommissar der Schutzpolizei erkannte.

«Hauptkommissarin Kallio vom Gewaltdezernat, guten Tag. Man hat uns gerufen, weil Verdacht auf Brandstiftung besteht. Gibt es Hinweise auf den Täter?»

Ein großer, durchtrainiert wirkender Mann ohne Atemmaske gab mir die Hand und stellte sich als Betriebsleiter Kaarela vor.

«Das waren bestimmt dieselben Nachwuchsterroristen wie im letzten Frühjahr. Damals hat die Polizei auch keine eindeutigen Beweise gefunden», sagte er verbittert. «Und der Staat lässt das zu! Wir werden daran gehindert, unser Gewerbe auszuüben, Menschen sind in Lebensgefahr, und die stehen da drüben und lachen sich ins Fäustchen. Ist die Polizei denn machtlos?»

Den Schutzpolizisten zufolge gab es bisher keinen Hinweis darauf, dass die Revolution der Tiere den Brand gelegt hatte. Allerdings waren die Demonstranten sicher nicht zufällig gerade jetzt aufgetaucht.

«Da sind Menschen drin, zum Donnerwetter!», rief Kaarela verzweifelt. «Diese Kinder da werden noch zu Mördern, nun nehmt sie doch endlich fest, verdammt nochmal!»

Ich zog den Kommissar der Schupo beiseite. Nach kurzer Beratung kamen wir zu dem Ergebnis, dass wir guten Grund hatten, die Aktivisten aufs Präsidium mitzunehmen. Die Entwicklung gefiel mir gar nicht. Der Krawall vor dem Hamburgerrestaurant und das Aufschlitzen der Reifen waren vergleichsweise geringfügige Delikte, auch wenn ich als Polizistin Sachbeschädigung nicht gutheißen konnte. Die vorsätzliche Gefährdung von Menschenleben war etwas ganz anderes. Zudem irritierte es mich, dass Jiri Merivaara bei allen RdT-Aktionen in vorderster Front dabei war. Hatten die anderen Mitglieder der Bewegung ihn womöglich dazu angestiftet, seinen Vater zu töten? Wer organisierte die Anschläge eigentlich? Es gab Gerüchte. Die englische Animal Liberation Front wurde mit den verschiedensten Terroristengruppen in Verbindung gebracht, während einige der finnischen Tierschutzorganisationen angeblich vom Ausland gesteuert wurden.

Gegen meine Überlegungen sprach allerdings, dass man Juha Merivaara keineswegs als Umweltfeind Nummer eins ansehen konnte, im Gegenteil. Er stand ja wie die RdT auf der Seite der Natur.

Der vom Hubschrauber aufgewirbelte Wind trieb mir den Rauch direkt ins Gesicht, ich bemühte mich vergeblich, den Atem anzuhalten. Der Rauch trübte mir die Augen, drang in

Hals und Lunge ein. Es war höchste Zeit für die Gasmaske. Das Gescheiteste war, so bald wie möglich zur Dienststelle zu fahren und die Vernehmung der RdT-Mitglieder in die Wege zu leiten. Ich musste nicht unbedingt Zeugin sein, wenn zwei Menschen zwischen gefrorenen Tierkadavern an Rauchvergiftung starben.

Von den Feuerwehrleuten ließ ich mir Gasmasken für mich und Puupponen geben, der immer noch im Auto saß. Die Feuerwehrmänner hatten schwer zu kämpfen, um die Ausbreitung des Feuers zu verhindern. Drei Polizisten gingen auf die schweigenden Demonstranten zu. Deren Lautlosigkeit strahlte mehr Kraft und Hass aus als laut gebrüllte Parolen.

Ich öffnete die Wagentür.

«Wir bringen die Leute da drüben zum Verhör aufs Präsidium», sagte ich zu Puupponen. «Komm mit!»

Wir stapften über den lehmigen Acker, die drei Polizisten waren uns etwa hundert Meter voraus. Über Funk gab ich Anweisung, Gewalt zu vermeiden. Die Gasmaske hing mir um den Hals, Puupponen hatte seine vor das Gesicht gezogen und sah aus wie ein rothaariges Insekt aus dem Märchenbuch. Als die Kollegen bei den Demonstranten eintrafen, ging das Spektakel los.

Die etwa zwanzig Aktivisten, überwiegend Mädchen, warfen ihre Schilder hin und rannten weg. Ich bedeutete Puupponen mitzukommen, und sprintete los, so gut es mit Straßenschuhen auf dem feuchten Gras ging.

«Stehen bleiben, Polizei!», rief ich den vier in Pullover und Anoraks gekleideten Mädchen nach, die nach Osten liefen. Sie sahen sich verängstigt um, als erwarteten sie, in die Mündung einer Waffe zu blicken. Wir Kriminalbeamten hatten gar keine dabei, und zum Glück hatten auch die Uniformierten ihre Dienstwaffe nicht gezückt. Zwei der Polizisten, die den Verkehr an der Brandstelle regelten, eilten uns zu Hilfe, einer fuhr im Streifenwagen quer über den Acker. Auch einige Schaulustige schwangen sich zu Hilfssheriffs auf. Ihre Einmischung behagte mir nicht, doch dank ihrer Hilfe gelang es uns, die jungen Leute zusammenzutreiben wie ein Rudel entlaufener Füchse. Die meisten gaben auf und ließen sich widerstandslos abführen. Nur einer, der etwas älter zu sein schien als die anderen, und ein glatzköpfiges Mädchen versuchten sich zu wehren. Einer der Streifenbeamten musste das Mädchen regelrecht zum Einsatzwagen schleifen, da sie sich weigerte, auch nur einen Schritt zu tun.

Es hatte angefangen zu regnen, was die Löscharbeiten hoffentlich erleichterte. Der Rauch lag wie eine Decke über den Äckern von Kauklahti, einige der Demonstranten husteten, Puupponen hatte immer noch die Gasmaske auf. Meine neuen Schuhe waren schlammverkrustet, doch das war mir egal. Ich bemühte mich, nicht an die beiden Fleischer zu denken, die immer noch im Kühlraum gefangen waren. Über Funk erfuhr ich, dass die Feuerwehrleute bald versuchen wollten, sie herauszuholen, denn das Feuer in der Kühlabteilung war mittlerweile unter Kontrolle. Niemand wusste, ob die beiden Männer noch lebten.

«Nehmt von allen die Personalien auf und bittet die Eltern aufs Präsidium, wenn jemand unter fünfzehn ist. Bringt sie alle in einen Raum, meinetwegen in den Seminarraum im zweiten Stock. Ich komme gleich nach», sagte ich zu den Streifenbeamten und schickte Puupponen mit ihnen aufs Präsidium, um Kollegen zusammenzutrommeln, die uns bei den Vernehmungen unterstützen konnten. Auf den ersten Blick wirkten einige der Jugendlichen jünger als fünfzehn, doch ich traute meinem Urteil nicht mehr. Je älter ich selbst wurde, desto schwieriger fand ich es, das Alter wesentlich jüngerer Leute zu schätzen.

Ich ging zur provisorischen Einsatzzentrale, die in einer Werkstatt nördlich der Fleischfabrik eingerichtet worden war.

Der Brandstiftungsexperte der Feuerwehr beriet sich gerade mit dem auf Brandschäden spezialisierten Versicherungsdetektiv. Beide waren sich darüber einig, dass das Feuer im Gebäude gelegt worden war.

«Von einem unserer Mitarbeiter etwa?», ereiferte sich Betriebsleiter Kaarela. «Das ist ja absurd! Am Ende beschuldigen Sie noch mich!»

«Haben Sie in den letzten Monaten Aushilfskräfte beschäftigt?», fragte ich beschwichtigend.

«Nein. Nur unsere festen Mitarbeiter.» Kaarela runzelte die Stirn. «Das heißt, im September hatten wir eine Woche lang eine Neuntklässlerin als Praktikantin ...»

«Von welcher Schule? Hier aus Kauklahti?»

«Nein, von der Schule in Espoonlahti. Ein patentes Mädchen, hauptsächlich hat sie im Büro ausgeholfen.»

Von der Schule also, die auch Jiri Merivaara besuchte. Da konnte es eine Verbindung geben. Ich bat, mir die Personalien der Praktikantin und aller festen Mitarbeiter zukommen zu lassen, und schickte mich zum Aufbruch an.

«Die Suchmannschaft geht gleich rein», sagte der Leiter des Rettungsdienstes zu Kaarela.

«Wie stehen die Chancen?», fragte der Versicherungsdetektiv.

«Sechzig zu vierzig. Schwer zu sagen, in welcher Verfassung die Eingeschlossenen sind. Wenn sie die ganze Zeit Rauch eingeatmet haben, dann ...» Der Einsatzleiter zuckte viel sagend mit den Schultern. Kaarela schluckte. Ich spürte, wie sich meine Bauchmuskeln verkrampften. Zum Glück hatte ich einen überzeugenden Grund, den Brandort zu verlassen. Den Eingeschlossenen konnte ich nicht helfen, aber ich konnte versuchen herauszufinden, was passiert war.

Ich machte mich auf den Weg ins Präsidium. Auf der Höhe von Muurala löste sich die Rauchwolke allmählich auf. Als ich die Schnellstraße erreicht hatte, öffnete ich das Fenster und drehte die Lüftung voll auf. Normalerweise hatte ich um diese Tageszeit Hunger, aber jetzt hätte ich höchstens rohes Gemüse heruntergebracht.

Die Tieraktivisten saßen, von einem halben Dutzend Polizisten bewacht, im Seminarraum. Yliaho berichtete, sie hätten sich still verhalten und seien offenbar verängstigt. Jiri Merivaara hockte im Schneidersitz auf einem Stuhl in der Ecke und fingerte am Saum seines Parkas herum. Der Trommler schlug ab und zu auf sein schlammbedecktes Instrument.

«Sollten die nicht in der Schule sein?», wunderte sich Yliaho.

«Vermutlich. Hast du die Liste mit den Personalien?»

Zwei der Mädchen waren unter fünfzehn, man versuchte gerade, ihre Eltern zu erreichen. Ich trat vor die Leinwand an der Stirnseite des Raums wie eine Lehrerin vor ihre Klasse und sagte:

«Guten Tag. Ich bin Kriminalhauptkommissarin Maria Kallio und leite die Ermittlungen über den Brand in der Schlachterei Malinen. Wir haben gewichtigen Grund zu der Annahme, dass es sich um Brandstiftung handelt. Wir werden euch hier vernehmen, weil ihr unter Verdacht steht, an dem Anschlag beteiligt gewesen zu sein, der im schlimmsten Fall Menschenleben fordern kann. Würde mir bitte einer von euch erklären, wieso ihr gerade in dem Moment vor der Fleischfabrik demonstriert habt, als dort das Feuer ausgebrochen ist?»

Keine Antwort. Ich ließ die Augen über die verschlossenen Gesichter der jungen Leute wandern, die vorwiegend auf den Fußboden starrten. Nur eins der Mädchen erwiderte meinen Blick.

«Wir können euch mindestens achtundvierzig Stunden festhalten. Brandstiftung ist ein schweres Delikt, das heißt, wir dürfen Verdächtige auch verhaften. Wenn ihr nicht vorhabt, die nächsten Wochen in den Haftzellen der Espooer Polizei zu verbringen, empfehle ich euch, mit uns zusammenzuarbeiten.»

«Das schmink dir mal gleich ab, Bulle!», brummte einer der Jungen, und der Trommler schlug ein spöttisches Tremolo. Mein Handy klingelte. Ich wollte es schon ausschalten, doch eine plötzliche Eingebung veranlasste mich zu antworten. Der Anrufer war ein Beamter des Rettungsdienstes, der mir mitteilte, dass die Fleischer gerettet werden konnten und das Feuer unter Kontrolle war. Wortlos hörte ich ihm zu und merkte erst nach dem Auflegen, wie unglaublich wütend ich war. Ich schaute wieder zu den RdT-Leuten auf und trat gegen den Tisch, um überhaupt sprechen zu können.

«Wer auch immer die Fleischfabrik angezündet hat, war verdammt nah daran, zum Mörder zu werden. Die Schuldigen können froh sein, dass die bewusstlosen Fleischer im letzten Moment gerettet werden konnten. Man muss doch, Himmeldonnerwetter, Einfluss nehmen können, ohne Menschen umzubringen!»

Ich trat wieder gegen den Tisch, ein Lehmklumpen löste sich von meinem Schuh und flog einer ganz vorn sitzenden Demonstrantin ins Gesicht. Die Gruppe begann empört zu zischen.

«Entschuldigung, das war keine Absicht», sagte ich zu dem Mädchen, das sich das Gesicht abwischte, und bemühte mich, die Fassung wiederzugewinnen.

«Die Schlachterei Malinen ermordet unschuldige Tiere! Deren Leben ist genauso wertvoll wie das von Menschen», erklärte das glatzköpfige Mädchen, das am heftigsten Widerstand geleistet hatte.

«Hier ist weder Zeit noch Ort für eine Diskussion über den Wert des Lebens. Laut finnischer Gesetzgebung ist es nicht verboten, Tiere zu schlachten, einen Menschen zu töten ist dagegen ein Verbrechen, also ...»

«Das Gesetz ist falsch!», rief ein Mädchen, das neben Jiri Merivaara saß.

«Welches meinst du? Das eine, das verbietet, Menschen zu töten, oder das andere, das erlaubt, Tiere zu schlachten? Ich hoffe sehr, du beziehst dich auf das letztere», sagte ich.

«Warum seid ihr ständig hinter uns her? Warum jagt ihr nicht diejenigen, die bei uns in der Schule Ecstasy verkaufen?», fragte ein Mädchen mit Engelslocken, dessen roter Pullover bis an die schwarzen Gummistiefel reichte.

«Die Drogenfahnder nehmen entsprechende Hinweise gern entgegen. Ihr könnt das bei der Vernehmung zur Sprache bringen. Die Eltern der unter Fünfzehnjährigen sind benachrichtigt worden, wer älter ist, kann dem vernehmenden Beamten mitteilen, wer über seine Festnahme informiert werden soll. Ihr habt das Recht, einen Anwalt hinzuzuziehen, wenn ihr das möchtet. Hat einer von euch zu diesem Zeitpunkt etwas zur Brandursache zu sagen?», fragte ich, ohne mit einer Antwort zu rechnen. Die Kontrolle innerhalb der Gruppe war streng, wir würden höchstens bei den Einzelvernehmungen etwas erfahren.

Da ging die Tür zum Seminarraum auf, und zu meiner Überraschung schaute Taskinen herein.

«Entschuldige die Störung. Kannst du einen Moment herauskommen, Maria?», fragte er förmlich. Als ich auf den Gang trat, sah ich dort auch den Polizeipräsidenten stehen, der sofort das Wort ergriff.

«Du hast hoffentlich noch nicht mit den Vernehmungen angefangen?»

«Nein. Ich habe mich zu einer kleinen Moralpredigt hinreißen lassen», gestand ich, nun schon leicht verlegen.

«Die Ermittlungen werden von unserer Seite eingestellt. Die Sicherheitspolizei und das Kriminalamt übernehmen den Fall», erklärte Taskinen. Es war ihm am Gesicht abzulesen, wie sehr er sich vor meiner Reaktion fürchtete.

«Was soll das denn?»

«Die haben seit einem halben Jahr eine Sonderkommission, die sich mit radikalen Umweltschützern beschäftigt. Die Brandstiftung wird von dieser Soko bearbeitet. Die Sicherheitspolizei ist davon überzeugt, dass die Revolution der Tiere vom Ausland her gesteuert wird», sagte unser neuer Polizeipräsident. Er war der ehemalige Kripochef, ein Mann, mit dem es nicht immer leicht war auszukommen. Natürlich musste er allen möglichen Behörden schöntun und gute Beziehungen zu denjenigen pflegen, die über die Finanzierung der Polizei bestimmten. Bei den Besprechungen, an denen ich im Lauf des Herbstes teilgenommen hatte, war mir aufgefallen, dass der Chef noch vorsichtiger geworden war als früher.

An sich hätte ich erleichtert sein müssen, denn nun brauchte sich unser überarbeitetes Dezernat nicht auch noch mit der Brandstiftung herumzuschlagen. Stattdessen verspürte ich Enttäuschung. Die Umtriebe der RdT interessierten mich allmählich, nicht nur wegen Jiri Merivaara.

«Und was nun? Lassen wir die Demonstranten laufen?»

«Im Gegenteil», erklärte der Polizeipräsident zufrieden. «Sie werden zum Verhör zur Sicherheitspolizei gebracht, wo man sie garantiert nicht mit Samthandschuhen anfassen wird. Die Fahrzeuge warten schon.»

«Zwei sind unter fünfzehn, ihre Eltern sind auf dem Weg hierher.»

«Wer seine Kinder zu Terroristen erzieht, soll ihnen ruhig nachlaufen», wetterte der Chef. Ich fragte mich, was Juha Merivaara dazu wohl gesagt hätte.

«Wer ist bei der Sicherheitspolizei für die Ermittlungen zuständig?», fragte ich. Der Polizeipräsident wollte zuerst nicht mit der Sprache heraus, doch da ich nicht lockerließ, verriet er mir schließlich, es handle sich um einen Oberinspektor namens Jormanainen.

Ich ging nicht mehr in den Seminarraum zurück, denn ich genierte mich für meine altjüngferliche Predigt. Stattdessen stieg ich die Treppen zu meinem Büro hinauf und rief bei der Sicherheitspolizei an. Jormanainen meldete sich sofort, offenbar wartete er auf die Ankunft der Festgenommenen.

«Kriminalhauptkommissarin Maria Kallio von der Polizei Espoo, guten Tag. Ich untersuche ein Kapitalverbrechen, das möglicherweise mit der Tätigkeit der Revolution der Tiere in Verbindung steht. Ich hätte gern von Ihnen vollständige Informationen über diese Organisation. Mich interessieren nur die Grundsätze und Strukturen, nicht die Aktivitäten einzelner Mitglieder. Die Angaben brauche ich sofort, vorzugsweise per E-Mail.»

Ich weigerte mich, seine Einwände zur Kenntnis zu nehmen, und schließlich erklärte Jormanainen sich bereit, mir ein Dossier zu schicken, allerdings nicht per E-Mail, die möglicherweise von Unbefugten gelesen werden konnte, sondern durch Kurier noch am selben Tag. Die erfolgreiche Auseinandersetzung hatte meinen Appetit wiederhergestellt. Zuerst ein ordentliches Mittagessen, dann war es an der Zeit, mit Riikka Merivaara zu sprechen. Wir hatten einen Durchsuchungsbefehl für das Haus der Familie, und ich würde mich mit Sicherheit nicht beherrschen können, einen Blick in Jiris Zimmer zu werfen.

Zehn

Das Meer war graublau wie Iidas Augen, der Wind trieb Schaumkronen in die Bucht. Vom Wohnzimmer im oberen Stock des Merivaara-Hauses bot sich ein überwältigender Anblick. Früher hatte auf dem Grundstück der Familienwohnsitz der Mutter von Martti Merivaara gestanden. Martti hatte ihn Mitte der sechziger Jahre abreißen lassen und einen zweistöckigen, der Uferlinie folgenden Bungalow gebaut, dem man deutlich ansah, dass er vor der Ölkrise Anfang der siebziger Jahre entstanden war: Die gesamte Wand zum Meer hin war ein einziges großes Fenster. Mit den hellen Holzwänden und den Aalto-Möbeln glich das Wohnzimmer fast einem Ausstellungsraum.

Riikka war allein im Haus. Sie war sehr blass, die seitlich gescheitelten schwarzbraunen Haare fielen ihr wie ein Vorhang über die Stirn. Mit ihrem langen schwarzen Strickrock und der kittfarbenen Strickjacke wirkte sie wie ein kleines Mädchen, das Mutters Kleider angezogen hat. Hatte sie sich schon immer so viel konservativer gekleidet als junge Frauen in ihrem Alter, oder hatte die Romanze mit Tapio Holma zu einem Stilwandel geführt?

«Ihr habt beim letzten Mal Kleider und Schuhe mitgenommen. Wann bekommen wir die zurück?»

«Sobald die Kriminaltechniker sie nicht mehr brauchen. Wo sind die anderen?»

«Mutter ist bei der Arbeit und Jiri in der Schule. Er müsste aber bald kommen, sie haben um zwei Uhr Schluss, glaube ich.»

Koivu warf mir einen sprechenden Blick zu, doch ich klärte Riikka nicht darüber auf, wo sich ihr Bruder zur Zeit befand.

«Riikka, wir müssen einen Termin für deine Vernehmung vereinbaren. Kannst du nächsten Montag gegen Mittag aufs Präsidium kommen?»

«Ich habe nächsten Montag um zwölf eine Prüfung in Musiktheorie. Können wir nicht jetzt gleich reden?»

«Doch, aber nur inoffiziell.»

Ich setzte mich in einen Sessel aus kirschrotem Lattengeflecht. Am liebsten hätte ich die Beine auf den dazugehörigen Hocker gelegt, unterließ es aber, weil an meinen Schuhen noch Matsch aus Kauklahti klebte. Natürlich wäre es angebracht gewesen, die Schuhe an der Haustür auszuziehen, doch eine Polizistin auf Strümpfen wirkte wie eine Witzfigur.

«Hast du Harri Immonen gekannt?»

Meine Frage überraschte Riikka, sie drehte sich so abrupt um, dass ihr die Haare vollends vor die Augen fielen.

«Harri? Gekannt eigentlich nicht, ich habe ihn nur ein paar Mal gesehen. Er war ein Freund von Mikke. Allerdings denke ich manchmal, dass Tapsa und Harri sich viel zu sagen gehabt hätten. Schade, dass sie sich nie begegnet sind.»

«Hast du von der Auseinandersetzung zwischen deinem Vater und Tapsa gehört, am Geburtstag deiner Mutter?»

Sie wandte sich wieder zum Fenster und strich mit einer zornigen Geste die Haare aus der Stirn.

«Alle drei haben mir davon erzählt, Vater, Jiri und Tapsa, aber jeder hatte seine eigene Version.»

«Wie unterschieden sich diese Versionen voneinander?»

«Jiri war der Einzige, der mir berichtet hat, was gesprochen wurde.» Ihre Stimme war ausdruckslos, doch ihre Hände drückten so fest auf die Oberschenkel, dass sich der schwarze Rock in Falten legte.

«Es war idiotisch ... Aber ich musste Tapsa trotzdem fragen, ob er tatsächlich etwas derart Widerliches gesagt hat.» Sie warf einen Blick auf Koivu, der seinerseits mich ansah und sagte:

«Ich geh mal kurz in die Garage.»

Nachdem er gegangen war, setzte Riikka sich zu mir. Ihre Gesichtshaut war so dünn wie die ihrer Mutter, schon in zehn Jahren würde ein Geflecht von Fältchen um Augen und Mund liegen. Die dunklen Augenbrauen waren sorgfältig gezupft.

«Du schreibst das doch nicht auf?», fragte sie ängstlich. Ich schüttelte den Kopf, denn ich hatte nicht vor, Notizen zu machen. Wenn Riikkas Aussage für die Ermittlungen relevant war, würden wir allerdings bei der offiziellen Vernehmung darauf zurückkommen müssen.

«Vater hatte in der Sauna zu Tapsa gesagt, mit dem kleinen Schniepel vögelst du also meine Tochter, na, viel Staat ist damit aber nicht zu machen.» Auf ihren Wangen bildeten sich zwei rote, unregelmäßig geformte Flecken.

«Tapsa hat ihm entgegnet, am liebsten würde er seine Tochter wohl selber vögeln, wenn das nicht gesetzlich verboten wäre. Dann haben sie aufeinander eingedroschen, und Jiri ist dazwischengegangen.»

«Hat sich dein Vater je an dich herangemacht?»

«Nein!» Sie sah mich konsterniert an. «Vater war nicht pervers, ich weiß nicht, warum Tapsa so etwas gesagt hat.»

«Hatte dein Vater zu deinen bisherigen Freunden auch so eine negative Einstellung?»

«Bisher war er damit nie konfrontiert worden. Ich hatte vor Tapsa noch keinen Freund», sagte Riikka hastig. Ich erinnerte mich an Tapio Holmas Worte von Heirat und Kindern und fragte mich, ob Riikka es ebenso eilig hatte, sich zu binden.

Zu den weiteren Ereignissen des Samstagabends hatte sie nichts Neues beizutragen. Das einzige Interessante war, dass sich Seija Saarela ihrer Meinung nach selbst zur Geburtstagsfeier eingeladen hatte.

«In gewisser Weise ist sie zwar Mutters Freundin, oder sie wäre es gern, aber ich halte nichts von ihrem Steinkram. Steine sind schön, trotzdem finde ich es verrückt zu glauben, dass irgendwelche Energien in ihnen stecken. Seija hat Tapsa Manschettenknöpfe aus Quarz geschenkt und ein Amulett, das ihm angeblich helfen soll, seine Stimme zurückzubekommen. Als ob ein Stein da etwas ausrichten könnte!»

«Tapsa ist bestimmt deprimiert wegen seines Stimmverlusts?»

«Stell dir doch mal vor, du würdest ein Bein verlieren und könntest nicht mehr Polizistin sein!», fuhr Riikka auf.

«Hat er sich schon entschieden, ob er sich operieren lässt?»

«Er ist gerade bei einem Phoniater zur Konsultation. In den USA soll es einen Spezialisten für solche Fälle geben, aber die Behandlung ist furchtbar teuer ...»

Riikka erbte die Hälfte der Aktien ihres Vaters. Ein Verkauf würde ihr mehrere Millionen einbringen. Ob das ein Motiv für einen Mord war? Obwohl ich zeitweise das Gefühl hatte, mindestens zwei der Geburtstagsgäste seien in die Tat verwickelt, schien mir die Vorstellung, Tapsa und Riikka wären in stockdunkler Nacht auf Rödskär herumgeschlichen, um Juha vom Felsen zu stoßen, an den Haaren herbeigezogen. Sie hätten beide nicht die Nerven dazu gehabt.

Ich stand auf, bevor die Versuchung, die Beine hochzulegen, übermächtig wurde.

«Zeigst du mir bitte das Schlafzimmer deiner Eltern?»

Riikka führte mich durch die breite Eingangshalle ans Ostende des Hauses. Das Elternschlafzimmer war geräumig, mindestens dreißig Quadratmeter groß. Vor dem wandbreiten Fenster schirmte ein Wäldchen das Grundstück vor den Blicken der Nachbarn ab. Das Zimmer war in heller Birke und Leinen eingerichtet, über dem Bett ging eine Graphik, ein Porträt von Anne Merivaara. Der einzige Stilbruch war das zweite Bild, ein romantisches Seestück, das ein Segelschiff vor einem Leuchtturm zeigte. Ich hatte das Gefühl, den Geruch von verbranntem Fleisch ins Zimmer zu tragen.

«Dein Vater hatte zu Hause kein Arbeitszimmer, nicht wahr?», vergewisserte ich mich, da Koivu sich immer noch nicht blicken ließ.

«Nein. Und die Schränke haben die anderen Polizisten schon durchwühlt.»

An der Südwand des Schlafzimmers befand sich ein begehbarer Kleiderschrank. Juha Merivaaras Kleidung war teuer und konservativ. Neben den Anzügen hing Freizeitkleidung, die er auf See und beim Tennis getragen haben mochte. Ich hatte zwar nicht erwartet, Abendkleider oder Spitzenwäsche in Männergröße zu entdecken, war aber dennoch enttäuscht, auch in Juha Merivaaras Schlafzimmer nichts zu finden, das den geringsten Aufschluss über ihn gegeben hätte.

«Und Jiris Zimmer?», fragte ich in der Gewissheit, dass die Sicherheitspolizei früher oder später anrücken würde.

«Was ist damit?» Der Ärger in ihrer Stimme konnte nicht darüber hinwegtäuschen, dass sie Angst um ihren Bruder hatte. Offenbar war ich nicht die Einzige, die Jiri für den Hauptverdächtigen hielt.

«Der Durchsuchungsbefehl gilt für das ganze Haus. Ich möchte mir sein Zimmer ansehen.»

«Es ist neben der Küche. Jiri will aber nicht, dass man es ohne seine Erlaubnis betritt.»

«Maria!», rief Koivu aus dem Flur, von dem eine Tür zur Garage führte. «Komm mal her!»

Ich ließ Riikka die Decke auf dem Bett ihrer Eltern glatt ziehen und lief durch den Flur in die Garage. Sie bot Platz für zwei Autos, doch Anne hatte mir erzählt, die Familie habe den Zweitwagen abgeschafft und sich angewöhnt, den Bus zu benutzen. Den freien Stellplatz füllten nun nagelneue Mountainbikes, Bootsleinen, Planen und Farbdosen.

«Man merkt, dass wir in der Garage eines Farbfabrikanten sind. Mit dem Zeug könnte man einen ganzen Ozeankreuzer streichen», ächzte Koivu.

«Das ist kein Bootslack von der Merivaara AG, sondern ganz normale Wandfarbe», lächelte ich und hob die Planen an, unter denen sich jedoch nur gewöhnliches Werkzeug befand.

«Hier sind auch ausländische Dosen. Was ist das denn für eine Sprache? Saugoti nuo saulés sviesos», buchstabierte Koivu mühsam. «Sudetis ... Estnisch ist das nicht und Polnisch auch nicht.»

«Lettisch oder Litauisch, die beiden kann ich nicht auseinander halten. Seltsam, dass Merivaara Konkurrenzprodukte in seiner Garage lagert. Wolltest du mir etwas Bestimmtes zeigen?»

«Diese Taschenlampe», sagte Koivu und versuchte gleichmütig zu wirken, obwohl seine Augen glänzten. Er hatte dünne Latexhandschuhe übergestreift und nahm eine etwa dreißig Zentimeter lange Taschenlampe von dem Metallregal an der Rückwand. Das Glas an der Lampe war zerbrochen.

«Ich war schon am Montag hier, aber diese Lampe habe ich nicht gesehen.»

Ich nickte. Ich hatte lange genug mit Koivu zusammengearbeitet, um zu wissen, dass er ungefähr dasselbe dachte wie ich: Die Person, die die Lampe hier abgelegt hatte, war überzeugt gewesen, die Polizei würde die Garage kein zweites Mal untersuchen.

«Schick sie ins Labor. Die Techniker sollen nach Fingerabdrücken suchen und feststellen, ob das Glas den Splittern in Juha Merivaaras Wunde entspricht. Wenn wir Glück haben, finden sich sogar noch Blutspuren.»

Im Übrigen gab es in der Garage nichts Interessantes, Koivu zufolge sah alles so aus wie bei seinem vorigen Besuch. Also kehrten wir ins Haus zurück. Im Vorbeigehen warf ich einen Blick in die Küche. Sie war hell und steril wie ein Labor. Ein Mixer, zwei Pürierstäbe, eine Saftpresse, Keimschalen und die Kräutertöpfe auf dem Fensterbrett ließen darauf schließen, dass in dieser Küche oft und gesund gekocht wurde.

Vor dem Fenster in Jiris Zimmer hing ein dicker schwarzer Vorhang. Die dunkellila gestrichenen Wände vervollständigten den höhlenartigen Eindruck. Ich knipste das Licht an und schrak zurück, als ich das Plakat über dem Bett erblickte. Es zeigte eine an Elektroden angeschlossene Katze. Augen und Nase des Tieres waren vereitert, das Maul stand halb offen, als ob die Katze vor Schmerz hechelte, der Körper schien sich zu verkrampfen. Es war schwer vorstellbar, dass sich jemand freiwillig ein solches Bild an die Wand hängte.

Im übrigen war das Zimmer normal, wenn auch ausgesprochen spärlich möbliert. Die graue Decke auf dem schmalen Bett war vielfach geflickt. Im Bücherregal standen mehr CDs und Videokassetten als Bücher. Obwohl Jiri Energieverschwendung ablehnte, besaß er einen Videorecorder und eine Stereoanlage. Einen Computer hatte er dagegen nicht, nur eine altmodische, mechanische Schreibmaschine. Auf dem Tisch lagen stapelweise Papiere, dazwischen ein verloren wirkendes Biologiebuch. Ich nahm das oberste Flugblatt in die Hand. Es informierte über die Gründe, Shell zu boykottieren. Die Beschreibungen der Umweltzerstörung in Nigeria und des Mordes an Ken Saro-Wiwa waren leidenschaftslos und doch beeindruckend, ich nahm mir vor, künftig darauf zu achten, wo ich tankte. Das nächste Flugblatt war in einem anderen Ton gehalten, es bezeichnete die Direktoren der fleischverarbeitenden Industrie in den EU-Ländern als Mörder, die Genmanipulation betrieben. Das dritte Flugblatt trat für die Freilassung der politischen Gefangenen in der Türkei ein und rief zum Boykott des Türkeitourismus auf. Wie vielen Bürgerorganisationen gehörte Jiri eigentlich an?

«Interessante Videos», sagte Koivu hinter mir.

Im Regal eines siebzehnjährigen Jungen hätte man Horrorfilme oder Rockvideos erwartet, vielleicht auch den einen oder anderen Porno. Aber Jiris Kassetten trugen ganz andere Titel: «Aktuelles Studio: Bericht über die Schlachtviehtransporte in der EU», «Meet meat murderers», «BBC: Animal Liberation Front and its supporters», «Why do we do this? Legitime violence against animals». Mehr als die Hälfte der Kassetten schien Material über die Tierrechtsbewegung zu enthalten. Unter den Spielfilmen entdeckte ich einige bekannte, wie «Trainspotting» und «Jurassic Park».

«Nehmen wir die mit, oder überlassen wir sie der Sicherheitspolizei?», fragte Koivu und deutete auf die Flugblätter.

«Irgendwer muss sie wohl durchsehen. Die Sicherheitspolizei interessiert sich bestimmt auch dafür», seufzte ich. Die Durchsuchungen bei Tieraktivisten und in den Büros scheinbar harmloser Organisationen waren mir immer übertrieben erschienen, doch jetzt verhielt ich mich selbst nicht anders. Unter Jiris Papieren war eine Liste von Kosmetika, die nicht in Tierversuchen getestet wurden. Bevor ich sie zurücklegte, vergewisserte ich mich, dass die Produkte, die ich verwendete, darauf standen.

Koivu schaltete den Fernseher ein und zappte sich durch die Kanäle. Das finnische MTV und sein internationaler Namensvetter zeigten dasselbe Rapvideo, auf Eurosport kam eine Übertragung vom Traktorenziehen. Koivu suchte den Videokanal und drückte die Play-Taste.

Das Kreischen, das aus dem Fernseher drang, ließ uns beide zusammenfahren. Das Bild war körnig und dunkel, ganz offensichtlich war das Video ohne Stativ aufgenommen worden.

Eine Horde fast bewegungsunfähig gemästeter Schweine drängte sich in Panik aneinander. Die Person, die schrie, war maskiert, doch dem Körperbau nach handelte es sich um eine Frau. Sie kletterte verzweifelt an einem Stahlpfeiler hoch, um nicht von den Schweinen zertrampelt zu werden. Auch der Kameramann wich zurück, als die Herde die Richtung wechselte. Eine zweite schwarz gekleidete Gestalt öffnete die Tore am Ende der Halle, offenbar versuchte man die Schweine hinauszutreiben. Ihr Grunzen und Quieken wurde lauter, sie wussten ganz offensichtlich nicht, was sie tun sollten. Ich glaubte den Geruch des Schweinestalls förmlich in der Nase zu spüren. Dann ein Aufschrei, anscheinend vom Kameramann, denn die Aufnahme brach ab.

«Was nun?», wunderte sich Koivu, doch da ging es bereits weiter. Jetzt stand eine Person in sackartigem Mantel und schwarzer Kommandomütze im Freien, im Hintergrund leuchteten die Lampen einer großen Fabrikhalle.

«Operation Free The Pigs was completed ten minutes ago. We succeeded ...»

«Das ist ja gar nicht in Finnland», dämmerte es Koivu. Wir hörten weiter zu, wie die Mitglieder des Stoßtrupps der ALF berichteten, sie hätten Hunderte von Schweinen aus einer Massenzuchtanlage in der Nähe von Bristol befreit und würden ihre Anschläge fortsetzen, bis Großbritannien und die gesamte EU die Genmanipulation von Schweinefleisch untersagte. Ich stellte das Video ab.

«Igitt, ich glaube, morgen verzichte ich auf das Würstchen nach der Sauna», stöhnte Koivu.

«Das hättest du sowieso getan, wir gehen doch zum Fußball. Woher mag die Kassette stammen?»

Ich streifte Handschuhe über und drückte auf die Eject-Taste des Videogeräts. Auf der Kassette klebte lediglich das Etikett des Herstellers. Ich schob sie wieder ein und spulte ein Stück weiter. Es schien sich um einen Lehrfilm der englischen Tieraktivisten über Anschläge auf verschiedene Objekte zu handeln: Schweinefarmer, Pelzgeschäfte, Labors, in denen Tierversuche durchgeführt wurden.

«Das interessiert bestimmt nicht nur die Sicherheitspolizei, sondern auch die britischen Kollegen.» Ich kramte mein Handy hervor, rief bei der Sicherheitspolizei an und berichtete, wir hätten im Zuge der Ermittlungen über ein Kapitalverbrechen eine Haussuchung bei einer Person durchgeführt, die möglicherweise in die Brandstiftung in Kauklahti verwickelt sei.

«Der steht schon auf unserer Liste», erfuhr ich. Das Memo über die Aktionsweise der RdT sei bereits an mich abgegangen. Die Jungs von der Sicherheit schienen rasch zu handeln.

«Pack die Flugblätter und die Videos ein. Überprüf sämtliche Kassetten, womöglich ist statt Trainspotting Pigspotting drauf», wies ich Koivu an, nachdem ich vereinbart hatte, dass wir das RdT-Material zum Polizeipräsidium mitnehmen und von dort an die Sicherheitspolizei weiterleiten würden. Jiri war nach wie vor festgenommen, seine Vernehmung hatte noch nicht begonnen.

«Wer hat dieses Zimmer durchsucht?», fragte ich.

«Puustjärvi, nehme ich an. Ich hab mich auf die Garage konzentriert, Anu auf die Zimmer der Frauen.»

Jetzt erst ging mir auf, dass ich gar keinen Bericht über die Ermittlungen im Haus der Merivaaras am Montag erhalten hatte. Oder hatte ich ihn in dem Wust von Papieren auf meinem Schreibtisch übersehen? Die Papierflut war bedrohlich angewachsen, seit ich das Dezernat leitete. Bei einer Besprechung der Dezernatsleiter hatte ich aus purer Boshaftigkeit die Gründung einer Arbeitsgruppe gegen Bürokratie angeregt, doch einige Kollegen hatten den Vorschlag ernst genommen. Erst als ich das erste Memorandum zu skizzieren begann, war ihnen ein Licht aufgegangen.

Jiris CD-Sammlung führte mir die Kluft zwischen den Generationen auf deprimierende Weise vor Augen: Von The Rasmus abgesehen, waren mir seine Lieblingsbands völlig unbekannt. Ich warf einen Blick in den Kleiderschrank. Er enthielt nur wenige Kleidungsstücke, dafür aber weitere Papierstapel. Koivu holte Müllsäcke aus dem Auto. In den Schreibtischschubladen lag allerlei Krimskrams, unter anderem Ohrringe und schmutzige Socken. Die oberste Schublade war abgeschlossen. Der Durchsuchungsbefehl erlaubte mir, das Schloss aufzubrechen, doch vorher wollte ich Riikka fragen, wo Jiri den Schlüssel aufbewahrte.

Das Fenster in Jiris Zimmer lag zur Straßenseite. Ich hörte ein Auto kommen und erwartete, Anne Merivaara zu sehen. Doch als ich durch die Jalousie spähte, erblickte ich Tapio Holmas dunkelblauen VW. Holma stieg aus und prallte fast mit Koivu zusammen, der mit den Müllsäcken kam. Offenbar fragte Holma etwas, denn Koivu schüttelte den Kopf. Dann lief Holma ins Haus. Ich hörte Riikkas Schritte, sie eilte ihm entgegen.

«Na, was hat der Arzt gesagt?», wollte sie wissen.

«Später. Ist die Polizei wegen Jiri hier?»

«Wegen Jiri? Ist ihm was zugestoßen?»

«Hast du keine Nachrichten gehört? In Kauklahti ist ein Schlachthof angezündet worden. Drei Menschen sind mit Rauchvergiftung ins Krankenhaus eingeliefert worden, zwei wären beinahe gestorben. Die Polizei hat mehrere Mitglieder der RdT als Tatverdächtige festgenommen. Jiri war bestimmt dabei.»

«Davon haben sie mir nichts gesagt!» Riikkas Schritte näherten sich, die Tür zu Jiris Zimmer wurde aufgerissen.

«Ist Jiri festgenommen worden?»

Wenn sie wütend war, ähnelte Riikka ihrem Vater: Sie reckte das Kinn vor wie er und hob auf die gleiche, entschlossene Art die Augenbrauen.

«Ja. Er ist bei der Sicherheitspolizei», sagte ich und legte weitere Papierstapel aus dem Schrank auf das Bett. Versehentlich stieß ich dabei an einen Kleiderbügel, von dem ein kuttenartiges Leinenhemd rutschte, eines der beiden Kleidungsstücke, die Jiri für wert befunden hatte, auf einen Bügel zu hängen. Zwei Hosen, T-Shirts und Pullover sowie Socken und Unterwäsche lagen ordentlich gestapelt in den Schrankfächern. Alles war ungebügelt, wahrscheinlich hielt Jiri Bügeln für Energieverschwendung.

Tapio Holma tauchte hinter Riikka auf, fasste sie an den Schultern, drehte sie zu sich herum und schloss sie in die Arme.

«Guten Tag. Wie war es beim Arzt?», fragte ich, als wäre von Jiri nie die Rede gewesen.

«Es ist ganz positiv verlaufen. Ich werde mich wohl operieren lassen. War Jiri tatsächlich an der Sache in Kauklahti beteiligt? Im Radio war von Brandstiftung die Rede.»

«Jedenfalls war Jiri mit anderen RdT-Mitgliedern am Ort.»

Riikka stöhnte auf und begann zu schluchzen. Hatte die Sicherheitspolizei Anne Merivaara bereits benachrichtigt? Jiri konnte bis zum Sonntagvormittag festgehalten werden. Ich hoffte, sie würden ihn nicht freilassen, bevor auch ich Gelegenheit gehabt hatte, mit ihm zu sprechen. Eigentlich hatte ich mich auf das freie Wochenende und auf das Fußball-Länderspiel Finnland–Ungarn gefreut, bei dem sich entscheiden würde, ob Finnland an der Weltmeisterschaft teilnahm. Wer weiß, was nun aus meinen Plänen wurde.

«Jiri war also an der Brandstiftung beteiligt?», hakte Holma nach.

«Es sieht so aus. Die Ermittlungen dauern noch an. Macht euch darauf gefasst, dass die Sicherheitspolizei auch euch vernimmt. Riikka, ich brauche eine offizielle Aussage von dir. Wie ist es mit dem Montag?»

«Ich habe eine Prüfung, außerdem weiß ich nichts!» Sie wandte mir ihr verweintes Gesicht zu, Holma sah mich vorwurfsvoll an. Dass Koivu sich gerade in diesem Moment an uns vorbeischob und anfing, Jiris Sachen in die Müllsäcke zu schaufeln, verbesserte die Atmosphäre nicht unbedingt.

«Riikka, weißt du, wo Jiri den Schlüssel zur obersten Schreibtischschublade aufbewahrt?», fragte ich. Die Antwort war ein wütendes Nein. Ich überlegte kurz und beschloss dann, die Schublade nicht aufzubrechen. Mochte die Sicherheitspolizei es tun, wenn sie es für nötig hielt.

«Du hast also Aussichten, dass deine Stimme wiederhergestellt wird?», fragte ich Holma freundlich. Sekundenlang sah er mich verständnislos an, doch dann sagte er:

«Vielleicht, vielleicht auch nicht. Der Phoniater meint, ein Versuch würde sich lohnen, wenn ich schnell genug in Behandlung komme. Er hat versprochen, sich mit einem Kollegen in Los Angeles in Verbindung zu setzen, wo schon mehrere derartige Operationen gemacht wurden.»

«Prima. Allerdings darfst du vorläufig das Land nicht verlassen.»

«Jetzt reicht's aber!» Zum ersten Mal sah ich den jovialen Holma die Beherrschung verlieren. «Was soll dieser Zirkus? Wegen Juha etwa …? Ich habe ihn nicht umgebracht! Klärt den Mord endlich auf, statt unschuldigen Leuten Scherereien zu machen!»

Er drehte sich um und zog Riikka mit sich fort. Koivu sah mich an und verzog das Gesicht, ich tat es ihm nach.

«Ich schau noch rasch in die Saunaräume und in Riikkas Zimmer», sagte ich, als Koivu sich daranmachte, die Müllsäcke zum Auto zu schleppen.

Die Saunaabteilung war geräumig und gemütlich. Kaminzimmer, Wintergarten und Duschraum bildeten einen Komplex, der zum Faulenzen einlud. In einer Ecke des Duschraums stand ein zwei Meter breiter Whirlpool, der mit Gärflaschen, offenbar zur Weinherstellung, vollgestellt war. Vielleicht benutzte die Familie die Energie verschwendende

Wanne nicht mehr. Die Sauna wurde mit Holz geheizt, auf den Pritschen konnten sich mindestens zwei Personen lang ausstrecken. Im Untergeschoss befand sich außerdem ein Hauswirtschaftsraum, der einzige fensterlose Raum im ganzen Haus. Waschmaschine und Trockner waren teure, im Verbrauch sparsame Modelle, beide mit Umweltgütesiegeln dekoriert.

Was sagten diese Räume über Juha Merivaara aus? Eigentlich nur, dass er versucht hatte, komfortabel und dennoch umweltschonend zu leben. Für die Einrichtung waren ausschließlich haltbare, teure und hochwertige Produkte angeschafft worden. Die Prinzipien des Mannes – oder seiner Frau – waren im ganzen Haus zu erkennen, aber über den Mann selbst sagte es wenig aus.

Außergewöhnlich wenig.

Ich ging zurück ins Obergeschoss. Koivu war ins Haus zurückgekehrt und unterhielt sich mit Holma über das Feuer in Kauklahti, Riikka hantierte geräuschvoll in der Küche. Ich hörte den Wasserkessel pfeifen und verspürte plötzlich unbändige Lust auf Kaffee. Es war schon fast vier Uhr, ich konnte mit gutem Gewissen Feierabend machen. Aber vorher wollte ich noch einen Blick in Riikkas Zimmer werfen.

Ich ging durch den Flur im Obergeschoss zum Nordende des Gebäudes und öffnete die einzige Tür, hinter die ich noch nicht geschaut hatte.

Der etwa fünfzehn Quadratmeter große Raum, dessen Wände mit einer grünlichen Stofftapete mit Tannenzweigmuster bespannt waren, wurde von einem Klavier beherrscht. Als Bett diente ein breiter Futon, der wie ein Sofa zusammengefaltet war. Das Klavier stand auf einem schalldämpfenden Podest, auch die Tür und zwei Wände waren offenbar schallisoliert.

Zuoberst auf dem Notenbrett lagen Lieder von Sibelius,

das Heft öffnete sich wie von selbst bei dem Lied «Der erste Kuss». Ungeschickt klimperte ich die Melodie. Obwohl ich eher auf Rockmusik stand, hörte ich mir gelegentlich die Sibelius-Platte von Jorma Hynninen an, sodass mir das Lied vage bekannt war. Auf dem Klavier lagen weitere Noten: Kuula, Mozart, ein Heft mit Sopranarien. Dann fiel mein Blick auf ein silbern gerahmtes Foto von Tapio Holma, das auf dem Schreibtisch stand. An der Wand hingen Zeitungsbilder von ihm. Als wäre Holma nicht Riikkas Freund, sondern ein Idol, für das sie schwärmte.

Auch in diesem Zimmer standen kaum Bücher, offenbar wurde bei den Merivaaras nicht viel gelesen. Im Wohnzimmer hatte ich nur ein paar Bände Standardlektüre gesehen, von den «Sieben Brüdern» bis zum «Unbekannten Soldaten». In Riikkas Regal fand ich Ratgeber für Naturkosmetik, Musikbücher und Liebesromane, von Daphne du Maurier bis zu Tuija Lehtinen. Man konnte nur hoffen, dass Riikka eher die Heldinnen der Letzteren als die der Ersteren als Rollenmodell betrachtete.

Ich wollte gerade den Kleiderschrank öffnen, da stürmte Riikka herein.

«Muss das sein! Schnüffelt dein Kollege als Nächstes in meiner Unterwäsche rum?»

Ich gab keine Antwort, woraufhin Riikka wissen wollte, warum das Haus zweimal durchsucht wurde.

«Meine Mutter und ich wissen nicht genau, was Jiri treibt. Wir meinen auch, dass Pelztierfarmen verboten werden müssten und Schlachtvieh besser behandelt werden sollte, aber über die Wege, das zu erreichen, sind wir anderer Meinung als Jiri. Ich finde, es ist wichtiger, sich um sich selbst und seine Nächsten zu kümmern, als Fenster einzuschlagen.»

«Hast du es schon geschafft, Tapsa das Wurstessen abzugewöhnen?», fragte ich, während ich ihre Kleidung musterte. Es war die Garderobe einer eleganten Frau: viele lange, schmale Röcke und reinseidene Blusen, daneben immerhin ein paar Markenjeans und ein Sweatshirt vom World Wildlife Fund.

«Zwingen kann ich niemanden. Aber Tapsa hat schon vieles eingesehen.» Sie trat an ihren Schreibtisch und zog die Schubladen auf. «Die andere Beamtin, Wang, hat sich bereits alles angesehen. Ist seitdem irgendein Verdacht gegen mich aufgekommen?»

Ich schüttelte den Kopf und durchsuchte ungerührt die Schubladen. Riikka hatte das Recht, bei der Durchsuchung ihres Zimmers anwesend zu sein. Die Kondomschachtel in der obersten Schublade überraschte mich nicht, ebenso wenig die prächtige Schmuckkollektion in der mittleren. Als ich zur untersten Schublade kam, stammelte Riikka:

«Guck nicht da rein, das ist so albern.»

Ich zog die Lade dennoch auf. Sie war leer, bis auf ein Foto.

Die Aufnahme war sicher bei einer Opernaufführung gemacht worden, darauf deuteten jedenfalls die Bühnenschminke, der weitschwingende Rock und die hochtoupierten schwarzen Haare der Darstellerin hin. Ihr Mund lächelte, doch die Augen waren herausgeschnitten, und auch an der Stelle, wo das Herz saß, prangte ein Loch.

Ich kannte die Frau auf dem Foto nicht, doch ihr Beruf und Riikkas Reaktion ließen nur einen Schluss zu: Suzanne Holtzinger, Tapio Holmas Exfrau.

«Es war Suzannes Schuld, dass Tapsa die Stimme verloren hat», ereiferte sich Riikka. «Die Stimme ist ein sensibles Instrument, sie spiegelt jeden seelischen Zustand wider. Der Schock, verlassen zu werden, kann sie zerstören.»

«Hast du das von Tapsa?»

«Nein, das habe ich mir selbst zurechtgelegt, so viel weiß ich immerhin über Gesangsphysiologie. Suzanne wollte keine Kinder von Tapsa, weil bei beiden die Karriere darunter gelitten hätte, aber jetzt ist sie von diesem italienischen Tenor schwanger. Tapsa hat es von einem Kollegen aus Hamburg erfahren.»

«An Steine glaubst du nicht, dafür aber an so etwas», sagte ich trocken und legte das Foto zurück. «Am Dienstag um halb elf im Präsidium. Frag bei der Information nach mir. War übrigens Seija Saarela oder Mikke seit Montag im Haus?»

«Sie waren beide am Mittwoch hier, Mikke ist über Nacht geblieben, weil seine Untermieter gekommen waren. Mutter hat ihm angeboten, bis zu Vaters Beerdigung hier zu wohnen, aber Mikke schläft lieber auf seinem Boot.»

Ich ging in den Flur und inspizierte die Tür zur Garage. Sie ließ sich ohne Schlüssel öffnen. Es war eine Leichtigkeit gewesen, die Taschenlampe unbemerkt in die Garage zu legen.

Koivu saß mit Holma in der Küche beim Kaffee. Der Kaffeeduft war verlockend, doch ich wollte bei den Merivaaras keine Zeit mehr verlieren. Auf meinem Schreibtisch wartete ein ganzer Stapel von Berichten, die ich wohl mitnehmen musste, wenn ich vor Iidas Schlafenszeit zu Hause sein wollte.

«Zu blöd, dass uns das Wochenende dazwischenkommt», sagte ich unterwegs mit einem tiefen Seufzer. «Wenn die Lampe die Tatwaffe ist, kommen wir endlich einen Schritt weiter. Zumindest haben wir dann nur noch sechs Verdächtige: die drei Merivaaras, Holma, die Saarela und Mikke Sjöberg. Katrina Sjöberg war schon auf dem Weg nach Åland, bevor die Lampe in die Garage gelegt wurde.»

«Welches Motiv sollte denn die Saarela haben?», fragte Koivu zweifelnd.

«Vielleicht war es nichts weiter als ein typisch finnischer Streit um Alkohol: Juha Merivaara und Seija Saarela haben sich um eine Cognacflasche gezankt, und schließlich hat die Saarela ihm die Flasche über den Kopf gezogen.»

«Aber in der Wunde wurde kein Cognac gefunden ...»

«Koivu!» Im Allgemeinen begriff mein lieber Kollege sofort, wenn ich einen Witz machte, doch der ereignisreiche Tag schien seinen Tribut zu fordern.

Eine Weile blickte ich stumm auf den riesigen Stapel auf meinem Schreibtisch. Der Briefumschlag von der Sicherheitspolizei wog mindestens zwei Kilo. Ein Bericht von Puustjärvi, ein weiterer von Lähde, ein Memorandum der Provinzialpolizei, dessen Thema aus der Überschrift nicht hervorging, und eine Mitteilung vom Kriminalamt, die ich rasch überflog. Pertsas Sündenregister war schon vor dem jüngsten Vorfall so lang gewesen, dass der Untersuchungsausschuss empfahl, seine Suspendierung bis zum Ausgang des Prozesses fortzusetzen. Väätäinen würde zweifellos Anzeige erstatten. Auch die Personalabteilung hatte mir etwas mitzuteilen: Aufgrund finanzieller Engpässe könne für die Zeit von Ströms Suspendierung keine Vertretung gestellt werden. Frustriert versetzte ich dem Stuhlbein einen Tritt. Unser Dezernat würde sich in den nächsten Wochen zu Tode schuften müssen.

Ich stopfte die Papiere in den Rucksack und machte mich zu Fuß auf den Heimweg. Am Morgen war ich mit dem Bus gefahren, denn es kam mir immer noch seltsam vor, den Dienstwagen zu benutzen. Ich überquerte die Schnellstraße nach Turku und ging über gewundene Nebenstraßen auf die Felder von Henttaa zu. Die vertraute Landschaft westlich von Taavinkylä gab es nicht mehr, auf den ehemals grünen Feldern lagen meterhohe Erdhaufen. Um meine gewohnte Abkürzung zu erreichen, musste ich quer über eine Baustelle laufen. Ich wusste, dass das Betreten verboten war, scherte mich aber nicht darum. In einiger Entfernung wühlten zwei Bagger die Erde auf, einer der Arbeiter rief mir etwas zu, doch ich ging einfach weiter.

In den rund drei Jahren, die wir nun schon in Henttaa lebten, hatte sich die Umgebung sehr verändert. Auf den unbebauten Grundstücken waren protzige Häuser entstanden, neben denen sich unser anderthalbstöckiges Holzhaus wie ein Elendsquartier ausnahm. Im Frühjahr hatte das Technische Zentralamt der Stadt den nahe gelegenen Bach über Hunderte von Metern ausgebaggert und die Bäume am Ufer gefällt. Antti hatte sich einer Bürgerbewegung angeschlossen, die die Einstellung der Arbeiten gefordert hatte. Zwar hatten die Proteste die Trockenlegung des sumpfigen Naturschutzgebiets Lillträskmossen verhindert, doch die kahl geschlagenen Bachufer boten einen traurigen Anblick. Wo früher Schaumkraut wuchs, lag nun aufgewühlter Sand.

Einstein hockte schlotternd vor der Tür, auf der Treppe prangten die Überreste eines Maulwurfs. Um die Gefühle der Katze nicht zu verletzen, lobte ich sie für ihren Beitrag zur Nahrungsbeschaffung und beschloss, den kleinen Kadaver später zu entsorgen. An dem Tag, als ich mit Iida aus der Klinik gekommen war, hatte Einstein mit der Intensivjagd begonnen und eine Woche lang täglich mindestens zwei kleine Nagetiere angeschleppt. Als er die ersten Vögel erlegte, banden wir ihm eine Glocke um den Hals, die er hasste.

Meine Schwestern hatten uns vor Iidas Geburt gedrängt, den Kater abzuschaffen, weil er in den Wagen springen und das Baby ersticken oder ihm die Augen auskratzen würde. Wir hatten uns stellvertretend für unser Haustier beleidigt gefühlt; zu Recht, denn Einstein hielt gebührenden Abstand von Iida, vor allem, seit sie sich allein fortbewegen konnte. Ein paar Mal hatten wir Iida erlaubt, dem Kater ein Milchdragee zu geben. Nur dann hatte er sich in ihre Nähe gewagt.

In der unteren Etage herrschte der übliche frühabendliche Lärm. Iida spielte mit ihrer Holzeisenbahn, Antti lag auf dem Fußboden, trank Rotwein und hörte Eppu Normaali: «Alles Schöne ist naiv – warum? Der Markt die treibende Kraft – warum? Weshalb ist das Schöne nur ein Witz, Glück nur Tand und Kitsch? Einst waren Pfeifen aus Holz und Hippies stark und stolz.»

«Entspricht das deiner Stimmung?», fragte ich und drehte die Lautstärke herunter.

«Hast du von dem Feuer im Schlachthof in Kauklahti gehört – ach was, natürlich hast du davon gehört.»

«Ich war sogar dort, riechst du es nicht?»

«Haben die Typen von der RdT das Feuer gelegt?»

«Die Ermittlungen laufen noch, aber die Sicherheitspolizei hat den Fall übernommen.»

«Die verdammten Idioten! Begreifen die nicht, dass sie der ganzen Umweltbewegung schaden? Durch ihre blödsinnigen Aktionen werden auch die vernünftigen Kampagnen abgestempelt!» Antti trank einen Schluck Rotwein. Ich setzte mich neben ihn, Iida krabbelte auf meinen Schoß.

«Du brauchst Abwechslung, sonst grübelst du zu viel. Komm doch morgen mit zum Fußballspiel, unser Freizeitkomitee hat noch ein paar Karten. Wir können Iida zu deiner Schwester nach Tapiola bringen, wenn deine Mutter keine Zeit hat, auf sie aufzupassen.»

Antti schüttelte den Kopf, Fußball interessierte ihn nicht. In unserer Familie war ich diejenige, die sich Sport ansah, hauptsächlich Eiskunstlauf und Leichtathletik, manchmal auch Eishockey und Fußball.

«Ist noch Rotwein übrig?»

Ich goss mir ein Glas ein, schmierte ein Butterbrot und beschloss, gewissenhaft zu sein und einen Blick auf die Liste der mutmaßlichen RdT-Mitglieder zu werfen. Die erste Fassung war vor anderthalb Jahren entstanden, als die Organisation ihre ersten spektakulären Auftritte inszeniert und unter anderem die Schaufenster von Metzgereien und Pelzgeschäften mit ihren Parolen beschmiert hatte. Ich suchte nach Jiri Merivaara, doch er stand damals noch nicht auf der Liste. Dafür fand ich einen anderen Namen, den ich kannte.

Harri Immonen.

Elf

Das dunkle tschechische Bier schmeckte himmlisch. Zigarettenrauch kroch in meine Lungen, halb Helsinki schien sich im «Mr. Pickwick» an der Mannerheimintie zu drängen, um sich vor dem Länderspiel Finnland–Ungarn in Stimmung zu bringen. Von der Espooer Polizei hatten sich etwa vierzig Fans eingefunden. Unser Dezernat war fast vollständig vertreten, nur Puustjärvi hatte es vorgezogen, zum Gospielen zu gehen. Taskinen übte sich im Fahnenschwingen, und Puupponen hatte sich die finnische Flagge auf die schmalen, sommersprossigen Wangen gemalt.

«Nieder mit den Paprikas!», grölte er, offenbar erschien ihm diese Bezeichnung für den Gegner herabsetzend genug.

«Trinkt euer Bier aus, dann gehen wir!», kommandierte Taskinen mit Chefstimme. Ich zog die Wollsocken an, darüber Gummistiefel. Der Regen, der den ganzen Tag heruntergeprasselt war, schien gegen Abend immer heftiger zu werden. Wie gut, dass wir uns von innen gewärmt hatten.

Es machte Spaß, mit den Kollegen ins Stadion zu gehen und ordentlich Radau zu machen, ich hielt dabei aber trotzdem nach Kantelinen vom Wirtschaftsdezernat Ausschau, denn der Bericht über die wirtschaftliche Lage der Merivaara AG hatte wider Erwarten nicht auf meinem Schreibtisch gelegen. Offenbar war Kantelinen überarbeitet, jedenfalls erschien er nicht zum Spiel.

Man sah es unserer grölenden Clique, die schon ein oder zwei Bierchen gekippt hatte, sicher nicht an, dass sie aus Polizeibeamten bestand. Wir trugen Lederjacken, Jeans oder ausgebeulte Trainingshosen, Schirmmützen, Zipfelmützen, Wegwerf-Regencapes – nicht einer von uns wäre auf die Idee gekommen, die offizielle dunkelblaue Regenkleidung der Polizei anzulegen. Auch Taskinen hatte Anzug und Popelinemantel zu Hause gelassen. In seinem Sportdress sah er aus wie der Marathonläufer, der er war. Am Stadioneingang kam einer der Kollegen auf die dumme Idee, einen Wächter wegen der nachlässigen Sicherheitskontrolle anzupflaumen, woraufhin alle Folgenden trotz strömenden Regens die Taschen vorzeigen mussten. Zum Glück merkte niemand, dass Lähdes Fernglas in Wahrheit ein Flachmann war.

Wir stiegen den D-Block hinauf und suchten uns Plätze auf Höhe der Mittellinie. Ein Meer von Regenschirmen verdeckte den Blick aufs Spielfeld. Ich zwängte mich zwischen Taskinen und Koivu und hoffte, die beiden würden mich trotz Regen und Wind warm halten. Zu Koivus anderer Seite saß Anu Wang. Die beiden sprachen über einen Film, den sie sich offenbar gemeinsam angesehen hatten. Als Koivu die Hand ausstreckte und Anu eine Haarsträhne aus der Stirn strich, musste ich schlucken. Koivu war mehr als ein Kollege, er war auch ein guter Freund. Warum hatte er mir nicht erzählt, dass er mit Wang ins Kino gegangen war? Fürchtete er sich vor kritischen Bemerkungen?

Das Publikum ließ sich von Dunkelheit und Regen nicht die Stimmung verderben. Lähde nahm die letzten Wetten entgegen, ich tippte optimistisch auf eins zu null für Finnland. Wir hofften, die Kälte würde die Ungarn lähmen.

«Hatte Ström nicht auch eine Karte? Weiß jemand, was mit ihm ist?», fragte ich plötzlich mit einem Blick auf den leeren Platz neben Lähde.

«Er kommt nicht», antwortete Lähde ausweichend und schraubte sein Fernglas auf.

«Pertsa hat Angst vor Schnupfen», witzelte Puupponen und erntete dröhnendes Gelächter.

«Hast du ihn in den letzten Tagen gesehen?», erkundigte ich mich bei Lähde.

«Wir waren gestern im ‹Durstigen Lachs› in der Nähe seiner Wohnung. In der Zeit, die ich für zwei Bier gebraucht hab, hat er fünf geschluckt», sagte Lähde, nahm einen Schluck aus seinem Fernglas und verzog das Gesicht.

Ich hatte am vorigen Abend versucht, Ström zu erreichen, und war wieder erleichtert gewesen, als er nicht abnahm. Es war nämlich kein Vergnügen, seine Wutausbrüche anzuhören. Dem Vernehmen nach hatte Väätäinen ein Tauschgeschäft vorgeschlagen: Er würde auf die Anzeige gegen Ström verzichten, wenn wir die Anklage gegen ihn wegen fortgesetzter Misshandlung seiner Frau fallen ließen. Darauf konnten wir uns natürlich nicht einlassen.

Jetzt liefen die Mannschaften auf. Die Ungarn wurden mit Buhrufen empfangen, die Finnen, vor allem Fußballgott Jari Litmanen, mit frenetischem Beifall. Auch ich johlte aus vollem Hals. Ich war richtig aufgeregt, immerhin zog die Fußballweltmeisterschaft weltweit die meisten Zuschauer an. Es wäre phantastisch, wenn Finnland sich diesmal für die WM qualifizieren würde.

Die finnischen Spieler kämpften hart, aber erfolglos. Zwar machte die Kälte die Ungarn steif, doch auch das Spiel der Finnen kam nicht recht in Gang. Der Regen wurde immer heftiger, ein Rinnsal lief mir von der Kapuze des Regencapes auf die Nase, die Lederhandschuhe waren nach zwanzig Minuten durchnässt. Dankbar nahm ich einen wärmenden Schluck aus Lähdes Fernglas.

«Litti! Litti!», rief Puupponen anfeuernd.

«Litmanen ist süß», vertraute Wang mir lächelnd an.

«Er spielt verdammt gut, aber als Mann ist er nicht ganz mein Geschmack», antwortete ich, woraufhin Anu Wang, Liisa Rasilainen und ich, nur um die männlichen Kollegen zu ärgern, den schönsten Mann auf dem Spielfeld kürten.

«Marias Traummänner kennt man ja. Wieso hängen sie übrigens nicht in deinem neuen Büro?», fragte Koivu. Er spielte auf die Collage mit Fotos von Geir Moen, Jon Bon Jovi, Jarmo Mäkinen und anderen Prachtexemplaren an, die mir meine Freundinnen zum Polterabend geschenkt hatten.

«Was der Hauptmeisterin recht ist, ist der Kommissarin noch lange nicht billig ... Verdammt nochmal! Lasst die Ungis nicht durch! Bravo, Teuvo!», brüllte ich, als unser Torwart glänzend parierte.

In der Pause merkte ich, dass ich Schüttelfrost hatte. Zum Glück waren wenigstens die Füße noch trocken. Vielleicht war es klug von Ström gewesen, zu Hause zu bleiben, womöglich holte sich das ganze Dezernat eine Lungenentzündung und war wochenlang außer Gefecht gesetzt. Taskinen holte sich Kaffee und brachte mir einen Becher mit, dessen Wärme mich über den Beginn der zweiten Halbzeit hinwegtrug. Das Spiel der Finnen war lebhafter geworden, und als Antti Sumiala in der zweiundsechzigsten Minute eindrucksvoll das Führungstor erzielte, spielte der Regen keine Rolle mehr. Wir schrien und umarmten uns, Taskinen ließ den Arm wie versehentlich auf meiner Schulter liegen.

«Eins zu null, na, was hab ich gesagt?», grinste ich, als die letzte Minute der Spielzeit anfing. «Durchhalten, Jungs, durchhalten! Scheißschiri, pfeif ab!» Der Zeiger stand auf Null, und die Ungarn machten Druck.

«Solche Machosprüche aus dem Mund einer Feministin?», frotzelte Koivu. In dem Moment kam die Katastrophe.

Eigentor. Eins zu eins, keine Chance mehr, an der WM teilzunehmen.

Niedergeschlagen und frierend verließen wir das Stadion. Ich versuchte mir einzureden, es sei kindisch, über ein verlorenes Fußballspiel Tränen zu vergießen, war aber stinksauer. Außerdem fror ich erbärmlich.

«Zum Heulen ist das, verdammt nochmal», jammerte

Puupponen. Die blauen Kreuze auf seinen Backen waren im Regen zerlaufen, die nasse Hose klebte ihm an den Beinen. «Kommt mit, jetzt saufen wir uns einen an.»

«Mit Grog», seufzte ich. «Ich trink nie mehr Eger Stierblut.»

«Und mir kommt kein Paprika mehr ins Haus», sagte Puupponen mit einer Verzweiflung, die mich an Ström denken ließ. Pertsa hätte sich allerdings drastischer geäußert und gedroht, den Schiedsrichter umzulegen, wie die jungen Burschen, die neben uns aus dem Stadion strömten.

Wir landeten im «Durstigen Lachs», wo wir uns die Kehlen wärmten. Trotz der bittern Niederlage zog sich der Abend in die Länge. Am nächsten Morgen um acht krabbelte Iida aus ihrem Gitterbettchen zu mir, und ich kam mir vor wie die schlechteste Mutter der Welt, weil ich absolut keine Lust hatte, aufzustehen und Brei für sie zu kochen. Als sie mich an den Haaren zog, wollte mir schier der Kopf platzen. Heldenmütig schleppte ich mich an den Herd, denn Antti war schon im Morgengrauen zu einer ausgedehnten Wanderung aufgebrochen. Es regnete den ganzen Tag, ich las Iida, die wahrscheinlich kaum etwas verstand, aus «Muminvaters Memoiren» vor. Während die Kleine ihren Mittagsschlaf hielt, versuchte ich meinen Kater auszuschlafen. In meinen wirren Träumen tauchten immer wieder qualvoll quiekende Schweine und die Polizeifotos von Harris Leiche auf. Harri war Mitglied der Revolution der Tiere gewesen, Harri und Jiri ... Aber was war mit Juha Merivaara? Hatte er womöglich die Aktionen der RdT finanziert?

Am Montagmorgen verwarf ich diese Theorie wieder. Neben den üblichen Wochenendschlägereien waren gleich drei Vermisstenanzeigen in unserem Dezernat gelandet. Eine vierzigjährige Betriebswirtin, Mutter von zwei Kindern, war vom Pilzesammeln am Sonntagnachmittag nicht zurückgekehrt, ein arbeitsloser Familienvater aus Suvela war seit seiner samstäglichen Kneipentour verschollen. Schon seit Freitagabend wurde der Primaner Arttu Aaltonen aus Tapiola vermisst; er war zuletzt gegen Mitternacht gesehen worden, als er eine Party in einer Strandvilla in Westend verließ. Da er seit Wochen von Selbstmord gesprochen hatte, befürchteten seine Freunde, er sei von der nahe gelegenen Brücke ins Meer gesprungen. Die Feuerwehr musste schleunigst zum Draggen angefordert werden. Ich delegierte den Fall an Koivu.

«Drei Vermisste. Da treibt bestimmt ein Serienmörder sein Unwesen», kommentierte der hustende und schniefende Puupponen.

«Begründung?» Ich war nicht in der Stimmung für Witze. «Wir müssen Prioritäten setzen. Die Körperverletzungen können warten. Vermisste und Kapitalverbrechen zuerst. Puustjärvi, du führst mit Lehtovuori die Vernehmungen der Primaner fort. Und Puupponen …»

Es mussten schnelle Entscheidungen getroffen werden, weil einfach zu viele Fälle anlagen. Ich merkte, dass mir Ström geradezu fehlte, nicht nur als zusätzliche Arbeitskraft. Bei Vermisstenfällen war er seltsamerweise unschlagbar, was Puupponen darauf zurückführte, dass sich Ström während seiner Ehe mehr als einmal selbst abgesetzt hatte – einer der Gründe, weshalb ihn seine Frau verlassen hatte.

Der Mangel an Mitarbeitern bot mir einen willkommenen Vorwand, mich weiterhin selbst mit dem Mord an Juha Merivaara zu befassen. Nach der Besprechung ging ich in mein Büro und rief bei der Sicherheitspolizei an. Jiri war nach Ablauf der Höchstfrist von achtundvierzig Stunden freigelassen worden, sollte jedoch später erneut vernommen werden. Die Sicherheitspolizei hatte herausgefunden, dass die Praktikantin, von der der Betriebsleiter der Fleischfabrik gesprochen hatte, die Schwester eines RdT-Mitglieds war. Die fünfzehnjährige Schülerin des Gymnasiums Espoonlahti war unter dem Verdacht verhaftet worden, den Schlüssel zur Fleischfabrik gestohlen und damit Beihilfe zur Brandstiftung geleistet zu haben.

Ich musste geschickt lavieren, um nicht zu viele Details über meinen eigenen Fall preiszugeben. Ich wollte nicht, dass die Sicherheitspolizei die Ermittlungen an sich riss, denn die Verbindung zur Revolution der Tiere war bisher reine Spekulation. Ob Mikke Sjöberg etwas über Harris Mitgliedschaft in der Organisation wusste?

Über das Bordtelefon erreichte ich ihn nicht, obwohl ich es im Lauf des Vormittags mehrmals versuchte. Bald kam Puupponen mit der Nachricht, der als vermisst gemeldete Mann aus Suvela sei verkatert, aber wohlbehalten in der Wohnung eines Kumpels gefunden worden. Offenbar hatte seine Frau die Sauftouren ihres Mannes so satt, dass sie ihm die Polizei auf den Hals gehetzt hatte.

«Dann übernimmst du jetzt die Körperverletzung in Kivenlahti», sagte ich zu Puupponen, dessen Nase auf die doppelte Größe angeschwollen war. «Dich hat es ja ganz schön erwischt.»

«Fieber hab ich keins», schniefte er. «Nur die Scheißnase läuft wie eine Regenrinne.»

Das fehlte uns noch, dass Puupponen ausfällt, dachte ich, während ich versuchte, Kantelinen vom Wirtschaftsdezernat zu erreichen.

«Kallio, Gewalt eins, hallo. Was ist mit dem Bericht über die Finanzlage der Merivaara AG?»

Ich hörte ihn aufstöhnen.

«Du, ich hab's noch nicht geschafft, mir ist eine Unterschlagung dazwischengekommen.»

«Ich brauch den Bericht schnellstens, am besten noch heute Vormittag», sagte ich und versuchte erfolglos, meinen Ärger zu verbergen. «Fehlt denn noch viel?»

«An sich nicht, aber über die Teilhabergesellschaft Mare

Nostrum ist kaum etwas zu erfahren. Die Beziehung zwischen den beiden Unternehmen ist überhaupt sehr eigenartig.»

«Inwiefern?»

«Ich muss jetzt zu einer Besprechung, ich ruf dich am Nachmittag an.»

Ich schmetterte den Hörer auf die Gabel und versuchte noch einmal, Mikke Sjöberg zu erreichen. Wieder vergebens. Hatte er sich etwa aus dem Staub gemacht? Ich bat die Beamten, die in Richtung Kaitaa Streife fuhren, im Yachthafen von Suomenoja nachzusehen, ob die «Leanda» noch dort lag, und machte mich auf den Weg zur nächsten Sitzung, der wöchentlichen Dezernatsleiterkonferenz. Unterwegs klingelte mein Handy: Streife sechs meldete, die «Leanda» liege in Suomenoja vor Anker.

«Sollen wir jemanden festnehmen?», fragte der Beamte diensteifrig.

«Nein. Ich kümmere mich selbst um die Angelegenheit.»

Noch einmal rief ich Mikke an, wieder erfolglos. Bei der Besprechung ging es ausschließlich um das Feuer in der Fleischfabrik Malinen. Zwar hatte die Sicherheitspolizei den Fall übernommen, doch wir mussten auf weitere Anschläge gefasst sein. Das Pharmaunternehmen Orion hatte in den letzten Wochen anonyme Drohungen erhalten: Man werde in das Labor einbrechen und die Versuchstiere befreien. Nach dem Brand in Kauklahti hatte die Firmenleitung um verstärkte Polizeistreifen gebeten.

«Ich habe ihnen geraten, sich an eine Wach- und Schließgesellschaft zu wenden», erklärte Taskinen gelassen. «Wir können leider nicht überall sein. Die Schutzpolizei ist informiert, und das Begeka stellt eine Liste der potenziell gefährdeten Objekte in der Stadt auf.»

«Hör mal, Kallio, wie aktiv ist eigentlich dein Mann an der Tätigkeit dieser Ökoterroristen beteiligt?», fragte Laine, der

Leiter des Begeka, des Dezernats für Berufs- und Gewohnheitskriminalität, aus heiterem Himmel.

«Antti hat mit der Revolution der Tiere nichts zu tun», sagte ich konsterniert.

«Mit denen vielleicht nicht, aber hat er nicht letzte Woche mit eurem Kind an der Demonstration gegen den Autoverkehr teilgenommen?»

Laines Augenbrauen hoben sich im Rhythmus seiner Worte, das millimeterkurz geschnittene dunkle Haar glänzte in der Sonne.

«Na und?» Ich musste schwer an mich halten, um nicht die Beherrschung zu verlieren.

«Ehepartner von Kommissaren sollten keinen Umgang mit Kriminellen pflegen. Sonst kommen Zweifel an der Unparteilichkeit der Polizei auf.»

«Demonstranten sind doch keine Verbrecher! Gilt das Versammlungsrecht etwa nicht für Angehörige von Polizeibeamten? Ich werde Anttis Freiheiten jedenfalls nicht beschneiden, er schreibt mir ja auch nicht vor, was ich zu denken habe!»

Ich war kurz davor, laut zu werden, und Taskinen lenkte das Gespräch rasch auf ein anderes Thema. Da es im Fall Merivaara keine neuen Entwicklungen gab, befassten wir uns für den Rest der Sitzung mit einem Drogenring, der gerade aufgeflogen war. Als Taskinen ansetzte, die Besprechung zu beenden, fragte Mäkinen von der Wirtschaftskriminalität:

«Wie steht es mit Kommissar Ström? Wird er noch lange suspendiert sein?»

Taskinen schüttelte den Kopf.

«Ich hoffe, die Sache wird bald geklärt. Die Ermittlungen dauern noch an, meines Wissens hat Hauptmeister Puupponen heute im Kriminalamt ausgesagt.» Taskinen sah mich fragend an, ich nickte.

«Hauptmeister Koivu und ich sind morgen an der Reihe.

Wir werden sicher alle vor Gericht aussagen müssen. Die Anklage wird mindestens auf Körperverletzung und grobes Dienstvergehen lauten.»

Im selben Moment klingelte mein Handy, der Anrufer war Puustjärvi, der meine Unterschrift für eine vorläufige Festnahme brauchte. Ich musste die Runde überhastet verlassen, und als Taskinen mir nachrief, wann unser mehrfach verschobenes Mittagessen stattfinden solle, konnte ich nur mit den Schultern zucken.

Nach zwei Uhr konnte ich mich endlich dem RdT-Bericht der Sicherheitspolizei widmen, während ich ein Butterbrot und einen Joghurt aus der Kantine aß. Außer Harri enthielt das Mitgliederverzeichnis vom Frühjahr 1996 noch einige weitere Leute um die dreißig, die auf den neuesten Listen nicht mehr auftauchten. Eine separate Akte gab es über Harri nicht, wohl aber über Jiri Merivaara. Es hätte ihm sicher geschmeichelt zu sehen, welche Mühe die Sicherheitspolizei darauf verwendet hatte, ihn zu observieren. Das jüngste RdT-Mitglied mit eigenem Dossier war erst vierzehn.

Koivu musste sich mit Harris Angehörigen und Freunden in Verbindung setzen, so schmerzhaft die Wiederaufnahme der Ermittlungen für sie sein würde. Nach einem weiteren vergeblichen Versuch, Mikke Sjöberg zu erreichen, sah ich unschlüssig zum Fenster hinaus. Der Himmel war wolkenlos, ein Ausflug nach Suomenoja würde mir gut tun. Da es nicht um eine offizielle Vernehmung ging, konnte ich ruhig allein hinfahren. Einer der Vorteile meiner Stellung als Dezernatsleiterin bestand darin, dass ich in der Regel über meine Unternehmungen und Ermittlungsmethoden keine Rechenschaft abzulegen brauchte.

Die meisten Inhaber eines Liegeplatzes in Suomenoja hatten ihre Boote bereits an Land geholt, denn es wurde allmählich zu kalt, um hinauszufahren. Einige Motorboote schaukelten noch auf dem Wasser, außerdem zwei Segelboote. Der Holzrumpf der «Leanda» stach deutlich von den weißen Glasfaseryachten ab. Es wunderte mich nicht, Mikke bei dem herrlichen Sonnenschein lesend an Deck sitzen zu sehen.

«Hallo, Mikke!», rief ich und merkte, dass ich viel breiter lächelte als beabsichtigt.

Mikke stand auf und kam ans Ende des Bootsstegs, um mir die Absperrung aufzuschließen.

«Tag.» Er schien nicht gerade begeistert.

«Ich hab versucht, dich anzurufen, aber du gehst offenbar nicht ans Telefon», sagte ich und sprang aufs Deck der «Leanda».

«Nee. Hast du was Dringendes auf dem Herzen, da du dich extra herbemühst?»

«Ja und nein.» Ich suchte mir einen Platz neben dem Ruder. War Mikke am Vormittag hinausgesegelt? Jedenfalls hing das Großsegel am Mast, wenn auch gerefft.

«Möchtest du einen Kaffee? In der Thermoskanne müsste noch welcher sein.»

Als ich dankend annahm, stand Mikke auf und öffnete das Luk zur Kajüte.

«Herzlich willkommen in meinem schwimmenden Palast», sagte er mit schiefem Grinsen und winkte mich nach unten. Ich stieg die Leiter zur Achterkajüte hinunter. Sie wirkte überraschend geräumig. Auf dem zusammenklappbaren Navigationstisch, der genügend Platz für große Seekarten bot, lagen ein Olivetti-Laptop und ein paar Bücher. Bei Laptops dieser Art hielt der Akku im Allgemeinen nur einige Stunden vor – was fing Mikke auf dem Boot damit an?

«Das Boudoir befindet sich in der Vorderkajüte», sagte Mikke fröhlich, als wäre ich eine ganz normale Besucherin. «Milch, Zucker?»

«Milch, bitte.» Ich warf einen Blick in die Vorderkajüte, die von einem breiten Bett ausgefüllt wurde. Zwischen den beiden Kajüten befanden sich die Toilette und ein offener Kleiderschrank. In der Achterkajüte war eine Kompaktküche mit Herd und Wasserfilter untergebracht, die Regalwände standen voller Bücher, neben Belletristik und Reiseberichten entdeckte ich Vogel- und Pflanzenführer.

«Leanda ... Hast du dein Boot nach dem alten Krimi benannt?», fragte ich und griff nach der Kaffeetasse, die Mikke mir reichte. Unsere Finger berührten sich.

«Hast du ihn gelesen?»

«Ja, aber das ist schon Jahre her», sagte ich und dachte bei mir, Mikke müsse im Grunde seines Herzens ein Romantiker sein, wenn er sein Boot nach der idealistischen Heldin des Romans von Andrew Garve benannte.

«‹Ein Held für Leanda› ist bis heute eins meiner Lieblingsbücher.» Er zog ein blaugrün eingebundenes altes Taschenbuch aus dem Regal. «Auf Reisen lese ich am liebsten finnisch, damit ich die Sprache nicht ganz vergesse. Bei den vielen Ländern und Sprachen bringe ich manchmal alles durcheinander. Magst du Schokokekse?»

Süßigkeiten hatte ich noch nie widerstehen können. Mikke setzte sich auf das eine der beiden Sofas, ich ließ mich auf das andere fallen. Der Keks, den ich fast mit einem Bissen verschlang, bestand praktisch nur aus Schokolade. Na ja, besser als gar kein Mittagessen.

«Willst du mit mir über Jiri reden?», fragte Mikke und leckte sich die Schokolade von der Lippe.

«Eigentlich nicht. Hast du nach seiner Freilassung schon mit ihm gesprochen?»

«Ja, ich war gestern bei den Merivaaras, Anne hatte mich darum gebeten. Jiri war ziemlich kleinlaut nach den zwei Tagen in der Zelle. Zu seinem Anteil an dem Brand wollte er sich nicht äußern. Was ist da in Kauklahti eigentlich passiert?»

Während ich ihm kurz Bericht erstattete, verfinsterte sich sein Gesicht, und er sah nachdenklich zum Bullauge hinaus. Dann lächelte er plötzlich und sagte:

«Wahrscheinlich sollte ich das nicht tun, aber ich habe trotzdem vor, nach dem Kaffee eine kleine Runde zu drehen, vielleicht nach Hirsala und zurück. Komm doch mit!»

«Keine gute Idee», murmelte ich, die Augen fest auf die Kaffeetasse geheftet.

«Wieso denn nicht, du kannst doch segeln. Du fährst eben mit, um aufzupassen, dass ich mich nicht davonmache.» Mikke lächelte immer herausfordernder, ich spürte, wie mir die Röte ins Gesicht stieg.

«Genau genommen wollte ich mit dir über Harri Immonen sprechen. Er war nämlich auch bei der RdT.»

«Harri? Kann ich mir kaum vorstellen. Er war so – du weißt schon. Sanft wie ein Lämmchen.»

«Ich glaube auch nicht, dass er bei Krawallen oder Brandstiftungen mitgemacht hat. Vielleicht war er nur bei irgendeiner Demo dabei, das reicht der Sicherheitspolizei schon, um Leute auf ihre Liste zu setzen. Du hattest nicht den Eindruck, dass Jiri und Harri sich kannten?»

Mikke verneinte. Jiri habe sich Harri gegenüber gleichgültig verhalten, einmal allerdings zu ihm gesagt, Harri interessiere sich immerhin für Vögel als Lebewesen, während es Tapsa nur darum ginge, sie mit dem Fernglas aufzuspüren.

«Es ist ja auch wirklich verrückt, dass die Leute Hunderte von Kilometern mit dem Auto fahren, um irgendwelche Bachstelzen zu beobachten. Echt umweltfreundlich», lachte ich nervös, und Mikke lachte mit. Dann schlug er erneut einen Segeltrip vor, und ich war verrückt genug einzuwilligen.

«Ich leg den Spinnaker bereit. Wir fahren das erste Stück nur mit dem Großsegel, aber wenn wir erst mal auf Ostkurs sind, haben wir Wind von achtern. Bist du warm genug angezogen? Pullover und lange Unterhosen kann ich dir leihen.»

Da ich mit dem Fahrrad zur Arbeit gefahren war, hatte ich Jeans und eine Lederjacke an. Ich nahm die Ohrenschützer aus der Tasche und setzte sie auf. Wir fuhren mit Motorkraft aus dem Hafen, wobei Mikke sich über seine eigene Faulheit lustig machte.

«Wenn ich den Start unter Segeln verpatze, hältst du mich am Ende für einen Sonntagssegler», witzelte er. Sobald wir den Hafen hinter uns gelassen hatten, setzten wir das Großsegel und segelten hart am Wind.

«Tapsa war gestern stinksauer auf Jiri, der mit seiner Meinung aber auch nicht hinter dem Berg gehalten hat. Er hat Tapsa sogar des Mordes beschuldigt!»

«Was?» Der Wind blies mir die Haare vor die Augen, sodass ich Mikkes Gesicht nicht sah.

«Ein absurder Gedanke. Ich weiß, die beiden haben sich auf Rödskär in der Sauna geprügelt, aber damit war die Sache wohl auch erledigt. Sie mussten einfach Dampf ablassen.» Er zog die Pfeife aus der Brusttasche seines Jacketts und bat mich, die Pinne zu halten.

«Wenn Juha wirklich ermordet wurde, was ich immer noch nicht glauben kann, kommen Tapsa und Riikka doch wohl nicht als Täter infrage», meinte er, während er die Pfeife anzündete. Als er dann die Pinne wieder übernahm, streiften sich unsere Hände erneut. Die Berührung elektrisierte mich. Auf dem Meer tanzten Sonnenflecken, der Ostwind hatte die Birken entkleidet, die am Ufer der Schäreninseln wuchsen. Meine Augen begannen zu tränen.

«Du hast gehört, wie Jiri in der Nacht das Haus verließ. Bist du sicher, dass er nur eine Minute draußen war? Vielleicht bist du zwischendurch eingeschlafen?»

«Nein, bin ich nicht.» Seine Stimme klang fest. «Ich hatte Reisefieber wie ein kleiner Bub und konnte nicht einschlafen. So ist es immer, der Abschied ist schwierig und herrlich zugleich. In der ersten Nacht auf dem Boot schlafe ich dann wie ein Stein. Auf dem Meer bin ich zu Hause.»

Mikke sah mir in die Augen. «Jiri ist ganz schön fanatisch, aber ein Killer ist er nicht. Letzten Endes hat er seinen Vater gern gehabt. Ich mach mir trotzdem Sorgen um den Jungen. Eines Tages wird er tatsächlich eine Dummheit begehen.»

«Das hat er schon getan, wie es scheint.» Ich versuchte, die Haare unter den Reif der Ohrenschützer zu schieben, damit sie mir nicht ständig ins Gesicht wehten. Meine Hände waren steif vor Kälte, die Lederhandschuhe längst durchnässt. Vielleicht sollte ich mir doch besser Handschuhe von Mikke leihen.

«Ich habe schon überlegt, ob ich den Winter über hier bleiben sollte. Aber das bringe ich nicht fertig, ich muss raus. Ich kann nicht monatelang an Land leben.»

Die Sonne holte das Blau des Meeres in Mikkes Augen, sie sahen traurig aus und so tief, dass ich das Gefühl hatte, in ihnen zu versinken. Dann zog er an seiner Pfeife, was mir einen Vorwand gab, zu husten und den Blick abzuwenden.

Ich musste mich zusammennehmen, um mich nicht meinerseits zu einer Dummheit hinreißen zu lassen. In den mehr als zehn Jahren meiner Laufbahn bei der Polizei hatte ich es mit den unterschiedlichsten Menschen zu tun gehabt, mit Topmanagern, debilen Kleinkriminellen, Kindsmörderinnen und Psychopathen. Aber noch nie hatte ich mich so stark zu einem Zeugen oder Verdächtigen hingezogen gefühlt, weder damals zu Antti noch zu meiner Jugendliebe Johnny, den ich vor einigen Jahren in meiner Heimatstadt Arpikylä des Mordes verdächtigt hatte. Mikke Sjöberg hatte etwas, das mich völlig durcheinander brachte. Als schön konnte man ihn nicht unbedingt bezeichnen. Sein sehniger Körper war mager, fast knochig, das Gesicht hart, der Blick unstet. Dennoch war ich bereit zu vergessen, dass ich glücklich verheiratet war und Mikke des Mordes an seinem Halbbruder verdächtigte.

Doch ich konnte meinen Beruf nur für einige traumverlorene Sekunden beiseite schieben.

«Die RdT fordert von ihren Mitgliedern aggressives Vorgehen, das steht in ihrem Grundsatzprogramm. Wäre es denkbar, dass Jiri seinen Vater im Namen der Organisation getötet hat?»

Mikke versuchte vergeblich, das Zucken in seinem Gesicht zu verbergen. Wortlos schüttelte er den Kopf. Ich ertrug die Stille nicht, denn sie zog mich zu ihm hin.

«Also weder Riikka noch Tapio, noch Jiri. Und was ist mit dir? Wie hast du zu deinem Bruder gestanden?»

Wieder verschwanden seine Augen hinter einer Rauchwolke. Dann stand er auf und sagte hastig:

«Zeit für einen Kurswechsel, übernimm die Pinne. Ich setze den Spinnaker. Dreh nach Westen bei, wenn ich's dir sage!»

Ich packte das Ruder und fluchte über mich selbst. Warum hatte ich mich auf diesen idiotischen Segeltörn eingelassen? Mein Job war ohnehin kompliziert genug, was sollte erst daraus werden, wenn ich mich in einen der Verdächtigen verliebte. Mikke hisste den Spinnaker und lockerte die Großschot.

«Fertig zum Halsen!»

Das Boot legte sich in den achterlichen Wind, der Spinnaker blähte sich, das Großsegel legte sich zum anderen Bug. Der achterliche Wind trieb keine hohen Wellen auf, sodass die «Leanda» gleichmäßig über das Wasser glitt. Wir fuhren in Richtung Porkkala, im Süden war Rödskär als rötlicher Punkt zu sehen. Als Mikke sich wieder hinsetzte, stellte ich meine nächste Frage.

«Kannst du dir vorstellen, dass dein Bruder Harri getötet hat?»

Mikke riss die Augen auf.

«Harri ist doch nicht umgebracht worden!»

«Und wenn doch?»

«Um Himmels willen, nein! Warum denn?»

«Sag du es mir.»

Er starrte auf den Landstreifen, der sich am Horizont abzeichnete. «Wir waren uns doch darüber einig, dass Harri ein sanfter Mann war. Wer würde einen wie ihn umbringen?»

«Hat Seija Saarela ihn gekannt?»

«Sie waren ein paar Mal gemeinsam auf der ‹Leanda›. Aber das ist ja völlig absurd, du kannst doch nicht annehmen, dass Seija ...» Mikke seufzte, sein Gesicht spannte sich, es wurde blass und maskenhaft, seine magere Hand umschloss das Ruder so fest, dass die Fingerknöchel die Haut zu zerreißen schienen.

Ohne noch einmal halsen zu müssen, schafften wir die Durchfahrt zwischen Pentala und Stora Herrö. Mikke übergab mir erneut das Ruder und holte die Fock für die Rückfahrt aus der Kajüte. Wir fuhren etwa zehn Minuten, ohne ein Wort zu sprechen, und genossen die Farben des Herbstlaubs an der Küste. Im Westen ballten sich dunkle Wolken zusammen, vor denen sich die tiefrot und leuchtend gelb gefärbten Bäume scharf und zugleich unwirklich abzeichneten. Schließlich kletterte Mikke an den Bug, um den Spinnaker zu fieren. Ich drehte das Ruder nach seinen Anweisungen und zog das Großsegel straff, er gab seine Befehle mit ruhiger, fester Stimme. Jeder künftige Polizeioffizier hätte sich Mikkes Auftreten zum Vorbild nehmen können. Die «Leanda» bewegte sich jetzt in schärferem Rhythmus, aber dennoch weich, sie nahm die gelegentlichen höheren Wellen so mühelos, dass ich nicht länger an ihrer Seetüchtigkeit zweifelte. Mikke schob den Spinnaker durch die Vorderluke ins Bootsinnere und begann die Fock zu setzen.

«Etwas mehr in den Wind! Gut so! Du warst wohl schon oft auf See?»

Gerade weil ich keine erfahrene Seglerin war, tat mir das

Lob gut. Mikke zog die Fokk auf und ließ sie flattern, dann wendeten wir um hundertfünfzig Grad.

«Und nun zurück nach Suomenoja», sagte er niedergeschlagen und sprang herunter auf den Sitzkasten. «Schade, dass wir nicht öfter solche Ausflüge machen können. Du bist ein guter Gast.»

«Madeira klingt verlockend», lachte ich und war froh, dass mein Gesicht bereits vom Wind gerötet war.

«Du sagst es. Vielleicht wäre ich tatsächlich abgehauen, wenn du nicht mitgefahren wärst. Was hättest du dann getan?»

«Ich hätte den Küstenschutz auf dich gehetzt. Wenn du weiterhin solche Reden schwingst, muss ich dir den Pass abnehmen.»

«Und wenn Juhas Tod nicht aufgeklärt wird? Wollt ihr mich den ganzen Winter über hier behalten?»

«Er wird aufgeklärt, keine Sorge», sagte ich mit aller Überzeugung, die ich aufbrachte. Dann erkundigte ich mich, wie die Bordtoilette funktionierte, und zwängte mich in die Kajüte. Drinnen war das Schaukeln stärker zu spüren, doch jeder Gegenstand lag an seinem Platz. Vor der Abfahrt hatte Mikke den Laptop verstaut und die herumliegenden Bücher ins Regal gestellt. Die Vorstellung, ein halbes Jahr lang auf einem Zehnmeterboot zu leben, war faszinierend und beängstigend zugleich. Zumindest würde man dabei kein überflüssiges Gepäck mitschleppen. Das Boot schaukelte plötzlich heftiger, ich sah zu, dass ich wieder an Deck kam.

«Wir schlagen einen Bogen um Miessaari und fahren an der nächsten Insel vorbei, an der Iso Vasikkasaari, so geht es bei diesem Wind am leichtesten. Zieh mal die Fokk straff.»

Ich zog am Seil und spürte den Ruck bis in die Rückenmuskeln.

«Hinter Miessari müssen wir ordentlich kreuzen. Schaffst du das, oder sollen wir lieber den Motor anlassen?»

«Ich schaff es schon», schnaufte ich, obwohl es immer später wurde und dieser blödsinnige Segeltörn mir nichts brachte außer Herzklopfen und dem immer deutlicheren Gefühl, dass Mikke mir etwas verschwieg. Aber wie sollte ich es anstellen, ihm sein Geheimnis zu entreißen? Der Einzige, den Mikke vermutlich nicht decken würde, war Tapio Holma, der die Merivaaras zum Zeitpunkt von Harris Tod noch nicht gekannt hatte. Trotz der steifen Brise kam ich bei den Wendemanövern ins Schwitzen. Ich betrachtete die Sommervillen auf der Insel und den kleinen Neptuntempel, an dem Antti und ich im vorletzten Winter bei einer Skiwanderung vorbeigekommen waren. Im selben Moment entdeckten meine Polizistenaugen etwas Ungewöhnliches.

«Hast du ein Fernglas an Bord?»

«In der Kajüte.»

«Hol es her, schnell!»

Ohne Fragen zu stellen, übergab Mikke mir das Ruder und sprang hinunter. Wertvolle Sekunden verstrichen, bevor ich das Fernglas eingestellt hatte, doch dann fand ich meine Beobachtung bestätigt.

An der südöstlichen Spitze der Insel Iso Vasikkasaari trieb eine Leiche im Wasser.

«Wir müssen die Segel reffen! Guck mal!» Ich hielt Mikke das Fernglas hin, er schaute hindurch und wurde noch blasser. Wieder ließ er mich das Ruder halten, rannte los und holte die Fokk ein, während ich mit der freien Hand die Schnellwahltaste für das Präsidium drückte und ein Polizeiboot anforderte.

Mikke reffte auch das Großsegel und ließ den Motor an. Er bewegte sich ruhig und sicher, aber ich sah, dass seine Lippen zuckten.

«Achte auf das Echolot, unser Tiefgang ist eins Komma sechs. Schade, dass wir die Jolle nicht dabeihaben.»

Etwa zwanzig Meter von der Leiche entfernt fanden wir

einen Ankerplatz. Ich sprang an Land und merkte erst jetzt, dass ich nicht trockenen Fußes zu der Leiche kommen würde, die bäuchlings im Schilf lag.

«Hast du Gummistiefel dabei?»

«Ja, Größe vierundvierzig.»

«Umso höher reichen sie. Wirf sie rüber», bat ich, während ich das Boot an einer Kiefer vertäute.

«Sie sind dir viel zu groß. Ich kann ja hingehen ...»

«Nein! Du bleibst auf dem Boot!»

Mikke sah reichlich mitgenommen aus. Ich hoffte, das Polizeiboot käme bald, damit ich ihn fortschicken konnte. Am Fundort einer Leiche störten Zivilisten nur.

Ich zog die Stiefel über die Schuhe, so hatte ich besseren Halt. Dann watete ich so weit ins Geröll, bis ich die Leiche am Ärmel fassen und etwas näher ans Ufer ziehen konnte, damit sie nicht hinaustrieb. Mehr konnte ich vorläufig nicht tun.

«Kann ich irgendwie helfen?», rief Mikke.

«Bleib nur, wo du bist. Hast du Gummihandschuhe?»

Er schüttelte den Kopf. Ich ging zurück ans Ufer und rief unser Dezernat an, wo sich Koivu meldete.

«Die Personenbeschreibung von dem vermissten Oberschüler?»

«Eins neunundsiebzig, schlank. Dunkle, glatte, schulterlange Haare, braune Augen. Tätowierung ...»

«Bekleidung?»

«Braune Samtjacke, grüne Twillhose, Turnschuhe Marke Adidas und ...»

«Das genügt schon. Er schwimmt hier vor der Iso Vasikkasaari.»

Das Polizeiboot traf ein und brachte den Fotografen gleich mit. Nachdem er seine Aufnahmen gemacht hatte, zogen wir Schutzkleidung über, hoben die Leiche aus dem Wasser und drehten sie um. Ich hatte mir inzwischen das Foto des verschwundenen Arttu Aaltonen ins Gedächtnis gerufen, und als ich nun das Gesicht des Ertrunkenen sah, war ich sicher, ihn vor mir zu haben. Ich klopfte die Leiche ab und fand eine Brieftasche in der Brusttasche. Vom laminierten Führerschein starrte mir ein pickliges Knabengesicht entgegen. Arttu Henrikki Aaltonen, geboren am 21. 10. 1979.

«Er wird seit der Nacht zum Samstag vermisst, Selbstmordverdacht», erklärte ich den uniformierten Kollegen. Mit bloßem Auge entdeckte ich keinen Hinweis auf Fremdverschulden, aber Genaueres würde erst die Obduktion ergeben.

Mikke war nicht mehr an Deck. Ich kletterte aufs Boot, um die Stiefel zurückzubringen, und fand ihn in der Vorderkajüte, wo er auf dem Bett lag und durch die Luke in den Himmel starrte. Sein Gesicht war immer noch farblos.

«Von mir aus kannst du dich jetzt auf den Rückweg machen, ich fahre im Polizeiboot mit. Danke für den Ausflug», sagte ich leise.

Mikke setzte sich auf und nahm mir die Stiefel ab.

«Wie gewöhnt man sich an so was?», fragte er bedrückt. «Verfolgen die Toten dich nicht im Schlaf?»

«Manchmal. Aber wenn man diesen Job machen will, muss man sich daran gewöhnen oder jedenfalls irgendwie damit klarkommen. Du bist kein Profi, und trotzdem ist das für dich schon die zweite Leiche in gut einer Woche. Denk daran, dass du mit diesen Erlebnissen nicht allein fertig zu werden brauchst.»

«Das war doch ein ganz junger Mann. Ist er ermordet worden?»

«Vermutlich Selbstmord», sagte ich, obwohl ich ihm keine Auskunft hätte geben dürfen.

Mikke stöhnte auf, ich legte ihm die Hand auf die Schulter, und er presste das Gesicht an meinen Arm. Ich strich ihm über die Haare, und plötzlich zog er mich so fest an sich, dass es wehtat. Wir hielten uns umschlungen, bis ich den Polizeifotografen nach mir rufen hörte. Er brauchte weitere Anweisungen.

«Ich muss gehen. Soll ich die Vorderleine losmachen?»

Mikke nickte und folgte mir an Deck. Wir schauten uns eine Weile an, dann erblickte ich ein Ambulanzboot, das hinter der Inselspitze hervorkam, und ging zur Landestelle hinüber. Vom Felsen aus sah ich, wie Mikke den Motor anließ und durch die schmale Passage nach Suomenoja davontuckerte. Bevor er hinter der Landspitze verschwand, schaute er noch einmal zurück, doch auf mein Winken reagierte er nicht.

Zwölf

Die Aufgabe, Arttu Aaltonens Eltern die Todesnachricht zu überbringen, fiel Puustjärvi und mir zu. Sosehr ich mich auch bemühte, auf Distanz zu bleiben, der Schmerz der Eltern ging nicht spurlos an mir vorüber. Der Junge hatte schon früher mit Selbstmord gedroht, seine Mutter hatte vergeblich versucht, ihn zu einem Gespräch mit einem Psychologen zu bewegen. Als ich am nächsten Morgen die kurze, sachliche Nachricht in der Zeitung las, ein seit zwei Tagen vermisster junger Mann sei tot aufgefunden worden, fühlte ich mich wie ausgebrannt.

Am Dienstagmorgen rief Lehtovuori an, um mitzuteilen, er habe Bronchitis und neununddreißig Grad Fieber und sei für drei Tage krankgeschrieben. Das bedeutete, dass ich jemand anderen für die Fahndung nach der verschwundenen Pilzesammlerin abstellen musste.

«Pfleg dich gut und werd bald wieder gesund», sagte ich in mütterlichem Ton, bemüht, mir meine Verärgerung nicht anmerken zu lassen. Koivu und ich mussten am Nachmittag im Kriminalamt über Pertsas Verfehlungen aussagen. Eigentlich hatte ich Riikka Merivaaras Vernehmung delegieren wollen, doch nun war außer mir niemand verfügbar.

Kantelinens Bericht über die Finanzlage der Merivaara AG lag endlich auf meinem Schreibtisch. Vor der Morgenbesprechung blätterte ich ihn hastig durch. Das Unternehmen war stabil, in den letzten Jahren waren keine größeren Investitionen nötig gewesen. Die Bilanz machte einen guten Eindruck. Im Aufsichtsrat saßen außer Juha und Anne Merivaara nur der Finanzchef Heikki Halonen sowie ein gewisser Marcus Enckell, dem Namen nach vermutlich ein Verwandter der verstorbenen Mutter von Juha Merivaara. Das Einzige, was Kantelinen mit einem Fragezeichen versehen hatte, war die Firma Mare Nostrum, die zwölf Prozent der Merivaara-Aktien hielt. Über die Besitzer dieses Unternehmens gab weder die Aktienliste der Merivaara AG noch das Handelsregister Auskunft. Die Spur endete bei einem Postfach auf Guernsey.

Mein erster Gedanke war Steuerbetrug. Ich tippte Kantelinens Nummer ein, um ihn nach seiner Meinung zu fragen, doch er war nicht zu erreichen. Missmutig machte ich mich auf den Weg zur Lagebesprechung. Der Anblick von Koivu und Wang, die die Köpfe zusammensteckten wie zwei verliebte Teenager, verbesserte meine Laune keineswegs. Weil Koivu am Nachmittag mit mir ins Kriminalamt musste und ich zudem für Riika Merivaaras Vernehmung einen Partner brauchte, ordnete ich an, dass Lähde Anu Wang bei dem Vermisstenfall unterstützte.

«Was hat dich denn so überaus passend an den Fundort von diesem Aaltonen geführt? Warst du wieder bei dem Mordleuchtturm?», fragte Lähde plötzlich.

«Nein. Es war reiner Zufall», sagte ich kurz angebunden und versuchte zum nächsten Tagesordnungspunkt überzugehen.

«Du bist also nicht extra mit einem Polizeiboot rausgefahren, um nach dem Jungen zu suchen?», hakte Lähde nach.

«Nein. Ich war im Fall Merivaara unterwegs.» Es ärgerte mich, dass Lähdes hartnäckige Fragen mich verlegen machten. «Ein zentraler Ermittlungsstrang in diesem Fall wird der ökonomische Aspekt sein. Nach außen hin ist die Firma sauber, aber mit einem der Anteilseigner stimmt etwas nicht. Koivu und Puustjärvi übernehmen zusammen mit mir die weiteren Zeugenvernehmungen. Pete, du kümmerst dich um die Mitglieder des Aufsichtsrats. Wir setzen uns zusammen, sobald unser guter Herr Kantelinen sich meldet. Koivu, um halb elf im Vernehmungsraum zwei!»

Ich flüchtete mich in mein Büro, um ein paar Minuten Ruhe zu haben. Vor der Besprechung hatte ich mein Handy ausgeschaltet; nun sah ich, dass sechs Nachrichten eingegangen waren, darunter vier von zu Hause. Antti musste irgendein Problem haben.

«Sarkela», meldete er sich außer Atem. Im Hintergrund hörte ich Iida brüllen. «Ich hatte nur angerufen, weil ich den Autoschlüssel nicht finden konnte. Iida hat sich am Klavier böse den Kopf angeschlagen, direkt neben dem Auge, ich muss zum Arzt mit ihr.»

«Um Himmels willen! Kommst du klar?», fragte ich erschrocken. Natürlich wurde Antti mit der Situation fertig. Dennoch überfiel mich der Rabenmutterkomplex: Ich hätte alles stehen und liegen lassen und zur Poliklinik nach Matinkylä rasen müssen, um mein verletztes Kind zu trösten. Aber das war einfach nicht möglich.

«Ruf an, wenn du mehr weißt, ich lass das Handy eingeschaltet», sagte ich. Antti hatte es eilig loszufahren. Der eine der beiden anderen Anrufe war von der Sicherheitspolizei gekommen. Ich rief nur deshalb zurück, um nicht unablässig an Iida denken zu müssen und mir auszumalen, wie sie mit blutendem Auge und laut schreiend im Kindersitz saß. Dass die Sicherheitspolizei mit mir über Jiri Merivaara reden wollte, überraschte mich nicht. Man war dort auf denselben Gedanken gekommen wie ich: Hatte der Junge seinen Vater im Zuge eines Initiationsritus getötet, der ihm Zugang zum harten Kern der Revolution der Tiere verschaffte? Auch bei der Sicherheitspolizei hielt man diese Theorie für nicht besonders wahrscheinlich, aber immerhin für möglich, und man war genau wie ich der Ansicht, es sei ein merkwürdiger Zufall, dass das RdT-Mitglied Harri Immonen vor genau einem Jahr an derselben Stelle ums Leben gekommen war wie Jiri

Merivaaras Vater. Wir stritten eine Weile darüber, wer Jiri im Fall Harri Immonen vernehmen sollte. Zum Glück konnte ich den Hickhack unterbrechen, weil Riikka Merivaaras Vernehmung anstand.

Koivu wartete mit verdrossener Miene im Besprechungsraum.

«Ein Anruf vom kriminaltechnischen Labor. Das Glas von der Taschenlampe ist nicht identisch mit den Splittern in Juha Merivaaras Kopfwunde, die Form kommt auch nicht hin. Die Lampe war nicht die Tatwaffe.»

«Wär ja auch zu schön gewesen», seufzte ich. «Sonst noch was?»

«Der Fingerabdruck auf dem Kragenspiegel an Merivaaras Jacke stammt von seiner Frau. An der Jacke selbst wurden Fasern von Mikke Sjöbergs Pullover gefunden, aber die sind möglicherweise erst später haften geblieben, als er seinen Bruder aus dem Wasser gezogen hat.»

«Verdammter Mist», schimpfte ich vor mich hin. Nirgends ein Fortschritt.

«Schlecht gelaunt?», erkundigte sich Koivu, als wir die Treppe zu den Vernehmungsräumen erreicht hatten.

«Du hast doch sicher auch keine Lust auf die Befragung beim Kriminalamt.»

«Wieso nicht? Ist doch gut, wenn wir Ström loswerden. Letzten Winter haben wir alle darum gebetet, dass du nur ja nicht Erziehungsurlaub nimmst oder gleich noch ein zweites Kind kriegst. Anu hat bestimmt am inständigsten gebetet, obwohl sie noch nie mit dir zusammengearbeitet hatte.»

«Ist sie Christin?»

«Was?» Er sah mich verdutzt an, dann fiel der Groschen. «Anu? Weiß ich nicht. Über so was haben wir nicht geredet.»

«Vielleicht ist der buddhistische Hochzeitsritus ganz interessant. Oder ist ihre Familie taoistisch? Sie stammt doch ursprünglich aus China.»

«Maria!» Koivu gab sich alle Mühe, mich strafend anzusehen. «Anu ist echt interessant. Sie kommt aus einer Kultur, in der die Frauen schweigen müssen, und ist trotzdem Polizistin ...» Er verstummte, denn Tapio Holma und Riikka Merivaara standen wartend auf dem Flur.

Holma hatte Riikka also begleitet. Vielleicht meinte er, das Polizeipräsidium sei zu beklemmend für sie. Oder wollte er sie unter Kontrolle halten?

«Du kannst hier warten oder irgendwo einen Kaffee trinken», sagte ich zu ihm. «Es wird mindestens eine Stunde dauern.»

«Darf Tapsa nicht mitkommen?» Riikka rang die Hände wie eine Sopranistin bei einer hochdramatischen Arie.

«Riikka hat doch das Recht auf einen Beistand bei der Vernehmung», setzte Holma hinzu.

«Wer selbst zu den Verdächtigen gehört, kommt dafür nicht in Betracht», sagte ich entschieden, und Holma gab klein bei. Er blieb auf dem Flur zurück, als wir den Vernehmungsraum betraten.

Riikka beantwortete die einleitenden Routinefragen verkrampft und immer wieder schluckend, als wäre eine polizeiliche Vernehmung der reine Horror. Für ein unbescholtenes, schüchternes Mädchen mochte die Situation tatsächlich beängstigend sein, doch sie erlebte sie ja nicht zum ersten Mal. Wir gingen die Ereignisse auf Rödskär noch einmal durch, wobei ich zu der Überzeugung kam, dass sie nicht die Täterin sein konnte. Physisch wäre sie zwar imstande gewesen, einen Menschen zu erschlagen – ihr großer, schlanker Körper wirkte durchtrainiert –, aber sie hätte keinesfalls die seelische Kraft gehabt, eine solche Tat zu verheimlichen.

«Mutter arbeitet wie verrückt. Das hätte Vater so gewollt, sagt sie. Die Herbstbestellungen müssen ausgeliefert werden.»

«Wie gut bist du über die Merivaara AG informiert? Wer steht hinter dem Anteilseigner Mare Nostrum?»

Riikka zuckte mit den Schultern. Sie wisse es nicht, habe den Namen nie gehört. Geschäftliche Dinge interessierten sie nicht, sie wolle nur singen.

«Aber nun erbst du die Hälfte der Aktien deines Vaters. Da wirst du dich schon für die Firma interessieren müssen. Und warst du nicht diejenige, die deinen Vater dazu gebracht hat, sich für Umweltfragen zu engagieren und die Geschäftsidee der Merivaara AG zu ändern?»

Aus irgendeinem Grund errötete sie.

«Ganz so war es nicht. Gegen seinen Willen ließ mein Vater sich für nichts begeistern. Mutter behauptet zwar, als ich Vegetarierin wurde und so weiter, hätte er begonnen, die Dinge in einem neuen Licht zu sehen, aber Vater ... ‹Sieh du nur zu, dass du in der Schule gut mitkommst, Kindchen, und überlass es den Erwachsenen, die Welt am Laufen zu halten!› So hat er immer geredet.»

«Wie hat dein Vater auf den Vergewaltigungsversuch reagiert?»

«Muss ich darüber sprechen? Ich möchte das Ganze endlich vergessen», protestierte Riikka, doch darauf konnte ich mich nicht einlassen.

«Er war natürlich wütend, am liebsten wäre er losgezogen und hätte den Kerl zusammengeschlagen. Mich hat er ausgeschimpft, weil ich zu denen ins Auto gestiegen bin, statt ein Taxi zu nehmen. Typisch Vater. Es war nicht das erste Mal, dass er behauptete, die Frauen wären selber schuld, wenn ihnen so etwas passiert.» Ihre Lippen bebten. «Alles ist so leer, seit Vater nicht mehr da ist. Er war so groß und laut und wusste alles ...» Sie kramte ein Taschentuch aus der Handtasche.

«Obwohl ... für mich hat er sich gar nicht interessiert. Er hat sich immer wieder darüber lustig gemacht, dass ich keinen Freund hatte. Männer wollen eine Sexbombe und keine Koloraturpiepserin in langweiligen Klamotten, hat er gesagt. Als wäre es heute noch die Pflicht eines Vaters, seine Tochter unter die Haube zu bringen!»

Mein Handy klingelte, und da ich auf Anttis Anruf wartete, meldete ich mich, entschuldigte mich bei Riikka und ging auf den Flur, wo Tapio Holma mich finster anstarrte. Er schien immer noch zu glauben, er müsse Riikka vor der bösen Polizei beschützen.

«Wir sind im Krankenhaus, der Arzt hat uns gleich überwiesen. Iidas Wunde ist mit drei Stichen genäht worden, in Vollnarkose. Der Sehnerv ist zum Glück unversehrt.»

«Gott sei Dank! Wie konnte das überhaupt passieren?» Erst im Nachhinein merkte ich, wie anklagend sich meine Frage anhörte.

«Ich hab Klavier gespielt, und Iida ist hinter ihrem Ball hergelaufen. Sie muss ausgerutscht sein, nehme ich an, jedenfalls ist sie mit vollem Schwung gegen das Klavier gestoßen.»

«Die Kante müssen wir abpolstern. Schläft Iida noch?»

«Sie liegt im Aufwachraum. Ich muss jetzt zurück, damit sie keine Angst bekommt, wenn sie wach wird. Kannst du heute ein bisschen früher nach Hause kommen?»

«Ich werd's versuchen, aber ich muss am Nachmittag noch zum Kriminalamt. Im Moment steck ich mitten in einer Vernehmung.»

Ich brauchte eine Weile, um mich zu beruhigen, obwohl ich eigentlich nicht der hysterische Muttertyp war. Mitunter kam ich mir vor wie ein Monster, wenn ich die müde Iida in ihrem Bettchen quäken ließ, bis sie von allein einschlief, statt sie in den Schlaf zu singen. Ich machte mir keine Sorgen um verschluckte Katzenhaare, hatte dem Kind auch nicht beigebracht, sich vor Wespen zu fürchten, und der Schutzhelm fürs Laufenlernen, den uns meine Schwester Helena geschenkt hatte, lag unbenutzt in der Ecke.

«Hatte dein Vater im Sommer auf Rödskär Besucher, die du nicht kanntest?», fragte Koivu gerade, als ich zurückkam.

«Im Sommer waren eine Menge Segler auf der Insel, aber Bekannte von Vater waren kaum darunter», erwiderte Riikka nach kurzem Überlegen. «Viele haben ganz zufällig angelegt. Es waren wohl auch ein paar Geschäftspartner meiner Eltern dabei. Aber ich war nicht die ganze Zeit dort, ich habe mich in der Stadt auf die Aufnahmeprüfung vorbereitet. Am besten fragt ihr meine Mutter.»

Sie warf die ebenholzfarbenen Haare zurück. In ihrer schwarzen Kleidung – Rollkragenpullover, kurzer Rock und dicke Strumpfhose – wirkte sie noch eckiger und langgliedriger als sonst, und plötzlich fiel mir ihre Ähnlichkeit mit Mikke auf.

«Wie hat deine Mutter auf Jiris Festnahme reagiert?»

Riikka wandte mir das Gesicht zu und lachte beinahe laut auf.

«Kannst du dir das nicht denken? Ich begreife nicht, wie sie das alles aushält. Zum Glück hat Mikke versprochen, die Beerdigung mit zu organisieren, und Seija bietet auch andauernd ihre Hilfe an. Aber die Leute in der Fleischfabrik hätten sterben können! Jiri behauptet, er hätte nicht gewusst, dass der Anschlag Menschenleben gefährdet, aber ich weiß nicht mehr, was ich glauben soll.»

«Hast du an den Aktionen der RdT nicht teilgenommen?»

«Ich war letztes Jahr bei ein paar Demonstrationen gegen Pelzmode dabei und bei der großen Blaualgendemo, an der auch viele andere Umweltorganisationen teilgenommen haben. Ich bin nicht mit allem einverstanden, was die RdT macht.»

Koivu fragte noch einmal nach der Nacht, in der Juha Merivaara gestorben war, wohl in der Hoffnung, Riikka werde sich in Widersprüche verwickeln. Doch vergeblich, sie blieb bei ihrer Aussage, Tapio und sie selbst hätten fest geschlafen.

Es war sinnlos, die Vernehmung fortzusetzen, ich ließ Riikka gehen. Durch die offene Tür zum Gang schnappte ich ihren Wortwechsel mit Tapio Holma auf.

«Komm mit zu mir. Wir sind so lange nicht mehr ungestört zusammen gewesen», klagte Holma.

«Jetzt nicht. Ich möchte eine Weile allein sein», wehrte Riikka ab.

«Ich brauche dich, Riikka. Ich muss bis morgen früh entscheiden, ob ich die Operation riskieren will. Du musst mir dabei helfen.»

«Ich will aber nicht! Ich trau mich nicht, die Verantwortung für deine Stimme und deine Zukunft zu übernehmen!», zischte Riikka. «Bring mich nach Hause. Ach was, ich kann auch mit dem Bus fahren.»

Dem Klopfen der Absätze nach ging sie mit raschen Schritten davon. Holma folgte ihr bald darauf.

«Am besten machen wir uns auf den Weg nach Tikkurila, wir können ja unterwegs was essen», seufzte ich. Koivu hatte das Tonband zurückgespult und schrieb gerade die Vernehmungsdaten auf die Kassette.

«Fahren wir bei McDonald's vorbei», schlug er vor und sah mich erstaunt an, als ich schroff ablehnte.

«Nein danke, keine Hamburger. Ich möchte ohne ideologische Konflikte essen. Wie wäre es mit Kartoffelbrei in der Kantine?»

Im Schatten der Grünpflanzen saß Taskinen mit Laine vom BGK beim Mittagessen. Ich setzte mich dazu, während Koivu erklärte, er speise lieber mit Gleichgestellten, und sich zu den Kriminalmeistern vom Raubdezernat verzog.

«Orion hat wieder einen Drohbrief bekommen», berichtete Taskinen. «Wenn die Firma ihre Tierversuche nicht einstellt, würden die Tiere in nächster Zeit befreit. Unterschrift: Revolution der Tiere.»

«Die jungen Leute sind ja ganz schön rege. Soweit ich

weiß, sitzen doch immer noch einige von ihnen bei der Sicherheitspolizei.»

«Das ist eine ernste Sache, Kallio!», mahnte Laine und wischte sich einen Klecks Kartoffelbrei von der dunkelblauen Seidenkrawatte.

«Warum sollten wir die Orion-Labors schützen, wenn unsere Ressourcen nicht mal ausreichen, den Opfern häuslicher Gewalt beizustehen?», sagte ich schneidend und dachte sowohl an Ari Väätäinen und seine Frau als auch an einen Fall vom letzten Wochenende, bei dem eine Frau fast ums Leben gekommen wäre. Auch in dieser Familie war Gewalt seit langem an der Tagesordnung gewesen.

Taskinen nahm meine Bemerkung zum Anlass, das Gespräch auf Pertti Ström zu bringen.

«Bei Perttis langem Sündenregister sieht es schlecht für ihn aus. Es bleibt uns keine andere Wahl, als die Suspendierung mindestens bis zum Prozess zu verlängern. Durchaus möglich, dass er danach aus dem Dienst entlassen wird.»

«Wie wird dein Gutachten ausfallen?»

Ich schaute tief in Taskinens nüchterne, graublaue Augen. Er konnte Ström noch weniger leiden als ich, das war mir klar.

«Pertti hat seine guten Seiten, aber als Vorgesetzter hat er sich nicht bewährt. Er hatte zwar eine hohe Aufklärungsrate, aber um welchen Preis! Im letzten Winter stand das halbe Dezernat kurz vor dem Burn-out, weil das Arbeitsklima unerträglich war.» Taskinen erwiderte meinen Blick und hätte mich sicher bei den Händen gefasst, wenn Laine nicht mit am Tisch gesessen hätte.

«Dem Väätäinen hätte ich in der Situation auch eine runterhauen mögen», knurrte ich.

«Ich genauso. Aber wir hätten es nicht getan.»

Dazu gab es nicht viel zu sagen. Ich stand auf und gab Koivu das Zeichen zum Aufbruch. Während der Fahrt rief ich zu Hause an. Antti berichtete, Iida sei problemlos aus der Narkose erwacht und esse jetzt gerade Möhrenpastete, als hätte sie seit einer Woche nichts bekommen. Trotzdem versprach ich, spätestens um vier zu Hause zu sein.

Ich war schon einige Male vernommen worden, zuletzt nach dem Geiseldrama, bei dem mein Kollege Palo und sein Entführer, ein entflohener Sträfling, während der polizeilichen Belagerung ums Leben gekommen waren. Dennoch fiel mir der Rollenwechsel von der Vernehmerin zur Befragten schwer. An der Vernehmung nahmen nur zwei Beamte teil, Kommissar Suurpää und Hauptmeister Peltonen, der jedoch kein Wort von sich gab. Suurpää war ein Schrank von einem Mann, über eins neunzig groß, massig, mit dichtem schwarzem Haar, das von grauen Strähnen durchsetzt war. Man sah ihm an, dass er lange vor seinem sechzigsten Geburtstag schlohweiß sein würde.

«Sehr bedauerlich, dieser Vorfall», begann Suurpää, als wolle er deutlich machen, dass wir auf der gleichen Seite standen. «Der Staatsanwalt ist gezwungen, Anklage zu erheben, zumal die Sache an die Öffentlichkeit gedrungen ist. Aber sprechen wir zuerst über Kommissar Ströms Vorgeschichte. Sie haben etwa drei Jahre mit ihm zusammengearbeitet, kennen ihn also recht gut.»

«Genau genommen haben wir uns bereits Anfang der achtziger Jahre auf der Polizeischule kennen gelernt, und auch danach sind wir uns gelegentlich über den Weg gelaufen.»

«Ström hat früher bereits einige Verwarnungen wegen aggressiven Verhaltens gegenüber Festgenommenen erhalten. Haben Sie diesbezügliche Erfahrungen?»

Ich sah mich gezwungen, von Kimmo zu erzählen, einem jungen Mann, dessen Verteidigung ich während meines kurzen Intermezzos in einer Anwaltskanzlei vor rund vier Jahren übernommen hatte. Ström hatte Kimmo, der unter

Mordverdacht stand, beim Sexspiel in schwarzem Gummi angetroffen und ihn vom Fleck weg aufs Revier geschleift. Und dann war da noch Joona Kirstilä, den Pertsa zu einer Schlägerei provoziert hatte. Anschließend hatte er Kirstilä mit einer Anzeige wegen Widerstand gegen einen Beamten gedroht, obwohl er selbst viel härter zugeschlagen hatte.

Aber so mancher Polizist hatte ein ähnliches Sündenregister wie Pertsa. Und ich hatte ihn auch anders erlebt. Bei einer Festnahme hatte die Tatverdächtige versucht, sich in einem Eisloch zu ertränken. Pertsa war ihr nachgesprungen und hatte ihr das Leben gerettet. Ich erwähnte auch diesen Vorfall, obwohl Kommissar Suurpää meinte, das gehöre nicht zur Sache.

«Kommen wir nun zu der Tat selbst. Hauptmeister Koivu und Sie waren nicht im Raum, als die Prügelei begann, haben aber den Lärm bis auf den Flur gehört?»

Ich berichtete, wie wir in den Vernehmungsraum gestürmt waren und Ström von Väätäinen fortgezerrt hatten.

«Meiner Ansicht nach hat Väätäinen Kommissar Ström provoziert. Ström hat seit Jahren immer wieder gegen den Mann ermitteln müssen, aber er war einfach nicht hinter Gitter zu bringen. Zuerst hat seine Frau sich geweigert, Anzeige zu erstatten, dann wurde ein Schlichtungsverfahren angeordnet. Insofern ist es kein Wunder, dass Ström frustriert war.»

«Es ist natürlich lobenswert, dass Sie als Ströms unmittelbare Vorgesetzte ihn verteidigen, aber Sie kennen das Gesetz so gut wie ich. Gewaltanwendung bei einer Vernehmung ist unentschuldbar. Väätäinen hat, wie Sie wissen, auch auf Ströms Scheidung angespielt, die aber schon Jahre zurückliegt. Wieso hat diese Bemerkung Ström derart aufgebracht?»

«Ich habe mit Kommissar Ström nicht darüber gesprochen, da er ungern über sein Privatleben redet, ich kann also nur Vermutungen anstellen. Ströms Exfrau hat vor knapp zwei Wochen wieder geheiratet. Ström selbst hatte die Scheidung damals nicht gewollt und hing sehr an seinen Kindern. Deshalb fand er es wohl unbegreiflich, dass jemand wie Väätäinen immer wieder seine eigene Familie misshandelt.»

«Sie scheinen das Seelenleben Ihres Untergebenen ja sehr gut zu kennen. Offenbar hegen Sie nicht den Wunsch, dass Kommissar Ström aus dem Polizeidienst entlassen wird?»

«Das steht hier wohl nicht zur Debatte», fuhr ich auf. Ich wusste selbst nicht, wie ich darüber dachte. Einerseits wäre es eine Erleichterung, Ström loszuwerden, andererseits hatte ich zu meinem Erstaunen gemerkt, dass ich sein grimmiges Gesicht vermisste.

«Ström hatte zur Tatzeit null Komma sechs Promille», erklärte Kommissar Suurpää. «Ist Ihnen aufgefallen, dass er Alkoholprobleme hatte, Hauptkommissarin Kallio?»

Nun steckte ich in der Zwickmühle. Wenn ich behauptete, nichts bemerkt zu haben, stand ich als naives Dummerchen da. Sagte ich aber, ich hätte davon gewusst, konnte man mir vorwerfen, meine Pflichten als Vorgesetzte vernachlässigt zu haben.

«Ich hatte es bemerkt und mir vorgenommen, die Sache bei nächster Gelegenheit zur Sprache zu bringen und Kommissar Ström in Behandlung zu schicken. Leider ist es dazu nicht mehr gekommen, aber ich kümmere mich darum, sobald Kommissar Ström wieder im Dienst ist.»

«Das möchte ich Ihnen dringend raten. Wissen Sie, ob das Alkoholproblem bereits seit längerem bestand?»

Ich schüttelte den Kopf und berief mich darauf, ein Jahr lang nicht im Dezernat gearbeitet zu haben. Zwar erinnerte ich mich an die leere Schnapsflasche, die ich kurz vor dem Mutterschaftsurlaub in Pertsas Schreibtisch gefunden hatte, aber es stand ja keineswegs fest, dass er sie in der Arbeitszeit geleert hatte.

«Kommissar Ström war während Ihres Mutterschaftsurlaubs stellvertretender Dezernatsleiter. Fiel es ihm schwer, sich danach Ihrer Leitung unterzuordnen?»

Ich sah Suurpää verwundert an.

«Geht es bei dieser Voruntersuchung nicht ausschließlich darum, ob Ström wegen tätlichen Angriffs angeklagt wird?»

Suurpää hatte die Hände gefaltet und ließ die Daumen kreisen.

«Ström war offenbar nicht sehr beliebt. Wäre es nicht denkbar, dass einer seiner Kollegen Väätäinen bestochen hat, die Attacke zu provozieren?»

Pertsa, der Schweinehund! Auf diese Weise versuchte er also seine Haut zu retten? Natürlich fragte ich, ob Ström selbst diese Theorie vorgebracht und ob Väätäinen sie bestätigt hatte, und natürlich weigerte sich Suurpää zu antworten. Ich war hier nicht diejenige, die die Fragen stellte.

«Meiner Meinung nach ist das eine lächerliche Behauptung. Möglicherweise hat Väätäinen Ström absichtlich provoziert, um die Voruntersuchung zu Fall zu bringen, aber niemand aus meinem Dezernat würde mit ihm gemeinsame Sache machen, davon bin ich überzeugt», sagte ich mit Nachdruck, obwohl ich unwillkürlich an Puupponen denken musste. Er hasste Ström, daran gab es nichts zu deuten. Aber selbst er hätte es wohl nicht fertig gebracht, sich mit einem Kerl von Väätäinens Schlag zusammenzutun, um gegen Ström zu intrigieren.

Natürlich wusste ich, wem nach allgemeiner Überzeugung am meisten daran lag, Ström loszuwerden: mir. Wenn Pertsa tatsächlich versuchte, mir die Schuld für seinen eigenen Fehler zuzuschieben, sollte er von mir aus zur Hölle fahren. Als ich das Gebäude des Kriminalamts endlich verlassen durfte, war ich so geladen, dass ich mit voller Wucht gegen die Reifen unseres Autos trat. Dann rief ich Ström an. Nach dem siebenten Klingeln legte ich auf, drückte die Wiederholungstaste und ließ es achtmal klingeln. Beim dritten Anruf ging Ström an den Apparat.

«Maria hier. Wie geht's?» Ich bemühte mich, mir meinen Zorn nicht anmerken zu lassen.

«Scheiße, du hast mich geweckt», polterte er mit verkaterter Stimme. «Was ist denn so verdammt wichtig?»

«Ich musste deinetwegen zum Kriminalamt. Wen hast du bezichtigt, Väätäinen bestochen zu haben?»

Ich war froh, dass Ström weit weg war und meine vor Wut zitternden Hände nicht sah, die kaum das Handy halten konnten.

«Was zum Teufel redest du da? War das etwa arrangiert?»

«Du behauptest also, du weißt nichts davon?»

«Wovon?» Seine Stimme klang schon wesentlich klarer. «Worauf willst du hinaus?»

«Vergiss es! Die Holzköpfe vom Kriminalamt spinnen.»

Ich wusste nicht mehr, wem ich glauben sollte.

«Und, hast du mich ordentlich angeschwärzt? Ein Scheißkerl, läuft immer mit geballten Fäusten rum, nur gut, dass wir ihn loswerden, was?» Nun klang seine Stimme wieder so mürrisch, wie ich sie kannte, im Hintergrund hörte ich eine Kühlschranktür, dann das Zischen beim Öffnen einer Bierflasche.

«Ich habe gesagt, was passiert ist. Ich hab wahrhaftig genug zu tun, auch ohne diesen Idioten die dummen Ideen meiner Kollegen zu erklären! Hoffentlich wird dein Fall schnell behandelt, damit du bald wieder zur Arbeit kommen kannst.»

«Ach, hör doch auf, Maria! Du weißt genau, dass ich nicht zurückkommen kann», sagte Ström und legte auf.

Ich rief sofort wieder bei ihm an, hörte aber nur das Besetztzeichen. Wahrscheinlich hatte er den Hörer neben die Gabel gelegt. Ich spazierte zum Fluss und setzte mich auf den Rasen, um ein paar weitere Telefonate zu erledigen, während ich auf Koivu wartete.

Diesmal erreichte ich Kantelinen. Er schlug vor, wir sollten uns nach fünf zusammensetzen, das sei in dieser Woche sein einziger freier Termin. Nach kurzem Zögern lehnte ich ab. Schließlich musste ich auch einmal Zeit für meine Familie haben.

«Wie ist es mit morgen früh? Ich bin bereit, zeitig zu kommen. Um halb acht?», schlug ich vor. Kantelinen stöhnte demonstrativ, ließ sich dann aber doch überreden. Puustjärvi, den ich dazubat, war nicht gerade erfreut, da er in Kirkkonummi wohnte, würde er schon vor sieben Uhr losfahren müssen. Ich fühlte mich wie eine supergemeine Chefin, und aus irgendeinem Grund erfüllte mich das mit Genugtuung.

Suurpää fragte Koivu vermutlich, ob er mir zutraute, Väätäinen gegen Ström eingespannt zu haben. Bei dem Gedanken wurde ich von neuem wütend und verlor die Lust, auf Koivu zu warten. Ich steckte einen Zettel unter den Scheibenwischer, ich sei schon weg und er solle morgen um halb acht zur Besprechung kommen. Dann ging ich zum Bahnhof Tikkurila. Das Wissenschaftsmuseum Heureka glänzte in der Sonne wie ein Raumschiff. Als ich auf den Bahnsteig kam, klingelte mein Handy. Seija Saarela wollte mich sprechen.

«Sie haben Mikke nach Harri Immonen gefragt. War sein Tod denn kein Unfall?»

«Das steht im Moment noch nicht fest. Haben Sie mir denn etwas zu Harri zu sagen?»

«Ja, aber ich kann jetzt nicht lange sprechen. Ich muss bis morgen früh eine Partie Steine schleifen.»

«Gut, dann sehen wir uns morgen auf dem Präsidium.»

«Das geht nicht. Ich habe versprochen, den ganzen Tag im Reformhaus im Einkaufszentrum ‹Lippulaiva› auszuhelfen, ich darf da gleichzeitig meinen Schmuck verkaufen.»

«Vielleicht hat einer meiner Leute Zeit», sagte ich säuerlich. Heute war offenbar einer der Tage, an denen nichts klappte.

«Ich möchte aber mit Ihnen persönlich sprechen. Nicht nur über Harri, sondern zum Beispiel auch über Mikke. Es war ein furchtbarer Schock für ihn, diesen Selbstmörder zu sehen. Warum hat der arme Junge sich denn das Leben genommen?»

«Das dürfte Sie wohl nichts angehen. Ich muss jetzt Schluss machen.»

Der Zug fuhr ein, ich schaltete das Handy aus. Zu meinem Pech geriet ich in einen Wagen voll lärmender, fluchender Halbwüchsiger. Als einer von ihnen auch noch anfing, auf den Boden zu rotzen, war ich versucht einzugreifen, wagte es aber nicht, denn bei der Wut, die in mir steckte, hätte ich für nichts garantieren können. Womöglich hätte ich mich genauso verhalten wie Ström.

Ich hielt durch bis zum Helsinkier Hauptbahnhof. Dort wäre ich am liebsten schnurstracks in die nächste Kneipe marschiert, doch der Rabenmutterkomplex hielt mich davon ab. Natürlich würde ich mit dem nächsten Bus zu meinem verletzten Kind fahren. Die Zeit bis zur Abfahrt reichte jedoch für einen Abstecher ins Alkoholgeschäft. Ich kaufte eine große Flasche Anisschnaps und eine Taschenflasche Whisky, die ich gleich auf der Straße aufschraubte und leerte. Brennende Wärme floß durch meinen Körper und verwandelte sich während der Busfahrt in Entspannung. Ganz in der Nähe von Ströms Wohnung musste ich umsteigen, aber selbst wenn ich Zeit gehabt hätte, ich hätte ihn nicht besucht. Erst als ich die Ison-Henttaantie entlangging, wurde ich endlich ruhiger. Auf den Feldern wechselten Braun und Gelbgrün miteinander ab, ein Spatzenschwarm plünderte den Vogelbeerbaum. Leider störte das unaufhörliche Dröhnen der Bossiermaschinen an der neuen Umgehungsstraße die Idylle. Dann wurde auf der Baustelle gesprengt, und eine Staubwolke senkte sich über den Acker wie außerirdisches Gift in einem Science-Fiction-Film.

Iida, die mir durch den Flur entgegentapste, sah mit ihrer Augenklappe aus wie ein Piratenbaby. Die Wunde schien sie nicht zu stören. Ich nahm meine Tochter auf den Arm und küsste ihre kleinen, nach Grießbrei duftenden Bäckchen.

«Komm, wir legen uns eine Weile hin, Mama ist müde.»

«Iida aua», sagte sie und zeigte auf ihre Schläfe.

«Was? Sag das nochmal», rief ich, denn bisher hatte sie nur einzelne Wörter gesprochen, und auch das nur selten. Aber Iida wiederholte ihren ersten Satz nicht, sondern verkroch sich in meine Arme. Ich holte in der Küche eine Banane, von der Iida die Hälfte für sich forderte. Antti, der im Wohnzimmer saß und in der Zeitung des Naturschutzbundes las, reckte sich, um mir einen Kuss zu geben.

«Du riechst nach Whisky», stellte er verwundert fest.

«Ich bekenne mich schuldig, Euer Ehren. Nach dem Kriminalamt war das nötig. Ich leg mich mit Iida ein bisschen lang.»

«Dann mach ich inzwischen einen Spaziergang. Du hast doch nicht vergessen, dass ich morgen Abend ins Konzert der Tapiola-Sinfonietta gehe?» Ich brummte etwas Undefinierbares, denn natürlich war mir das völlig entfallen. Dann trug ich Iida nach oben, hörte sie glucksen und betrachtete die kleinen Finger, die abwechselnd einen Turm aus Duplosteinen bauten und mit meinen Haaren spielten. Bald darauf legte sie sich zu mir und drückte den Kopf an meine Brust, als wollte sie Milch. Das Stillen war eine der wenigen Seiten der Mutterschaft, bei denen ich den Anforderungen gerecht geworden war. Ich hatte genug Milch gehabt, und das Baby hatte die Kunst des Trinkens schnell gelernt. Es war ein aufregendes Gefühl gewesen, dass mein Körper Iida Nahrung und Geborgenheit gab, er war wie ein großes warmes Nest, in dem sie sich verkroch, nachdem sie sich das Bäuchlein mit der besten Speise gefüllt hatte, die sie kannte. Mit drei Monaten hatte sie mittags nach dem Stillen zum ersten Mal gelächelt: Am Strahlen ihrer Augen hatte ich erkannt, dass es kein unbewusstes Engelslächeln war. Am bezauberndsten waren ihre lachenden Augen gewesen, wenn ich sie nach dem Mittagsschlaf an der frischen Luft, in Decken gehüllt und den Schnuller im Mund, aus dem Wagen hob und ins Haus trug. Zum Glück hatte die Klavierkante sie nur an der Schläfe getroffen ... Ich küsste Iida auf die Augenlider, beschnupperte sie und brummte dabei, bis wir beide zu nichts anderem mehr fähig waren, als zu lachen und uns gegenseitig das Gesicht abzuküssen. Den Anisschnaps brauchte ich jetzt nicht mehr.

Dreizehn

Als um halb sieben der Wecker klingelte, verfluchte ich meinen Eifer, am frühen Morgen eine Besprechung abzuhalten. Der fast volle Mond warf einen breiten Lichtstreifen über die dunklen, von Raureif überzogenen Felder, das Thermometer zeigte zwei Grad unter Null. Ich hoffte, unser alter Fiat würde anspringen, am Abend hatte ich nämlich vergessen, den Heizer einzuschalten.

Ich stellte die Kaffeemaschine an und setzte Iidas Frühstücksbrei auf, bevor ich zum Briefkasten am Gartenzaun ging, um die Zeitung zu holen. Der Frost öffnete mir die verquollenen Augen. Der Wald roch nach Moder, als versuchte er, mit seinem kräftigen Aroma gegen den Herbst und den Tod anzukämpfen. Die Erlenblätter, die sich rund um den Briefkasten angesammelt hatten, waren schwarzgrau, der Nachtfrost hatte sie mit Reifperlen bestickt.

Nach einigen beschwörenden Worten sprang der Fiat tatsächlich an, doch das Lenkrad war so kalt, dass ich es nur mit Handschuhen anfassen konnte. In Mankkaa stand ich im Stau und drehte wütend am Knopf des Autoradios, um einen Sender zu finden, der keine künstliche Munterkeit verbreitete. Zum Glück saß in irgendeinem Studio ein Morgenmuffel, der so verdrießlich gestimmt war wie ich und «The Unforgiven» von Apocalyptica aufgelegt hatte. Die hysterischen Celloklänge versetzten mich beinahe in gute Laune.

Puustjärvi und Koivu saßen bereits mit ihren Kaffeetassen im Konferenzzimmer und kommentierten den gestrigen Eishockeyspieltag.

«Du bist gestern in Tikkurila einfach verschwunden», sagte Koivu zur Begrüßung.

«Ich war derart mies gelaunt, ich wollte nur noch weg. Haben sie dich lange festgehalten?»

«Eine Dreiviertelstunde. Komische Fragen hatten sie. Zum Beispiel, ob du Ström loswerden willst. Sie meinten, vielleicht hättest du Väätäinen bestochen, ihn zu provozieren. Ich hab ihnen erklärt, als Feministin würdest du mit einem, der seine Frau verprügelt, nie im Leben gemeinsame Sache machen.»

Ich grinste schief. Mir war nicht ganz klar, was da ablief. Von wem hatte Suurpää seine Bestechungstheorie, wenn nicht von Ström? Und wen wollte man hier eigentlich loswerden, ihn oder mich?

Kantelinen kam drei Minuten zu spät. Als Erstes sprach er kurz über die Finanzlage der Merivaara AG, an der es nichts auszusetzen gab. Die Firma hatte die schwierige Zeit zu Beginn des Jahrzehnts unbeschadet überstanden, und in der letzten Rechnungsperiode war der Export in Schwung gekommen. Ein traditionsreicher Familienbetrieb mit modernem Umweltbewusstsein war offenbar eine zugkräftige Kombination. Die Bücher waren einwandfrei geführt, die Investitionen gerechtfertigt. Der Erwerb von Rödskär war nicht nur gut fürs Image, sondern auch ein geschickter Steuertrick gewesen. Das Einzige, was das makellose Bild trübte, war der Anteilseigner Mare Nostrum, über den die Unternehmenspapiere außer der Postfachadresse auf Guernsey nichts hergaben.

«Steuerhinterziehung?», erkundigte sich Puustjärvi.

«Vielleicht, es gibt aber auch andere Möglichkeiten», antwortete Kantelinen. «Die Firma hat in den letzten zehn Jahren keine hohen Dividenden ausgeschüttet, bei einem Aktienanteil von zwölf Prozent kommt dabei nicht viel zusammen, insgesamt vielleicht eine Million Finnmark. Lohnt es sich, für eine solche Summe einen riskanten Geldumlauf aufzuziehen? Wenn es um Steuerbetrug ginge, müsste man annehmen, dass hinter der Mare Nostrum dieselben Leute stehen wie hinter der Merivaara AG. Das erscheint mir sinnlos.»

«Worum geht es denn dann?», fragte ich ungeduldig.

«Die Mare Nostrum hat die Merivaara-Aktien 1991 gekauft, also auf dem Tiefpunkt der Rezession, als das Unternehmen gezwungen war, seinen Kurs zu ändern. Es hat den Anschein, als sei der Übergang zur Produktion umweltfreundlicher Bootslacke weitgehend aus dem Erlös des Aktienverkaufs finanziert worden. Deshalb macht es selbst aus steuertechnischen Gründen keinen Sinn, dass beide Firmen denselben Besitzer haben.»

«Die Mitglieder des Aufsichtsrats müssen doch wissen, wer die Aktien hält», schnaubte Puustjärvi. «Warum reden wir hier rum, statt sie einfach zu fragen!»

«Ich könnte ja nach Guernsey reisen und das geheimnisvolle Postfach aufspüren», meinte Koivu hoffnungsvoll.

«Im Zeitalter von Fax und E-Mail kannst du dir das abschminken! Wir setzen uns mit den dortigen Kollegen in Verbindung, aber vorher fragen wir Anne Merivaara und Finanzdirektor Halonen. Puustjärvi, du versuchst Marcus Enckell ausfindig zu machen. Koivu und ich fahren nach der Morgenbesprechung zur Merivaara AG.»

«Glaubst du denn, die Besitzverhältnisse von dieser Mare Dingsbums hätten etwas zu bedeuten?», zweifelte Puustjärvi.

«Das kann durchaus sein. Juha Merivaara war für meinen Geschmack leicht halbseiden, und bis auf weiteres haben wir außer familiären Konflikten kein Motiv für den Mord entdeckt. Mare Nostrum ... war das nicht die Bezeichnung der alten Römer für das Mittelmeer? Worauf mag das hindeuten?»

«Latein stand bei uns nicht auf dem Stundenplan»,

schnaubte Koivu. Kantelinen schob seine Papiere zusammen und versprach, sich mit den Ermittlern vom Dezernat für Wirtschaftskriminalität bei Scotland Yard in Verbindung zu setzen, die er bereits kannte. Die Chance, auf diesem Weg an die Postfachfirma heranzukommen, war minimal, aber wir durften nichts unversucht lassen.

«Dieser Enckell ist übrigens recht betagt», sagte Kantelinen, die Hand bereits auf der Türklinke. «Jahrgang 1918. Für den Rest der Woche bin ich nicht zu erreichen. Heute bei Gericht, danach feiere ich Überstunden ab. Soll ich Scotland Yard bitten, sich direkt mit dir in Verbindung zu setzen?»

Ich nickte und zog mich in mein Büro zurück. Dieses eine Mal hatte ich genügend Zeit, mich auf die Morgenbesprechung vorzubereiten. Die anderen waren mit ihren Fällen gut vorangekommen. Wang hatte mit den Kollegen der vermissten Betriebswirtin gesprochen und dabei erfahren, dass in den letzten Wochen regelmäßig ein offenbar aus Estland stammender, gut aussehender junger Mann namens Toomas in ihrem Büro aufgetaucht war.

«Ist sie etwa losgezogen, um estnische Schwellpilze zu suchen, oder wie die Klunker bei denen heißen?», warf der triefnasige Puupponen ein.

Wang wurde rot, sprach aber unbeirrt weiter. «Der Pass der Frau wurde nicht gefunden. Nach Aussage des Ehemanns trug sie ihn immer in der Handtasche, die ebenfalls verschwunden ist. Soll ich mir die Passagierlisten der Fähren nach Tallinn vornehmen?»

«Natürlich. Wie ist es mit der Kleidung? Sie ist wohl kaum in Pilzsammlerklamotten zu ihrem Liebhaber gereist», überlegte ich laut.

«Vielleicht handelt es sich um die Art von Urlaub, bei der man keine Kleider braucht ...»

«Schluss jetzt, Puupponen», sagte ich wie eine Mutter zu ihrem quengelnden Dreijährigen. «Anu, informier dich über diesen Toomas. Und frag in Estland nach, ob sie eine nicht identifizierte Frauenleiche gefunden haben.»

Taskinen stürmte herein, als wir die Besprechung gerade beendeten.

«Gute Nachrichten, Maria! Väätäinen wird wegen fortgesetzter schwerer Körperverletzung angeklagt. Wir kriegen ihn endlich hinter Gitter.»

«Hurra», antwortete ich mit gebremster Freude. «Hat Väätäinen diese Bestechungsgeschichte in Umlauf gebracht?»

Da Taskinen mich fragend ansah, erzählte ich ihm, wonach die Männer vom Kriminalamt Koivu und mich gefragt hatten. Er hörte schweigend zu, aber ich sah, wie seine schmalen Lippen sich spannten.

«Darüber reden wir in deinem Büro weiter», sagte er und berührte mich flüchtig an der Schulter.

«Koivu, in einer Viertelstunde bist du startklar! Wir nehmen meinen Wagen», rief ich meinem Kollegen zu und folgte Taskinen in mein Dienstzimmer, das sich auf mysteriöse Weise in sein Reich zurückverwandelte, sobald er es betrat. Beinahe hätte ich mich auf das Besuchersofa gesetzt statt auf meinen eigenen Bürostuhl, wenn Taskinen mir nicht zuvorgekommen wäre.

«Wenn Pertti dieses Gerücht in die Welt gesetzt hat, riskiert er zu allem anderen noch eine Anzeige wegen übler Nachrede», sagte er wütend.

«Ich hatte den Eindruck, dass es sich nur um vage Gerüchte handelt, die sich nicht direkt gegen eine bestimmte Person richten. Pertsa bestreitet, etwas davon zu wissen.»

«Hast du ihn rundheraus gefragt? Natürlich streitet er es ab. Sei nicht so naiv, Maria. Pertti hat dir die Beförderung mehr als übel genommen. Er weiß, dass seine Karriere in diesem Haus vorbei ist, und versucht auch deine Chancen zu zerstören.»

«Willst du behaupten, er hätte Väätäinen angestiftet, mich der Bestechung zu bezichtigen? Das kann ich nicht glauben. Pertsa hasst den Kerl, mit solchen Typen würde er sich nie auf einen Handel einlassen.»

Während viele altgediente Polizisten sich im Lauf ihrer Karriere mit Kriminellen angefreundet und gelernt hatten, so zu denken wie sie, hatte Pertsa sich immer bemüht, genau zwischen uns und den anderen, zwischen Polizei und Verbrechern zu unterscheiden. Es hatte ihm schwer zugesetzt, dass die Kriminellen heute nicht mehr das gleiche Spiel spielten, sondern die Regeln zu ihren Gunsten auslegten.

«Vielleicht wollte Suurpää lediglich unsere Reaktionen testen. Offenbar hat jeder, den er befragt hat, beteuert, unser Dezernat wäre froh, Ström loszuwerden», sagte ich in einem Ton, der mir einen überraschten Blick von Taskinen eintrug.

«Würdest du dich etwa nicht freuen?»

«Ich weiß es nicht!», sagte ich verdrossen. «Entschuldige bitte, ich muss ein paar Dinge überprüfen, bevor ich zur Merivaara AG fahre.»

Taskinen stand beleidigt auf. Das Leben ist merkwürdig, dachte ich, als sich die Tür hinter ihm schloss. Da stritt ich mich nun mit meinem geliebten und verehrten Chef, der mich immer unterstützt hatte, über Pertti Ström. Über Pertti, der behauptet hatte, ich sei nur deshalb befördert worden, weil ich eine Affäre mit Taskinen hätte – was nicht stimmte. Mitunter kam mir allerdings der Verdacht, Taskinen hätte nichts dagegen gehabt, wenn an dem Gerücht etwas drangewesen wäre – und wenn ich ganz ehrlich war, musste ich zugeben, dass es mir bisweilen auch so ging.

Koivu hatte sich vergewissert, dass Finanzdirektor Halonen und Anne Merivaara anwesend waren. Er sollte Halonen übernehmen, während ich versuchen wollte, von Frau zu Frau mit Anne zu sprechen. Ich fragte mich, woher sie die

Kraft nahm zu arbeiten, nachdem ihr Mann ermordet und ihr Sohn der Brandstiftung beschuldigt worden war.

Die Empfangsdame bat Koivu, in der Eingangshalle zu warten, Finanzdirektor Halonen werde gleich da sein. Ich wurde von Paula Saarnio, der Sekretärin, abgeholt und in die obere Etage geführt. In einer Ecke ihres Büros ratterte ein Faxgerät, doch sie warf keinen Blick auf das Papier, das es ausspuckte. Anne Merivaara war in das Büro des Geschäftsführers umgezogen, wo sie gerade telefonierte, offenbar mit einem deutschen Geschäftspartner.

«Ja. Sehr gut. Vielen Dank, Herr Dr. Schubert. Auf Wiederhören!» Anne lächelte müde, stand auf und gab mir die Hand. Ihre zarte Haut spannte sich an Wangen und Schläfen, das Make-up konnte die dunkelvioletten Schatten unter ihren Augen nicht verdecken.

«Paula, würdest du für Dr. Schubert bitte ein Doppelzimmer für die beiden Nächte vor und nach Juhas Beerdigung reservieren, wenn möglich, im Tapiola Garden. Und jetzt schalte bitte meinen Apparat ab und bring uns Tee. Vielleicht möchte die Hauptkommissarin etwas essen?»

«Nein danke.»

«Wie gehen die Ermittlungen voran?»

«Wir machen Fortschritte», schwindelte ich unverfroren. Anne nickte und sagte, das sei eine Erleichterung für sie. Sie sprach gefasst, doch ich musste unwillkürlich an ein wackliges Glas denken, das jederzeit vom Tisch kippen und zerschellen kann. Dennoch hielt ich mich nicht mit belanglosem Geplauder auf, sondern setzte mich in einen der beiden Sessel und kam direkt zur Sache:

«Ich hätte gern genauere Angaben über die Besitzverhältnisse der Merivaara AG, speziell darüber, wem der Anteilseigner Mare Nostrum gehört.»

Annes Blick schweifte durch den Raum. Seit meinem letzten Besuch war die Ahnengalerie an der Wand um ein

Schwarzweißfoto von Juha Merivaara erweitert worden. Das Schild mit Namen und Lebensdaten fehlte allerdings noch. Die Aufnahme zeigte Juha mit Kapitänsmütze, er blickte mit vorgerecktem Kinn in die Ferne.

«Geht das nicht aus den Firmenpapieren hervor? Dein Kollege hat doch alles mitgenommen.»

«Seltsamerweise nicht. Die Adresse der Firma ist ein Postfach in einer bekannten Steueroase. Aber als Aktionärin und Mitglied des Aufsichtsrats wirst du mir sicher sagen können, wer der Besitzer der Mare Nostrum ist.»

«Irgendeine litauische Firma ... Wahrscheinlich wurde der Firmensitz außer Landes verlegt, weil die Verhältnisse in Litauen so instabil sind.»

«Die Mare Nostrum hat die Aktien bereits im Frühjahr 1991 erworben, also bevor Litauen unabhängig wurde», sagte ich kühl. «Unter sowjetischer Herrschaft war ein solcher Handel kaum möglich. Was ist das für eine seltsame Geschichte?»

Anne sah noch erschöpfter aus als zuvor, auf ihrer Stirn und rund um die Augen bildeten sich tiefe Falten.

«Es war wohl ursprünglich ein finnisches Unternehmen, das dann an Litauer verkauft wurde. Anfang der neunziger Jahre gab es große Schwierigkeiten, Juha hatte kein Geld, um Mikkes Aktien zu übernehmen, wollte die Firma aber auch nicht mit jemandem teilen, der nicht zur Familie gehörte. Wir haben vergebens versucht, die Enckells als Aktionäre zu gewinnen. Dann hat Juha die Leute von der Mare Nostrum kennen gelernt, bei einem Segeltörn auf Gotland, ich bin damals nicht mitgefahren.»

«Wie ist es möglich, dass der Kaufvertrag in den Geschäftspapieren fehlt?»

«Wahrscheinlich liegt er im Banksafe. Fragt Finanzdirektor Halonen, er wird es wissen!» Annes Gelassenheit bröckelte, sie war sichtlich erleichtert, als Paula Saarnio mit dem

Tee hereinkam. Diesmal entströmte der Kanne Kamillenduft.

«Als Aktionärin und Aufsichtsratsmitglied musst du doch den Hintergrund der Mare Nostrum kennen. Oder hat Juha nie etwas darüber gesagt?»

Sie hielt die Teetasse mit beiden Händen umfasst, als wolle sie sich wärmen.

«Die Aufsichtsratssitzungen sind nicht weiter bemerkenswert gewesen. Heikki, also Finanzdirektor Halonen, hat nach Juhas Anweisungen gehandelt, und Marcus Enckell ist eher aus Loyalität dabei, weil er damals die Aktien nicht kaufen und seinem Vetter aus der Klemme helfen konnte. Ich habe mich in den letzten Jahren nur um die PR gekümmert, nicht um die Finanzen.»

«Willst du damit sagen, dass du tatsächlich nicht weißt, wem die Mare Nostrum gehört? Hast du dich nie dafür interessiert?»

Ihre Augen verschwammen, doch sie hob den Kopf und sah mich an.

«So ist es. Es war damals eine schwierige Zeit für mich. Vielleicht steckte ich in der Midlife-Crisis. Ich fing an zu grübeln, was ich vom Leben erwartete, ob ich es im Lackgeruch verbringen wollte, ständig bemüht, Juhas Kollisionen mit der Welt auszubügeln, oder ob es andere Möglichkeiten gab. Auf verschiedenen Wegen habe ich versucht, zu mir selbst zu finden: durch Bücher über spirituelle Entwicklung, durch Fasten und Meditation. Um die gleiche Zeit begann Riikka sich für Umweltschutz und Vegetarismus zu interessieren. Damals habe ich lange darüber nachgedacht, ob ich noch mit Juha zusammenleben will, oder ob ich ihn verlasse. Ich habe mich dann entschieden zu bleiben und beschlossen, gewisse Dinge zu ignorieren, etwa Juhas Angewohnheit, Geschäftsfreunde ins Bordell einzuladen.»

Ihre Stimme war leise und kühl, doch es fiel mir schwer,

ihr zu glauben. War es ihr wirklich gleichgültig gewesen, wer die Aktien des Familienunternehmens erwarb? Hatte sie es fertig gebracht, vor gewissen Dingen die Augen zu verschließen wie die Eltern eines drogenabhängigen Teenagers: Was man nicht sieht, das existiert nicht?

So etwas gab es. Vielleicht hatte ich mich gegenüber Ströms Alkoholproblem auch nicht viel anders verhalten.

«Marcus Enckell weiß also genauso wenig wie du?», fragte ich. Allem Anschein nach verschwendete Puustjärvi mit dem alten Mann seine Zeit.

«Marcus leidet seit zwei Jahren an Alzheimer. Wahrscheinlich kann er nicht einmal an Juhas Beerdigung teilnehmen.»

Demnach war Enckell möglicherweise nicht rechtsfähig. Anne hielt daran fest, dass Finanzdirektor Halonen als Juhas Vertrauensmann genauestens über die Firmenangelegenheiten informiert sei.

«Ich habe mir überlegt, ihm nach der Beerdigung den Posten des stellvertretenden Geschäftsführers anzubieten. Allein kann ich die Firma nicht leiten, dazu fehlt mir die Kraft. Ich muss das mit den Kindern besprechen. Am liebsten würde ich alles verkaufen und nur Rödskär behalten.»

«Rödskär ist Eigentum der Merivaara AG, demnach besitzt die Mare Nostrum auch von der Insel zwölf Prozent. Höchste Zeit, sich über die Aktionäre zu informieren.» Ich stand auf, um mich Koivu und Halonen anzuschließen, doch Anne fasste mich am Handgelenk.

«Ich möchte nicht, dass du mich für eine komplette Idiotin hältst. Juha war ...» Sie drückte mein Handgelenk, als wolle sie mich zum Bleiben zwingen. Es erstaunte mich, wie kräftig der Griff dieser zierlichen Frau war. Sie ließ mich erst los, als ich wieder saß.

«Am leichtesten ließ es sich mit Juha leben, wenn man manche Dinge einfach nicht beachtete. Er war furchtbar starrköpfig, seiner Meinung nach gab es nur eine richtige

Vorgehensweise, nämlich seine. Und Jiri ist auch nicht anders als alle Männer der Familie Merivaara», sagte Anne und deutete auf die Porträts an der Wand. «Er ist wie sein Vater und sein Großvater, wenn er es auch nicht zugeben will. Katrina hat Marttis Selbstherrlichkeit nicht ertragen können, deshalb hat sie ihn verlassen. Sie und ich, wir haben gelegentlich überlegt, ob Fredrika, Juhas Mutter, deshalb krank wurde, weil sie in der Ehe ihren eigenen Willen komplett aufgeben musste. Juha ist bei seinem Vater aufgewachsen und sein Ebenbild geworden, deshalb hat er in mir einerseits die Ersatzmutter gesucht, andererseits jemanden, über den er verfügen kann. Als die Kinder noch klein waren, hat er mich oft Mutti genannt und überhaupt nicht begriffen, wieso ich das nicht mochte. Er hat erst damit aufgehört, als Jiri mit sechs Jahren die Bemerkung fallen ließ, ‹das ist unsere Mutter, nicht deine›.»

«Hattest du denn so viel Vertrauen in Juha, dass du ihm erlaubt hast, das Unternehmen nach seinem Willen zu führen?»

«In geschäftlichen Dingen habe ich ihm vertraut, ja. Wieso? Stimmt mit der Mare Nostrum etwas nicht?»

«Da über die Aktionäre Stillschweigen bewahrt wurde, könnte man das vermuten. Anne, wenn du etwas weißt, dann sag es mir!»

«Ich weiß gar nichts mehr!» Ihre Stimme wurde mindestens eine Quarte höher. «Juha ist tot, und ich versuche das Unternehmen in Gang zu halten, damit wir die Bestellungen ausliefern können! Jiri ist unter die Terroristen gegangen, und Riikka hat plötzlich beschlossen, dass sie Tapsa nicht mehr sehen will.»

«Wie bitte?» Ich erinnerte mich sehr wohl, wie sie Holma nach der Vernehmung stehen gelassen hatte. «Haben sie sich gestritten?»

«Ich weiß nicht, was vorgefallen ist. Riikka ist auch so

kompromisslos. Vielleicht nimmt sie es Tapsa übel, dass er Juha damals, an seinem letzten Abend, angegriffen hat. Riikka ist in mancher Beziehung recht kindlich, es wäre ganz gut, wenn sie sich von Tapsa trennt. Aber ich habe jetzt nicht die Kraft, mir auch ihre Sorgen noch aufzubürden.»

Anne goss sich Kamillentee nach und trank ihn so gierig wie ich am Vortag den Whisky. Auch die Wirkung war ähnlich, sie schien sich zu beruhigen, und ihre Stimme kehrte in die normale Tonlage zurück.

«Ich habe zuerst nicht wahrhaben wollen, dass Juha ermordet wurde, aber allmählich verstehe ich es. Er hatte etwas Zerstörerisches an sich, auch Jiri hat er damit infiziert. Ich werde Jiri nicht mehr verteidigen, die Gefährdung von Menschenleben kann ich nicht gutheißen. Besser, er bekommt jetzt eine Lehre, bevor ...»

Anne trank von ihrem Tee, als wollte sie verhindern, dass ihr der Rest ihres Gedankens entschlüpfte: bevor er wirklich jemanden umbringt. Womöglich befürchtete sie, dass Jiri es bereits getan hatte.

«Und Mikke Sjöberg? Ist er auch so eigensinnig wie sein Vater und sein Bruder?», fragte ich scheinbar leichthin.

«Mikke ist ein Sjöberg, eher Katrinas Sohn als Marttis. Vielleicht hat er die negativen Eigenschaften der Merivaaras, Egoismus und Starrsinn, an sich entdeckt und lebt deshalb die Hälfte des Jahres als Einsiedler auf seinem Boot. Ich kenne Mikke kaum, er lässt niemanden an sich heran.»

Ich stand auf, und diesmal hielt Anne mich nicht zurück. Als ich die Tür öffnete, kam Paula Saarnio herein.

«Hier ist ein Fax vom Bestattungsinstitut, das Angebot für Sarg und Angebinde. Hast du Zeit, es dir anzuschauen?»

Anne nickte. Ich machte mich auf die Suche nach dem Büro des Finanzdirektors. Auf dem Flur kam mir die Idee, Puustjärvi anzurufen. Er saß bei Marcus Enckell in einem privaten Pflegeheim in Tapiola und berichtete, der alte Herr erinnere sich praktisch nicht an die letzten Jahre, habe aber umso eifriger von der Hochzeit seiner Cousine Fredrika mit Martti Merivaara erzählt.

«Komm hier her. Wir knöpfen uns den Finanzdirektor vor.»

Halonen war knapp unter dreißig, sicher einer derjenigen, die in den Yuppie-Jahren Ende der Achtziger an die Handelshochschule geströmt waren, in der Hoffnung auf große Karriere und schnellen Reichtum. Bald darauf war diese Traumwelt allerdings zusammengebrochen, und die Aktien, die die Studenten von den Geldgeschenken zum Abitur gekauft hatten, waren in der Rezession wertlos geworden.

Halonens Anzug saß nicht ganz so perfekt und der Stoff war nicht ganz so hochwertig, wie es dem Image eines erfolgreichen jungen Mannes entsprochen hätte, aber das dunkelblonde Haar war so perfekt geschnitten, dass es die beginnende Glatze kaschierte, und sein Körper wirkte durchtrainierter, als es der seines Chefs gewesen war.

Er gab nur ungern zu, wie wenig er über die Mare Nostrum wusste. Der Aktienhandel war zwei Jahre vor seinem Eintritt in die Firma abgeschlossen worden, und Juha Merivaara hatte sogar seinem Finanzdirektor jede Auskunft über die Aktionäre verweigert. Andererseits hatte Halonen sich auch nicht weiter darum gekümmert, denn die Aktionäre waren auf keiner Hauptversammlung störend in Erscheinung getreten und hatten nie Forderungen gestellt.

«Juha hat mir gesagt, der Kaufbrief läge im Banksafe. Daraus geht ja hervor, wer für die Mare Nostrum unterschrieben hat», sagte Halonen und lockerte die Krawatte. Er wusste, dass er in Schwierigkeiten war. «Den Schlüssel hat Anne, nehme ich an.»

«Ihr beiden fahrt mit zur Bank, und du, Koivu, suchst dir im Wirtschaftsdezernat jemanden, der Kontakt zu den Kollegen von Scotland Yard hat. Wir können nicht warten, bis Herr

Kantelinen sich wieder an seinen Arbeitsplatz bequemt. Sagt mir sofort Bescheid, wenn ihr etwas herausgefunden habt.»

Voller Unruhe fuhr ich zurück zum Präsidium. Es kam mir vor, als versuchte ich, mit bloßen Händen eine schleimige Aalraupe zu fangen. Zerstreut holte ich mir die Angaben über das Bootsunglück vor sechs Jahren auf mein Terminal. Das Opfer Aaro Koponen hatte keine Vorstrafen. Ich loggte mich ins Melderegister ein und rief die Daten auf. Koponen, Aaro Juhani, geboren 15. 6. 1947. Geschieden 1989, ein Sohn, Ari Juhani, geboren am 23. 4. 1972.

Hatte der Sohn Juha Merivaara für den Tod seines Vaters verantwortlich gemacht? Laut Melderegister wohnte er in Turku. Dann stach mir der Name von Koponens Exfrau in die Augen: Saarela, Elvi Seija Johanna.

Der Vorname Elvi machte mich unsicher, doch als ich mir die Personenkennziffer noch einmal ansah, wusste ich, dass ich auf eine heiße Spur gestoßen war: Seija Saarela war die Frau des tödlich verunglückten Aaro Koponen gewesen.

Ich zog die Jacke über und lief die Treppe zur Garage hinunter. Seija Saarela hatte gesagt, sie arbeite heute den ganzen Tag im Reformhaus ihrer Freundin im Einkaufszentrum «Lippulaiva». Als ich dort die korkenzieherförmige Rampe zur Tiefgarage hinunterfuhr, kam ich mir vor wie auf der Rennstrecke eines Vergnügungsparks. Tatsächlich wirkte das Einkaufszentrum wie ein riesiger Vergnügungspark mit Restaurants, Spielautomaten und Kinderspielecken, nur vergnügte man sich hier nicht mit Achterbahnfahrten, sondern mit Geldausgeben. Der heftige Regen hatte sowohl gelangweilte Schüler als auch plaudernde Rentner in die überdachten Ladenpassagen getrieben. Das Reformhaus befand sich im ersten Stock neben einem Sportgeschäft. Eigentlich brauchte ich neue Joggingschuhe. Ich warf im Vorbeigehen einen Blick auf die Herbstmodelle, probierte sie jedoch nicht an, obwohl die stoßdämpfenden Luftkissenschuhe für siebenhundert Finnmark verlockend aussahen. Ob Antti sie mir wohl zum dritten Hochzeitstag spendieren würde?

Das Reformhaus «Wassermann» bot alles Mögliche an, von diversen Nährstofftabletten bis zu Biogemüse, Ökomehl und Kräuterkosmetik. An einer Wand stand ein Regal mit esoterischer Literatur: Astrologie, Tarot, Meditation. Eine etwa vierzigjährige Frau blätterte in einem dicken Opus, das dazu riet, mittels Numerologie den Sinn des Lebens zu finden. Seija Saarelas Schmuck war auf einem Regal neben dem Verkaufstisch ausgestellt, auf dem Tisch selbst stand eine große, kunstvoll arrangierte Schale mit Halbedelsteinen. Ich erkannte Rosenquarz, Amethyst und gewöhnlichen Quarz.

«Guten Tag, Frau Kommissarin», sagte Seija Saarela und blickte von einem silbernen Ohrring mit kleinen Türkisen auf, an dem sie gerade einen Haken befestigte.

«Können wir uns hier unterhalten?», fragte ich mit Blick auf die Kundin.

«Es geht doch nicht um Geheimnisse», sagte sie munter. Bildete sie sich wirklich ein, ihre Verbindung zu Juha Merivaara würde der Polizei verborgen bleiben? Ich trat an den Verkaufstisch. Die Steine schimmerten im Licht wie ein Piratenschatz aus dem Märchenbuch. An der Tischecke stand eine halbmeterlange Truhe mit kleinen Schmucksteinen, die für zehn Mark pro Stück angeboten wurden. Ich konnte der Versuchung nicht widerstehen, die Hand hineinzutauchen.

«Nehmen Sie einen heraus, ganz blindlings, schauen Sie, was Ihre Hand für Sie auswählt», forderte Seija mich auf.

Auf dieses Spiel wollte ich mich nicht einlassen. Ich zog die Hand zurück.

«Sie wollten mir etwas über Harri Immonen erzählen.»

Ihre kurzen, runden Finger schoben den Haken an seinen Platz, dann drückte sie mit einer winzigen Zange die Öse zu.

«Ich fand Harris Tod von Anfang an merkwürdig. Dass er Selbstmord begangen hätte, wie Juha andeutete, habe ich nie geglaubt. Die Polizei ist ja dann zu dem Ergebnis gekommen, es sei ein Unfall gewesen. Ich war damals schon sicher, dass auf der Insel negative Energien wirken, nach den blutigen Schlachten, die dort ausgetragen wurden! Auf Rödskär gehen die Geister all dieser ruhelosen Toten um.»

«Hat das irgendetwas mit Harri zu tun?», fragte ich abweisend, denn in der Gesellschaft von Menschen, die an übernatürliche Erscheinungen glaubten, fühlte ich mich unbehaglich. Falls es solche Kräfte wirklich gab, wollte ich nichts mit ihnen zu tun haben.

«Ja, oder eigentlich eher mit den toten Eiderenten und Muscheln.»

«Was für tote Muscheln?»

«Harri ist doch Anfang Oktober gestorben. Ein paar Wochen vorher, Mitte September, hat Mikke mich auf Rödskär abgesetzt. Er wollte ein Stück allein segeln, um das neue Ruder der ‹Leanda› zu testen. Es war schönes Wetter vorhergesagt, und ich wusste, dass die Merivaaras mitten in der Woche nicht auf der Insel sein würden. Mit Harris Anwesenheit hatte ich nicht gerechnet, aber wir haben uns nicht aneinander gestört, jeder ist seiner eigenen Beschäftigung nachgegangen. Am zweiten Abend haben wir zusammen Tee getrunken. Plötzlich erschrak ich fürchterlich, denn in der Küchenecke lag eine tote Eiderente. Ich habe mit Harri geschimpft, weil er sie ins Haus gebracht hatte, sie konnte ja alle möglichen Krankheitskeime verbreiten.»

Die Frau, die in dem Numerologiebuch geblättert hatte, trat auf Seija zu und meinte, sie finde das Buch wahnsinnig interessant.

«Das macht zweihundertzweiunddreißig Mark», sagte Seija, woraufhin die Frau, ohne mit der Wimper zu zucken, zwei Hunderter und einen Fünfziger hinblätterte.

«Ganz schön teuer», bemerkte ich, als die Kundin gegangen war.

«Nicht wahr? Die Leute sind eben bereit, viel Geld auszugeben, um den inneren Frieden zu finden oder den inneren Helden, je nachdem, was gerade aktuell ist. Ich selbst glaube nicht an Numerologie, aber bei manchen funktioniert sie offenbar. Bei mir wirken eher die Steine, damit kuriere ich mich. Was wäre wohl der passende Stein für Sie? Welches Sternzeichen sind Sie?»

«Warum hatte Harri die tote Eiderente ins Haus gebracht?», unterbrach ich sie.

«Er meinte, er hätte in der Umgebung von Rödskär ungewöhnlich viele verendete Exemplare gefunden, sowohl Eiderenten als auch Miesmuscheln, von denen sich die Enten hauptsächlich ernähren. Er wollte den Kadaver aufs Festland bringen und untersuchen lassen.»

«Warum? Hatte er den Verdacht, die Vögel wären vergiftet worden?»

«Das hat er nicht gesagt, er schien mir nicht zu vertrauen. Da später von der Sache nicht mehr die Rede war, habe ich den ganzen Vorfall vergessen und erst wieder daran gedacht, als Mikke sagte, Sie hätten den Verdacht geäußert, dass auch Harri ermordet wurde.»

In dem Moment drängte eine Schar junger Mädchen herein, die die Steine bewunderten und die Naturkosmetik testeten. Das schien mir der geeignete Augenblick für einen Themenwechsel.

«Haben Sie sich immer schon Seija genannt, oder haben Sie früher Elvi geheißen? Elvi Koponen?»

Sie legte die Zange aus der Hand, als wäre sie plötzlich glühend heiß geworden.

«Wieso? Elvi habe ich mich nie genannt, den Namen habe ich schon als kleines Mädchen gehasst.»

«Warum haben Sie uns verschwiegen, dass Ihr geschiedener Mann bei einem Bootsunglück ums Leben gekommen ist, an dem Juha Merivaara beteiligt war?»

«Weil ich keinen Grund sah, es zu erwähnen.» Sie nahm die Zange auf und begann einen Haken an einem winzigen Amethyst zu befestigen. «Aaro und ich hatten uns schon fünf Jahre vorher getrennt. Aaro war Alkoholiker, und Juha trug an dem Unfall keine Schuld.»

«Betrunken war er aber auch.»

«Sein Blutalkohol lag unter dem damaligen Limit. Vielleicht hätte er ausweichen können, wenn er nüchtern gewesen wäre, vielleicht auch nicht. Womöglich ist Aaro absichtlich vor das Segelboot gerast. Für mich spielte das keine Rolle. Er war der Vater meines Sohnes, aber davon abgesehen war er mir längst fremd geworden.»

Wütend nahm sie einen zweiten violett leuchtenden Amethyst zur Hand und brachte den nächsten Haken an. Eines der Mädchen kam mit Arnika-Lippenbalsam zur Kasse. Ich überlegte, ob ich Seija Saarela gleich mitnehmen sollte, entschied mich aber dagegen, weil ich keine handfesten Beweise gegen sie hatte.

«Wollen Sie etwa behaupten, es sei purer Zufall gewesen, dass Sie sich mit den Merivaaras angefreundet haben?», fragte ich, als sie kassiert hatte.

«Gibt es überhaupt so etwas wie Zufall? Vielleicht war es Schicksal.»

«Als Sie Mikke kennen gelernt haben, wussten Sie also nicht, dass er Juha Merivaaras Bruder war?»

«Sein Stiefbruder. Nein. Und als ich es erfuhr, waren wir schon gute Freunde. Da spielte es keine Rolle mehr.»

«Wissen Mikke und Anne, dass der Verunglückte Ihr geschiedener Mann war?»

«Mikke weiß es. Anne habe ich es nicht erzählt, Juha hat ihr ohnehin genug Kummer bereitet.»

Die Mädchen drängten sich um die Steintruhe.

«Echt cool, der Amazonit, den muss ich haben», rief eine, worauf alle anderen auch einen Stein kauften. Es war unmöglich, weiter mit Seija zu reden, weil pausenlos neue Kunden hereinkamen. Also sagte ich ihr, sie müsse eine offizielle Aussage machen, jemand aus unserem Dezernat werde einen Termin mit ihr vereinbaren.

Aus einem plötzlichen Impuls heraus bat ich sie, mir ebenfalls einen Amazonit herauszusuchen. Der Name gefiel mir auch dann noch, als sie mich belehrt hatte, er gehe auf eine Verwechslung mit dem grünen Nepherit zurück, der am Amazonas gefunden wurde. Obwohl der Amazonit also nichts mit den sagenhaften starken Frauen zu tun hatte, drehte ich ihn zufrieden zwischen den Fingern, als ich die Treppe hinunterging. Er fühlte sich kühl und warm zugleich an. Als ich ihn in die Jackentasche steckte, merkte ich, dass dort bereits ein Stein lag: der quarzgestreifte rote Granit, den ich, ohne weiter darüber nachzudenken, in Rödskär aufgelesen hatte. Im Vergleich zu dem blank polierten Amazonit war der Granit rau und lauwarm, nur die Quarzeinsprengsel fühlten sich wärmer an.

Als Mittagessen holte ich mir bei Mövenpick ein Hörnchen mit zwei Kugeln Schokoladeneis. Die Portion hatte garantiert nicht weniger Kalorien als die von den Gesundheitsexperten empfohlene Hauptmahlzeit. Dann fuhr ich zurück zum Präsidium. Seija Saarela und die toten Eiderenten spukten mir im Kopf herum, ich konnte keinen klaren Gedanken fassen. Da gab es nur eine Lösung: Ich beschloss, auf der Stelle die im Arbeitsvertrag vorgesehene Fitnesspause in Anspruch zu nehmen. Danach würde mein Gehirn hoffentlich wieder funktionieren. Ich zog das Trikot, die Leggings und die alten Turnschuhe an, die im Schrank lagen, band die Haare zusammen und war bereit für den Kraftraum im Keller des Präsidiums. Vorsichtshalber nahm ich jedoch das Handy mit, denn Koivu und Puustjärvi wollten sich sofort melden, wenn sie etwas über den Besitzer der Mare Nostrum herausgefunden hatten. Stand das Unternehmen womöglich in

Kontakt zur Revolution der Tiere? Vielleicht hatte Juha Merivaara die Organisation über Strohmänner unterstützt. Oder er hatte nicht gewusst, dass die Leute, die hinter der Mare Nostrum standen, auch die RdT finanzierten.

Ich strampelte mich eine Viertelstunde auf dem Hometrainer ab, dann ging ich in die Boxecke. Pam, pam, pam, ich drosch auf den Sandsack ein und stellte mir vor, er wäre Ari Väätäinen. Oft hatte mir der Sandsack als Ersatz für Pertti Ström gedient, ein paar Mal auch für Antti. Eigentlich hätte ich beim Boxen gern Musik gehört, alte Punksongs von Eppu Normaali oder den Dead Kennedys wären genau das Richtige gewesen. So aber begnügte ich mich damit, meine Schläge mit einem blutrünstigen Knurren zu untermalen, was mir verwunderte Blicke von den Männern des Hundertkiloclubs der Schutzpolizei eintrug, die sich auf der Ringermatte abmühten.

Anschließend trainierte ich die Oberschenkel und die Bauchmuskeln, die nach der Schwangerschaft immer noch nicht in alter Form waren. Nachdem ich mich eine Stunde lang ausgetobt hatte, war ich wieder fähig, an die Arbeit zu gehen. Als Erstes holte ich Harris Akte, doch bevor ich sie aufschlagen konnte, klingelte das Telefon. Wang teilte mir mit, die Pilzsammler-Betriebswirtin und ihr Toomas seien am Montagmittag in der estnischen Stadt Pärnu gesehen worden. Die estnische Polizei werde die Suche fortsetzen.

«Soll ich den verzweifelten Ehemann ins Bild setzen?»

«Vermutlich freut er sich zu hören, dass seine Frau nicht von den Wölfen gefressen wurde, sondern sich ein kleines Vergnügen gönnt. Weiß man etwas über diesen Toomas? Ist die Frau möglicherweise in Gefahr?»

«Bei uns keine Vorstrafen. In Estland hat er ein halbes Jahr wegen wiederholten Betrugs abgesessen.»

«Mach den Esten Dampf. Vielleicht täuscht sich unsere Betriebswirtin über die Absichten ihres Galans.»

«Wieso fallen intelligente Frauen immer wieder auf solche Schwindler herein?», fragte Wang, und ich konnte mir eine boshafte Bemerkung nicht verkneifen:

«Koivu ist jedenfalls kein Schwindler, im Gegenteil, er ist selbst zu oft an der Nase herumgeführt worden. Diesmal hoffentlich nicht.»

Als Wang wortlos auflegte, wurde mir klar, wie idiotisch ich mich benommen hatte. Koivus Frauengeschichten gingen mich nichts an. Solange er mich nicht um Rat fragte, hatte ich kein Recht, mich als fürsorgliche große Schwester aufzuspielen. Und warum musste ich Anu Wang vor den Kopf stoßen?

Ich schlug Harris Akte auf, breitete die Fotos von der Leiche vor mir aus und las den Obduktionsbericht noch einmal durch. Nichts deutete darauf hin, dass Harris Tod kein Unfall war. Mord war aber nicht ausgeschlossen: Wenn jemand von einem Felsen gestoßen wurde, blieben nicht unbedingt Spuren zurück. Wie aber sollte ich das ein Jahr nach der Tat beweisen?

Als Nächstes nahm ich mir die Aufstellung von Harris Besitztümern vor, die auf Rödskär sichergestellt worden waren. Spektiv, Fernglas, Fotoapparat, Laptop. Schlafsack, zwei Pullover, lange Unterhosen, Wollsocken ... Moment mal!

Ein Laptop Marke Olivetti. Wo hatte ich so was kürzlich erst gesehen?

Auf Mikke Sjöbergs Boot.

Natürlich konnte es reiner Zufall sein, aber ich hatte mich ja bereits gefragt, was Mikke auf seinem Boot, ohne Stromanschluss, mit einem Computer anfing. Ich musste herausfinden, was aus Harris Laptop geworden war. Koivu hatte auf der Festplatte nach dem Abschiedsbrief eines Selbstmörders gesucht. Aber vielleicht war dort etwas ganz anderes gespeichert gewesen: ein Hinweis auf den Mörder.

Ich suchte die Telefonnummer von Harris Eltern heraus.

Wenn ich mich als Hauptkommissarin Kallio vorstellte, würden sie mich vielleicht nicht mit der Jurastudentin Maria in Verbindung bringen, mit der ihr Sohn einige Monate lang befreundet gewesen war. Unsere einzige Begegnung lag zehn Jahre zurück, wahrscheinlich erinnerten sie sich gar nicht mehr an mich.

Meine Überlegungen waren müßig, denn es meldete sich niemand. Koivu würde die Immonens bei nächster Gelegenheit besuchen müssen. Aber selbst wenn wir den Laptop ausfindig machen sollten, waren Harris Dateien vermutlich längst gelöscht.

Ich wollte mir gerade in der Kantine ein Brötchen holen, als das Handy klingelte.

«Pekka hier, hallo!» Schon der hastig ausgestoßene Gruß verriet, dass Koivu wichtige Neuigkeiten hatte. «Die Angaben über die Mare Nostrum liegen tatsächlich im Bankschließfach. Sie hat ihren Sitz an zwei Orten: in Saint Peter Port auf Guernsey und in Wilna in Litauen. Die Firma hat drei Aktionäre, von denen zwei allerdings nur je fünf Prozent der Aktien besitzen. Bei den Kleinaktionären handelt es sich um die litauischen Staatsbürger Vitalis Ramanauskas und Imants Peders. Und jetzt halt dich fest: Hauptaktionär ist ein gewisser Juha Merivaara!»

Vierzehn

Am späten Nachmittag kam ich so gut gelaunt nach Hause wie seit langem nicht mehr. Ich hatte die litauische Polizei um Amtshilfe bei der Suche nach Ramanauskas und Peders gebeten und anschließend mit Puupponen am Kaffeeautomaten darüber gewitzelt, wie international unser Dezernat neuerdings war – Kontakte mit der estnischen und der litauischen Polizei sowie mit Scotland Yard, und das alles an einem Tag.

Koivu hatte versprochen, sich bei Harris Eltern nach dem Verbleib des Computers zu erkundigen. Außerdem sollte er Seija Saarela, wenn sie am Freitag zur Vernehmung kam, nach Mikkes Olivetti fragen.

Als ich nach Hause kam, saßen Antti und Iida gerade bei einem kleinen Imbiss. Iida wollte ihr Blaubeerkompott unbedingt selbst löffeln, wobei mindestens die Hälfte auf ihrem Lätzchen oder auf dem Fußboden landete. Auch der Gazeverband an der Schläfe hatte einige Flecken abbekommen, und die ganze Mundgegend leuchtete in sattem Blau. Iida sah aus wie ein Clown, der beim Schminken die falsche Farbe erwischt hat. Ich küsste meine Tochter auf den Scheitel und meinen Mann auf den Mund. Einstein schubberte an meinen Knöcheln und schien zu glauben, ich würde ihm etwas zu fressen geben. Stattdessen schmierte ich mir ein üppiges Butterbrot.

«Ich hab einen Anruf vom Mathematischen Institut bekommen. Sie haben gefragt, ob ich nicht eine Verlängerung meiner Assistentur beantragen will.»

«Wann läuft die Bewerbungsfrist ab?», fragte ich mit vollem Mund.

«Heute. Deshalb hat die Sekretärin ja angerufen, sie dachte nämlich, mein Antrag wäre verloren gegangen.»

«Du willst also keine Verlängerung?»

Anttis fünfjährige Assistentur lief zum Jahresende aus. Ich hatte mich nicht in seine Karriereplanung eingemischt, weil mir die Entscheidung darüber nicht zustand. Trotz seiner Promotion vor drei Jahren war er über die Assistentur bisher nicht hinausgekommen, denn ihm fehlten die kräftigen Ellbogen und die edle Kunst, Konkurrenten zu verbeißen. Außerdem war ihm der Universitätsbetrieb verleidet, weil er meinte, heutzutage komme es nur noch auf Prüfungen und Scheine an, Wissensdurst und Entdeckerfreude zählten nichts mehr.

«Du weißt ja, dass ich ein paar Stipendienanträge laufen habe. Jedenfalls würde ich mich das Frühjahr über gern noch um Iida kümmern. Aber dann ... Vielleicht finde ich einen anderen Mathematikerjob.»

«Du als Versicherungsmathematiker? Oder bei einer Bank, im dunklen Anzug? Das kann ich mir kaum vorstellen!»

Antti ging es wie mir, in Jeans und Pullover fühlte er sich am wohlsten. Seine glatten schwarzen Haare fielen ihm bis auf die Schultern, wenn er sie nicht im Nacken zusammenband. Das schmale Gesicht, die Hakennase und der große Mund legten den Verdacht nahe, dass Indianer unter den Vorfahren der Sarkelas waren.

«Ich hatte etwas ganz anderes im Sinn. Vielleicht hat der Naturschutzbund oder Greenpeace Verwendung für meine mathematischen Fähigkeiten. Oder das Meeresforschungsinstitut. Ich hab neulich gehört, dass im nächsten Sommer ein von der EU finanziertes Ostseeforschungsprojekt beginnt, bei dem auch Mathematiker gebraucht werden.»

«Kategorietheoretiker?» Die Sparte, auf die sich Antti spezialisiert hatte, war denkbar weit von jeder praktischen Anwendung entfernt.

«Den Winter über hätte ich Zeit genug, mich wieder in die elementare Mathematik einzuarbeiten.»

«Du willst also hauptberuflicher Weltverbesserer werden», grinste ich, obwohl mir Anttis ernsthafte Einstellung zur Welt und zum Leben von Anfang an gefallen hatte. Manchmal übertrieb er allerdings und versank tagelang in Melancholie, bis ich ihn mit Gewalt aus seiner trüben Stimmung riss.

«Man kann doch nicht sein Leben lang unbeteiligt zuschauen, wie rundherum alles zum Teufel geht. Wenn ich meine Weltverbesserungsmanie, wie du das nennst, irgendwie mit meinen Fachkenntnissen verbinden kann, warum nicht? Du bist ja auch nicht der Typ, einfach alles laufen zu lassen.» Er kam zu mir und schlang die Arme um mich, Iida drängte sich dazwischen, und schließlich fanden wir uns in einer Hotdog-Umarmung wieder, wobei wir Eltern die beiden Brötchenhälften waren und Iida das Würstchen. Die Rolle des Senfes übernahm das Blaubeerkompott, mit dem wir bald alle drei beschmiert waren.

«Findest du, Polizisten sind Weltverbesserer?», fragte ich, als wir uns endlich voneinander lösten.

«So habe ich das nicht gemeint. Ich wollte nur sagen, dass du deinen Job auch ernst nimmst.»

«Aus irgendeinem Grund mag ich diesen Scheißjob und würde ihn um keinen Preis gegen einen anderen eintauschen», gab ich zu. «Mit anderen Worten, wenn du wieder arbeiten gehst, müssen wir eine Betreuung für Iida finden. Oder sind wir Rabeneltern, wenn wir uns nicht selbst um unser Kind kümmern?»

Das schlechte Gewissen plagte mich jedes Mal, wenn ich in der Zeitung einen der Leserbriefe las, in denen berufstätige Mütter verteufelt wurden, obwohl ich genau wusste, dass niemand davon profitierte, wenn Iida bis zum Schulbeginn zu Hause blieb und ich meine eigenen Bedürfnisse verdrängte. Als ich mich mit meiner Schwester Eeva darüber unterhalten hatte, hatte sie wieder einmal gefragt, warum ich mir unter diesen Umständen überhaupt ein Kind zugelegt hätte. Sie war Englischlehrerin, wollte aber zu Hause bleiben, bis auch ihr im Frühsommer geborenes drittes Kind im Schulalter war.

Iidas Gesicht lief rot an, sie ächzte. Ich erkannte die Anzeichen, es war Zeit, die Windeln zu wechseln. Iida riss sich los und lief lachend ins Wohnzimmer. Das Einfangen des kleinen Stinktiers wurde zum Spiel. Sie versteckte sich hinter dem Sofa, dann hinter einem Sessel und kicherte fröhlich, weil ich tat, als bekäme ich sie nicht zu fassen. Als ich sie endlich ins Badezimmer im Obergeschoss verfrachtet hatte, war die Bescherung schon aus der Windel in beide Hosenbeine gelaufen, und Iidas triumphierendes Strampeln sorgte dafür, dass sie sich noch weiter ausbreitete. Unten klingelte das Telefon, Antti erschien mit verärgertem Gesicht an der Badezimmertür.

«Für dich. Was Dienstliches, Lähde ist dran.»

«Ich hab die Hände voller Kacke, außerdem hab ich frei!»

«Es scheint wichtig zu sein, Lähde war ganz verstört.»

«Scheiße!», sagte ich aus vollem Herzen. «Mach du weiter, ehe Iida vom Wickeltisch fällt.»

Ich wusch mir die Hände und rannte ans Telefon. Lähde, der Abenddienst hatte, klang verängstigt.

«Ein Notfall, Maria! Ström hat mich hier auf dem Präsidium angerufen, ziemlich betrunken. Er bestand darauf, dass ich das Gespräch aufzeichne. Als ich sagte, jetzt liefe das Band, hat er erklärt, er würde gleich auflegen und sich dann erschießen. Er hätte nur angerufen, um uns die Arbeit zu erleichtern.»

Ich fühlte mich auf einmal völlig leer, irgendetwas in mir weigerte sich zu begreifen.

«Hat er es ernst gemeint?»

«Ich glaube ja. Er wollte meine Einwände nicht hören, hat den Hörer aufgeknallt, und als ich zurückgerufen habe, hat er nicht abgenommen.»

«Kam der Anruf aus seiner Wohnung?»

«Der Nummernanzeige nach ja. Ich hab schon zwei Streifenwagen losgeschickt.»

«Gut. Ich fahr sofort hin. Bleib in der Nähe des Telefons, ich ruf dich an, sobald ich weiß, was los ist.»

Ich nahm mir nicht die Zeit, nach oben zu rennen, sondern rief zu Antti hinauf, ich müsse weg. In fliegender Hast zog ich Schuhe und Lederjacke an, steckte Brieftasche und Handy ein. Erst als ich mit dem Schlüssel am Zündschloss herumstocherte, merkte ich, wie heftig meine Hände zitterten. Was zum Teufel war in Pertsa gefahren? Ich bog in die Vähän-Henttaantie ein, beschleunigte auf neunzig, obwohl ich wusste, dass ich mich selbst und andere gefährdete. Verflucht, warum hatte ich kein Polizeifahrzeug mit Blaulicht und Martinshorn! An der nächsten Kreuzung wäre ich fast mit einem Müllwagen zusammengestoßen. Der Fahrer hupte und schüttelte die Faust, doch ich raste unbeirrt weiter. Eine Weile klammerte ich mich an den Gedanken, dass Pertsa für die Zeit seiner Suspendierung die Dienstwaffe hatte abgeben müssen, doch dann erinnerte ich mich an die .38er Beretta, für die er ebenfalls einen Waffenschein besaß.

Nach seiner Scheidung war Pertsa in ein Einzimmerappartement in Olari gezogen. Ein paar Mal hatte ich an der Wohnungstür mit ihm gesprochen, hereingebeten hatte er mich nie. Nun standen zwei Streifenwagen vor dem Haus, Hauptmeisterin Liisa Rasilainen von der Schutzpolizei sprintete sofort los, um mir den Zutritt zu verwehren. Als sie mich erkannte, hellte sich ihr Gesicht auf.

«Maria! Gut, dass du da bist. Wir sind vor einer Minute angekommen. Nachbarn haben vor drei Minuten einen Schuss aus Ströms Wohnung gehört, einer hatte auch schon den Notruf alarmiert.»

Ich nickte nur, zu sagen gab es nichts. Auf dem Hof und an den Fenstern der Nachbarhäuser waren die ersten Schaulustigen aufgetaucht. Liisa blieb zurück, um sie in Schach zu halten, ihre Kollegen waren bereits im zweiten Stock. Ich rannte die Treppe hinauf, obwohl mir die Beine kaum gehorchen wollten.

Die Tür zur Nachbarwohnung stand offen, einer der Polizeimeister im dunkelblauen Overall sprach beruhigend auf einen grauhaarigen, gebrechlichen Mann ein, den der Schuss in der Nachbarwohnung verständlicherweise aus der Fassung gebracht hatte. Die anderen Streifenbeamten grüßten mich, offensichtlich erleichtert, dass ich das Kommando übernahm.

«Wir haben es mit der Klingel und dem Megaphon versucht. Keine Reaktion. Der Hausmeister ist unterwegs», sagte Polizeimeister Haikala.

«Und der Schuss kam aus dieser Wohnung, ist das sicher?»

«Sagen die Nachbarn jedenfalls.»

«Gib mir das Megaphon!» Ich riss ihm die Flüstertüte fast aus der Hand und hob sie an die Lippen.

«Pertsa! Maria hier! Mach keine Dummheiten, deine Kinder brauchen dich! Und wir im Dezernat ...»

Meine Worte verhallten, es kam keine Antwort. Ich spähte durch den Briefschlitz, sah aber nur einen Haufen Reklamesendungen und ein Stück abgetretenes, graues Linoleum. Vergeblich versuchte ich, den Arm durch den Briefschlitz zu schieben, um die Tür zu öffnen. Der Pulvergeruch, der mir entgegenwehte, war unverkennbar.

«Habt ihr es über den Balkon versucht?», fragte ich und wunderte mich, dass meine Stimme kaum zitterte. Von draußen hörte man Sirenengeheul, offenbar war jemand auf die Idee gekommen, einen Krankenwagen anzufordern.

«Schwierig. Ström hat die Eckwohnung. Und das Türschloss aufzuschießen ist zu riskant.»

«Grundriss?»

«Bringt der Hausmeister mit, aber der Nachbar von unten hat uns schon informiert. Die Wohnungen sind alle gleich. Vom Flur geht die Toilette ab, links ist die Küche, rechts das einzige Zimmer.»

«Habt ihr einen Schraubenzieher? Wir könnten das Schloss abschrauben. Und wieso soll es gefährlich sein zu schießen? Gib mir deine Waffe, wenn du dich nicht traust.»

Ich wollte so schnell wie möglich in die Wohnung. Vielleicht war Ström nur verletzt, vielleicht konnte man ihn noch retten. Jede Sekunde zählte.

«Der Hausmeister muss gleich hier sein, er hat sein Büro ganz in der Nähe. Wir können nicht schießen, du kennst Ström doch. Wenn er durchgedreht ist und besoffen herumballert, kann er einen von uns treffen.»

«Ich glaube nicht, dass er das tut. Hol wenigstens einen Schraubenzieher!»

Mit schleppendem Schritt kam der Hausmeister die Treppe herauf und steckte wortlos den Generalschlüssel ins Schloss. Pertsa hatte oft über die Dummheit der Leute geschimpft, die ihr Eigentum nicht schützten, aber auch er hatte weder das Patentschloss benutzt noch die Sicherheitskette vorgelegt. Die Tür ging mühelos auf, ich stürmte hinein, obwohl ich das, was mich in der Wohnung erwartete, eigentlich nicht sehen wollte.

Im Flur waberte immer noch Pulverdampf. Pertsa lag im Wohnschlafzimmer, halb auf dem Sofa, halb auf dem Fußboden. Der blutige Mund stand offen, die Hälfte des Hinterkopfes war auf die Sofalehne gespritzt, eine unleserliche Karte seines Geistes.

«Gib mir Handschuhe», flüsterte ich Haikala zu. Ich streifte sie über, trat hinter das Sofa und tastete am schlaff herabhängenden linken Arm nach dem Puls. Natürlich fühlte ich keinen, auch am Hals nicht.

«Der Kerl hat genau gewusst, wohin er schießen muss, um sicherzugehen», sagte ich zu mir selbst. Ström hatte eine unfehlbar tödliche Kugel verwendet, die ihm den Kopf fast weggesprengt hatte. Offenbar hatte er durch den Gaumen auf den Hinterkopf gezielt, damit das Gesicht einigermaßen unversehrt blieb. Seine bierbraunen Augen standen offen, die großen Poren zeichneten sein Gesicht, das bald jede Farbe verlieren würde. Noch war die Zeit nicht gekommen, ihm die Augen zu schließen und das Blut vom Kinn zu wischen.

«Fordert die Techniker und den Fotografen an», befahl ich und trat vorsichtig von der Leiche zurück.

Ich war völlig ruhig. Bald würde die Routine einsetzen, eine großartige Untersuchung war nicht nötig, denn es handelte sich eindeutig um Selbstmord. Pertsa hielt die Beretta in der rechten Hand, die Schmauchspuren würden mit Sicherheit übereinstimmen. Vor seiner Tat hatte er eine Halbliterflasche Schnaps fast leer getrunken. Sie lag zu seinen Füßen auf dem Teppich, offenbar hatte er sie umgestoßen, als er nach dem Schuss vom Sofa gesackt war.

Meine Augen registrierten die Einzelheiten so routiniert wie an jedem anderen Tatort. Das Zimmer war spärlich möbliert und, von dem übervollen Aschenbecher abgesehen, peinlich sauber. Fernseher und Video standen so, dass man vom Sofa aus die beste Sicht hatte. Der Esstisch und die beiden Stühle, zierliche Korbmöbel, passten nicht zu Pertsa. Sicher hatte er die erstbeste Esszimmergarnitur gekauft, die billig zu haben war. Auf dem Sofatisch lagen die neueste Ausgabe der Zeitschrift «Polizei und Justiz» und ein halb ausgefüllter Lottoschein. Das Doppelbett im Alkoven war so sorgfältig gemacht, dass es beim strengsten Stubenappell durchgegangen wäre.

Obwohl ich glaubte, meine fünf Sinne beisammen zu haben, hätte ich nicht sagen können, wie lange es dauerte, bis die Techniker eintrafen. Ich streifte den Schuhschutz über, zog eine Schutzjacke an und steckte die Haare unter eine Art Duschhaube. Der Fotograf trat in Aktion, die Sanitäter erklärten Ström offiziell für tot.

Ich warf einen Blick in die Küche, die, abgesehen von zwei leeren Bierflaschen auf der Spüle, sauber wie geleckt war. So ordentlich wie seine Wohnung war auch Ströms Schreibtisch immer gewesen, jedes Papier hatte exakt auf seinem Platz gelegen. Als Nächstes ging ich ins Bad. Auf einer grünen, rostfleckigen Waschmaschine lagen zwei Briefe, der eine an Ströms Kinder Jani und Jenna adressiert, der andere an das Gewaltdezernat der Espooer Polizei. Ihn nahm ich in die Hand. Pertsa hatte sich offenbar nicht entscheiden können, ob er Druck- oder Blockschrift verwenden sollte, seine Handschrift war schwer zu entziffern.

An das Dezernat für Gewaltverbrechen der Polizei Espoo. Wir haben im Kollegenkreis mitunter darüber geklagt, dass nicht alle Selbstmörder einen Brief hinterlassen. Die Polizei muss ihre Zeit für Ermittlungen verschwenden, bis feststeht, dass der Tote sich selbst ins Jenseits befördert hat. Diese Mühe will ich euch ersparen. Ich gehe aus eigenem Entschluss, ich weiß genau, was ich tue. Mein Leben ist nicht mehr lebenswert, also werde ich mich erschießen. Wenn man mir nun auch noch den Beruf wegnimmt, bleibt mir nichts mehr. Ich habe immer versucht, ein guter Polizist zu sein, mich dafür einzusetzen, dass anständige Steuerzahler sich jederzeit sicher fühlen können. Das ist für mich frustrierend, denn die Kriminellen haben heute mehr Rechte als die ehrlichen Bürger. Auch dieser Väätäinen wird eines Tages seine Frau umbringen, die Polizei kann ihn nicht daran hindern.

Viele von euch sind sicher froh, mich los zu sein, aber rächt euch bitte nicht an mir, indem ihr ein prunkvolles Begräbnis feiert. Schon beim Gedanken an dieses Theater wird mir schlecht. Mir wird sicher niemand eine Träne nachweinen, und das ist auch nicht nötig. Ich fürchte mich nicht vor dem Tod, ich habe mir immer gewünscht, in den Sielen zu sterben. Eine Zeit lang habe ich mit dem Gedanken gespielt, zuerst noch Väätäinen und ein paar andere Kotzbrocken zu erschießen, aber ich lasse es. Ihr habt sowieso zu viel zu tun.

Bleibt gute Polizisten.
Hauptkommissar P. Ström.

Zum Ende hin fielen die Zeilen immer steiler nach unten ab, die Handschrift wurde undeutlicher. Vielleicht hatte Pertsa beim Schreiben die Schnapsflasche geleert. Ich rief den Technikern zu, ich hätte Abschiedsbriefe gefunden und brauchte Plastikbeutel. Da Pertsa den Brief an seine Kinder nicht zugeklebt hatte, las ich auch ihn.

Liebe Jenna und lieber Jani,
ich habe euch immer lieb gehabt, auch in den letzten Jahren, in denen ich nicht mehr bei euch leben durfte. Nun gehe ich für immer fort, aber bei eurer Mutter und Kai wird es euch an nichts fehlen, das weiß ich.

Jani, du bekommst meine gesamte Polizeiausrüstung, und du, Jenna, sollst Omis Amethystring haben, der in der verschlossenen Waffenkiste unter dem Bett liegt. Verkauft alles andere und verwendet das Geld für eure Ausbildung. Viel kann ich euch nicht hinterlassen.

An dem, was geschieht, trägt niemand Schuld außer mir selbst, auf gar keinen Fall ihr beide oder eure Mutter. Denkt immer daran. Seid in der Schule fleißig, bleibt anständige Menschen und trauert nicht zu sehr um mich. So ist es für alle am besten.

In Liebe, Vati.

Hakkarainen von der Technik stand an der Badezimmertür und hielt mir Plastikbeutel hin. Irgendwer musste Jenna und

Jani den Brief ihres Vaters überbringen; in der Asservatenkammer würde er jedenfalls nicht enden, dafür wollte ich schon sorgen. Ich schob die Briefe in die Schutzhüllen und legte sie wieder auf die Waschmaschine. Beim Aufschauen sah ich mich in dem blitzblank polierten Spiegel und wischte zerstreut einen Blaubeerfleck am Hals ab. Über der Vorhangstange an der Dusche war eine dunkelbraune lange Unterhose mit grünen Streifen zum Trocknen aufgehängt. Ich versuchte vergeblich, mir Ström beim Wäschewaschen vorzustellen. Er hatte immer verkündet, für Weiberarbeit gebe er sich nicht her.

Zu meiner Überraschung hörte ich Puupponens Stimme im Flur, offenbar hatte Lähde in seiner Verzweiflung auch ihn alarmiert. Ich ging zurück in das Wohnschlafzimmer, wo Techniker und Fotografen geschäftig, aber ungewohnt still zugange waren. Kein Theoretisieren, keine Frotzeleien wie sonst. Jeder der Anwesenden hatte zigmal unter Ströms Kommando einen Tatort untersucht.

«Herr des Himmels», sagte Puupponen, als er Pertsas Leiche sah, und fügte fast scheu hinzu: «Maria ...»

«Grüß dich. Was machst du denn hier?»

«Ich habe einen Zeugen nach Hause gefahren, weil er kein Busgeld hatte, und auf dem Rückweg hab ich es über Funk gehört. Da musste ich einfach herkommen ...»

«Gut, dass du hier bist. Ströms Exfrau und die Kinder müssen benachrichtigt werden. Als unmittelbare Vorgesetzte übernehme ich das natürlich, aber es wäre leichter, wenn jemand mitkommt. Hast du Zeit?»

Puupponen nickte und zog ein Taschentuch hervor. Er war noch blasser als sonst, nur die Nase war leuchtend rot und geschwollen, doch das kam sicher nur vom Schnupfen.

«Großartige Untersuchungen brauchen wir wohl nicht anzustellen, der Fall ist ja völlig klar», sagte Hakkarainen von der Technik unschlüssig.

«Das schon, aber zieht die ganze Routine durch, damit keinerlei Unklarheiten bleiben. Von mir aus kann Pertsa abtransportiert werden, sobald ihr fertig seid. Hat schon jemand Lähde auf dem Präsidium informiert?», wandte ich mich an einen der Streifenbeamten. Da er verneinte, wählte ich Lähdes Nummer.

«Maria hier. Wir sind leider zu spät gekommen. Ström hat sich unmittelbar nach dem Anruf erschossen.»

«Er ist tot?» In Lähdes Stimme schwang Entsetzen. «Um Himmels willen ...»

«Genau. Würdest du Taskinen bitten, morgen früh an der Dezernatsbesprechung teilzunehmen? Die wird diesmal ein wenig anders ausfallen ...»

Die Sanitäter brachten eine Bahre und legten Ström darauf. Auf dem Sofa blieben die blutigen Umrisse seines Körpers zurück. Ich überlegte, wer die Wohnung putzen würde, und stellte fest, dass ich von Ströms Angehörigen, von Geschwistern oder Eltern, nichts wusste, obwohl ich jahrelang mit ihm zusammengearbeitet hatte. Der Leichnam, über den nun ein Tuch gebreitet wurde, wirkte zu grobschlächtig für die schmale Bahre. Haikala nahm die Uniformmütze ab, als Ström hinausgetragen wurde.

«Warum zum Teufel hat der Idiot ...» Puupponens Stimme zitterte. Wortlos reichte ich ihm die Schutzhülle mit dem an uns adressierten Brief.

«Wäre er wirklich gefeuert worden?», fragte er, nachdem er Pertsas Zeilen gelesen hatte. Ich wusste es nicht. Aber selbst wenn – sich deshalb das Leben zu nehmen, erschien mir unverständlich. Andererseits war mir klar, dass anhaltender Alkoholmissbrauch den Blick verzerren konnte. Ich übergab Hakkarainen den Brief und bat ihn, mir bis zum nächsten Morgen eine Kopie zukommen zu lassen. Dann gab ich Puupponen das Zeichen zum Aufbruch. Gerade da klingelte mein Handy. Antti rief an, er war fuchsteufelswild.

«Wo steckst du denn!», brüllte er. «Ich muss in anderthalb Stunden im Kulturzentrum sein!»

«Ich bin in Ströms Wohnung. Er hat sich erschossen.»

Das brachte ihn zum Verstummen. Ich sagte, ich wäre wahrscheinlich in einer Stunde zu Hause, dann würde er es noch schaffen, wenn er das Auto nahm. Doch er hatte bereits seine Schwester Marita angerufen und sie gebeten, auf Iida aufzupassen.

Obwohl der Krankenwagen längst abgefahren war, standen immer noch Gaffer auf dem Hof. Ich musste ziemlich kurbeln, um am Fahrzeug der Techniker vorbeizukommen. Zum Glück fuhr ich allein und konnte mich unterwegs ein wenig sammeln.

Ströms Exfrau wohnte mit ihren Kindern und ihrem zweiten Mann in Mankkaa, in dem Reihenhaus, in dem sie vor der Scheidung mit Pertsa gelebt hatte. Puupponen parkte hinter mir, wir betrachteten das stimmungsvolle Licht, das durch die Spitzengardinen vor dem Küchenfenster drang, und es tat mir Leid um die Idylle, die wir nun zerstören mussten.

Marja Hirvi, geschiedene Ström, öffnete uns die Tür. Ich hatte sie ein paar Mal flüchtig im Präsidium gesehen, wenn sie die Kinder bei Pertsa ablieferte. Sie war Ende dreißig, klein und braun gebrannt, und wirkte irgendwie schutzbedürftig. Die dunkelgrünen Leggings und die hüftlange, sonnengelbe Bluse betonten ihr mädchenhaftes Aussehen.

«Guten Abend, ich glaube, wir sind uns schon einmal begegnet. Hauptkommissarin Maria Kallio und Kriminalmeister Puupponen von der Espooer Polizei.»

In ihrem Gesicht erschienen plötzlich Falten. Sie war lange genug mit einem Polizisten verheiratet gewesen, um zu wissen, dass wir ihr keinen Höflichkeitsbesuch abstatteten.

«Pertti?», fragte sie. «Was ist passiert?»

Von drinnen hörte man einen aufgebrachten Wortwechsel

in kalifornischem Englisch: Die Reichen und die Schönen beredeten wieder einmal ihre verwickelten zwischenmenschlichen Beziehungen.

«Sind Jani und Jenna zu Hause?»

Marja nickte.

«Am besten erzählst du es ihnen. Es tut mir aufrichtig Leid, Pertti hat sich vor etwa einer Stunde erschossen. Als wir eintrafen, konnten wir nichts mehr für ihn tun.»

Eine Weile starrte sie uns nur an. Sie musste die Lippen befeuchten, bevor sie sprechen konnte.

«Erschossen, so. Eigentlich überrascht mich das nicht. Damit hat er schon damals gedroht, als ich ihn verlassen habe. Aber warum gerade jetzt?»

«Er war vorläufig vom Dienst suspendiert worden, weil er einen Verdächtigen bei der Vernehmung geschlagen hatte.»

«Davon wusste ich nichts, wir sind erst vorgestern Abend von unserer Hochzeitsreise nach Lanzarote zurückgekommen. Die Kinder hatten wir mitgenommen.» Als sie sich zur Tür umwandte, sah ich, dass sie schwanger war, etwa im sechsten Monat, schätzte ich. «Sie sollten das nächste Wochenende bei Pertti verbringen. Wie soll ich ihnen das erklären?»

«Möchtest du, dass wir ...»

Sie schüttelte den Kopf, nein, sie wolle es ihnen selbst sagen. Ich fragte nach Ströms Angehörigen. Sein Bruder wohnte mit seiner Familie in Tikkurila, der Vater in Vammala, die Mutter war vor drei Jahren an Krebs gestorben. Auch das hatte ich nicht gewusst, es war kurz vor meinem Dienstantritt bei der Espooer Polizei geschehen. Ich erzählte ihr von Perttis Wunsch, keine aufwendige Beerdigungsfeier zu veranstalten, und gab ihr den an Jani und Jenna gerichteten Brief. Sie las ihn, brach in Tränen aus und legte die Arme um den Leib, wie um sich vor der Kälte zu schützen, die durch die offene Tür ins Haus zog. Wir standen immer noch im Windfang, sie hatte uns nicht hereingebeten.

«Was ist denn los?» Der Mann, der nun an die Tür kam, musste Kai Hirvi sein. Ich zuckte zusammen, denn mit seiner stämmigen Figur und der unreinen Haut sah er Pertsa verblüffend ähnlich. Er legte seiner Frau einen Arm um die Schultern und funkelte uns böse an, als wären wir Sektierer, die von Haus zu Haus gehen und die Leute zum Weinen bringen. Als Marja ihm berichtete, was passiert war, machte er ein betroffenes Gesicht.

«Komm, wir müssen es den Kindern sagen», stammelte er.

«Marja, wir sprechen später über die Beerdigung. Sag Jani und Jenna, wenn sie über ihren Vater und seinen Selbstmord reden wollen, stehen wir Kollegen jederzeit zur Verfügung.»

Ich gab ihr meine Visitenkarte, dann zogen wir uns zurück.

«Kommst du klar?», fragte ich Puupponen, als wir zu unseren Autos gingen.

«Wieso nicht? Ich hab den Kerl doch gehasst.» Er wischte sich die triefende Nase am Handrücken ab. «Allerdings ... dass er sich den Kopf wegpustet, hätte ich nicht einmal ihm gewünscht. Bis morgen», sagte er und schloss seinen Wagen auf.

«Wir fangen um acht mit der Besprechung an. Bis dann!»

Ich holte tief Luft, dann setzte ich mich ans Steuer. Auf dem Heimweg fuhr ich sehr langsam, als könnte ich meine Raserei vor ein paar Stunden damit ungeschehen machen. Maritas Wagen stand auf dem Hof. Hoffentlich hatte Antti ihr nicht gesagt, worum es bei meinem Einsatz ging, denn ich hatte jetzt nicht die Kraft, mit ihr über Pertsa zu reden.

Die Dunkelheit und der Geruch der modernden Blätter wirkten tröstlich. Ich atmete tief ein, eins, zwei, drei. Es war Vollmond und sehr still, die Espenblätter fielen einzeln ab, als zelebrierten sie ein uraltes Ritual. Ich schaute ihnen so lange zu, bis ich ruhig genug war hineinzugehen.

Noch am nächsten Morgen wunderte ich mich, wie ich es fertig gebracht hatte, mit Anttis Schwester zu plaudern, als wäre nichts geschehen. Hauptsächlich hatten wir über Iida gesprochen und sie mit Maritas inzwischen elfjährigen Zwillingen Matti und Mikko verglichen. Dabei hatte ich mich bemüht, nicht zu zeigen, wie sehr ich darauf wartete, dass Marita ging. Schon kurz nach acht hatte ich Iida den Schlafanzug angezogen und geschwindelt, sie lasse sich leichter zu Bett bringen, wenn kein Besuch im Haus sei. Nachdem meine Schwägerin gegangen war, hatte ich Iida statt einer Gutenachtgeschichte drei vorgelesen und mich gewundert, dass ich nicht weinen musste. Schließlich hatte ich ein halbes Wasserglas Anisschnaps getrunken und eine Schlaftablette genommen und war eingeschlafen, bevor Antti nach Hause kam.

Am Morgen zog ich ein schlichtes schwarzes Kostüm an, das ich im Frühjahr zur Beerdigung von Anttis Onkel gekauft hatte. Ich frühstückte, obwohl ich keinen Hunger hatte, und überlegte auf der Fahrt, wie das Dezernat nach Pertsas Tod umstrukturiert werden sollte. Eine Minute nach acht betrat ich den Besprechungsraum. Alle anderen waren bereits da, auch Taskinen.

«Guten Morgen. Vielen Dank, Lähde, dass du allen Bescheid gesagt hast. Wie ihr sicher wisst, hat sich Pertti Ström gestern Abend das Leben genommen. Pertti war kein bequemer Kollege, wir haben wohl alle gelegentlich mit ihm gestritten. Aber seine Arbeit hat er immer getan, wenn er dabei auch manchmal andere Wege gegangen ist als wir. Die Situation ist gerade deshalb schwierig für uns, weil unsere Gefühle gegenüber Pertsa widersprüchlich sind. Deshalb fühlen wir uns wahrscheinlich alle mitschuldig an seinem Selbstmord. Der Psychologe kommt heute Nachmittag um zwei, macht eure Nachmittagstermine rückgängig. Wir werden das Geschehene unter seiner Regie durchsprechen.»

Meine Stimme war belegt. Ich räusperte mich und schaute

meine Kollegen an, die heute fast alle Trauerkleidung trugen: Einige waren im dunklen Anzug gekommen, Koivu in schwarzen Jeans und schwarzem Pullover. Nur Wang stach in ihrem dunkelroten Hosenanzug von den anderen ab.

«Pertsa hat zwei Briefe hinterlassen, von denen einer an uns, seine engsten Mitarbeiter, gerichtet ist. Eine Kopie wird im Lauf des Vormittags allen zugehen. In diesem Brief äußert er den Wunsch, wir möchten uns nicht an ihm rächen, indem wir eine großartige Beerdigung veranstalten. Darüber haben seine Angehörigen zu entscheiden. Ich bitte nun um eine Minute stilles Gedenken an Hauptkommissar Pertti Ström.»

Alle senkten den Kopf. Puupponen bemühte sich, das Niesen zu unterdrücken, Lähde schluckte. Ich konnte immer noch nicht weinen. Nach der Schweigeminute zog ich die Lagebesprechung durch wie immer. Die einzige neue Entwicklung betraf die Betriebswirtin Haataja, die mit ihrem Toomas auf der estnischen Insel Ösel gesichtet worden war. Den Rest des Vormittags schlug ich mich mit der Personalabteilung herum. Dort versuchte man nämlich, die Sparzwänge mit der Behauptung zu kaschieren, es sei pietätlos, Ströms Stelle auszuschreiben, bevor er unter der Erde lag. Ich bestand darauf, dass man mir bis Montag eine Vertretung besorgte. Dann wies ich den Putzdienst an, Pertsas Sachen aus dem Büro zu räumen, das er mit Lähde geteilt hatte. Ich sprach mit seinem Bruder über die Beerdigung und versuchte ihn davon zu überzeugen, dass Pertsa kein Spalier uniformierter Polizisten in der Kirche gewollt hätte. In der Trauersitzung des Psychologen hörte ich hauptsächlich den anderen zu. Als ich nach meinen Gefühlen gefragt wurde, sagte ich nur, ich sei verwirrt und traurig.

Zu Hause spielte ich mit Iida, als wäre nichts vorgefallen. Antti versuchte, über Ström zu sprechen, aber ich wehrte ab. In der Dämmerung gingen wir spazieren, ich las bunte Ahornblätter auf und dekorierte Iidas Zimmer damit.

Nachdem Iida eingeschlafen war, setzte ich mich vor den Fernseher und zappte mich durch die Programme. Im Ersten sang Jorma Hynninen Schuberts «Winterreise». Antti setzte sich zu mir und legte behutsam die Arme um mich. Der warme, melancholische Bariton sang federweiche und zugleich schmerzerfüllte Intervalle, Ralf Gothonis Klavierspiel fügte hinzu, was mit Worten nicht auszudrücken war. Die Musik durchströmte mich wie Medizin. Im zwanzigsten Lied, «Wegweiser», erkannte ein an seinem Leben zweifelnder, in der Liebe enttäuschter Mann, dass er bald jenen Weg einschlagen würde, von dem es keine Wiederkehr gab. Da begann ich zu weinen, und die Tränen wollten kein Ende nehmen.

Fünfzehn

Am Freitagmorgen meldete die litauische Polizei, Vitalis Ramanauskas und Imants Peders seien vor zwei Jahren ausgewandert. Sie hatten eine vorläufige Adresse in Nizza angegeben, wo sie jedoch nicht gemeldet waren. Ramanauskas und Peders waren ehemalige Offiziere der sowjetischen Marine und damals für die Wartung von Kriegsschiffen, Flugzeugträgern und Kanonenbooten zuständig gewesen. Nachdem Litauen unabhängig geworden war, hatten die Männer zwischen der Roten Armee und ihrem eigenen Staat wählen müssen und offenbar weder der einen noch dem anderen mehr angehören wollen.

Wie betäubt starrte ich auf das Fax aus Litauen. Hatte Juha Merivaara der sowjetischen Marine ökologische Bootslacke verkauft? Wohl kaum. Welche Funktion hatte die Mare Nostrum? Ohne große Hoffnung auf Erfolg bat ich die litauischen Kollegen per Fax um nähere Informationen über die spezifischen Aufgaben von Peders und Ramanauskas in der Marine. Außerdem schickte ich eine Suchmeldung an die Polizei in Nizza und an Interpol. Ich war immer mehr davon überzeugt, dass Juha hinter der gediegenen Fassade der Merivaara AG dunkle Geschäfte getrieben hatte. Vielleicht war Harri ihm auf die Spur gekommen und deshalb ermordet worden? Was hatte Seija Saarela noch gleich gesagt? Harri wollte eine tote Eiderente aufs Festland bringen und untersuchen lassen. Aber wo? Im Institut für Biologie der Universität Helsinki? Aber wenn es zwischen Harris und Juhas Tod eine Verbindung gab, musste jemand von Juhas Machenschaften gewusst haben. Jiri oder Anne? Handelte es sich überhaupt in beiden Fällen um denselben Täter? Vielleicht hatte Juha Harri ermordet?

Ich schaltete den Computer ein und klickte mich voran, bis ich die Homepage der Merivaara AG auf dem Bildschirm hatte. Die Firma hatte ein Ökozertifikat der EU beantragt, das erst nach mehrjährigen strengen Produkttests verliehen wurde. Unter diesen Umständen hätte Juha Merivaara es eigentlich nicht riskieren können, mit einer dubiosen Tochterfirma in Verbindung gebracht zu werden. Oder hatte er sich darauf verlassen, dass sich niemand die Mühe machen würde, die Mare Nostrum genauer unter die Lupe zu nehmen? Das konnte ich nicht recht glauben.

Ich stützte den Kopf in die Hände, die Augen wollten mir zufallen. Trotz meiner juristischen Ausbildung hatte mich der Bereich der Wirtschafts- und Unternehmenskriminalität nie besonders interessiert. Lieber befasste ich mich mit zwischenmenschlichen Beziehungen, durchleuchtete komplizierte Familienverhältnisse, verschaffte mir ein Bild von der Hierarchie unter Schnapsbrüdern oder vom Machtgefüge verfeindeter Jugendbanden. Geld war kalt und ausdruckslos, es hatte keine Vergangenheit und keine Gefühle, auch wenn es die Gemüter der Menschen erhitzte. Geld hatte nur einen Zweck: sich zu vermehren.

Also beschloss ich, noch einmal über Juha Merivaara als Mensch nachzudenken, nicht als Akteur im undurchsichtigen Spiel der Mare Nostrum. Was für ein Mensch war Juha gewesen? Ein achtjähriger Junge, der miterlebte, wie seine Mutter von einer langsam voranschreitenden Krankheit dahingerafft wurde, ein junger Mann, der von Geburt an auserwählt war, eines Tages das Familienunternehmen zu leiten. Ein Mann, der seine Frau betrog, seiner Sekretärin unsittliche Anträge machte und seinen Sohn zu seinem Ebenbild erziehen wollte. Was war Juha Merivaara wichtig gewesen –

die Familie, die Natur, ein guter Ruf im Geschäftsleben, Geld?

Doch es gelang mir nicht, Juha Merivaara auch nur in Umrissen zu skizzieren, denn vor sein Bild schob sich immer wieder das eines anderen Mannes. Ebenso groß und stämmig, aber ungepflegter, bärbeißiger. Schon in der letzten Nacht hatte er mich so bedrängt, dass der Schlaf sich nicht zu mir gewagt hatte. Die Kollegen hatten sich gewundert, als ich Ströms Schreibtisch so überstürzt räumen ließ, nicht einmal Koivu war auf den Gedanken gekommen, der Anblick seines Namensschildchens und des penibel aufgeräumten Schreibtisches könnte mir wehtun.

Meist hatte ich Ström gehasst, seinen Rassismus und Chauvinismus, sein Misstrauen gegenüber allem Neuen und Unbekannten, seinen Umgang mit anderen Menschen. Ich wusste immer noch nicht, ob ich ihn je gemocht hatte, ich erinnerte mich an zu viele Konflikte und Gemeinheiten.

Aber ich erinnerte mich auch an seine gelegentliche Freundlichkeit, an die unbeholfenen Versuche, sich mit mir über den Verlauf meiner Schwangerschaft und über Iidas Entwicklung zu unterhalten, an die Anrufe während meines Mutterschaftsurlaubs, für die er sich immer wieder neue Vorwände ausgedacht hatte, und schließlich an seine Wutausbrüche, wenn ich unbedacht mein Leben aufs Spiel setzte. Zumindest bei diesen Gelegenheiten hatte Ström Recht gehabt.

In gewisser Weise war es eine Erleichterung, nicht mehr mit ihm zusammenarbeiten zu müssen, wahrscheinlich würde das Arbeitsklima im Dezernat besser werden. Und doch quälte mich ein Schuldgefühl, es pikste wie eine aufgesprungene Sicherheitsnadel. Natürlich war es ganz richtig gewesen, dass nicht Ström, sondern ich zur Dezernatsleiterin ernannt worden war, ich erledigte den Job besser als er. Aber dass man ihm angeboten hatte, mich im Mutterschaftsurlaub zu vertreten, war ein dummer Fehler gewesen, das hätte man anders regeln müssen.

Und das Alkoholproblem – warum hatte ich nicht energischer eingegriffen? Warum hatte ich mir eingeredet, es werde sich von selbst erledigen, wenn ich Pertsa Zeit ließ, sich mit meiner Rückkehr in den Dienst abzufinden? Warum hatte ich ihn nicht besucht, als er nicht ans Telefon gegangen war?

Schluss jetzt, ich war doch nicht der liebe Gott! Bildete ich mir etwa ein, ich hätte Ströms Selbstmord verhindern können?

Ich zwang mich, wieder an Juha Merivaara zu denken. Wenn er voller Widersprüche gesteckt hatte, wie Pertsa, dann musste ich es vermeiden, mir ein allzu glattes Bild von ihm zu machen. War es denn nicht denkbar, dass er gleichzeitig geldgierig und ein Naturfreund war, seine Ehe für wichtig hielt und Geschäftsfreunde in Sexlokale ausführte? Vielleicht war die Mare Nostrum ein Fehlgriff gewesen, aus einer Notsituation heraus gegründet. Eine Tochterfirma, deren Tätigkeit Juha Merivaara auf Eis gelegt hatte, sobald ihm klar geworden war, dass sie sich nicht mit dem Profil des Hauptunternehmens vereinbaren ließ.

Der Türsummer riss mich aus meinen Überlegungen. Die wichtigtuerische Türampel, die allen Dezernatsleitern zustand, verwendete ich nur, wenn ich in meinem Büro mit Zeugen sprach. Die Kollegen, die mich schon als Hauptmeisterin gekannt hatten, klopften meistens einfach an, Ström hatte allerdings nicht einmal das für nötig gehalten. Als ich auf den grünen Knopf drückte, kam Anu Wang herein.

«Hallo, Maria. Hast du einen Moment Zeit?»

Ich nickte, Wang setzte sich und begann: «Ich wollte bei der Morgenbesprechung nicht davon anfangen, es ist ein bisschen unangenehm, aber ...»

Sie verstummte. Ihr leicht gelb getöntes, rundes Gesicht wirkte bekümmert, der rabenschwarze Zopf schwang von der Schulter auf den Rücken. Für eine Vietnamesin war Wang mit ihren eins siebzig groß, aber ihre Hände waren so zierlich, dass meine eigenen daneben wie Schaufeln anmuteten.

«Was gibt es denn?», fragte ich, bemüht, den Ton der verständnisvollen Chefin zu treffen, mit der man über alles reden kann. Hoffentlich ging es nicht um meine dämliche Äußerung über Koivus Frauengeschichten.

«Ich möchte den Fall El Haj Assad abgeben», sagte Wang zögernd. «Ich habe lange darüber nachgedacht, es widerstrebt mir, einfach aufzugeben, aber ich fürchte, es geht nicht anders.»

Der aus Saudi-Arabien stammende Wirtschaftswissenschaftler El Haj Assad hatte Anfang August versucht, seine halbwüchsige Tochter zu erwürgen, weil sie gegen seinen Willen zu einer Party gegangen war und obendrein statt langem Rock und Schleier Jeans und ein ärmelloses Top getragen hatte, was der Vater für unverzeihlich hielt. Amal hatte ihren Vater in die Hand gebissen, war weggerannt und hatte die Polizei alarmiert. Jetzt wohnte sie auf eigenen Wunsch bei der Familie einer Klassenkameradin. Pertsa hatte Wang den Fall zugeteilt, denn seiner Meinung nach war sie als Vertreterin einer ethnischen Minderheit bestens geeignet, Fälle zu übernehmen, in denen Opfer oder Täter ausländischer – gleich welcher – Herkunft waren.

«Warum? Es ist doch eine eindeutige Körperverletzung, und du hast hervorragende Arbeit geleistet.»

«Aber ... ich habe das Gefühl, bei den Vernehmungen nichts aus dem Mann herauszubekommen! Er verachtet mich, wahrscheinlich stehen Polizisten in seinem Land weit unter den Ölmagnaten. Die Familie hat ein philippinisches Hausmädchen, Rosita, und als ich zum ersten Mal ins Haus kam, um El Haj Assad zu vernehmen, nahm er wie selbstverständlich an, ich wäre Rositas Freundin. Asiaten sind für ihn Abschaum! Und von einer Frau vernommen zu werden, empfindet er als unglaubliche Beleidigung. Als Pekka mich einmal begleitet hat, sprach Assad prompt nur mit ihm. Gestern hat er mir auf jede Frage eine Beleidigung an den Kopf geworfen.»

Mit ihren onyxfarbenen Augen sah sie mich halb beschämt, halb herausfordernd an. Ich kam nicht dazu, ihr zu antworten, denn sie sprach bereits weiter:

«Andere Länder, andere Sitten, hat Ström gesagt, als er mir den Fall zuteilte und ich meine Zweifel vorbrachte, ob ich die Richtige dafür sei. Als müsste mir das irgendwer sagen! Seit Jahrzehnten tut meine Familie nichts anderes als sich anzupassen, zuerst in Nordvietnam, wohin die Angehörigen meines Vaters vor der chinesischen Revolution und Maos Truppen geflohen waren, dann hier in Finnland. Ich habe sogar meinen Vornamen geändert, und du hast selbst gehört, welche Mannschaft ich letzten Samstag beim Fußball angefeuert habe. Aber wenn die anderen sich nicht an die Regeln halten, was dann?»

Wang hatte vor gut anderthalb Jahren die Polizeischule abgeschlossen, sie war erst dreiundzwanzig. Beinahe erkannte ich mich in ihr wieder, wie ich vor zehn Jahren gewesen war, eine junge eifrige Polizistin, die geglaubt hatte, die Welt gerechter machen zu können. Ein Teil von mir hielt wohl immer noch an dieser Überzeugung fest, obwohl ich im Lauf der Jahre zu oft erlebt hatte, wie Schuldige vor Gericht freigesprochen wurden. Ab und zu spielte ich mit dem Gedanken, wieder als Juristin zu arbeiten, um auf die Urteilssprechung Einfluss nehmen zu können, doch die Aufgabe der Juristen schien heutzutage eher darin zu bestehen, Paragraphen auszuspielen, als Gerechtigkeit walten zu lassen.

«Ich verstehe deine Situation. Was schlägst du vor?»

«Dass Pekka und ich tauschen. Ich würde die Vergewaltigung in Leppävaara übernehmen und er meinen Fall. Wir haben schon darüber gesprochen.»

Ich nickte. Der Fall war schwierig, so viel hatte ich den Akten entnommen. Ismael El Haj Assad war der Mittelsmann zwischen der finnischen Shell-Niederlassung und dem saudiarabischen Konzern Musoil, ein internationaler Topmanager, der es als ungeheuerlich empfand, dass sich die finnische Polizei in seine Familienangelegenheiten einmischte. Als islamischer Fundamentalist war er der Überzeugung, Frauen gehörten ins Haus und hätten sich zu verschleiern. Die Espooer Schulbehörde hatte sanften Druck ausüben müssen, damit Amal die gesetzlich vorgeschriebene neunte Klasse besuchen durfte.

Hätte ich mich darüber aufregen sollen, dass Koivu und Wang ihr Tauscharrangement hinter meinem Rücken vereinbart hatten? Nein, das wäre dumm gewesen. El Haj Assad verdiente eine Anklage, obwohl Amals Leben dadurch vermutlich nicht leichter wurde. Über die Folgen nachzudenken, war nicht Aufgabe der Polizei.

«Hältst du mich jetzt für einen Loser?», fragte Wang.

Ich schüttelte den Kopf und erzählte ihr zum Trost einige Ereignisse aus meinen ersten Jahren im Polizeidienst, als ich des öfteren nicht ernst genommen wurde.

«Eine dumme Frage: Was hat dich eigentlich bewogen, zur Polizeischule zu gehen?»

Anu grinste. «Das, was andere dazu bringt, Graffiti zu sprühen oder Drogen zu nehmen: Aufmüpfigkeit. Ich wollte mich von der Kultur meiner Eltern lösen, und was könnte finnischer sein als eine Polizistin? Meine beste Freundin und ich haben uns an der Polizeischule in Tampere beworben, damit wir während des Studiums nicht zu Hause zu wohnen brauchten. Ich wurde angenommen, Nina nicht.»

«Welchen Beruf hatten deine Eltern denn für dich vorgesehen?»

Wie eigenartig, dass Anu mit ihrer Berufswahl gegen ihre Eltern aufbegehrte, genau wie ich damals.

«Ärztin oder Architektin, ich hatte das Abitur mit Eins bestanden. Ich habe versucht, ihnen klar zu machen, dass ich als Polizeibeamtin Einfluss darauf nehmen kann, wie unsere Leute hier behandelt werden. Ich zum Beispiel werde mal für eine Thai-Masseuse gehalten, mal für die philippinische Frau eines Bauern. Manchmal bereue ich es fast, dass ich nicht mehr bei der Schupo bin, die Uniform hat mir immerhin ein bisschen Autorität verliehen.»

Sie sah auf die Uhr und bedankte sich für die Erlaubnis, mit Koivu zu tauschen. Die Tür hatte sich schon fast hinter ihr geschlossen, als sie noch einmal zurückkam.

«Wegen Pekka ... Mach dir keine Sorgen, ich mag ihn wirklich.»

«Ich mag Pekka auch», sagte ich ein wenig stockend, denn es war ungewohnt, Koivu beim Vornamen zu nennen. «Er ist wie ein Bruder für mich. Ich würde mich freuen, dich zur Schwägerin zu bekommen.»

«Mal sehen.» Sie lächelte, dann schloss sich die Tür hinter ihr, und ich war wieder allein mit meinen Gedanken.

Wenn, wenn, wenn. Wenn ich versucht hätte, mit Pertsa zu reden ...

Um den beklemmenden Gedanken zu entfliehen, rief ich bei Birdlife an, dem Dachverband der ornithologischen Vereine Finnlands, um mich zu erkundigen, wohin Harri die tote Eiderente von Rödskär gebracht haben konnte.

Der Birdlife-Vertreter war freundlich, er hatte Harri gekannt. Er tippte auf das Institut für Veterinärmedizin und Lebensmittelhygiene, das auch das mysteriöse Vogelsterben untersuchte, das sich im Hochsommer in Suomenoja zugetragen hatte. Ich beauftragte Puustjärvi mit den weiteren Nachforschungen, obwohl er murrte, er hätte nie gedacht, dass er eines Tages die Leiche einer Eiderente suchen müsse. Dann blätterte ich weiter in Harris Akte. Sie enthielt verschiedenstes Material, unter anderem das Mitgliederverzeichnis des ornithologischen Vereins Tapiola, dem Harri angehört hatte.

Auf der Liste stand auch Tapio Holmas Name.

War Holmas Behauptung, er habe Harri nicht gekannt, eine Lüge? Vielleicht hatte er sich in die Familie Merivaara eingeschlichen, um Nachforschungen über Harris Tod anzustellen, nicht aus Liebe zu Riikka. Das schien weit hergeholt, aber nicht völlig unmöglich.

Wieder blätterte ich in Harris Akte. Wahrscheinlich würde ich seine Ermordung nie beweisen können, zumal sein Leichnam eingeäschert worden war. Meine Hilflosigkeit machte mich rasend. Menschen starben, und ich fand keinen Grund, keinen Schuldigen. Obendrein musste ich in einer halben Stunde zu einer der unzähligen Planungssitzungen aufbrechen. Diesmal ging es um den Kampf gegen Graffiti. Ich hatte versucht, mich davor zu drücken, weil das Gewaltdezernat mit diesem Problem nichts zu tun hatte, doch es hieß, die führenden Vertreter der Stadt wollten bei einem gemeinsamen Mittagessen mit allen Dezernatsleitern und höheren Polizeibeamten sprechen. Ich fragte mich, ob die Stadt Espoo wirklich keine dringlicheren Umweltprobleme hatte als ein paar beschmierte Wände. Außerdem würde die vor einiger Zeit gegründete Arbeitsgemeinschaft gegen Wandalismus, an der auch Jugendliche beteiligt waren, garantiert mehr ausrichten können als offizielle Sitzungen auf Chefebene.

Bevor ich ging, rief ich Antti an. Ich störte ihn beim Klavierspiel, Iida hielt gerade draußen ihren Mittagsschlaf.

«Nenn mir mal ein Gift, das Vögel tötet.»

«Damit kenn ich mich nicht aus, ich bin Mathematiker. Frag einen Biologen. Worum geht's denn?»

«Harri hatte auf Rödskär eine tote Eiderente gefunden. Können Lacke irgendwelche Stoffe enthalten, die für Vögel giftig sind? Irgendetwas, das in der Nahrungskette angereichert wird und von den Vögeln dann in tödlicher Konzentration aufgenommen wird?»

«Früher enthielten Farben alles Mögliche, vom Blei angefangen, aber die Merivaara AG stellt so was doch nicht mehr her. Was vermutest du denn?»

«Ich weiß es selbst nicht», seufzte ich, denn solange ich nichts Genaueres über die Aktivitäten von Peders und Ramanauskas wusste, konnte ich nur spekulieren. Antti schlug vor, am Wochenende nach Inkoo zu fahren; seine Eltern waren verreist, wir hätten die Villa am Meer für uns. Das Boot war noch nicht aus dem Wasser geholt worden, sodass wir bei gutem Wetter segeln konnten. Mir war klar, dass Antti mich von der Arbeit und von den Gedanken an Pertsa ablenken wollte. Warum nicht? Eigentlich hatte ich Lust darauf, mit Iida in der Rückentrage durch den Wald zu streifen, Pilze zu suchen und noch einmal im Boot durchs Wasser zu gleiten, bevor es zufror.

«Gute Idee, wir könnten schon heute Abend los. Und das Handy bleibt zu Hause!»

Es wurde höchste Zeit, zur Besprechung zu gehen. Ich kämmte mir die Haare und zog die Lippen nach. Unter den Augen hatten sich neue Falten gebildet, an den Schläfen schien ich allmählich grau zu werden. Als ich an dem Büro vorbeiging, in dem Lähde nun allein saß, sah ich unwillkürlich auf. Der Anblick des leeren Namensschildes schnitt mir ins Herz. Nun begriff ich, dass ich vergeblich versucht hatte, die Erinnerung an Pertsa zu verdrängen, indem ich in hysterischer Eile seine Sachen fortschaffen ließ. Bei der Morgenbesprechung hatte ich mich eine ganze Weile suchend nach seiner massigen, nach Zigaretten stinkenden Gestalt umgesehen.

Der größte Knüller der Planungssitzung, die kostenlose Mahlzeit, war eine Enttäuschung. Lustlos stocherte ich an der zähen Regenbogenforelle herum. Seit wir im Sommer gelesen hatten, dass die Forellenzucht zur Vermehrung der Blaualgen beitrug, kauften wir keinen Zuchtfisch mehr. Vielleicht steckte Anttis Umweltbewusstsein mich allmählich an, denn ich überlegte auch, womit die Kartoffeln, die man uns servierte, gedüngt worden waren. Diese Gedanken waren sicherlich fruchtbarer als die Sitzung, die die Stadtverwaltung, der Technikausschuss und das Technische Zentralamt einberufen hatten.

«Für das Image der Stadt ist es eminent wichtig, dass die Schmierer gefasst werden. Denken Sie nur daran, welchen Eindruck ausländische Besucher erhalten, wenn sie über die Schnellstraße vom Flughafen kommen und die beschmierten Lärmschutzwälle sehen. Am Westring ist es nicht anders. Eine moderne Technologiestadt wie Espoo darf nicht aussehen wie ein Slum», beschwerte sich ein Ingenieur vom Technischen Zentralamt.

«Natürlich tun sowohl die Kripo wie die Schutzpolizei ihr Bestes. Die Stadt könnte ihrerseits bei der Regierung intervenieren, um eine bessere Finanzierung der Polizeikräfte zu erreichen», antwortete unser neuer Polizeipräsident.

Die Forelle schmeckte so miserabel, dass ich den Teller beiseite schob. Ein Kontaktbereichsbeamter der Schupo sprach von Informationskampagnen an den Schulen und von neuen Jugendzentren, doch sämtliche Vorschläge, die eine Beteiligung der Stadt erfordert hätten, schienen auf taube Ohren zu stoßen. Zu meiner eigenen Verwunderung bat ich ums Wort.

«Es wundert mich gar nicht, dass die Jugendlichen mit den Stadtvätern einen Wettstreit in Sachen Umweltzerstörung austragen. Diese Lärmwälle schreien doch geradezu nach Farbe. Solange die Stadt sich nach Kräften bemüht, Grüngebiete zuzupflastern, steht ihr nicht zu, sich über Umweltverschandelung zu beschweren.»

«Hat die Polizei etwa vor, das Strafgesetz umzuschreiben?», unterbrach mich ein Mitglied der Stadtverwaltung mit eisiger Stimme. «Im Gegensatz zu den Graffitischmierern hält sich die Stadt bei ihrer Bautätigkeit an die Gesetze.»

Die peinlich berührten Blicke des Polizeipräsidenten und meiner Kollegen fachten meinen Ärger weiter an.

«Diese Gesetze haben Sie, die Politiker, doch selbst gemacht. Da hier offenbar jeder einen Wunsch frei hat, möchte ich anregen, die Bordkanten der Fahrradwege abzuflachen. Zehn Zentimeter sind für ein Auto kein Problem, aber mit dem Fahrrad schwer zu überwinden. Wenn sich ein Radfahrer den Hals bricht, muss sich das Gewaltdezernat um den Fall kümmern. Mit Graffitimalern hatten wir bisher nichts zu tun, daher darf ich mich wohl verabschieden. Unser zweiter Kommissar hat sich vorgestern umgebracht, ich habe alle Hände voll zu tun.»

Ich schob polternd den Stuhl zurück und stand auf. Obwohl ich wusste, wie idiotisch mein Verhalten war, hatte ich mich nicht beherrschen können. Im Hinausgehen spürte ich Taskinens enttäuschten Blick im Rücken. Vielleicht fragte er sich allmählich, ob meine Ernennung zur Dezernatsleiterin ein Fehler gewesen war. Er hatte kämpfen müssen, um seinen Vorschlag durchzusetzen. Manchen war ich suspekt erschienen, weil ich unter anderem dem Frauenverband und dem Verein für sexuelle Gleichstellung angehörte. Nun würde man wahrscheinlich munkeln, ich träte nicht nur für die radikalen Tierschützer, sondern auch für Graffitimaler ein.

Ich rannte die Treppen zu unserer Etage in Rekordzeit hoch. In meiner Schreibtischschublade musste noch eine Tüte Salmiak liegen, die beste Medizin gegen meine Wut.

«Du wirst erwartet», sagte Lähde, der mir an der Tür zum Dezernatskorridor entgegenkam.

«So?» Schon von weitem sah ich die grünen Haare von Jiri Merivaara, der sich an meine Tür lehnte. War er freiwillig aufs

Präsidium gekommen? Als er mich bemerkte, wurde sein Gesicht noch abweisender.

«Hallo, Jiri. Wie geht's?»

Er zuckte die Achseln, folgte mir in mein Büro und ließ sich aufs Sofa fallen. Die grüne Haarfarbe war seit unserer letzten Begegnung etwas verblasst, durch die zerrissene Jeans schimmerte ein spitzes Knie. Der voll gestopfte grüne Rucksack stand offen.

«Müsstest du nicht in der Schule sein?»

«Da geh ich nicht mehr hin! Im Februar werd ich achtzehn. Wenn ich erst mal Vaters Geld hab, mach ich's vielleicht wie Mikke und reise rund um die Welt.»

Ich erinnerte mich an Anne Merivaaras Worte, Jiri wolle Biologie studieren. War das nur mütterliches Wunschdenken gewesen?

«Außerdem hab ich schon drei Klausuren verpasst, weil die Sicherheitspolizei uns tagelang festgehalten hat, obwohl wir nichts getan haben.»

«Wirklich nicht? Haben nicht einige von euch die Brandstiftung schließlich zugegeben? Hast du von dem Anschlag gewusst?»

«Nein», sagte Jiri, und ich war sicher, dass er log. Die Schülerin, die in der Fleischfabrik ein Praktikum gemacht hatte, ihre ältere Schwester und ein Mädchen aus Jiris Klasse hatten eine Anklage wegen Brandstiftung zu erwarten, Jiri würde vermutlich wegen Beihilfe angeklagt werden. Bei der hohen Geldstrafe, mit der er zu rechnen hatte, würde er sein väterliches Erbe sofort angreifen müssen.

Jiri saß stumm und grimmig auf dem Sofa, als wäre er gegen seinen Willen aufs Präsidium geschleppt worden. Das Telefon klingelte, Puupponen erkundigte sich nach einer Routinesache, ich antwortete ausführlich, als wäre Jiri gar nicht vorhanden. Er betrachtete abwechselnd seinen Rucksack und die Spitzen seiner roten Turnschuhe, kaute auf den

Nägeln herum und zog die Finger gleich darauf angewidert aus dem Mund.

Auch nachdem ich aufgelegt hatte, sagte er kein Wort. Also schaltete ich den Computer ein, rief die Akte Juha Merivaara auf und las sie von vorn bis hinten durch. Dann kramte ich die Salmiaktüte hervor, stopfte zwei Stück auf einmal in den Mund und hielt Jiri die Tüte hin. Er beäugte sie misstrauisch – dem Aufdruck nach enthielten die Salmiakdrops drei Zusatzstoffe –, nahm dann aber doch einen. Nachdem er eine Weile darauf herumgekaut hatte, fing er an zu reden.

«Ich hab gelogen über die Nacht, als Vater starb. Ich hab nicht die ganze Zeit gepennt. Einmal war ich pinkeln, und auch sonst hab ich unruhig geschlafen. Der Streit zwischen Vater und Tapsa hat mir zugesetzt. Es ging den Alten doch nichts an, mit wem Riikka vögelt! Immer wollte er kommandieren!»

Jiris Augen glühten mit seinen Wangen um die Wette. «In dem kleinen Zimmer hört man alles, was der andere tut. Mikke war einmal draußen, oder jedenfalls auf dem Flur. Ich hab gehört, wie er mit seiner Mutter gesprochen hat.»

«Mit Katrina Sjöberg?», fragte ich überrascht. Weder sie noch ihr Sohn hatten die nächtliche Begegnung erwähnt.

«Es wurde schwedisch gesprochen, also muss es Katrina gewesen sein.»

«Um welche Zeit war das?»

«Ich hab nicht auf die Uhr geguckt. Es war noch ganz dunkel. Aber ich weiß nicht ... Ich glaub nicht, dass sie nach draußen gegangen sind. Also hat sicher keiner von ihnen ... Vati umgebracht ...»

Jiri wurde rot und verhaspelte sich immer mehr. Ganz offensichtlich wollte er weder Mikke noch Katrina direkt verdächtigen, und ich fragte mich, ob er sich die ganze Geschichte ausgedacht hatte, um die Aufmerksamkeit von jemand anderem abzulenken. Fürchtete er, seine Mutter hätte den Mord begangen?

«Und noch was. Riikka und Tapsa haben ja im Nebenzimmer geschlafen, meine Mutter hat sie immer möglichst weit von ihrem eigenen Zimmer untergebracht, als hätte sie Angst zu hören, was die beiden miteinander treiben. In dem Zimmer ist nachts auch jemand aufgestanden und rausgegangen. Den Schritten nach war es Tapsa, Riikka tritt leiser auf. Die Einzigen, die ich definitiv nicht gehört habe, sind Mutter und Riikka.»

Etwas in der Art hatte ich erwartet. Ich wechselte das Thema und fragte nach Harri Immonens Verbindung zur Revolution der Tiere.

«Harri bei der RdT? Bestimmt nicht. Der war doch schon ziemlich alt, bei unseren Aktionen ist keiner über zwanzig.»

Ich nickte. Die direkte Aktion, der sich die Revolution der Tiere verschrieben hatte, schien zu einem pazifistischen Einzelgänger wie Harri ohnehin nicht zu passen. Aber irgendeine Verbindung musste er zu der Organisation gehabt haben, sonst wäre er nicht auf der Observationsliste der Sicherheitspolizei gelandet. Ich bat Jiri, noch einmal genauer darüber nachzudenken, doch er schien sich eher für den Inhalt seines Rucksacks zu interessieren als für Harri. Er wühlte zwischen einem Pullover und einem Netzbeutel Möhren herum, bekam das Gesuchte offenbar zu fassen, zog es aber nicht heraus.

«Harri war ein netter Kerl, er hat keinem dreingeredet. Die RdT-Aktionen fand er nicht immer richtig, aber wenigstens hat er versucht zu diskutieren. Ich denk oft, warum war Vati nicht so wie Harri oder Mikke, warum hat er nie zugehört, sondern einen immer mit seiner Meinung überfahren.»

Ich wunderte mich über Jiris Redseligkeit und Kooperationsbereitschaft. Hatte die Sicherheitspolizei ihm einen Schrecken eingejagt? Oder die Tatsache, dass das Feuer in der

Fleischfabrik die Tieraktivisten beinahe zu Mördern gemacht hatte? Vielleicht wirkte ich im Vergleich zu den Ermittlern der Sicherheitspolizei sanft und verständnisvoll, wer weiß.

«Jetzt erinnere ich mich, Harri war mal auf einer Demo gegen Tierversuche dabei», sagte Jiri plötzlich. «Er hat mit mir Flugblätter verteilt, und ein paar Schlipsträger haben gebrüllt, es wäre eine Schande für einen ausgewachsenen Mann, mit diesen Öko-Mädchen gemeinsame Sache zu machen.» Er verzog das Gesicht. «Als dürften nur Frauen sich für Tiere einsetzen! Vater war allerdings auch verblüfft, als er gehört hat, dass ich Harri kenne. Er hat versucht, ihn nach seiner politischen Überzeugung auszufragen, aber Harri hat sich auf keine Diskussion eingelassen. Vielleicht hatte er Angst, gefeuert zu werden.»

Wieder steckte Jiri die Hand in den Rucksack, während ich überlegte, wieso er mir verändert vorkam. Er redete so engagiert wie früher, auch seine aggressive Verschlossenheit war noch zu spüren, doch er wirkte weniger bedrückt.

Dann ging mir auf, dass die Augen unter dem grünen Schopf zwar noch funkelten wie ehedem, aber nicht mehr vor Hass sprühten. Ich hatte keine Gelegenheit, darüber nachzudenken, ob er aufgehört hatte, mich persönlich zu hassen, oder ob er mit der Menschheit im Allgemeinen Frieden geschlossen hatte, denn er zog den Rucksack auf und holte eine Fünfliterdose Farbe heraus.

«Ich weiß nicht, ob das irgendwas mit Vaters Tod zu tun hat, aber ...» Er zögerte einen Moment, dann hielt er mir die Dose hin. Sie hatte Rostflecken und ähnelte den litauischen Farbdosen, die ich in der Garage der Merivaaras gesehen hatte, nur war der Aufdruck diesmal russisch. Ich konnte ihn nicht lesen, doch der rot umrandete Totenschädel sagte mir genug. Ich nahm die Dose vorsichtig entgegen, als könnte sie explodieren.

«Was ist da drin? Wo hast du sie gefunden?»

«Auf Rödskär, vorletzten Herbst. Es muss Anfang September gewesen sein, Harri war auf der Insel, um den Abflug der Zugvögel zu beobachten.»

Da Harri wegen einer Mittelohrentzündung zum Arzt musste, hatte Mikke ihn von Rödskär abgeholt. Juha hatte ihm geraten, sich auszukurieren und erst nach dem Wochenende zurückzukommen, aber Harri hatte eingewandt, seine Untersuchungen hinkten bereits hinter dem Zeitplan her.

«Da hat Vater knallhart gesagt, er hätte am Wochenende Gäste auf der Insel und wollte nicht gestört werden. Ich weiß nicht, wen er da zu Besuch hatte. Jedenfalls hat Mikke am Sonntagmorgen angerufen und gefragt, ob ich mitfahren will, wenn er Harri nach Rödskär bringt. Es war ein herrlicher Tag, warm wie im Juni.»

Da Mikke bald darauf zu seiner Winterreise aufbrechen wollte, hatte Jiri die Chance genutzt, noch einmal mit ihm zu segeln. Schon von weitem hatten sie im Hafen von Rödskär ein 15-Meter-Motorboot gesehen, das aussah wie ein Marinekreuzer. Da es ihnen nicht ratsam schien, auf der Insel anzulegen, bevor Juhas Gäste abgefahren waren, hatten sie eine Runde um die Landspitze von Porkkala gedreht, und auf dem Rückweg war ihnen das Boot begegnet. Es hatte die litauische Flagge gehisst. Juha Merivaara war über Harris vorzeitige Rückkehr keineswegs erfreut gewesen.

«Vater hatte einen entsetzlichen Kater, er hatte mit seinen Gästen ordentlich gebechert. Die Küche war voll von russischen Wodkaflaschen. Ich wollte die Sauna heizen, aber Vater ist völlig ausgeflippt, wie er das hörte. Als Mikke fragte, ob er in der Sauna eine Frau versteckt hätte, wäre er fast auf ihn losgegangen. Dann hat er gesagt, einer der Männer hätte alles voll gekotzt, und er wollte selbst sauber machen. Ich war sauer, bin ans Ufer gegangen und hab gesehen, dass eine von den Grasnarben am Südufer umgegraben worden war. Ich hab mir alles Mögliche ausgemalt ...»

Jiri nagte verlegen an seinen Fingernägeln. «Wahrscheinlich hab ich zu viel Fernsehen geguckt, als ich klein war. Ich dachte, denen ist irgendwas schief gelaufen mit 'ner Frau, und sie ist tot und die Sauna voller Blut, und die Frau haben sie unter der Grasnarbe verscharrt. Ich hab mal ein Buch gelesen, wo so was passiert ist. Ich Blödmann hab nicht daran gedacht, dass es ja viel leichter gewesen wäre, die Leiche ins Meer zu werfen. Erst hab ich in der Sauna nachgeguckt, aber mein Alter hatte nicht gelogen, die war tatsächlich voll gekotzt. Trotzdem hat mir das Grab keine Ruhe gelassen. Eine Leiche lag nicht drin, sondern ein Haufen rostige Farbtonnen und ein paar kleinere Dosen. Ich weiß nicht, warum ich eine davon mitgenommen und in den Felsen am Westufer versteckt hab, vielleicht bloß, um Vater eins auszuwischen. Irgendwie hab ich mich so geschämt wegen der Leichengeschichte, dass ich die ganze Sache vergessen hab.»

Bald darauf war Jiri krank geworden und erst im Januar wieder nach Rödskär gekommen. Auf den Felsen lagen Eis und Schnee. Erst im Sommer hatte er wieder an die mysteriösen Farbtonnen gedacht, aber keine Gelegenheit zu Grabungen gehabt, bis zu dem Wochenende im August, als Antti, Iida und ich auf Rödskär übernachtet hatten. Die vergrabenen Fässer waren inzwischen verschwunden, doch die Dose lag noch in ihrem Versteck am Westufer. An einem der nächsten Wochenenden hatte er sie in seinen Schlafsack gerollt und nach Hause mitgenommen. Bei den Haussuchungen war sie nicht gefunden worden, da Jiri sie auf dem Grundstück der Merivaaras vergraben hatte.

«Ich hab versucht, von Mutter was über diese litauischen Geschäftspartner zu erfahren, aber sie behauptet, das wären bloß Investoren, die mit den Lacken, die die Firma verkauft, nichts zu tun hätten. Ich weiß nicht mehr, was ich glauben soll. Irgendein Scheißgift ist jedenfalls in der Farbe. Was, wenn Harri das Versteck gefunden hat? Er konnte ja ein bisschen Russisch. Vielleicht hat er begriffen, dass Vater unter der Hand irgendwelche verdammten Giftlacke verkauft hat, und Vater hat ihn deshalb umgebracht?»

Jiris Gesicht war jung und verletzlich. Es musste schlimm für ihn gewesen sein, mit dem Gedanken zu leben, dass sein Vater nicht nur ein rücksichtsloser Opportunist war, der die Umwelt zerstörte wie alle anderen auch, sondern womöglich einen Mord begangen hatte.

«Hattest du deinen Vater schon damals in Verdacht, als Harri starb?»

Bei dieser unverblümten Frage heulte Jiri beinahe auf, er sah mich nicht an, als er antwortete:

«Ich hab damals darüber nachgedacht. Vater war in der Nacht nicht zu Hause. Er behauptete, er wäre geschäftlich in Tallinn gewesen und früh um sieben mit der Fähre zurückgekommen. Er hatte massenhaft Champagner und Kaviar für Muttis Geburtstag mitgebracht. Dabei mag sie gar keinen Kaviar! Über Vaters Reisen hat keiner so genau Buch geführt, er war mindestens einmal im Monat in Tallinn, weil die Firma immer mehr Kunden in Estland hat. Er kann genauso gut auf Rödskär gewesen sein.»

«Aber euer Boot ... Deine Mutter hätte doch gemerkt, wenn es nicht am Steg gelegen hätte.»

«Im letzten Herbst lag es noch in Suomenoja. Vater hat unser Ufer erst im Frühjahr ausbaggern lassen.»

Ich spürte plötzlich einen bohrenden Schmerz im Hinterkopf. Die Farbdose musste schleunigst ins kriminaltechnische Labor. Und Anne Merivaara musste noch einmal zu Harris Tod vernommen werden, der sie ganz offensichtlich bedrückt hatte. Vielleicht hatte sie keinen Selbstmord vermutet, sondern Mord. Hatte sie womöglich gewusst, dass Juha in der fraglichen Nacht auf Rödskär gewesen war?

Konnte es sein, dass Anne ihren Mann umgebracht hatte,

um Harris Tod zu rächen? Wahrscheinlich fürchtete Jiri insgeheim, dass beide Eltern zu Mördern geworden waren.

«Die Farbdose kann sehr wichtig sein. Interpol fahndet bereits nach den mysteriösen litauischen Aktionären. Aller Wahrscheinlichkeit nach sind sie in unsaubere Geschäfte verwickelt. Aber das heißt nicht unbedingt, dass dein Vater und vor allem deine Mutter an kriminellen Handlungen beteiligt waren», versuchte ich ihn zu beruhigen.

«Alle kriminell. Und ich dachte, ich wäre der Einzige.» Jiri versuchte wieder, den harten Mann zu markieren, doch das verzweifelte Nägelkauen machte seinen Auftritt zunichte.

«Wie geht es deiner Mutter?»

«Sie schuftet die ganze Zeit und kann nicht schlafen. Nachts geht sie durch das Haus und trinkt Kamillentee, aber der hilft nicht. Die Schlaftabletten, die Tapsa ihr gegeben hat, will sie nicht nehmen. Und Riikka will Tapsa nicht mehr sehen. Ich glaube, sie ...» Er zögerte, dann sah er mir direkt ins Gesicht und schrie beinahe: «Sie glaubt wahrscheinlich, dass Tapsa Vater umgebracht hat! Sie hat mir erzählt, er hätte eine Verletzung am Arm, angeblich von der Schlägerei in der Sauna, aber Riikka erinnert sich genau, dass die Wunde noch nicht da war, als sie in der Nacht gebumst haben, erst am nächsten Morgen.»

Mir schwirrte der Kopf. Lacke, tote Vögel und unerklärliche Wunden. Ich musste unbedingt eine Weile allein sein, deshalb log ich Jiri an, ich hätte in fünf Minuten einen Termin, und dankte ihm für seine Hilfe. Er brachte sogar ein vorsichtiges Lächeln zustande, als ich ihm zum Abschied die Hand gab.

Der Himmel war bewölkt, es war ein grauer Tag. Ich knipste das Licht aus, legte mich aufs Sofa, schloss die Augen und versuchte mich zu entspannen. Bei den Zehenspitzen fing ich an. Doch es gelang mir nicht, meine Gedanken zu ordnen. Die Einzelheiten des Falls Merivaara und Pertsas zerstörtes Gesicht drehten sich in meinem Kopf wie ein außer Rand und Band geratenes Karussell. Nein, es hatte keinen Zweck. Inzwischen war es schon Viertel nach drei, und ich hatte in letzter Zeit so viele Überstunden gemacht, dass ich guten Gewissens nach Hause fahren konnte. Nur noch einen Moment liegen bleiben ... Offenbar war ich eingenickt, denn ich schreckte plötzlich auf, als es klopfte. Im selben Moment steckte Koivu den Kopf zur Tür herein.

«Sorry. Hältst du Mittagsschlaf?»

«Komm rein», sagte ich müde. Ich hatte den Geschmack von ausgelutschtem Kaugummi im Mund.

Koivu setzte sich neben mich aufs Sofa. Zum ersten Mal nahm ich die Falten um seine Augen wahr. Auch blonde Teddybären bleiben nicht ewig jung.

«Anu und ich haben gerade mit Seija Saarela gesprochen.»

«Und?»

«Sie hat uns eine Stunde lang die traurige Geschichte ihrer Ehe erzählt. Zwangsheirat mit zwanzig, der Mann interessierte sich nur für Angeln und Alkohol. Mitte der achtziger Jahre haben sie sich scheiden lassen und sich danach nur noch einmal wieder gesehen, beim Schulabschluss des Sohnes. Die Saarela hat sich aus ihrem Exmann mit Sicherheit nicht genug gemacht, um Juha Merivaara seinetwegen umzubringen.»

Ich schloss die Augen wieder. So war es wohl, auch wenn ich es eigenartig fand, dass sich Seija nach dem Tod ihres Mannes ausgerechnet mit der Familie Merivaara angefreundet hatte. Noch war ich nicht hundertprozentig bereit, sie von der Liste der Verdächtigen zu streichen. Zumindest hatte sie gute Gründe, Juha Merivaaras Mörder zu decken.

«Die Immonens habe ich auch erreicht. Rate mal, ob sie erfreut waren, an den Tod ihres Sohnes erinnert zu werden.»

«Geschenkt.»

Mühsam setzte ich mich auf.

«Sie haben den Computer im Frühjahr verkauft. An Mikael Sjöberg.» Koivu sah aus, als liege ihm noch etwas auf der Zunge, behielt es aber zum Glück für sich.

Der Olivetti-Laptop in der Kajüte der «Leanda» hatte also Harri gehört. Warum hatte Mikke nichts davon gesagt? Wahrscheinlich einfach deshalb, weil er es für unwichtig hielt. Bestimmt hatte er Harris Dateien längst von der Festplatte gelöscht.

Ich fragte Koivu nach den Dateien, die er bei der Untersuchung unmittelbar nach Harris Tod auf dem Laptop gefunden hatte. Er erinnerte sich nur vage an den Inhalt.

«Irgendwelche Vogeltabellen. Hat mich nicht weiter interessiert, mir reicht es, wenn ich eine Elster von einer Krähe unterscheiden kann. Von irgendwelchen Umweltgiften war die Rede, von Dünger, an dem Seeadler sterben oder so was. Mit Rödskär schien das alles nichts zu tun zu haben. Aber wir können ja Sjöberg fragen. Frau Immonen sagt, er hätte Harris Disketten gleich mitgekauft.»

Sechzehn

Ich lag im sieben Grad kalten Wasser und empfand die Regentropfen, die mir ins Gesicht fielen, als warm. Nur das einsame Licht aus der Sauna durchdrang die Schwärze. Das Wasser war tödlich, bei dieser Temperatur setzte bereits nach einer halben Stunde Hypothermie ein. Ich betrachtete meine Brüste, die weiß und warm im Wasser schwammen. Zu schützen brauchte ich sie nicht mehr, sie hatten keine Nahrung mehr für das Kind, das in seiner Tragetasche im kühlen Vorraum der Sauna friedlich schlief.

Die Eltern des ertrunkenen Arttu Aaltonen hatten wissen wollen, ob der Fundort des Leichnams darauf schließen lasse, dass ihr Sohn seinen Entschluss bereut hatte. Sie fürchteten, er habe sich in letzter Sekunde anders besonnen und versucht, an Land zu schwimmen, aber nicht mehr die Kraft dazu gehabt. Ich hatte ihnen nur sagen können, dass Arttu offenbar weit hinausgeschwommen war, bevor er ertrank.

Das Holz des Bootsstegs war feucht und glatt, anders als meine Arme, die von einer Gänsehaut überzogen waren. Ich klapperte mit den Zähnen, mir lief die Nase. Auch ich kam nicht von der Frage los, was Pertsa in der letzten Sekunde vor dem Schuss gedacht hatte. Sich zu erschießen war leichter und zugleich brutaler, als ins Wasser zu gehen. Wenn man sich ertränkte, riskierte man zudem, gerettet zu werden. Pertsa, der beste Schütze unseres Polizeischuljahrgangs, hatte den sicheren Weg gewählt.

Ich griff nach der Leiter. Meine Arme waren stark, sie zogen mich ins Warme, meine Schenkel, in denen das Blut pulsierte, trugen mich auf den Steg. Der Regen sprühte mir ins Gesicht, ich spürte jeden stechenden Tropfen und dazu die Peitschenhiebe des Windes auf meinem Rücken. Ich wandte dem Meer das Gesicht zu und lachte ihm in die schwarze Fratze, dann lief ich in die warme Sauna.

«Kann man noch schwimmen?», fragte Antti. Ich überließ meinem Körper die Antwort, drängte mich an ihn und saugte den Dampf von seiner saunaheißen Haut. Salziger Schweiß und salziges Meerwasser vermischten sich, auch die Kälte in meinem Innern verschwand, an ihre Stelle trat der Wunsch, unter die Haut des anderen zu kriechen.

Ich hatte Koivu gebeten, Harris alten Laptop von der «Leanda» zu holen, und Puustjärvi beauftragt, für Montag einen Termin mit Anne Merivaara zu vereinbaren. Dann hatte ich mein Handy abgeschaltet auf den Schreibtisch gelegt und war nach Hause gefahren. Die Telefonnummer meiner Schwiegereltern in Inkoo kannte niemand im Präsidium außer Koivu, der ebenfalls ein freies Wochenende hatte.

Den ganzen Samstag über hatte es gestürmt, doch das hatte uns nicht davon abgehalten, nach dem Mittagessen Regenkleidung anzuziehen und Iidas Wagen wasserdicht abzudecken. Wir hatten einen Ausflug in den nahe gelegenen Wald gemacht und nach einer Weile die ersten Trompetenpfifferlinge im Moos entdeckt. Als ich ein Stück vom Pfad abgewichen war, um eine Plastiktüte aufzuheben, die irgendein Idiot in den Wald geworfen hatte, war ich auf eine Stelle gestoßen, an der Pfifferlinge in Hülle und Fülle wuchsen. Nun garte im Ofen eine Pilzpastete.

Ich hatte es fertig gebracht, fast den ganzen Tag lang nicht an die Arbeit zu denken. Das Hauptverdienst kam Iida zu, die plötzlich ihr Plappermäulchen entdeckt hatte. Während sie bisher nur einzelne Wörter von sich gegeben hatte, produzierte sie nun Dreiwortsätze: «Iida will essen», «Mama Milch geben». Antti und ich hatten ihr fasziniert zugehört, in unseren

Ohren klangen ihre Sätze bezaubernder als die Sentenzen der größten Dichter. Iida hatte uns mit ihrem ersten Lächeln, mit Krabbeln, Aufstehen und den ersten Schritten so erfreut und überrascht, dass wir ihr jedes Mal stundenlang mit dümmlich-glücklichem Gesicht zugeschaut hatten. Zwar hatten wir diese Augenblicke nicht auf Video und nur selten auf Fotos festgehalten, doch ich war sicher, ich würde sie nie vergessen.

Als ich nach der Sauna den Fernseher anschaltete, brachten alle Sender Krimiserien, und ich stellte den Kasten gleich wieder aus, um nicht an die Arbeit erinnert zu werden. Antti schlief bald ein, ich hörte seine gleichmäßigen Atemzüge und Iidas leises Schnaufen. Mich hatte das Sandmännchen offenbar vergessen, ich wälzte mich im Bett hin und her und lauschte dem brüllenden Meer. Der Leuchtanzeiger des Weckers zeigte halb eins, als ich beschloss, aufzustehen und eine Weile an die frische Luft zu gehen. Ich zog unter dem Regencape drei Lagen Kleidung an, das Thermometer zeigte ein Grad über null.

Der Wind machte mich im Nu restlos wach, ich ging den Strandweg hinauf, höher und höher. Einige hundert Meter vom Grundstück der Saarelas ragte eine schroffe Felswand auf, unter der das scheinbar grenzenlose Meer tobte. Im Westen leuchteten die Doppeltürme des Kraftwerks, im Osten zeigten vereinzelte Lichter den Verlauf der Küstenlinie bei Porkkala an. Das Meer kümmerte sich um niemanden, es kämpfte mit dem Wind und warf seine Wellen auf das Ufergeröll. Es hatte die Blaualgen besiegt, und nun stand ihm der immer wiederkehrende Kampf mit dem Winter bevor. Im letzten Dezember waren wir gerade in der Nacht in Inkoo gewesen, als die offene See zufror. Das Meer hatte schmerzvoll geheult, als es unter die kalte Haut gezwungen wurde, während das Eis triumphierend knirschte und knackte, als hätte der Winter zur Feier seines Sieges Sektkorken springen lassen.

Ich dachte an Juha Merivaara, der vor zwei Wochen auf

den Felsen von Rödskär gestorben war. Die Nacht war regnerisch und stürmisch gewesen wie jetzt. War auch Juha auf der Suche nach dem Sandmännchen nach draußen gegangen und stattdessen auf seinen Mörder gestoßen? Auch an Mikke Sjöberg musste ich denken, der in Suomenoja auf der «Leanda» schlief, obwohl er eigentlich bereits an der Westküste Dänemarks vorbeisegeln wollte. Der Südwind trieb die Wellen immer höher und versuchte mich umzuwerfen. Ich breitete die Arme aus und ließ das Regencape wie Flügel flattern. Wie ein Stromstoß durchfuhr der Sturm meinen Körper, und wie zuvor im eiskalten Meer spürte ich, dass ich lebendig war, dass ich feste Muskeln, weiche Kurven, warmes, dickes Blut besaß. Ich ging zurück ins Haus und fiel in tiefen, friedlichen Schlaf.

Am nächsten Tag stand Juha Merivaaras Todesanzeige in der Zeitung, die Beerdigung sollte am kommenden Samstag stattfinden. Der Sinnspruch in der Anzeige wirkte seltsam unpersönlich, es war eine beliebige Zeile aus einem Kirchenlied, als hätte Anne Merivaara weder Zeit noch Lust gehabt, passende Worte auszuwählen. Vielleicht hatte sie ihre Sekretärin Paula Saarnio beauftragt, einen Vers auszusuchen, in den man auf keinen Fall einen Hinweis auf einen gewaltsamen Tod hineinlesen konnte.

Ob Pertsa am selben Wochenende beerdigt wurde? Auch wenn ich seine Abscheu vor Begräbnisfeiern verstand, hatten die Rituale ihren Sinn; geteilte Trauer war leichter zu tragen. Das hatten wir vor zwei Jahren bei der Beerdigung unseres Kollegen Juhani Palo erlebt. Ich musste daran denken, wie Pertsa und ich in einer Ecke gestanden, uns über die steifen Ansprachen der Chefs mokiert und an Palo gedacht hatten. Die Erinnerung daran trieb mir die Tränen in die Augen. Ich erinnerte mich auch daran, wie Pertsa in der Kirche neben mir gesessen und während der Predigt versucht hatte, sein heftiges Schlucken zu verbergen.

Da saß ich nun und weinte, obwohl Pertsa in seinem Abschiedsbrief bezweifelt hatte, dass ihm jemand nachtrauern würde. Ich hatte Lähdes Gesicht gesehen, als Pertsas Sachen aus dem gemeinsamen Dienstzimmer entfernt worden waren, und auch diese Erinnerung schmerzte. Nicht einmal Puupponen und Koivu, die Pertsa inbrünstig gehasst hatten, kamen über seinen Tod leicht hinweg, denn sie verstanden nur allzu gut, warum er sich das Leben genommen hatte. Und wenn man es verstand, war es schwer, es nicht zu akzeptieren. Die größte Bürde hatte Lähde zu tragen. Er würde wieder und wieder darüber grübeln, ob er Pertsa bei seinem letzten Telefonat nicht doch noch von seinem Entschluss hätte abbringen können. Ich war dankbar, dass Pertsa nicht mich angerufen hatte. Auch wenn es fast unmöglich war, einen Menschen, der fest entschlossen ist, sich das Leben zu nehmen, noch einmal umzustimmen, hatte jeder die moralische Pflicht, es bis zuletzt zu versuchen. Ich aber traute meinen Überredungskünsten nicht mehr. Kurz vor dem Mutterschaftsurlaub hatte ich versucht, eine bewaffnete Frau davon abzubringen, ihren ehemaligen Geliebten zu erschießen, der als Mörder ihrer Tochter verdächtigt wurde. Es war mir nicht gelungen, sie hatte den Mann, der sich letzten Endes als unschuldig erwiesen hatte, kaltblütig abgeschlachtet. Die Erinnerung daran verfolgte mich immer noch, obwohl ich als Polizistin darauf trainiert war, Fehlschläge abzuhaken. Ich fürchtete mich davor, in einer ähnlichen Situation erneut zu versagen.

Antti sah mein tränennasses Gesicht, zog mich an sich und sagte glücklicherweise kein Wort. Der Sturm war abgezogen, die Sonne hatte ihre Herrschaft wieder angetreten und ließ die Bäume hell aufleuchten. Wir brachten den ganzen Tag damit zu, das Laub zusammenzurechen und uns darin zu wälzen. Man konnte einfach nicht traurig sein, wenn man Iidas blaugrüne Augen zwischen den roten Ahornblättern funkeln sah.

Am Montagmorgen holte mich der Alltag ein. Auf meinem Schreibtisch türmten sich die Faxe, und das Wochenende hatte uns neue Arbeit beschert. Jemand war krankenhausreif geprügelt worden, in Soukka hatte es eine Messerstecherei und in Kilo eine Schießerei gegeben. Erfreulicherweise enthielt wenigstens das obenauf liegende Fax von der estnischen Polizei eine gute Nachricht: Die vermisste Betriebswirtin und ihr Toomas waren bei einer Razzia im teuersten Nachtclub von Pärnu aufgegriffen worden. Die Frau war zwar über das abrupte Ende ihres Liebesurlaubs aufgebracht, ansonsten aber wohlauf.

Bei der Morgenbesprechung wurde diese Nachricht mit Pfiffen und Gejohle quittiert, doch die Fröhlichkeit wirkte aufgesetzt. Wahrscheinlich versuchten wir verzweifelt, so zu tun, als hätte Pertsa nie existiert. Nach seiner Suspendierung hatte ich seine Fälle unter den Kollegen verteilt, doch die Schießerei in Kilo wäre automatisch ihm zugefallen, weil Ström unser Experte für Schusswaffen gewesen war. Ich fragte mich, ob die Mitarbeiter der Merivaara AG ebenfalls versuchten, mechanisch weiterzumachen, um nicht daran zu denken, dass ihr Geschäftsführer ermordet worden war und seine Frau, die PR-Chefin, zu den Hauptverdächtigen zählte.

«Koivu, hast du Harri Immonens Computer bekommen?», fragte ich, als wir endlich zum Fall Merivaara kamen.

«Ja, allerdings behauptet Sjöberg, es wären nur seine eigenen Reisedaten drauf. Er hätte Immonens Dateien sowohl von der Festplatte als auch von den Disketten gelöscht. Die Disketten hab ich gecheckt, hat mich den halben Abend gekostet.»

«Wo ist das Ding jetzt?»

«Ich hab es mit den Disketten bei den Computerexperten im Wirtschaftsdezernat abgeliefert, wie du gesagt hattest. Sjöberg behauptet zwar, er hätte die Festplatte neu formatiert, aber vielleicht findet sich doch noch was.» Koivu zuckte mit den Schultern, er war kein Computerfreak.

«Wie hat Sjöberg reagiert, als du den Laptop geholt hast?»

«Verwundert. Außer Immonens Bericht über die Vogelwelt von Rödskär wäre nichts Wichtiges gespeichert gewesen, meinte er. Und dann wollte er wissen, ob unser Interesse für den Computer bedeutet, dass auch Harri Immonen ermordet wurde. Ich hab ihm gesagt, dass soll er dich fragen.»

Koivus Gesichtsausdruck war unergründlich.

«Danke. Puustjärvi, hast du den Termin mit Anne Merivaara vereinbart?»

«Um zwei in der Firma.»

Gegen Ende der Besprechung fragte Puupponen, ob wir Aussicht hätten, einen Nachfolger oder wenigstens eine Vertretung für Ström zu bekommen.

«Ich rück den Chefs auf den Pelz, Ehrenwort», versprach ich feierlich. Die traurige Kriminalstatistik des Wochenendes war immerhin ein gutes Argument. In der Personalabteilung hatte man mir in der letzten Woche gesagt, es gebe keine geeigneten Kandidaten für eine hausinterne Besetzung, deshalb habe man die Stelle unter anderem im Internet ausgeschrieben.

Neugierig sah ich am Computer nach, sobald ich wieder in meinem Büro war. Es hatten sich bereits einige Bewerber gemeldet, darunter Marcus Huttunen, mein Kommilitone beim Jurastudium, der sich wie ich auf Strafrecht spezialisiert hatte und in den letzten Jahren als stellvertretender Staatsanwalt in Vantaa tätig gewesen war. Warum wollte er auf einmal zur Polizei? Zwei weitere Bewerber machten ebenfalls einen passablen Eindruck, ich musste so bald wie möglich mit der Personalabteilung Termine für die Einstellungsgespräche vereinbaren.

Im Faxstapel lag ein Schreiben der litauischen Polizei. Peders und Ramanauskas hatten bei der sowjetischen Marine in der Abteilung Produktentwicklung gearbeitet und waren unter anderem für Lacke zuständig gewesen. Die Verbindung zum Geschäftsbereich der Merivaara AG lag also auf der Hand. Ich bat die Kollegen um Informationen über die Lacke, die die Sowjets verwendet hatten. Wo sich die beiden Männer zur Zeit aufhielten, war immer noch nicht geklärt, in Nizza wusste man nur, dass sie vor zwei Wochen zu einem Segeltörn nach Korsika und Sardinien aufgebrochen waren. Woher hatten ehemalige Offiziere der sowjetischen Marine das Geld für ein Luxusleben an der Riviera?

Ich rief Tapio Holma an. Zu Hause meldete er sich nicht, doch am Handy erreichte ich ihn. Die Verbindung war schlecht, im Hintergrund hörte man Möwen schreien.

«Können wir uns kurz unterhalten?»

«Nicht jetzt. Ich bin in Elfvik, ich habe noch nie so viele Zwergsäger auf einmal gesehen.»

«Zwergsäger? Ich glaube, die habe ich überhaupt noch nie gesehen. Ich will dich nicht stören, aber wäre es möglich, dass wir uns in Elfvik unterhalten und dabei Zwergsäger beobachten? Wo finde ich dich?»

«Muss das sein?», seufzte Holma. «Na, meinetwegen. Ich bin hier im Feuchtgebiet. Vergiss deine Gummistiefel nicht.»

Im Kleiderlager fand ich tatsächlich ein Paar Stiefel, die mir nur zwei Nummern zu groß waren. Auf dem Hof vor der Villa Elfvik zog ich sie an. Das Gebäude weckte romantische Erinnerungen: Hier hatten Antti und ich geheiratet. Damals, im Dezember, waren die Bäume von Reif überzogen gewesen. Jetzt trugen sie noch ihr Laubkleid, das sich allerdings bereits lichtete. Die Waldwege sahen aus, als wären sie mit einem Gemisch aus Kurkuma und Tomatensoße überzogen.

Tapio Holma war bei weitem nicht der einzige Vogelfreund im Feuchtgebiet von Elfvik, ich entdeckte ein knappes Dutzend. Holma stand vor einem supermodernen Fernrohr. Vorsichtig watete ich zu ihm hin, obwohl der Zwergsägerschwarm etwa hundert Meter von seinem Standort entfernt war und sich von den Betrachtern nicht stören ließ. Aus Holmas praktischem Rucksack mit integriertem Hocker ragte eine Thermoskanne.

«Hallo», sagte ich leise. Dennoch fuhr er zusammen.

«Hallo. Ist das nicht ein phantastischer Anblick? Guck mal durchs Fernrohr, das ist noch besser.» Er stellte das Stativ auf die richtige Höhe, ich regulierte die Schärfe, und dann sah ich einen Schwarm Vögel, einige schneeweiß, mit kleinen schwarzen Flecken auf dem Rücken, die anderen in bescheidenem Braun. Die weißen Prachtexemplare waren wahrscheinlich Männchen, so verhielt es sich in der Vogelwelt ja immer. Um Harri zu ärgern, hatte ich ihm einmal gesagt, Männer interessierten sich nur für Ornithologie, weil sie sich eigentlich selbst gern so prächtig herausputzen würden wie die Vogelmännchen.

«Meine Frage hat auch etwas mit Ornithologie zu tun», sagte ich, nachdem ich die friedlich auf dem Wasser treibenden Zwergsäger, die der Lärm von der Schnellstraße und vom Westring nicht zu stören schien, ausgiebig bewundert hatte. «Du hast ausgesagt, du hättest Harri Immonen nicht gekannt, dabei wart ihr beide Mitglied des ornithologischen Vereins in Tapiola.»

Holma, der auf die Bucht gestarrt hatte, drehte sich um und sah mich verwundert an.

«Tatsächlich? Ich habe ihn wirklich nicht gekannt. Ich bin zwar Vereinsmitglied, habe aber nur gelegentlich an den gemeinsamen Veranstaltungen teilnehmen können, weil ich meistens in Deutschland war.»

«Na gut, aber ihr seid dem Verein beide vor mehr als zehn Jahren beigetreten, und Harri war unter Ornithologen ziemlich bekannt. Versuch doch mal, dich zu erinnern!»

Einer der weißen Zwergsäger schwang sich plötzlich auf

und flog ans Ufer. Holma trat an sein Fernrohr, machte einen Schwenk und beobachtete den Vogel.

«Ein prächtig gemusterter Schnabel. Willst du mal sehen?»

«Nein danke. Am Freitag habe ich mit Jiri Merivaara gesprochen und erfahren, dass es zwischen dir und Riikka aus ist. Er meint, sie hätte dich verlassen, weil sie dich für den Mörder ihres Vaters hält.»

Das Fernrohr entglitt ihm, doch er konnte das Stativ im letzten Moment festhalten. Als er mich ansah, war sein Gesicht nicht mehr jungenhaft.

«Jiri redet Unsinn. Keiner hat irgendwen verlassen. Sagen wir, die Beziehung ruht, und das hat mit dem seligen Juha Merivaara nicht das Geringste zu tun. Natürlich wäre es Jiri lieber, wenn ich der Schuldige wäre und nicht seine Mutter oder Mikke.»

Er justierte das Fernrohr und sah wieder hindurch. Der weiße Zwergsäger lieferte sich vor dem strahlend blauen Himmel einen Wettflug mit einer grauschwarzen Krähe. Als die beiden Vögel an den leuchtend gelben Bäumen am Ufer entlangflogen, hatte ihr Gefieder plötzlich einen ganz anderen Ton als vor dem blauen Hintergrund.

«Im Herbst ist es mir mittlerweile noch wichtiger, Vögel zu beobachten. Im Sommer überlagern sich ihre Stimmen gewissermaßen, aber im Oktober klingt selbst das Krächzen einer Krähe wie eine Serenade», sagte Holma leise. «Natürlich ist es wunderschön, wenn im Frühling die Zugvögel eintreffen und die Welt plötzlich voller Töne ist, aber aus irgendeinem Grund hat mich ihr Abflug im Herbst immer besonders interessiert.»

«Riikka hat also Schluss gemacht. Warum?»

Holma schwenkte das Fernrohr, sodass er mich im Visier hatte, eine zugleich kindische und drohende Geste. Ich schob es weg, denn ich wollte sein Gesicht sehen, wenn er antwortete.

«Kannst du dir das nicht denken? Riikka meint, ich wäre zu alt für sie. Sie behauptet, ich würde sie ohnehin verlassen, wenn meine Stimme wiederhergestellt ist. Die Ärzte sind zuversichtlich, sie glauben, dass die Operation erfolgreich sein wird und meine Stimmbänder schon im nächsten Frühjahr ausgeheilt sind. Nur bin ich nicht mehr sicher, ob ich den Beruf wirklich wieder aufnehmen will, diesen höllischen Kampf um jedes Engagement, den entsetzlichen Druck, unter dem man jedes Mal steht, wenn man sich in eine Rolle einlebt. Seija Saarela behauptet, meine Stimme hätte gestreikt, weil ich im Grunde nicht mehr singen möchte. Vielleicht hat sie Recht.»

Er fuhr sich durch die Haare, diesmal wirkte die vertraute Geste gequält.

«Natürlich habe ich die ganze Zeit gewusst, dass unsere Beziehung nicht von Dauer sein kann. Einundzwanzig Jahre Altersunterschied, das ist viel, obwohl ich die Distanz nicht für unüberwindlich halte. Aber Riikka war recht unerfahren, sie hatte ja noch nie einen Freund gehabt. Damit will ich nicht sagen, dass ich ihr die Jungfernschaft geraubt habe, aber beinahe ...» Er brachte es fertig zu erröten. «Nach Suzanne kam mir Riikka frisch und außergewöhnlich vor, und ich habe mich aufgeführt wie ein Pennäler ...»

«Wenn wir verliebt sind, werden wir wohl alle wieder jung. Du lässt dich also operieren?»

«Ja. Ich fliege nach Kalifornien, sobald die Polizei mir grünes Licht gibt.»

Ich konnte mir Holma eigentlich nicht als perfiden Rächer vorstellen, der sich nach Harris Tod in die Familie Merivaara eingeschlichen hatte, aber vorläufig stand er noch unter Verdacht. Vielleicht hatte er seine Auseinandersetzung mit Juha in der Nacht fortgesetzt.

«In der Mordnacht soll an deinem Arm eine Wunde aufgetaucht sein. Darf ich die mal sehen?»

Er warf mir einen wütenden Blick zu, bevor er den Ärmel

hochschob. Der blaue Fleck am Unterarm war kaum noch zu erkennen.

«Du hast mit Riikka gesprochen. Du solltest ihr nicht alles glauben. Den blauen Fleck hat mir Juha vor dem Essen in der Sauna zugefügt.»

«Riikka behauptet, als ihr in der Nacht miteinander geschlafen habt, wäre er noch nicht da gewesen.»

«Sie hat ihn nicht gesehen. Ich möchte nicht ins Detail gehen, aber es war dunkel.»

«Dein Wort gegen ihres.»

«So weit ist es also gekommen?», fragte Holma traurig und hob das Fernglas an die Augen. Ich gab keine Antwort, sondern ging ein Stück weiter ins Schilf und schaute auf die Bucht. Zu gern hätte ich den ganzen sonnigen Oktobertag im Feuchtgebiet von Elfvik verbracht, doch das Handy holte mich in den Alltag zurück. Koivu brauchte einen Haftbefehl gegen einen Mann, der seine betagte Mutter verprügelt hatte. Also fuhr ich zurück zum Präsidium. In der Tiefgarage traf ich auf Taskinen.

«Hattest du ein erholsames Wochenende?», fragte er fürsorglich. Offenbar hatte er meinen Wutanfall auf der Graffiti-Besprechung am Freitag noch nicht vergessen.

«Jedenfalls konnte ich mal richtig abschalten.»

Wir zwängten uns gleichzeitig durch die Tür zum Treppenhaus, ich roch sein dezentes Rasierwasser und spürte seine festen Armmuskeln. Seine Berührungen hatte ich immer genossen, auch wenn mich dieses Gefühl anfangs erschreckt und mir ein schlechtes Gewissen gemacht hatte, vor allem, als mir klar wurde, dass es nicht einseitig war. Allmählich hatte ich aber gelernt, es als Geschenk zu betrachten: Es war schön, am Arbeitsplatz jemanden zu haben, dessen Umarmung einem Kraft schenkte.

«Ströms Bruder hat mich gestern angerufen. Er hatte vergeblich versucht, dich zu erreichen.»

«Mein Handy war ausgeschaltet.»

«Sie haben sich für eine stille Feier entschlossen, wie Pertti es gewollt hat, hoffen aber, dass seine engsten Mitarbeiter daran teilnehmen. Der Bruder hat ein schwaches Herz und der Vater ist sehr krank, deshalb bitten sie uns, den Sarg zu tragen. Freunde hatte Pertti offenbar nicht. Die schriftliche Einladung kommt Ende der Woche.»

«Ich seh mir den Dienstplan an und frage die Jungs, wer hingehen kann. Lähde wird bestimmt teilnehmen und Hirvonen von der Technik, mit den beiden ist Pertsa ja durch die Kneipen gezogen. Ist die Beerdigung schon an diesem Wochenende?»

«Erst am nächsten. Ich stelle mich auch als Sargträger zur Verfügung. Wie steht es mit Perttis Nachfolger?»

Der Aufzug hielt in meinem Stockwerk, ich stieg aus, doch Taskinen hielt die Tür offen. Wir redeten über die Stellenbesetzung, bis von unten eine wütende Stimme nach dem Aufzug verlangte.

Auf meinem Tisch lag ein Fax aus Korsika. Peders und Ramanauskas waren im Bootshafen von Calvi ausfindig gemacht worden, und der Ortspolizist wollte wissen, was er sie fragen solle, wenn der deutschsprachige Dolmetscher eintraf. Einen Moment lang spielte ich mit dem Gedanken, nach Korsika zu fliegen. Dort war sicher noch Sommer. Dann tippte ich eine Liste von Fragen auf Englisch und überlegte, wie sich der Inhalt verändern mochte, wenn die Korsen sie erst ins Französische und dann weiter ins Deutsche übersetzten. Ich wollte lediglich wissen, warum die Mare Nostrum gegründet worden war und in welcher Branche sie sich betätigte. Außerdem schickte ich eine Kopie des Etiketts von der Farbdose, die Jiri gefunden hatte, und bat den korsischen Kollegen, Peders und Ramanauskas zu fragen, ob sie etwas darüber wussten.

Vor dem Gespräch mit Anne Merivaara blieb mir keine

Zeit mehr, zu Mittag zu essen. Ich hoffte inständig, sie würde mir wieder Tee und Möhrenkuchen anbieten. Mein Blutzucker war mittlerweile so niedrig, dass ich mir nicht zutraute, in diesem Zustand konzentriert fahren zu können, also holte ich mir, selbst auf die Gefahr hin, mich zu verspäten, einen Schokoriegel vom Kiosk. Um vier Minuten nach zwei war ich im Firmengebäude. Paula Saarnio, die Chefsekretärin, erwartete mich im Foyer und führte mich in die obere Etage.

«Anne hat noch eine Besprechung mit ihrem Rechtsanwalt. Sie lässt Sie bitten, eine Viertelstunde zu warten. Darf ich Ihnen eine Tasse Tee anbieten?»

Natürlich nahm ich dankend an. Paula Saarnio hatte offenbar den Auftrag erhalten, mir Gesellschaft zu leisten, denn auf ihrem Tisch standen zwei Tassen und eine Platte Feta-Spinat-Quiche bereit. Erst als ich ein großes Stück Quiche zur Hälfte vertilgt hatte, kam ich auf die Idee, die Gelegenheit zu nutzen und Juha Merivaaras Sekretärin zu fragen, was sie von Peders und Ramanauskas wusste.

«Ach, Juhas Litauer, die nie Dividenden bezogen haben.» Sie lächelte amüsiert. «Heikki, also Finanzdirektor Halonen und ich haben uns oft darüber gewundert, denn in den letzten Jahren konnte die Merivaara AG Dividenden ausschütten. Die Mare Nostrum hat ihren Anteil jedoch nie beansprucht.»

«Im Gegensatz zu Finanzdirektor Halonen und Anne Merivaara wissen Sie also immerhin, wer die Aktionäre der Mare Nostrum sind.» Offenbar war meine Stimme scharf geworden, denn Paula Saarnio warf mir einen verwunderten Blick zu.

«Ja. Obwohl der Aktienverkauf getätigt wurde, bevor ich ins Haus kam. Nach einem weinseligen Abend ist Juha einmal etwas entschlüpft, was er mir unter normalen Umständen wohl nicht anvertraut hätte. Zuvor hatte er mit Anne einigen Kunden einen Vortrag über die ökologischen Prinzipien des Unternehmens gehalten, danach gab es ein ausgiebiges Geschäftsessen. Anne hatte Fieber und ist früher nach Hause gegangen. Nachdem alle weg waren, hat Juha mich gebeten, zum Schluss die letzte Sektflasche mit ihm zu leeren. Er brachte einen Toast auf die grandiose Show aus und meinte lachend, was die Kunden wohl für ein Gesicht machen würden, wenn sie wüssten, dass die ganze Ökolinie mit Geldern aus Geschäften mit weniger respektablen Lacken finanziert wurde. Dann erschrak er und erklärte hastig, er spreche natürlich von der Zeit seines Vaters.»

Paula Saarnio lehnte sich zurück und schlug die langen Beine übereinander. Die Bügelfalten ihrer Nadelstreifenhose waren messerscharf.

«Was meinte er damit?»

«Nun, die Bootslacke, die die Firma zu Martti Merivaaras Zeit herstellte, enthielten reichlich Blei, das ja damals allgemein verwendet wurde, um die Außenwände der Boote sauber zu halten. Ich hätte Juha wahrscheinlich geglaubt, wenn nicht gerade in dem Moment ein Fax gekommen wäre, das ich kurz überflog, bevor ich es an ihn weiterreichte. Ramanauskas kündigte darin die nächste Lieferung für Samstag an. Als Juha merkte, dass ich ein Fax gelesen hatte, das nicht für meine Augen bestimmt war, dachte er lange nach. Offenbar wusste er nicht, wie er mir die Sache erklären sollte. Schließlich sagte er, es handle sich um den Geschäftsabschluss einer Teilhaberfirma, und er werde nun bald in der Lage sein, die Merivaara-Aktien von der Mare Nostrum zurückzukaufen. Da kam mir zum ersten Mal der Verdacht, die Aktien könnten in betrügerischer Absicht verkauft worden sein.»

Ich runzelte die Stirn und wünschte, Kantelinen säße neben mir.

«In betrügerischer Absicht? Wieso?»

«Anfang des Jahrzehnts brauchte die Firma zusätzliches

Kapital, aber Juha wollte die Aktien bekanntlich nicht an Außenstehende verkaufen. Vielleicht war die Mare Nostrum eine Scheinfirma, und Peders und Ramanauskas haben für etwas ganz anderes bezahlt als für Aktien.»

Im selben Moment ging die Tür zum Chefzimmer auf. Anne Merivaara geleitete einen grauhaarigen Herrn im gediegenen Maßanzug und mit einer großen goldenen Uhr am Handgelenk hinaus. Sie sah verweint aus.

«Einen Augenblick noch», flüsterte sie mir zu und bat Paula Saarnio, Rechtsanwalt Heikkilä zum Ausgang zu begleiten. Ich hoffte, sie würde vor ihrer Chefin zurückkommen, doch Anne brauchte nur eine Minute, um sich frisch zu machen und die Tränenspuren verschwinden zu lassen.

«Entschuldige bitte, dass du warten musstest. Gibt es etwas Neues?»

«Eine ganze Menge. Zum Beispiel kennen wir jetzt die Aktionäre der Mare Nostrum. Hauptaktionär war dein Mann. Willst du immer noch behaupten, du hättest von dem Arrangement nichts gewusst?»

«Ja, das behaupte ich.» Anne bemühte sich um einen resoluten Ton, obwohl es in ihrem Gesicht zuckte. «Offenbar gibt es vieles, was ich nicht gewusst habe. Zum Beispiel ist das Boot voll bezahlt, obwohl Juha vorgab, er hätte es auf Kredit gekauft, und letzten Herbst, nach seinem ersten Infarkt, hat er die höchste Lebensversicherung abgeschlossen, die er bei seinem Gesundheitszustand bekommen konnte. Als hätte er seinen baldigen Tod vorausgeahnt.»

«Läuft denn die Yacht auf Juhas Namen und nicht auf die Firma?», fragte ich rasch, denn ihr stiegen wieder Tränen in die Augen.

«Auf meinen Namen, und ich verstehe nicht, wovon Juha sie bezahlt hat. Eigentlich hatten wir noch nicht …»

«Vermutlich ist vieles in diesem Haus anders, als du geglaubt hast. Was hast du vor, wirst du die Firma verkaufen?»

«Ich weiß es nicht. An sich würde ich gern verkaufen, aber wenn Riikka und Jiri ihre Aktien behalten wollen, was dann? Juha hätte gewollt, dass wir die Firma behalten, deshalb hat er ja die Lebensversicherung abgeschlossen. Ich habe Mikke gebeten, die Geschäftsführung zu übernehmen, obwohl ich schon im Voraus wusste, dass er ablehnen würde. Heikki Halonen wäre interessiert, aber ihm traue ich nicht mehr über den Weg.»

«Was würdest du selbst denn gern tun?»

Anne lächelte müde.

«Ich komme kaum dazu, an die Zukunft zu denken, ich bin schon froh, wenn ich den nächsten Tag glimpflich überstehe. Seija und ich haben gelegentlich überlegt, auf Rödskär ein Kurszentrum aufzumachen. Seija könnte Kurse über ihre Steine halten, eine Freundin von mir würde Lehrgänge über Rohkost anbieten und so weiter. Das Inselmilieu ist so inspirierend. Man könnte auch Meditationswochenenden veranstalten. Ich glaube nicht an die negativen Energien, von denen Seija spricht. Schon der Gedanke an die Insel schenkt mir inneren Frieden, daran hat selbst Juhas Tod nichts geändert.»

Ich nahm ein zweites Stück Quiche und aß nachdenklich einen Bissen nach dem anderen. Eine Krähe flog an dem großen Fenster vorbei, bei der Bewegung fuhr Anne zusammen. Ich steckte die Hand in die Hosentasche und betastete den Granit von Rödskär und den Amazonit, den Seija Saarela mir gegeben hatte, doch die Steine machten mir die nächste Frage nicht leichter.

«Du hast befürchtet, Juha könnte Harri Immonen getötet haben – oder hast du es sogar gewusst?»

«Nein!» Anne zuckte so heftig zusammen, dass das übergeschlagene Bein an den Tisch stieß. Die Teetassen klirrten. «Ich hatte einfach nur Angst, dass jemand von uns von den Klippen stürzt und stirbt wie Harri.»

Ich glaubte ihr nicht. Daher bat ich sie, mir zu berichten, wie sie und ihr Mann Harris Leiche gefunden hatten. Zunächst sträubte sie sich, sagte, ich hätte die Vernehmungsprotokolle gelesen und wüsste doch ohnehin Bescheid. Die Erinnerung sei zu schmerzhaft für sie. Es widerstrebte mir, sie mit der Drohung unter Druck zu setzen, das Gespräch vor Zeugen und bei laufendem Tonband auf dem Präsidium fortzusetzen. Zum Glück genügte ein dezenter Hinweis in dieser Richtung, um sie zum Reden zu bringen.

Juha war damals früh am Morgen aus Tallinn gekommen und hatte gesagt, er sei müde von den anstrengenden Verhandlungen. Anne hatte seine roten Augen und zitternden Hände auf übermäßigen Alkoholgenuss zurückgeführt und vorgeschlagen, auf den Ausflug nach Rödskär zu verzichten und ihren Geburtstag zu Hause zu feiern. Aber Juha hatte unbedingt auf die Insel gewollt. Schließlich hatte Anne unter der Bedingung zugestimmt, dass sie das Boot steuerte. Auch davon hatte er nichts hören wollen, sie hatte tausend Ängste ausgestanden, denn er hatte in einem Tempo auf Rödskär zugehalten, als säßen ihm die Seeungeheuer im Nacken.

Am Bootssteg war ihnen noch nichts aufgefallen. Erst als sie in der Wohnküche Harris Sachen entdeckt hatten, waren sie stutzig geworden. Juha hatte geschimpft: Harri hätte doch wissen müssen, dass sie an diesem Wochenende ungestört sein wollten. Zuerst hatten sie im Haus nach ihm gerufen, dann waren sie zu den Felsen gegangen. Dort hatte Juha die Leiche entdeckt und einen erfolglosen Wiederbelebungsversuch gemacht. Anne war dankbar gewesen, dass er sie fortgeschickt hatte, um ihr den Anblick des Toten zu ersparen.

«Ich muss unter Schock gestanden haben, ich war zu nichts fähig, saß nur auf einem Felsbrocken und starrte vor mich hin. Juha hat die Polizei alarmiert und die Leiche zugedeckt.»

«Wie hat er auf den Fund reagiert?»

«Ich weiß es nicht, ich war ja so durcheinander. Zumindest war er fähig, rational zu handeln. Einmal, als wir gerade erst verlobt waren, sagte er, er fürchtet sich nicht vor Toten, weil er als Kind das langsame, qualvolle Sterben seiner Mutter miterlebt hat. Als das Ende kam, sei es für alle eine Erleichterung gewesen. Allerdings glaube ich nicht, dass er es so leicht genommen hat. Unmittelbar vor Harris Beerdigung hatte er seinen ersten Herzinfarkt.»

Wie clever von Juha, dafür zu sorgen, dass er selbst den Toten fand, noch dazu in Anwesenheit einer Zeugin. Der Wiederbelebungsversuch hätte als Erklärung herhalten können, falls an der Leiche Fasern, Haare oder Ähnliches gefunden worden wären. Danach hatte die Polizei allerdings gar nicht erst gesucht.

«War Juha allein in Tallinn? Mit wem hat er dort verhandelt?»

Anne wusste es nicht, sie meinte, das müsse ich Paula Saarnio fragen. Im Stillen fluchte ich: Die Reise lag mehr als ein Jahr zurück, die Passagierliste war längst vernichtet. Hoffentlich hatte die Sekretärin über Reservierungen und Verhandlungen Buch geführt. Anne rief sie herein und bat sie, die Reiseunterlagen vom letzten Jahr durchzusehen.

«Gesprächstermine stehen im Kalender, die Reisekostenabrechnungen sind in der Buchführung. Einen Augenblick, ich sehe nach.»

«Glaubst du wirklich, Juha könnte etwas mit Harris Tod zu tun haben?», zischelte Anne, als Paula die Tür hinter sich geschlossen hatte. Als ich keine Antwort gab, fuhr sie fort: «Weißt du, weshalb ich dachte, Harri hätte sich das Leben genommen? Wegen eines Anrufs, von dem Katrina mir erzählt hat. Mikke hatte Harri ja auf Rödskär abgesetzt und war dann nach Åland zu seiner Mutter gefahren. Harri hatte von der Insel aus mit Katrina telefoniert und gesagt, Mikke solle ihn gleich nach seiner Ankunft zurückrufen. Sie hat aber vergessen, es ihm auszurichten, und erinnerte sich erst wieder daran, als Mikke schon in dänischen Gewässern segelte und Harri tot aufgefunden worden war. Katrina sagte, Harri hätte ängstlich gewirkt. Sie spricht nicht gern über sich, aber ich glaube, die Sache geht ihr immer noch nach. Wahrscheinlich befürchtet sie, dass Harri Selbstmord begangen hat, und überlegt, ob ein Rückruf von Mikke ihn daran gehindert hätte.»

Annes Bericht klang verworren, wie ein verzweifelter Versuch, die Schuld an Harris Tod jemand anderem zuzuschieben als ihrem Mann. Dennoch musste ich mit Katrina Sjöberg sprechen. Um welche Zeit ging die erste Maschine nach Mariehamn? Wenn ich schon nicht nach Korsika kam, konnte ich wenigstens auf eine etwas näher gelegene Insel fliegen. Wen von meinen Kollegen sollte ich mitnehmen? Die Gedanken schossen mir durch den Kopf, ziellos wie aus ihren Käfigen befreite Pelztiere. Kurz darauf erschien Paula Saarnio mit verblüfftem Gesicht an der Tür.

«Ich finde keine Notiz über Verhandlungen in Tallinn am dritten Oktober letzten Jahres, auch keine Tickets für die Fähre. Anne, bist du sicher, dass Juha an dem Tag einen Termin in Estland hatte?»

«Ja! Er war über Nacht auf der Fähre und hat Champagner und Kaviar mitgebracht!», stieß Anne hervor, doch ihre Stimme schwankte. Ich betrachtete ihre Hände, erinnerte mich an ihren festen Griff. Vielleicht hatte sie gewusst, dass ihr Mann Harri getötet hatte, womöglich hatte sie auch herausgefunden, warum. Juhas Seitensprünge hatte sie toleriert, doch dass er hinter der makellosen Fassade der Merivaara AG unsaubere Geschäfte trieb, war zu viel gewesen. Hatte sie ihren Mann umgebracht, als ihr klar wurde, dass das Familienunternehmen bleihaltige Farbe nach Litauen exportierte?

Ich wusste noch nicht genug über die Bedeutung der Farbdose, die Jiri gefunden hatte. Daher beendete ich die Befragung und fuhr zurück ins Büro, um den Flug nach Mariehamn zu buchen. Ich fluchte ausgiebig, als ich erfuhr, dass die Maschine um sieben Uhr zwanzig abflog, sodass ich schon vor sechs aufstehen musste. Ich vergewisserte mich, Katrina Sjöberg zu Hause anzutreffen, bestätigte die Reservierung und bestellte einen Mietwagen. Gleich darauf kam ein Anruf vom kriminaltechnischen Labor.

«Es geht um die Farbe, die ihr uns geschickt habt. Woher habt ihr die?»

Ich sagte, ich wisse es nicht, vermute aber, sie stamme aus den Beständen der sowjetischen Marine.

«Wir haben noch nicht alle Analysen durchgeführt, aber schon jetzt steht fest, dass die Farbe Tributylzinn enthält», erklärte der Kriminalchemiker Niinimaa fröhlich.

«Tributylzinn? Was ist das?»

«Eine Organozinnverbindung, die man früher für Bootslacke verwendet hat, um die Verschmutzung der Außenwände zu verhindern.»

«Himmelherrgott nochmal!», sagte ich aus tiefstem Herzen, worauf der erfahrene Niinimaa fragte:

«Passt das nicht in deine Theorie?»

«Nur zu gut. Handelt es sich um eine verbotene Chemikalie?»

«Die Helsinki-Konvention von 1988 untersagt die Verwendung in Lacken, aber soweit bekannt, wurde Tributylzinn in den Ländern der ehemaligen Sowjetunion auch danach noch eingesetzt.»

«Auswirkungen, in Kurzfassung?»

«Die sind bisher kaum erforscht, aber man hat zum Beispiel männliche Geschlechtsmerkmale an weiblichen Schnecken beobachtet. Bei Forellen wurden Veränderungen des Blut- und Lebermetabolismus und an den Augen festgestellt. Bei hoher Konzentration wird der Laich der Lachse zerstört. Es gibt auch Berichte über tote Miesmuscheln und über den

Verfall des Immunsystems bei Vögeln, die sich von Miesmuscheln ernähren. Die Halbwertszeit des Stoffes im Wasser beträgt rund drei Monate.»

Der nächste Fluch lag mir auf der Zunge. Wenn ich nur wüsste, wie dringend das Problem war. Jiri hatte mir von den Farbtonnen berichtet. Konnten einige Fässer Tributylzinn im Wasser bleibende Schäden verursachen?

Ich bat Niinimaa, die Untersuchungen zu beschleunigen, dachte an die tote Eiderente und an die Dateien auf Harris Laptop. Ein kostspieliger Tauchereinsatz auf Rödskär kam erst infrage, wenn ich wusste, wo das Gift ins Meer gekippt worden war.

Ich rief Mikke Sjöberg an, wieder erfolglos. Der Ermittler, der sich mit Harris Computer herumschlug, meldete sich dagegen, wenn auch verärgert und abgehetzt.

«Es dauert noch eine Weile. Der jetzige Besitzer sagt doch, er hätte die Festplatte neu formatiert. Ich kann nicht versprechen, dass sich die vor der Umformatierung gespeicherten Dateien retten lassen, aber ich tue mein Bestes. Nur liegt hier noch einiges andere an, unter anderem muss ich mich mit den Hackern befassen, die in das Computersystem der Merita-Bank eingedrungen sind.»

«Ich weiß», sagte ich ohne Mitgefühl. Wir alle schufteten mit letzter Kraft. Mir war längst klar geworden, dass ich niemanden nach Åland mitnehmen konnte, denn alle Kollegen waren bis über die Ohren mit Arbeit eingedeckt. Wenn ich Zeugen für eine offizielle Vernehmung brauchte, würde ich mich an die Polizei in Degerby wenden müssen.

Ich delegierte die Leitung der Morgenbesprechung an Lähde und bat ihn, die Kollegen zu fragen, wer sich als Sargträger für Pertsas Beerdigung zur Verfügung stellte. Wir hatten immer ein ausgesprochen steifes Verhältnis zueinander gehabt, denn Lähde war Pertsas Vertrauter gewesen und hatte keinen Zweifel daran gelassen, dass seiner Meinung nach die falsche Person zur Dezernatsleiterin ernannt worden war. Deshalb überraschte mich seine Reaktion:

«Sargträger, soso. Ich weiß, was Ström dazu gesagt hätte.»

«Was denn?»

«Nehmt die verdammte Emanze, die brennt doch darauf, Männerarbeit zu tun», sagte Lähde, und in seiner Stimme lag nichts als Trauer.

«Mir soll's recht sein, falls jemand bereit ist, auf der anderen Seite mit gebeugten Knien zu gehen», sagte ich und flüchtete mich in mein Büro. Schon im Flur hörte ich das Telefon, ich schaffte es gerade noch, den Hörer abzunehmen, bevor der Anrufer auflegte.

«Puustjärvi hier. Ich hab den Vogelkadaver gefunden.»

«Prima! Wo?»

«Im Institut für Veterinärmedizin und Lebensmittelhygiene. Aber er ist eines natürlichen Todes gestorben.»

Seltsamerweise war ich enttäuscht, statt mich zu freuen, dass Juha Merivaara keine Umweltkatastrophe herbeigeführt hatte.

«Aber hier liegt noch ein anderes totes Viech von Immonen», fuhr Puustjärvi fort. «Ein prächtiger Lachs. Er hat irgendwelche Veränderungen an der Leber, im Blutkreislauf und an den Augen. Das kommt von einem chemischen Stoff namens ...»

«Ich weiß», sagte ich. «Tributylzinn.»

Siebzehn

Es war dunkel, als die Maschine abhob. Um halb sieben war ich ins Taxi gestiegen und hatte Antti und Iida schlafend zurückgelassen. Das Thermometer hatte fünf Grad minus angezeigt: Der Winter kam zeitig.

Am Vortag war ich ungewöhnlich früh nach Hause gekommen, hatte aber fast den ganzen Abend dienstliche Telefonate führen müssen. Iida, die mit mir spielen wollte, hatte mir quengelnd am Hosenbein gehangen, während ich versuchte, aus dem rudimentären Englisch meines korsischen Kollegen schlau zu werden. Die Herren Peders und Ramanauskas waren sehr aufgebracht gewesen, als man sie zur Vernehmung auf die Polizeistation von Calvi gebeten hatte. Ja, sie seien Teilhaber eines Unternehmens namens Mare Nostrum, das wiederum Aktionär der Merivaara AG war, doch das sei kein Verbrechen. Über Juha Merivaaras Tod waren sie sehr erschüttert. Ihrer Aussage nach war die Mare Nostrum gegründet worden, um finnische Lacke in die baltischen Länder zu exportieren, doch die Ausfuhr hatte sich nicht so gut entwickelt wie erwartet. In den letzten Jahren hatte die Firma nur noch auf dem Papier existiert, und Juha Merivaara hatte den Litauern angeboten, ihre Aktien zu übernehmen. Man hatte sich darauf geeinigt, die Transaktion durchzuführen, wenn die beiden Männer das nächste Mal nach Finnland kamen.

Daraufhin hatte die korsische Polizei Peders und Ramanauskas gehen lassen, denn am Samstag, dem 4. Oktober, hatten sie mit französischen und monegassischen Freunden in einem Restaurant an der Promenade Anglaise in Nizza zu Abend gegessen. An Zeugen herrschte kein Mangel.

«Antti, nimm mir Iida ab!», rief ich schon zum sechsten Mal, denn die Kleine schrie so laut, dass der korsische Kollege mich kaum noch verstehen konnte. Ich fragte ihn nach der Telefonnummer des litauischen Bootes.

Antti kam polternd aus der Küche und trug die umso heftiger schreiende Iida hinaus. Die Aussicht, ihm beim Backen helfen zu dürfen, schien sie nicht zu trösten. Als das Gespräch beendet war, ging auch ich in die Küche. Iidas Gesicht war tränenüberströmt, doch sie patschte zufrieden auf ein mehlbestäubtes Brot.

«Wenn du von der Arbeit kommst, klebt das Kind nun mal an dir, das musst du doch verstehen!», giftete Antti. Auch er hatte Mehl im Gesicht.

«Ja, schon gut, aber diese eine Sache musste ich unbedingt heute Abend noch erledigen. Ein einziges Gespräch noch, dann kann ich Iida übernehmen.»

Dann hatte ich wieder einmal vergeblich versucht, Mikke Sjöberg zu erreichen und schließlich die zuständige Streife gebeten, im Hafen von Suomenoja nachzusehen, ob die «Leanda» noch vor Anker lag. Kurz darauf hatte ich die Meldung erhalten, sie sei am Bootssteg vertäut und in der Kajüte brenne Licht. Bei der Vorstellung, dass Mikke frierend und allein auf seinem Boot hockte, war mir schwer ums Herz geworden, doch ich hatte mir verboten, weiter über ihn nachzudenken.

Unter den Wolken tauchten die Lichter von Turku auf. Mein Magen, der etwas gegen Flüge am frühen Morgen hatte, zog sich krampfhaft zusammen, als die Maschine an Höhe verlor. Mir brach kalter Schweiß aus, und der dünne Kaffee, den man uns serviert hatte, stieß mir sauer auf.

Im Osten leuchteten die ersten Sonnenstrahlen, doch unsere Maschine flog nach der Zwischenlandung in die Dunkelheit. Das Meer war grau und kältestill, die Inseln ragten golden oder preiselbeerrot heraus, als wollte die Welt sich noch einmal schmücken, bevor sie braun und schließlich schneeweiß wurde. Sicher waren Antti und Iida jetzt gerade in der Küche und kochten den Frühstücksbrei. Warum hatte ich ein schlechtes Gewissen, anstatt es zu genießen, im Flugzeug zu sitzen, wo kein Familienmitglied, kein Kollege oder Zeuge etwas von mir wollte, wo man mir im Gegenteil Kaffee vorsetzte und die leere Tasse abräumte, ohne dass ich auch nur darum zu bitten brauchte?

Hatte ich die Dienstreise womöglich auf mein Programm gesetzt, um allein zu sein? Denn danach sehnte ich mich, nach der Freiheit, mit niemandem reden zu müssen, die ich sonst nur auf dem Weg zwischen zu Hause und Arbeitsplatz hatte, und danach, nicht ständig von anderen in Anspruch genommen zu werden. Hatte ich meine Kräfte überschätzt, als ich den Posten der Dezernatsleiterin angenommen und geglaubt hatte, ihn mit der Versorgung eines Kleinkindes verbinden zu können?

Wir hatten ab und zu überlegt, ob Iida Geschwister bekommen sollte. Im Moment schien es mir allerdings unmöglich, wieder mit der Arbeit auszusetzen. Meine Schwestern versuchten mir einzureden, Einzelkinder würden kleine Egoisten, aber ich hatte schon früher gemerkt, dass sie nicht immer Recht hatten.

Die Maschine flog einen Bogen nach Süden, und plötzlich stand die aufgehende Sonne vor mir wie ein unermessliches Feuerwerk in dunkelgelben und tiefroten Tönen. Die Farbe fiel vom Himmel auf das Meer, verwandelte das Totengrau in Goldblau, ließ die Granitklippen in tiefem Rubinrot aufleuchten. Ich hätte stundenlang zusehen mögen, wie die Farben ineinander übergingen und die Sonne Schatten über das Meer jagte. Doch die Hauptinsel von Åland lag bereits vor uns, und aus dem Lautsprecher kam die Ansage, die Maschine werde in fünf Minuten in Mariehamn landen.

Der Mietwagen stand am Flughafen bereit. Zum Hafen von Svinö, wo ich um zehn Uhr die Autofähre erreichen musste, waren es gut zwanzig Kilometer. Ich hätte Zeit für einen Abstecher ins Zentrum von Mariehamn gehabt, zog es aber vor, in aller Ruhe nach Svinö zu fahren und die Landschaft zu genießen. Die Straße führte durch herbstbraune Felder und gelblich gefärbte Wälder, ab und zu erhaschte ich einen Blick auf das tiefe Blaugrün des Meeres. Die Häuser waren vorwiegend aus Holz gebaut und hellgelb oder dunkelrot angestrichen, die Felder sauber umgepflügt. An schattigen Stellen waren sie bereift.

Die Kaffeestube am Fährhafen war leer, wahrscheinlich hatte sie nur im Sommer geöffnet. Am Steg lag ein verlassener Prahm, blühendes Kreuzkraut trotzte der Kälte. Der Wind wurde böiger, ich zog den Mantel enger um mich. Ich hatte mich an der kargen Landschaft längst satt gesehen, als die MS Knipan mit sieben Minuten Verspätung eintraf. Nachdem ich den Wagen auf die Fähre rangiert hatte, ging ich in den Salon auf dem Oberdeck, wo nur wenige Passagiere saßen, dem Dialekt nach Einheimische.

Die Fähre tuckerte an kleinen roten Felsinseln vorbei nach Osten. Ich betrachtete die Leuchtturminsel im Norden und malte mir aus, wie die Herbststürme über ihre Klippen und die windgebeugten, kleinwüchsigen Erlen hinwegbrausten. Der Südwind brachte die Fähre zum Schaukeln, doch sie schob sich unbeirrt an dem Wall kleiner Inseln vorbei, hinter dem plötzlich das Dorf Degerby auftauchte. Zwischen den Seezeichen drehte die Fähre nach Nordosten bei. Offenbar lagen felsige Untiefen vor dem Dorf, denn die Fahrrinne war dicht markiert. Auf einer Klippe entdeckte ich ein Schwanenpaar, dessen Flügel in der Sonne aufleuchteten.

Das Dorf schlängelte sich an der Küste entlang. Rote und hellgelbe Häuser, ein grauweißes Strandlokal. Im Hafen dümpelten ein paar Segelboote, ansonsten schien das Dorf im Winterschlaf zu liegen. Ich setzte mich in den Wagen. Die Besatzung musste gegen den Südwind ankämpfen, um die Fähre zu vertäuen.

Die Fahrt durch Degerby dauerte etwa eine Minute. Im Dorf gab es ein Heimatmuseum, einen Laden, eine Poststelle, eine Bibliothek und eine bereits geschlossene Minigolf-Anlage, bei der ein Wegweiser zum Strandlokal stand. Die Kirche lag etwas außerhalb, Katrina Sjöberg hatte mir genaue Fahranweisungen gegeben.

«Mein Haus ist schwer zu finden, aber am Dienstagvormittag bin ich in der Kirche von Föglö, um die Lieder für den Sonntagsgottesdienst zu üben. Der Weg ist gut ausgeschildert, treffen wir uns dort», hatte sie gesagt. So nahm ich nun die direkt nach Osten führende Straße, bog zwei Kilometer hinter dem Dorf rechts ab und überquerte dann eine schmale Brücke, neben der verfroren aussehende Seeschwalben schwammen.

Der Kirchturm war eine gute Landmarke, er war kilometerweit zu sehen. Ich ließ den Wagen auf dem Parkplatz stehen und stieg die kleine Anhöhe hinauf. Der offenbar frische Anstrich der Kirchentüren bildete einen eigenartigen Kontrast zu dem uralten grauroten Stein der Wände. Durch ein Tor betrat ich den Friedhof. Der erste Grabstein, den ich sah, trug den Namen Sjöberg. Ob Johan Erik Emanuel und Hilda Erika, die hier ruhten, mit Katrina und Mikke verwandt waren?

Der Friedhof war ein kleines, offenes Feld, von moosbewachsenen Steinen und rostzerfressenen Kreuzen übersät. Manche Grabsteine zierte ein Anker oder ein Schiff, ein Zeichen, dass hier ein Kapitän oder Lotse begraben war. Der Haupteingang der Kirche war verriegelt. Also ging ich um das Gebäude herum, an einem drei Meter hohen Denkmal vorbei. *Till minne av på havet omkomna* – Zum Gedenken an die Opfer der See. Der rote Granit des Gedenksteins erinnerte an die Klippen von Rödskär, die Sonne ließ hier und da blutrote Streifen aufleuchten.

Ich öffnete die Seitentür. Alte Steinkirchen hatten etwas Friedliches und Einladendes, ich besuchte sie gern, obwohl ich nicht einmal wusste, woran ich glaubte. Durch die Innentür gelangte ich in gleißende Helligkeit.

Als Erstes sah ich das von der Decke hängende Votivschiff. Die Orgel spielte eine unbekannte Melodie. Ich wollte Katrinas Spiel nicht unterbrechen, sondern ging weiter in die Kirche hinein. Über dem Altar hing ein Gemälde mit der Aufschrift *Hjälp mig Gud och Maria att allt jag börjar får ett gott slut* – Gottvater und Maria helft, dass alles, was ich beginne, ein gutes Ende finde. Die ältesten Teile der Kirche stammten aus dem 14. Jahrhundert, aus der Zeit vor der Reformation, vielleicht erklärte das die Anrufung der Jungfrau, deren Namen ich trug. Als Kind hatte ich mich über den altmodischen Namen geärgert, den damals nur alte Frauen und die Töchter von Sektengläubigen trugen. In der Oberstufe war ich als Jungfrau Maria verspottet worden, obwohl mein Benehmen alles andere als jungfrauenhaft war. Ich hatte mich oft gefragt, warum meine Eltern als Agnostiker einen so unverkennbar christlichen Namen für mich gewählt hatten. Sie behaupteten, der einzige Grund sei, dass meine beiden Großmütter Maria hießen.

Beim Altar stand ein Kerzenhalter, in dem einige dünne, erloschene Wachslichter steckten. Auf einer Bank an der Wand sah ich eine Schachtel mit Kerzen, daneben eine Dose für das Geld. Ich warf ein Fünfmarkstück hinein, nahm eine Kerze und riss ein Streichholz an. Dabei überlegte ich, was Pertsa sagen würde, wenn er wüsste, dass ich für ihn eine Kerze aufstellte. Es hätte ihm wohl nicht behagt, aber seiner eigenen Überzeugung nach war er jenseits allen Bewusstseins. Der Gedanke bereitete mir einen fast körperlichen

Schmerz, ich war sekundenlang versucht, die Hand in die Flamme zu halten, um die eine Qual durch eine andere zu betäuben.

Da verstummte die Orgel. Ich hörte ein Poltern auf der Empore, dann Katrina Sjöbergs Stimme:

«Grüß dich, du hast also hergefunden.»

Gleich darauf kam sie herunter. Der Druck ihrer stark geäderten Hand war fest, die Haut hatte die Sommerbräune noch nicht ganz verloren. Sie trug einen dicken Pullover, eine verblichene schwarze Samthose und schwere Stiefel. Eine Öljacke hing ihr über dem Arm.

«Herzlich willkommen auf Föglö. Warst du schon einmal auf Åland?»

«Nur auf der Hauptinsel, in dieser Gegend war ich noch nie. Bist du neben allem anderen auch noch Kantorin?»

«Der reguläre Kantor ist krank, ich springe für ihn ein. Also, gehen wir. Die Kerze musst du leider löschen. Die Feuerschutzvorschriften, weißt du.»

Ich blies die Flamme vorsichtig aus. Nur ein hartnäckiger Rauchkringel blieb zurück. Als die Kirchentür hinter uns zufiel, fragte ich mich, an welche Art von Gott Katrina glaubte. Vergab er auch die schwersten Sünden, sogar Mord?

Da mir kein Gesprächsstoff einfiel, fragte ich nach dem Grabstein der Sjöbergs, den ich gesehen hatte.

«Ja, das sind entfernte Verwandte, aber unser eigentliches Familiengrab ist dort hinten. Möchtest du es sehen?»

«Warum nicht? Wird Juha auch hier beerdigt?»

«Nein, er wird eingeäschert. Aber für mich und für Mikke sind hier Plätze reserviert.» Sie führte mich zu der Steinmauer am schattigen Rand des Friedhofs. Der größte Grabstein der Sjöbergs maß anderthalb auf zwei Meter, daneben standen zwei kleinere, von denen einer die Namen des Gründers der Merivaara AG, Mikael Johan, und seines Sohnes Martti trug. Auf dem großen Grabstein prangten ein Segelschiff und ein

Anker, hier ruhten ein Kapitän und ein Lotse, Johan und Daniel Sjöberg.

«Daniel war mein Großvater, Johan der Großvater von Martti. Erland und Ida waren meine Eltern, neben ihnen werde ich eines Tages ruhen. Auf dem Stein ist noch Platz», sagte Katrina ruhig. Herbstrosen blühten vor dem großen Stein, bald würde die Kälte auch ihre Blätter schwarz färben.

«Hier liegen viele Generationen von starrköpfigen Männern, die sich nie an die Gesetze anderer gehalten haben. Wir Sjöbergs haben wohl zu lange auf dieser Insel gelebt, in unserem eigenen Reich. Johan, der Kapitän, hat in der Zeit der russischen Unterdrückung um die Jahrhundertwende Waffen nach Finnland geschmuggelt, während Daniel, der Lotse, bei Schnapsschmugglern beide Augen zudrückte. Wo habt ihr denn euer Grab?»

Ich hatte noch nie darüber nachgedacht, wo ich einmal beerdigt werden würde. Die Kallios hatten kein Familiengrab, das der Sarkelas lag in Wiburg, das nicht mehr zu Finnland gehörte.

«Danach pflegt man junge Leute wohl nicht zu fragen», lächelte Katrina. «Ich finde es tröstlich zu wissen, wo meine Knochen liegen werden, vor allem, da ich mir nicht sicher bin, wohin meine Seele gerät.» Sie bückte sich, um ein paar Ahornblätter aufzuheben. «Mein Haus liegt anderthalb Kilometer von hier. Passt mein Fahrrad in deinen Wagen?»

Wir verstauten Katrinas Mountainbike im Kofferraum des Mietwagens. Die Straße machte einen Schlenker von der Küste weg, nach zweihundert Metern ging eine schmale, steinige Nebenstraße in nordöstlicher Richtung ab. Sie endete vor einem zweistöckigen, rot gestrichenen Holzhaus, nur hundert Meter vom Ufer entfernt, doch durch eine Felswand und Bäume vor dem Seewind geschützt.

«Mattsboda, das Haus meiner Mutter. Sie war auch eine

Sjöberg. In unserer Familie hat es zu viel Inzucht gegeben.»
Als Katrina ihr Rad aus dem Kofferraum hob, fiel mir auf, dass sie sich genauso eckig bewegte wie Mikke.

Wir betraten die Wohnstube, die von einem Webstuhl, einem Backofen und einem Tisch beherrscht wurde, an dem zwanzig Menschen Platz gefunden hätten. Die Wände schmückten Netze und anderes Fischfanggerät sowie ein fast mannshoher Anker. Eine Standuhr tickte gravitätisch. Obwohl das Zimmer groß war, schien die ein Meter sechzig kleine, schlanke Katrina es auszufüllen.

«Nun stell deine Fragen», sagte sie, als wir die Mäntel abgelegt hatten und ich die Schuhe gegen die dicken Wollsocken eingetauscht hatte, die Katrina mir brachte. «Es muss ja sehr wichtig sein, wenn du extra herkommst.»

«Ist es dir recht, dass ich unser Gespräch aufnehme?»

Da sie nicht protestierte, kramte ich einen kleinen Recorder und zwei Kassetten aus der Tasche und sprach Datum und Uhrzeit aufs Band, obwohl es mir unwirklich vorkam, in diesem jahrhundertealten, friedlichen Raum eine Vernehmung durchzuführen.

«Ich habe mehrere Fragen. Gehen wir als Erstes ein Jahr zurück. Harri Immonen hat kurz vor seinem Tod hier angerufen, weil er Mikke erreichen wollte. Was hat er gesagt?»

Katrina fuhr sich durch die eisgrauen Haare. Im Herbstlicht waren auch ihre Augen grau wie das Meer am Morgen.

«Das ist schon ein ganzes Jahr her, ich erinnere mich nicht mehr genau. Jedenfalls sollte Mikke sich so schnell wie möglich mit ihm in Verbindung setzen.»

«Wie hat er sich angehört?»

«Ganz anders als der ruhige, sympathische junge Mann, dem ich ein paar Mal begegnet war. Verstört. Er hat extra betont, es sei wichtig. Und ich Rindvieh habe seinen Anruf völlig vergessen!»

Sie seufzte, die Falten um ihre Augen spannten sich. «Ich

fühle mich schuldig, weil ich vergessen habe, Mikke von dem Anruf zu erzählen. Deshalb habe ich ihn auch nicht sofort über Harris Tod informiert, ich hatte Angst vor seiner Reaktion. Manchmal bin eben auch ich feige. Mikke ist der einzige Mensch, der mir wirklich etwas bedeutet. Wenn Harri Selbstmord begangen hat, und wenn ich seinen Tod hätte verhindern können, indem ich seine Nachricht an Mikke weiterleitete ... Der Gedanke ist fast unerträglich.»

«Ich glaube nicht, dass Harri sich das Leben genommen hat», sagte ich tröstend und verschwieg vorläufig, dass die Weiterleitung der Nachricht ihm dennoch möglicherweise das Leben gerettet hätte. «Hat er irgendwelche Andeutungen gemacht, worum es ging? Bitte versuch dich zu erinnern, es ist wichtig.»

Vom Herd stieg mir der Geruch von Fischsuppe in die Nase. Katrina stand auf und nahm den Topf von der Platte. Sie rührte ein paar Mal um, bevor sie antwortete:

«Es ging um Juha. An den genauen Wortlaut erinnere ich mich nicht mehr, aber Harri wollte mit Mikke über Juha sprechen.»

«Du hast Juha gekannt, seit er zehn Jahre alt war. Was für ein Mensch war er?»

Sie schmeckte die Brühe ab und verbrannte sich dabei die Zunge. Es dauerte eine ganze Weile, bis sie wieder sprechen konnte.

«Genusssüchtig und eigensinnig wie sein Vater. Martti war faul, deshalb ging es mit seinem Unternehmen bergab. In der Hinsicht war Juha aus anderem Holz geschnitzt. Er liebte das Geld. Mit zwölf hat er mir erklärt, wie er das Erbe seiner Mutter anlegen wollte, wenn er volljährig wurde. Von Geschäften verstehe ich ja auch einiges, und ich muss sagen, seine Pläne waren ausgesprochen intelligent. Er war noch ein Kind, doch er erkannte ganz genau, warum das Erbteil von Treuhändern und nicht von seinem Vater verwaltet wurde. Juha hatte große Ähnlichkeit mit Martti, aber ihm fehlte dessen unglaubliche physische Anziehungskraft. Ihretwegen habe ich mich damals in Martti verliebt.»

Sie setzte sich wieder an den Tisch, das hereinfallende Tageslicht webte ein ruheloses Netz von Falten über ihr Gesicht. Ich schob den Recorder näher an sie heran. Eigentlich hätte ich nach den Ereignissen auf Rödskär fragen müssen, statt mir die Familiengeschichte erzählen zu lassen, aber aus irgendeinem Grund glaubte ich, in diesen alten Geschichten Antworten auf Fragen zu finden, die ich noch gar nicht zu formulieren wusste.

«Von Marttis beiden Söhnen ist Mikke derjenige, der seine ... seinen Sex-Appeal geerbt hat, so würde deine Generation es wohl nennen. Sie sind nicht eigentlich gut aussehend, aber sie haben etwas an sich, dem ich jedenfalls nicht widerstehen konnte. Ich kann es nicht richtig erklären. Aber Sex allein reicht auf längere Sicht nicht, wenn in der anderen Waagschale die Rolle der biederen Hausfrau und der vollständige Verzicht auf eigene Träume liegen. Ich bin nie fähig gewesen, Kompromisse zu schließen, und ich fürchte, ich habe auch Mikke zu einem Menschen erzogen, der allzu stur seine eigene Route segelt. Das muss ich jetzt büßen: Ich sehe ihn nur selten, und jedes Wiedersehen kann das letzte sein.»

Sie schwieg einen Moment, dann drückte sie den Rücken durch und sagte: «Die Lachssuppe ist fertig, und ich habe Hunger. Verstoßen wir gegen das Protokoll, wenn wir beim Reden essen?»

Ich musste lachen. Katrina erklärte stolz, sie habe die Suppe aus einem heute früh ganz in der Nähe gefangenen Lachs gekocht. Sie war heiß und sämig, das åländische Schwarzbrot, das es dazu gab, schmeckte ungewohnt süß, aber delikat. Wie von selbst kam das Gespräch auf das Brotbacken, denn ich konnte mir die Frage nach dem Rezept nicht verkneifen. Ich schluckte, als ich hörte, dass die Herstellung von *svartbröd* drei Tage in Anspruch nahm, aber vielleicht war Antti geduldig genug, es zu versuchen.

«Als ich Martti heiratete, habe ich wohl geglaubt, in ein Leben einzutreten, das ohne mein Zutun geregelt war, mit einem Mann, der bereits ein Kind hat und dessen zweites Kind in mir wächst. Im Sommer habe ich mich in Riikka wiedererkannt: Auch sie hat nach einem älteren Mann gesucht und nach einem ausgetretenen Pfad, auf dem sie sich nicht mehr voranzukämpfen braucht. Zuerst hat Juha sie geführt, dann Tapio Holma. Ich würde ihr gern einen großmütterlichen Rat geben, obwohl das eigentlich nicht zu meinen Gepflogenheiten gehört.»

«Was würdest du ihr raten?»

«Vor Juhas Tod hätte ich ihr geraten, sich von ihrem Vater zu lösen, auszuziehen, aber allein. Eine Frau sollte zuerst lernen, mit sich selbst in einem Raum zu leben, bevor sie Männer und Kinder in ihr Leben verwickelt. Allerdings bin ich eine alte Einsiedlerin, wahrscheinlich würde mich niemand länger als eine Woche ertragen, und ich halte es auch mit keinem länger aus, selbst mit Mikke nicht mehr. Magst du einen Kaffee als Nachtisch?»

Erst als wir die große Tasse leer getrunken hatten und bei der zweiten waren, stellte ich die nächste Frage.

«Du hast bei der ersten Vernehmung ausgesagt, in der Nacht, in der Juha starb, habe ein Boot auf Rödskär angelegt. Kannst du mir darüber etwas Genaueres sagen? Wann war das, aus welcher Richtung kam es?»

«Schwer zu sagen, ich habe so unruhig geschlafen», wich sie aus.

«Aber du bist dir deiner Sache sicher? Von den anderen hat nämlich keiner ein Boot gehört.»

«Nicht?» Ihr Gesicht wirkte erschöpft. «Dann muss ich es geträumt haben. Vielleicht habe ich mir unbewusst gewünscht, ich hätte ein Boot gehört und ein Außenstehender hätte Juha getötet.»

«Einer Aussage nach warst du während der Nacht draußen und hast mit Mikke gesprochen. Auch davon hast du nichts erwähnt.»

«Nein? Ich habe doch gesagt, dass ich unruhig geschlafen habe.»

Ich zog eine Kopie des Vernehmungsprotokolls hervor. «Stimmt, aber dass du draußen warst, hast du nicht gesagt, Mikke übrigens auch nicht.»

«Diese Vernehmung war doch unmittelbar nach Juhas Tod. Da war ich müde und erschüttert und habe mich vielleicht nicht an alles erinnert. Ja, ich war kurz draußen und bin dort auf Mikke gestoßen, der gerade von der ‹Leanda› kam, ich glaube, er hatte die Vertäuung überprüft. Wir haben darüber gesprochen, ob wir schon frühmorgens in See stechen sollten, haben dann aber beschlossen, erst abzufahren, wenn Anne aufgestanden ist. Mikke wollte sich außerdem von Jiri und Seija verabschieden.»

Sie hatte Zeit genug gehabt, sich auf jede denkbare Frage eine Antwort zurechtzulegen, ich würde sie kaum dazu bringen, etwas zu sagen, was sie verschweigen wollte. Also brachte ich das Gespräch erneut auf Juha.

«Was würdest du sagen, wenn ich behaupte, dass Juha Harri Immonen getötet hat?»

Ihre Augen verengten sich, hinter dem Grau schimmerte ein eigensinniges Blau auf.

«Ich würde dich fragen, wie du zu dieser Annahme kommst, aber überrascht wäre ich nicht.»

«Harri hatte herausgefunden, dass Juha schadhafte Behälter mit giftigen Lacken in den Gewässern von Rödskär versteckt hatte. Wenn das publik geworden wäre, hätte Juha einen Prozess wegen Umweltvergehen zu erwarten gehabt, und die Firma Merivaara AG wäre am Ende gewesen. Allem

Anschein nach hat Juha gifthaltige Lacke der sowjetischen Marine als finnischen Ökolack zumindest nach Litauen exportiert.»

Katrina schaute nach draußen. Die Sonne begann ihren Abstieg vom Zenit, das Licht fiel bereits ein wenig schräg.

«Wenn du deinen Kaffee ausgetrunken hast, machen wir einen Strandspaziergang. Sonst schlafe ich ein, ich werde nach dem Essen immer müde.»

Ich zögerte. Den Recorder mitzuschleppen hatte ich keine Lust, also hatte das, was Katrina auf dem Spaziergang sagte, keine Beweiskraft. Trotzdem beschloss ich mitzugehen. Ich zog den Mantel an und band mir den Schal um die Ohren. Das wäre allerdings nicht nötig gewesen, denn die im Osten aufragenden Felsen schützten das Ufer von Mattsboda vor dem Wind. Wie ein Greis, der still den Tod erwartet, lag das Meer da, als mache es sich bereit, in seinen eisigen Sarg zu sinken.

«Die Familie Sjöberg-Merivaara hat seit Menschengedenken vom Meer gelebt», sagte Katrina und trat ein wenig näher an den Rand der Klippe. «Das Meer ist für uns, was für euch Binnenländer der Wald ist. Man pflegt es, damit es den Lebensunterhalt erbringt, nicht, weil es wertvoll an sich wäre. Das Meer ist Nahrungsquelle und Feind zugleich, und wenn du nicht vorsichtig bist, verschlingt es dich. An Juhas ökologisches Denken habe ich nie so ganz geglaubt. Anne und die Kinder nehmen die Sache ernst, zu ernst sogar, aber für Juha war Naturschutz eine Marketingstrategie. Als es Mode war, mit schnellen Motorbooten durch Eiderentenschwärme zu rasen, hat er den Yuppies das entsprechende Zubehör dafür verkauft.»

Sie hob ein faustgroßes Stück Granit auf und warf es ins Meer. Das Wasser war so klar, dass man den Stein auf dem flachen Sandboden ausmachen konnte, nachdem sich die Oberfläche geglättet hatte.

«Trotzdem kann ich mir selbst von Juha nur schwer vorstellen, dass er Harri kaltblütig ermordet hätte. Weißt du schon, wie es passiert ist?»

Ich schüttelte den Kopf. Die Einzigen, die damals am Tatort gewesen waren, lebten nicht mehr. Wahrscheinlich hatte Juha seine Reise nach Tallinn vorgetäuscht und war im Schutz dieses Alibis nach Rödskär gefahren, um herauszufinden, wie viel Harri wusste. Der gutmütige Harri, der buchstäblich keiner Mücke etwas zu Leide tun konnte – darüber hatten wir uns auf einer Zeltwanderung einmal heftig gestritten –, hatte wahrscheinlich gar nicht begriffen, dass er sich in Lebensgefahr befand. Vielleicht war er nur abgerutscht, als er vor Juha davonlief, und der hatte die Gelegenheit beim Schopf gepackt und Harri umkommen lassen, statt Hilfe zu holen.

Das alles erzählte ich Katrina, die stumm über das Meer blickte. Ich hockte mich hin, zog die Handschuhe aus und steckte die Hand ins Wasser. Es war kälter als am letzten Wochenende in Inkoo, höchstens fünf Grad. Im Vergleich dazu fühlte sich der Granitfels seltsam warm an.

«Welche Ironie des Schicksals, dass Jiri so einseitig ist wie sein Vater, nur in entgegengesetzter Richtung.» Katrina sprach langsam, nachdenklich. «Anne hat mich angerufen und mir von dem Feuer erzählt, sie hofft, das Erlebnis habe ihm einen solchen Schrecken eingejagt, dass er nicht mehr überall hinrennt, wo er im Namen des Tierschutzes randalieren und Schaden anrichten kann. Allerdings glaube ich, dass er es ehrlich meint. Keiner würde aus bloßem Trotz so asketisch leben wie er. In gewisser Weise verstehe ich diese jungen Leute von der Revolution der Tiere. Die Welt ist verdreht und zu groß, kein Wunder, dass mancher versucht, sie nach seinen Vorstellungen zurechtzustutzen.»

Ich gab keine Antwort, legte nur die Hand auf den Felsen. Zwanzig Meter weiter befand sich ein Bootssteg, und in der

Bucht schwammen zwei Bojen, als warteten sie auf Fischerboote. Koste es, was es wolle, ich musste gleich morgen Taucher nach Rödskär schicken, und Interpol sollte aus Peders und Ramanauskas herausholen, was sie über die Fässer mit Tributylzinnlack wussten. Jiri zufolge waren die Litauer im vergangenen Sommer auf Rödskär gewesen. Vielleicht hatten sie Juha Merivaara geholfen, die giftige Farbe im Meer zu versenken.

«Auf diesem Felsen haben die Frauen der Familie meiner Mutter auf ihre Männer gewartet. Die meisten kehrten zurück, aber nicht alle. Das Boot meines Onkels Daniel ist im Winter 1950 verschollen, nur einer der Männer wurde im nächsten Sommer angeschwemmt. Der Winter war so hart, dass auch hier das Meer zufror, und die Strömung unter dem Eis hat die Leichen der anderen davongetragen.»

Katrina war lautlos hinter mich getreten, sie stand nur zentimeterweit entfernt. Ich spürte das Zittern ihrer Muskeln und verspürte den unbändigen Wunsch wegzulaufen. Sie kannte das Meer und die glatten Uferfelsen noch besser als Juha. Das Mattsboda-Ufer war von den Nachbarhäusern aus nicht zu sehen, man hörte nichts als das Summen des Windes. Ich drehte mich so abrupt um, dass Katrina erschrak und ausrutschte. Nur mein rascher Griff bewahrte sie davor, kopfüber ins Meer zu stürzen. Plötzlich erkannte ich, dass sie viel mehr Angst vor mir hatte als ich vor ihr.

«Hast du dir den Fuß verstaucht? Sollten wir besser ins Haus gehen?», stammelte ich.

«Mir fehlt nichts. Was hattest du denn auf einmal?» Sie versuchte zu lächeln, doch es wurde nur eine klägliche Grimasse daraus. Den Blick suchend auf den Boden geheftet, stieg sie höher auf den Felsen. Schließlich hob sie einen fast kopfgroßen Stein auf und schleuderte ihn ins Meer. Ein dumpfes Platschen erklang, dann breiteten sich auf der glatten Wasserfläche große Kreise aus.

«Der Stein rollt nicht auf dem Wasser», sagte sie und sah mich an. In ihren Augen standen Tränen.

Da wusste ich es.

Achtzehn

Von Mattsboda aus ordnete ich telefonisch die Festnahme an. Ich erklärte Katrina, es sei sinnlos, Mikke nach meiner Abfahrt zu warnen, er würde auf jeden Fall gefasst werden. Sie behauptete, das habe sie auch nicht vorgehabt, so traurig sie sei. Sie hatte ihren Sohn nicht verraten wollen. Wie hätte sie ahnen können, dass ich den Vers aus der Volksdichtungssammlung «Kanteletar» kannte, in dem ein Brudermörder seiner Mutter verspricht, erst zurückzukehren, «wenn der Rabe weiß geworden, wenn der Stein rollt auf dem Wasser». Antti hatte mit seinem Chor einmal ein Gedicht von Saarikoski über dieses Motiv gesungen:

> Geh an das Ufer
> Nimm Feder und Stein
> Der Stein schwimmt
> Es ist der Tag der Heimkehr deines Sohnes.

Doch es lag nicht nur an dem Zitat. Wer sonst hätte der Täter sein können? Alles hatte die ganze Zeit auf Mikke hingedeutet.

Ich hatte es nur nicht sehen wollen.

Auf der Fahrt von Svinö nach Mariehamn erhielt ich die Nachricht, Mikke Sjöberg sei festgenommen worden. Er hatte keinen Widerstand geleistet.

«Meine Maschine landet um Viertel vor sieben, lass mich bitte am Flughafen abholen. Wir beginnen heute Abend noch mit der Vernehmung», wies ich Puupponen telefonisch an.

Allmählich fügte sich alles zusammen. Die russische Polizei hatte die Information geliefert, Tributylzinn sei von der Marine der ehemaligen Sowjetunion als Grundierung verwendet worden. Dem Experten, der Harris Laptop untersucht hatte, war es gelungen, auf der Festplatte Teile einer Datei ausfindig zu machen, die einen Bericht über die Auswirkungen von Tributylzinn auf die Meeresfauna – Fische, Muscheln und Weichtiere – enthielt. Das Institut für Veterinärmedizin und Lebensmittelhygiene berichtete, Mikke Sjöberg habe sich im Frühherbst nach den Muscheln und Eiderenten erkundigt, die Harri Immonen dort abgeliefert hatte.

Warum Juha Merivaara die Giftlacktonnen ausgerechnet auf Rödskär versteckt hatte, war mir nicht klar. War die Insel ein Zwischenlager gewesen, wo die Litauer die Farbe bis zur Neuabfüllung deponiert hatten? Waren schadhafte Fässer skrupellos ins Meer geworfen worden? Juha war ein unglaubliches Risiko eingegangen, indem er giftige Lacke als umweltfreundliche Produkte exportierte. Hatte er geglaubt, in Litauen würden die Farben nicht kontrolliert? Vielleicht konnte mir Mikke darüber Aufschluss geben.

Im Taxfree am Flughafen kaufte ich eine Flasche Laphroaig und für Iida ein Plüschflugzeug. Diesmal wurde mir auf dem Flug nicht übel. Die Strahlen der sinkenden Sonne trafen fast waagerecht auf das Meer und malten goldene Brücken von einer Klippe zur anderen. Allmählich gewann die Dämmerung den Kampf um die Herrschaft über das Meer, bei der Zwischenlandung in Turku war es bereits dunkel. Jetzt schmeckte mir auch der Kaffee, ich trank drei Tassen, denn ich musste mit einer langen Nacht rechnen. Womöglich stritt Mikke alles ab, bisher hatten wir ja nur Indizien.

Mira Saastamoinen von der Schutzpolizei erwartete mich am Flughafen. Ich ließ mich auf den Beifahrersitz fallen und bat sie, das Blaulicht einzuschalten, obwohl keine besondere

Eile bestand – abgesehen davon, dass ich den Fall möglichst bald an den Staatsanwalt weiterleiten wollte.

«Hast du schon gehört, dass die Revolution der Tiere heute vor dem Firmengelände von Orion demonstriert hat? Sie fordern die Freilassung aller Versuchstiere», erzählte Mira, als wir von der Schnellstraße auf die Vihdintie abbogen.

«Nein, davon wusste ich nichts. Wie lief es denn?»

«Die Situation wäre beinahe außer Kontrolle geraten, wir mussten Tränengas einsetzen. An die dreißig Festnahmen, ein Teil der Demonstranten musste in Handschellen gelegt werden. Akkila hat sich mit einer Demonstrantin herumgebalgt, am Ende mussten beide zum Arzt.»

«Dieser Idiot!»

«Die Chefs sind der Meinung, dass gegen gefährliche Anarchisten härter durchgegriffen werden muss», sagte Mira kühl, ohne ihre eigene Meinung preiszugeben.

Auch ich gehörte ja zu den «Chefs», aber sie wusste vermutlich, dass ich mit den Herren nicht immer einer Meinung war. Ich wollte mich nicht für ein Lager und damit gleichzeitig gegen die andere Seite entscheiden. Ich war einzig und allein auf der Seite des frei wehenden Windes, auch wenn er mir gerade jetzt allzu scharf ins Gesicht blies.

«Warst du bei der Festnahme von Mikke Sjöberg in Suomenoja dabei?»

Mira verneinte, sie war während ihrer ganzen Schicht bei der Demonstration im Einsatz gewesen. Im Präsidium war es still, ich brachte den Mantel in mein Büro und legte die Papiere zum Fall Merivaara zusammen. Puustjärvi schaute herein und sagte, er werde als Zeuge an der Vernehmung teilnehmen. Ich ließ Mikke Sjöberg aus der Arrestzelle in den Vernehmungsraum zwei bringen. Im Waschraum legte ich Puder auf und schminkte mich hart und aggressiv. Ich versprach mir eine halbe Flasche Laphroaig, wenn ich diesen Abend überstand.

«Ist der Fall aufgeklärt?», fragte Puustjärvi auf dem Weg zum Vernehmungsraum.

«Vielleicht. Mal sehen, was wir aus Sjöberg herausholen.»

Mikke wartete im Vernehmungsraum und erhob sich bei unserem Eintreten wie ein Schuljunge. Es schien, als trüge er eine blasse, starre Maske, die auch die Augen verdeckte. Er gab mir die Hand, ohne meinen Blick zu erwidern. Statt auf das Sofa setzte er sich mir gegenüber an den Tisch. Puustjärvi ließ sich erfreut auf dem Sofa nieder.

«Möchtest du etwas trinken? Kaffee, Tee, Limonade?», fragte ich, bevor ich mich setzte. Mikke winkte ab. Er trug denselben grauen Pullover wie auf unserem Segeltörn, schien aber trotzdem zu frieren.

«Bei der Festnahme hat man dich sicher darauf hingewiesen, dass du das Recht auf juristischen Beistand hast. Möchtest du jemanden kontaktieren? Wir können den Beginn der Vernehmung aufschieben, bis dein Anwalt eintrifft.»

«Danke, aber ich möchte keinen.»

«Du bist zur Vernehmung vorgeführt worden unter dem Verdacht, in der Nacht vom vierten zum fünften Oktober dieses Jahres deinen Stiefbruder Juha Merivaara getötet zu haben. Bei einer früheren Vernehmung hast du deine Schuld bestritten und behauptet, du hättest geschlafen, bis du die Leiche deines Bruders gefunden hast. Möchtest du deine Aussage ändern?»

Mikkes Backenmuskeln zuckten, er sagte nichts, nickte jedoch. Ich drängte ihn nicht, obwohl es einige Minuten dauerte, bis er die richtigen Worte fand.

«Ich wusste, dass ihr eines Tages kommt. Als wir auf Rödskär waren und du mich gezwungen hast vorzuführen, wie ich auf Juhas Leiche gefallen bin, wäre ich in der Nacht darauf beinahe geflohen. Wahrscheinlich hätte ich gleich nach der Tat verschwinden sollen oder sofort zugeben, dass ich Juha umgebracht habe.»

«Auf lange Sicht wärst du nicht entkommen.»

«Doch. Ich hatte nicht die Absicht, mich irgendwo in Südamerika zu verstecken, sondern die ‹Leanda› in einen Sturm zu steuern und mit ihr unterzugehen. Ich ertrage es nicht, damit leben zu müssen, dass ich meinen Bruder getötet habe.»

Mikke stützte den Kopf auf die Hände, seine Fingerknöchel waren weiß. Über den schmalen Tisch hinweg hätte ich ihn mühelos berühren können.

«Natürlich hätte ich ein Geständnis abgelegt, wenn ihr jemand anderen verhaftet hättet. Aber ich habe gehofft, ihr könntet nicht beweisen, dass Juhas Tod kein Unfall war.»

«Wie ist es passiert? Sag es mir, vielleicht ist das eine Erleichterung.»

Er hob den Kopf, sein Blick streifte an mir vorbei auf die leere, weiße Wand.

«Du weißt, dass Juha Harri getötet hat.»

«Ja, zu dem Schluss bin ich gekommen. Wie hast du es herausgefunden?»

Mikke hatte im Sommer die Dateien über Tributylzinn auf Harris Computer gefunden und Verdacht geschöpft. Er hatte die Ereignisse rekonstruiert, die Harris Tod vorausgegangen waren. Seija hatte ihm von der toten Eiderente erzählt, Katrina von Harris Anruf. Über den dementen Mikael Enckell war er mühelos an die Papiere der Merivaara AG herangekommen, denn der Onkel hatte längst vergessen, dass sein Neffe kein Teilhaber mehr war.

Der Anteil der Mare Nostrum an der ganzen Geschichte war fast ein Witz. Juha war die Firma nicht so leicht losgeworden, wie er gehofft hatte, da sein scharfsichtiger Finanzdirektor auf die nicht ausgezahlten Dividenden aufmerksam geworden war. Die Mare Nostrum hatte Rohstoffe für Ökolacke geliefert und nebenbei die als Giftmüll klassifizierten Tributylzinnlacke der sowjetischen Marine eingeschmuggelt.

Weshalb Juha auf die Idee verfallen war, die schadhaften Behälter auf seiner eigenen Insel zu verstecken, wusste auch Mikke nicht.

«In der Nacht nach Annes Geburtstag waren wir betrunken. Ich hatte versucht, Juha nach Harri und nach den Tributylzinnfarben zu fragen, aber er gab nichts zu, und ich hatte nicht genug Beweise, um zur Polizei zu gehen. Eigentlich hatte ich geplant, meine Abreise ins Ausland nur vorzutäuschen. Ich wollte meine Mutter nach Åland bringen, dann aber nach Espoo zurücksegeln und ein paar Taucher anheuern, um den Meeresboden vor Rödskär abzusuchen. Es quälte mich, nicht zu wissen, wo die Fässer lagen und wie viel Gift sie enthielten.»

Nachdem sich die Geburtstagsgesellschaft aufgelöst hatte, war Mikke zu seinem Boot gegangen. Danach hatte er eine Weile mit seiner Mutter gesprochen. Als er Juha das Haus verlassen sah, war er ihm gefolgt.

«Du willst morgen abfahren, kleiner Bruder. Du bist also zur Vernunft gekommen und hast beschlossen, Harri und die giftige Farbe zu vergessen?», hatte Juha überheblich grinsend gefragt. «Harris Todestag muss begossen werden. Ich geh gleich mal zum Pinkeln auf die Klippe.»

Da hatte Mikke die Beherrschung verloren. Er hatte versucht, Juha zu schlagen, aber der hatte ihn beiseite gestoßen und war ans Ufer marschiert. Als er angeberisch vom Felsen ins Meer pinkelte, hatte Mikke ausgerufen, er werde nicht abreisen, sondern dafür sorgen, dass die Fässer gefunden wurden.

«Hör auf, mir zu drohen, Brüderchen, sonst ergeht es dir wie Harri.» Juha hatte ihn hasserfüllt angesehen, mit rotem Gesicht und hervortretenden Augen.

«Was ist Harri passiert?»

«Du sollst es ruhig wissen, beweisen kannst du es sowieso nicht! Ich hab den kleinen Schnüffler erledigt. Zuerst hab ich versucht, ihm gut zuzureden, aber der Bengel war selbst für das fünffache Gehalt nicht bereit, die Sache zu vergessen, also blieb mir keine andere Wahl. Er hat sich nicht mal gewehrt. Über die Farbtonnen brauchst du dir nicht den Kopf zu zerbrechen. Was machen die schon aus bei all der Scheiße, die die finnische Landwirtschaft und die baltische Industrie ständig in die Ostsee kippen? Ich hätte den Immonen gar nicht umzubringen brauchen, die Polizei hätte ihn ausgelacht, wenn er von den Tonnen gefaselt und ihnen seine toten Muscheln hingelegt hätte.»

Mikke ahmte die Stimme seines Bruders so gekonnt nach, dass ich Juhas massige, selbstsichere Gestalt beinahe vor mir zu sehen meinte.

«Da hab ich mich auf Juha gestürzt. Das Irre an der Sache ist, dass ich ihn genauso getötet habe wie er Harri, aus Wut, aus einem plötzlichen Affekt. Juha war zwanzig Kilo schwerer als ich, aber weniger fit und stärker betrunken. Und er hätte mich garantiert umgebracht, wenn ich ihm nicht zuvorgekommen wäre. Ich hatte eine alte gusseiserne Kugellaterne in der Hand. Damit hab ich zugeschlagen, er ist hingefallen und den Felsen hinuntergerollt.»

Eine Weile hatte Mikke nur dagestanden und vor sich hin gestarrt, dann war er weggerannt und hatte die zerbrochene Laterne mitgenommen. Am anderen Ende der Insel hatte er sie mit Steinen gefüllt und im Meer versenkt. Er hatte keine Sekunde geschlafen, sondern die ganze Nacht auf Juhas schwere Schritte gewartet.

«Aber er kam nicht zurück. Erst im Morgengrauen habe ich mich wieder ans Ufer gewagt, um nachzusehen, was ich angerichtet hatte. Juha lag tot im Wasser. Ich wusste nichts anderes zu tun, als ihn an Land zu ziehen und zu behaupten, ich hätte ihn gerade erst gefunden.»

«Hat deine Mutter erraten, was passiert war?»

«Ich glaube ja, aber sie hat nichts gesagt.»

Auf meine Frage, woher sie wisse, dass Mikke seinen Halbbruder getötet hatte, hatte Katrina mir keine Antwort gegeben. Das war das Klügste, was sie tun konnte, denn im schlimmsten Fall hätte man ihr Beihilfe zur Last legen können. Sie hatte mich gefragt, welche Strafe Mikke zu erwarten habe. Ich hatte es ihr nicht sagen können, das hing davon ab, ob es sich um Mord, Totschlag oder Körperverletzung mit Todesfolge handelte.

Puustjärvi seufzte schwer.

«Können wir einen Moment unterbrechen? Ich hab so furchtbares Sodbrennen. Ich hol mir nur schnell eine Tablette.»

«Okay. Bring uns Tee mit, es wird noch eine Weile dauern.»

Als die Tür hinter Puustjärvi zufiel, sah Mikke mich zum ersten Mal an. Ich musste mir Mühe geben, seinem Blick nicht auszuweichen.

«Lass mich gehen. Ich halte es nicht aus, im Gefängnis zu sitzen, das Meer zu verlieren. Ich würde tun, was ich gesagt habe: die ‹Leanda› in einen Sturm lenken und mit ihr untergehen. Den Gefallen kannst du mir doch tun.»

«Natürlich nicht», sagte ich fest. «Wenn ich das täte, könnte ich nicht länger Polizistin sein.»

Wenn Ström sich nicht das Leben genommen hätte, wäre ich womöglich schwach geworden. Nun aber wusste ich, wie sinnlos ein Selbstmord war. Und Mikke würde nicht allzu viele Jahre absitzen müssen.

«Du wirst das Meer nicht endgültig verlieren. Nach dem, was du bisher ausgesagt hast, kommst du mit einer Anklage wegen Totschlag und mit einer kurzen Haftstrafe davon.»

«Ich habe längst das Urteil über mich gesprochen. Meine Schuld kann ich nur mit dem Tod sühnen.»

«Du irrst dich.»

«Wie soll ich es Anne und den Kindern erklären?»

«Das ist meine Aufgabe, es hat Zeit bis morgen.»

«Nein, das muss ich schon selbst tun», sagte Mikke und vergrub das Gesicht in den Händen. Ich stand auf und wollte gerade die Arme um ihn legen, als Puustjärvi zurückkam.

Mikkes Kooperationswilligkeit erleichterte den Rest der Vernehmung. Wir waren bereits gegen halb neun fertig.

«Und was jetzt? Zurück in die Zelle?», fragte er, als ich die abschließenden Worte aufs Band sprach.

«Ja. Ich spreche morgen mit dem Staatsanwalt, er wird am Donnerstag beschließen, ob du in Untersuchungshaft genommen wirst.»

Es war wohl das Beste, den Staatsanwalt darüber zu informieren, dass Mikke mit Flucht und Selbstmord gedroht hatte. Ich wusste nicht, ob mich das zur Verräterin oder zum Schutzengel machte.

«Hör mal ... ich musste die ‹Leanda› ziemlich überstürzt verlassen. Darf ich mir ein paar Sachen vom Boot holen?»

Die Bitte konnte ich ihm nicht abschlagen. Puustjärvi begleitete Mikke in den Zellentrakt, um Jacke und Bootsschlüssel zu holen, während ich den Wagen vorfuhr. Ich wollte unbedingt selbst fahren, um nicht neben Mikke auf der Rückbank sitzen zu müssen.

Puustjärvi beugte sich vor und drehte am Knopf des Autoradios, bis er eine bekannte Melodie entdeckte: «Das Schwarze Meer und der Mann» von Popeda. «Ich tat, was ich tat, und sie zahlten gut, einen Heimathafen habe ich nicht mehr. In meinem Innern ist das allertiefste Grab, dunkel und schwarz, brennend und nass.»

«Scheiße, stell das ab!», fauchte ich und drehte selbst am Knopf, als Puustjärvi nicht sofort reagierte.

«Alle haben mir gesagt, du magst Popeda», verteidigte er sich.

«Aber diesen Song nicht.»

Als wir den Hafen erreichten, wurde mir klar, dass ich es nicht über mich brachte, mit Mikke auf die «Leanda» zu gehen. Mochte Puustjärvi ihn begleiten. Ich blieb im Auto sitzen und schaute nicht zum Bootssteg hin, daher sah ich nicht, was geschah. Erst als ich ein lautes Platschen hörte, wurde ich aufmerksam. Puustjärvi lag im Wasser und ruderte mit den Armen. Ich sprintete zum Steg, doch Mikke hatte das mit Maschinendraht bespannte Tor bereits hinter sich versperrt. Der Zaun war zwei Meter hoch und kleinmaschig bespannt, es war mühsam, in breiten Stiefeln mit hohen Absätzen hinüberzuklettern. Ich sah, wie Mikke das Vorderseil kappte, hörte Puustjärvi prustend an Land klettern, zog mich am Zaun hoch und überlegte eine Weile, ob ich es wagen sollte, auf der anderen Seite hinunterzuspringen.

«Mikke, mach keinen Quatsch! Wir kriegen dich!», versuchte ich den aufheulenden Motor zu übertönen. Ich tastete nach meiner Tasche. Die Dienstwaffe hatte ich nicht eingesteckt, sie hätte mir in dieser Situation auch nichts genützt, aber das Handy hatte ich dabei. Ich alarmierte Küstenwache und Wasserpolizei und bat darum, dass eines der Boote mich in Suomenoja abholte.

«Lohnt es sich denn überhaupt, die gesamte Alarmbereitschaft hinter einem Selbstmordkandidaten herzuschicken?», brummte der Diensthabende.

«Verdammt nochmal, du tust genau, was ich dir sage!», brüllte ich hoch oben auf dem Zaun, zufrieden, dass ich die Befugnis hatte, die Maschinerie in Gang zu setzen. Mikke musste lebend gefasst werden. «Sag der Küstenwache, sie sollen auch Hubschrauber ausschicken!»

Puustjärvi hatte es mittlerweile geschafft, sich aus dem Wasser zu ziehen. Als ich ungelenk vom Zaun kletterte, schälte er sich gerade aus den nassen Kleidern und schnaubte:

«Ich hab nicht damit gerechnet, dass er gefährlich wird. Er hat so getan, als ob er den Torschlüssel sucht, und dann hat er mich plötzlich ins Wasser gestoßen.»

«Mach dir nichts draus, den kriegen wir», tröstete ich ihn, während ich eine Decke und den Reserve-Overall aus dem Kofferraum holte. «Nach seinem Tempo zu urteilen, hatte er das Manöver gründlich geplant.»

Puustjärvi fuhr nach Hause, um sich aufzuwärmen, ich stand zitternd am dunklen Ufer und rief ergebnislos auf der «Leanda» an. Vom Wasser her war ein leises Knirschen zu hören, der Frost baute die erste Eiskruste auf. Ebenso eisig funkelten die Sterne über dem schwarzen Meer. Nach einer Viertelstunde traf das Polizeiboot ein, ich sprang an Bord und legte eine Schwimmweste an. Wir ließen die Lichter des Festlands hinter uns und fuhren aufs Meer hinaus, das so teuflisch dunkel war, wie es an einem Abend Ende Oktober nur sein kann. Auch die schmale Mondsichel spendete kaum Licht.

Schiffe der Küstenwache aus Santahamina und Porkkala waren bereits auf der Suche nach Mikke, außerdem ein Rettungshubschrauber und drei Polizeiboote. Der Motor der «Leanda» war nicht besonders leistungsfähig, selbst im Schutz der Dunkelheit konnte Mikke nicht entkommen. Ich sprach mit der Küstenwache, wir gingen die Kennzeichen der «Leanda» durch und überlegten, welchen Kurs Mikke einschlagen würde.

«Ich glaube, er wird aufs offene Meer hinausfahren. Er kennt zwar die Schären zwischen Espoo und Porkkala wie seine Westentasche, aber ein Segelboot lässt sich nicht so leicht zwischen den Inseln hindurchmanövrieren wie ein Ruder- oder Motorboot.»

«Sjöberg wurde unter dem Verdacht eines Kapitalverbrechens festgenommen, sagtest du. Stellt er eine Gefahr für Außenstehende dar?»

«Wohl kaum. Am gefährlichsten ist er für sich selbst, deshalb haben wir es ja so eilig», sagte ich mit gepresster Stimme.

«Aha. Was für einen Kocher hat er an Bord?»

«Einen Gaskocher», stöhnte ich. Im selben Moment hörte ich das Geräusch eines Hubschraubers über uns. Suchscheinwerfer kreisten über dem Wasser, fanden aber nur Leere. Ein Boot der Küstenwache ging längsseits und meldete, östlich der Insel Stora Lövö sei ein Boot gesichtet worden, das der Beschreibung der «Leanda» entsprach. Mikke hatte Kurs nach Süden genommen.

Wir drehten nach Osten ab. Das Rotorengeräusch wurde stärker, nun waren bereits zwei Hubschrauber unterwegs. Ihre Scheinwerfer erfassten unser Boot, dann flogen sie weiter nach Osten. Am Horizont schimmerte das Leuchtfeuer von Rödskär auf. In einigen Kilometern Entfernung verharrte der Hubschrauber, stand in der Luft, und kurz darauf erhielten wir die Nachricht, die «Leanda» sei gefunden worden. Wir steigerten das Tempo, von Norden her kam ein zweites Polizeiboot, und nach zehn Minuten war die «Leanda» eingekreist. Im Licht der Scheinwerfer machte ich eine Gestalt an Deck aus, konnte aber nicht erkennen, was sie in der Hand hielt.

«Vom Nachbarboot wird gefragt, ob der Mann bewaffnet ist», sagte der Funker.

«Meines Wissens nicht. Wollen sie die ‹Leanda› entern? Sag ihnen, sie sollen behutsam vorgehen.»

Die Boote näherten sich der «Leanda», der Ring zog sich langsam zusammen. Die Hubschrauber waren abberufen worden. Auf dem Nachbarboot, der «Espoo III», wurde ein Megaphon eingeschaltet.

«Sjöberg, wir kommen Sie holen. Nehmen Sie die Hände hoch, wir gehen längsseits.»

Mikke kam dem Befehl nicht nach, er hob nur die eine Hand, die einen offenen Benzinkanister hielt. Er goss den Inhalt bedächtig auf das Deck, dann rief er über das Tuckern der Motoren hinweg:

«Wenn ihr näher kommt, jage ich das Boot in die Luft. Die Gasflasche in der Kombüse ist aufgedreht.»

«Gib mir ein Fernglas», sagte ich zu dem Funker. Vor Kälte zitterte ich dermaßen, dass ich Schwierigkeiten hatte, die Schärfe einzustellen. Mikke stand an Deck, die Mütze tief in die Stirn gezogen, mit roten Ohren, einen Zehnliterkanister in der Hand. Ich sah den breiten Benzinstreifen auf dem dunkel glänzenden Holz, sah Mikkes verzerrtes Gesicht und seine Augen, die mir bodenlos erschienen. Ich sah das Feuerzeug in seiner freien Hand und sein erschrecktes Aufzucken, als sich die «Espoo III» in Bewegung setzte. Ich wollte schon «Nein!» schreien, als mir klar wurde, dass sie nicht die «Leanda», sondern unser Boot ansteuerte.

«Ist Kriminalhauptkommissarin Kallio an Bord?», fragte Hauptmeister Raitio von der Wasserschutzpolizei, ein bärtiger Mann, der die Operation leitete. «Komm rüber, damit wir uns beraten können», schlug er vor und streckte mir die Hand entgegen. Ich sprang so ungeschickt auf das Deck der «Espoo III», als wäre ich zum ersten Mal auf See. Ich war völlig durchgefroren und konnte die Hände kaum noch bewegen. In der Kajüte war es warm.

«Glaubst du, er meint es ernst?», fragte Raitio und bot mir einen Stuhl an, doch ich winkte ab. Ich wollte die «Leanda», die man durch das Kajütfenster sah, im Auge behalten.

«Ja. Bei der Vernehmung hat er gesagt, er wolle sich das Leben nehmen. Lass mich mal mit ihm reden.»

Raitio gab mir das Megaphon, ich ging damit an Deck. Zu meiner Verwunderung entdeckte ich Koivu auf der «Espoo II», die sich neben uns gelegt hatte. Wir winkten uns zu.

«Mikke!» Meine Stimme hallte über die lichtgefleckte Seide des Wassers, sie klang fremd. «Maria hier! Komm runter von der ‹Leanda›!»

Ich sah, wie er langsam den Kopf schüttelte.

«Du hast ein Telefon dabei, nicht wahr?»

Diesmal nickte er.

«Hol es aus der Kajüte, dann können wir reden.»

Mikke stand einen Moment lang reglos da, dann stellte er den Benzinkanister ab und glitt in die Kajüte. Ich nahm mein Handy, und als Mikke wieder an Deck erschien, tippte ich die Nummer der «Leanda» ein und ging an den Bug. Vorsichtig setzte ich mich auf das eiskalte Deck. Nach dem vierten Klingeln meldete Mikke sich.

«Ich hab dich doch gebeten, mich gehen zu lassen.»

«Das kann ich nicht. Hör mir zu! Wahrscheinlich wird die Anklage auf Tötung in Notwehr lauten. Darauf steht nur eine kurze Haftstrafe, die du als Ersttäter nicht einmal voll abzusitzen brauchst. Außerdem hast du Geld genug für einen guten Anwalt. Du wirst nicht für den Rest deines Lebens ins Gefängnis kommen.»

«Aber ich trage für den Rest meines Lebens daran, dass ich meinen Bruder getötet habe.»

«Es war Notwehr, es hätte ebenso gut umgekehrt ausgehen können.»

Mikke schwieg, ich sah, dass er zur Sitzkiste hinterging und sich neben das Heckruder setzte. Dann fragte er mit rauer Stimme:

«Hast du schon mal jemanden getötet, im Dienst, meine ich?»

«Nein, aber einmal hat nicht viel gefehlt. Ich hatte auf die Schusshand gezielt.»

«Was ist passiert?»

«Er ist auf einem Auge erblindet.»

«War es Notwehr?»

«Er oder ich. Wenn es sein müsste, würde ich es wieder tun.»

«Und wenn der Mann gestorben wäre? Könntest du einfach so weiterleben, ohne Schuldgefühl?»

«Das wohl nicht. Aber weiterleben könnte ich. Und du

kannst es auch. Du musst dir verzeihen. Das Meer wird auf dich warten.»

In diesem Tonfall redete ich auch auf Iida ein, wenn sie nachts von einem schlimmen Traum geweckt wurde. Vielleicht wirkten die Worte nur, wenn ich Mikke in den Armen wiegte, wie ich es mit Iida tat. Sollte ich zu ihm auf die «Leanda» gehen? Ich bat ihn, nicht aufzulegen, drückte auf die Pausentaste meines Handys und ging in die Kajüte, in der nun auch Koivu saß.

«Sollen wir jemanden auf Sjöbergs Boot schicken?», fragte ich Raitio.

«Zu gefährlich.» – «Du gehst da nicht hin!», riefen Koivu und Raitio gleichzeitig, und als Koivu meinen Arm umklammerte, wusste ich, dass ich nicht auf die «Leanda» gegangen wäre, selbst wenn man es mir befohlen hätte. Die Zeiten, in denen ich mein Leben unbedacht aufs Spiel gesetzt hatte, waren vorbei. Und das lag nicht nur an meiner Liebe zu Iida und Antti. Ich mochte nicht sterben, ich wollte leben.

«Ich bleibe per Telefon mit ihm in Kontakt. Ein Sturmangriff ist sinnlos. Du versuchst Katrina Sjöberg zu erreichen», wandte ich mich an Koivu. «Vielleicht kann sie ihren Sohn zur Vernunft bringen. Ich probiere mal, ob ich ihn überreden kann, die ‹Espoo III› näher herankommen zu lassen.»

Als ich wieder an Deck kam, hockte Mikke immer noch auf der Sitzkiste. Ich schaltete die Leitung frei und sagte, wir würden ein wenig näher kommen. Wortlos stellte er sich auf das Vorderdeck und knipste sein Feuerzeug an.

«Lasst mich doch gehen!», rief er verzweifelt.

«Das tun wir nicht. Wirf das Feuerzeug ins Wasser!», beschwor ich ihn, während sich die «Espoo III» Zentimeter um Zentimeter an die «Leanda» heranschob. Mein Atem dampfte, doch ich spürte die Kälte nicht mehr.

«Ich kann Frau Sjöberg nicht erreichen», flüsterte Koivu

mir zu. Mir wurde bewusst, dass ich ganz allein zwischen Mikke und dem Tod stand und völlig hilflos war. Eine kleine Flamme, nur einen Zentimeter lang, konnte meine Bemühungen innerhalb von Sekunden zunichte machen.

Die «Espoo III» war nun fünf Meter näher an die «Leanda» herangeglitten. Im harten Licht der Scheinwerfer sah ich die Falten in Mikkes Gesicht und konnte ihm direkt in die Augen schauen.

«Wir können dir ein Schlauchboot rüberwerfen. Schmeiß das Feuerzeug ins Wasser. Die Leanda kommt wieder in Ordnung, du wirst sie noch viele Male segeln.»

Meine Stimme war nur noch ein Flüstern, Mikke hörte sie durch das Telefon, hielt seine Augen jedoch fest auf meine geheftet.

«Du willst büßen. Gut, dann nimm die Strafe an, die die Gesellschaft über dich verhängt. Juha hätte dich töten können, aber du hast überlebt. Wirf dein Leben nicht weg!»

Mikkes Blick durchbohrte mich, dann warf er das Telefon ins Wasser. Er nahm den Benzinkanister in die freie Hand und hielt ihn schräg. Dann sah ich nur noch eine gewaltige Flamme.

Ich schrie, als die Flamme ins Meer geschleudert wurde und Mikke ihr nachsprang. Unwillkürlich machte ich eine Bewegung zur Reling hin, sprang aber nicht ins Wasser. Der Taucher, der sich bereitgehalten hatte, warf die Decken ab und wollte gerade über Bord gehen, als Mikkes rotes Gesicht auftauchte.

«Mikke!», schrie ich. Da begann er auf unser Boot zuzuschwimmen. Mit klammen Fingern ließ ich die Vorderleiter herunter und stieg so weit ab, dass ich dem fast erstarrten Mann an Bord helfen konnte. Ich drückte ihn fest an mich, er zitterte vor Kälte und schluchzte, sein Körper bebte immer stärker, es dauerte eine Weile, bis ich merkte, dass sein Weinen in Lachen umgeschlagen war.

Die Scheinwerfer wurden abgeschaltet, die Welt um uns herum wurde schwarz, und die Kälte kroch leise über uns. Jemand legte uns eine Decke um. Ich hielt Mikke in den Armen, bis sein hysterisches Gelächter verebbte, dann ließ ich ihn los und schickte ihn in die Kajüte, damit er sich die nassen Kleider ausziehen konnte.

Ein Polizeimeister von der «Espoo II» holte etwas zum Anziehen von der «Leanda». Ich überredete Raitio, die Segelyacht nach Suomenoja schleppen zu lassen. Das Polizeiboot brachte Koivu, Mikke und mich in den nächsten Hafen, wo ein Streifenwagen auf uns wartete. Wir setzten uns nach hinten, Mikke schwieg, wirkte jedoch gefasst. Als ich ihn fragte, ob er einen Arzt oder einen Psychologen brauche, schüttelte er den Kopf, meinte aber kurz darauf zaghaft, er würde gern mit seiner Mutter telefonieren.

«Das lässt sich einrichten», versprach ich. In der Tiefgarage des Präsidiums schlug ich ihm vor, von meinem Büro aus anzurufen. Koivu warf mir einen verwunderten Blick zu und fragte, ob er dabei gebraucht werde. Als ich abwinkte, erklärte er, er würde auf jeden Fall noch bleiben und den Bericht über den Fall El Haj Assad abschließen.

Ich führte Mikke in mein Büro, wählte Katrinas Nummer und reichte ihm den Hörer. Überraschend ruhig erzählte er, was geschehen war, und Katrina versprach, mit dem nächsten Flugzeug zu kommen.

Nachdem ich den Hörer aufgelegt hatte, stand ich unschlüssig da. Ich fühlte mich elend bei dem Gedanken, Mikke in die Zelle zu schicken, doch es musste sein. Wieder fragte ich, ob er mit jemandem reden wolle.

«Dazu habe ich keine Kraft», sagte er leise. «Aber halt mich eine Weile fest. Dann gehe ich.»

Ich trat zu ihm und umarmte ihn, unter dem Benzingestank nahm ich den vertrauten Tabakgeruch wahr. Seine Bartstoppeln kitzelten meine Wangen, sein Rücken war stark und fest. Nach einigen Minuten machte er sich los, sah mir in die Augen und sagte:

«Noch verkehrter hätte es nicht laufen können. Dass ausgerechnet du Polizistin sein musst ...»

Ich lächelte nur, es war klüger, nichts zu sagen. Mikke erwiderte mein Lächeln und erklärte, nun sei er bereit. Ich rief im Zellentrakt an und bat, ihn abzuholen.

«Kommst du mich besuchen?», fragte er, als wir an der Tür meines Büros warteten.

«Wir sehen uns wieder, wahrscheinlich schon morgen. Wenn du willst, kannst du mitkommen, wenn wir Anne und die Kinder benachrichtigen.»

Als der Wärter kam, umarmte ich Mikke noch einmal. Dann ging ich in mein Büro zurück. Ich holte den Laphroaig aus der Tasche, goss eine Kaffeetasse voll und trank sie in einem Zug aus. Im Spiegel der Puderdose betrachtete ich mein Gesicht und stellte verwundert fest, dass es unverändert war. Aber ich war ja auch nicht völlig in Stücke gegangen, nur zwei kleine Teile waren zerbrochen. Der Teil, der Pertti Ström trotz allem gern gehabt hatte. Und mein Herz, aus dem ich ein gefährlich gewordenes Stückchen herausgerissen hatte. Bevor ich die Ermittlungen abschließen konnte, würde ich Mikke noch oft wieder sehen. Irgendwie musste ich damit fertig werden.

Ich trank noch einen großen Schluck Whisky. Dann klopfte ich bei Koivu an und öffnete die Tür zu seinem Büro.

«Koivu!» Meine Stimme klang schon leicht verwaschen. «Koivu, sei so lieb, bring mich nach Hause.»

Eiskalte Morde:
Die ganze Welt der skandinavischen Kriminalliteratur bei rororo

Liza Marklund
Studio 6
Roman 3-499-22875-0
Auf einem Friedhof hat man eine Frauenleiche gefunden. Das Opfer war eine Tänzerin im Stripteaseclub «Studio 6». Die Journalistin Annika Bengtzon stellt wieder eigenmächtig Nachforschungen an ...
«Schweden hat einen neuen Export-Schlager: Liza Marklund.» Brigitte

Liza Marklund
Olympisches Feuer
Roman 3-499-22733-9

Karin Alvtegen
Die Flüchtige
Roman 3-499-23251-0
Mit ihrem ersten Roman «Schuld» (rororo 22946) rückte die Großnichte Astrid Lindgrens in die Top-Riege schwedischer Krimiautoren.

Willy Josefsson
Denn ihrer ist das Himmelreich
Roman 3-499-23320-7
Josefssons neuer Erfolgsroman mit neuer Heldin: Eva Ström – der erste Fall der Pastorin von Ängelholm.

Leena Lehtolainen
Alle singen im Chor
Roman 3-499-23090-9
Maria Kallio muss sich bewähren. Ein heikler Fall für die finnische Ermittlerin.

Leena Lehtolainen
Zeit zu sterben
Roman

3-499-23100-X